L. K. Brass

I mercanti dell'Apocalisse

GIUNTI

www.giunti.it

Via Bolognese 165 – 50139 Firenze – Italia
Piazza Virgilio 4 – 20123 Milano – Italia
Prima edizione: marzo 2016

Ristampa	Anno
6 5 4 3 2 1 0	2020 2019 2018 2017 2016

A Isabel, vittima innocente di scelte sciagurate.
Possa un giorno capire e trovare la forza di perdonare.

Parte prima

In un'altra vita

1

Londra, aprile 2008

Quando la vita finisce non senti un bel niente. Solo confusione, come quella che segue per pochi istanti un brusco risveglio.

Ero solo nel letto. Aprii gli occhi e vidi che la sveglia indicava le sei e due minuti: Mel e i gemelli dovevano essere atterrati da un paio d'ore. Per un attimo mi sembrò di sentire il profumo di mia moglie fondersi con la brezza del mare tropicale e mi accorsi che Isabel era seduta a gambe incrociate ai piedi del letto.

«Cosa ci fai lì, Isa?» chiesi ansioso mentre mi tiravo su. «Come ti senti?»

Isabel non rispose e rimase ferma a guardarmi. Le afferrai dolcemente un braccio e mi accorsi che era fredda.

«Sei qui da molto?» insistetti, toccandole la fronte. «Sei gelata! Vieni subito sotto le coperte.»

Non mi rispose e si lasciò prendere in braccio.

La sera prima, quando avevamo dovuto rinunciare alla partenza, aveva ancora trentanove di febbre e non avevo idea di quanto tempo fosse rimasta fuori dal letto con indosso solo il pigiama.

«Vieni, scricciolo, che facciamo un nido» dissi, mentre la portavo con me sotto il piumone.

La tenni stretta, accarezzandole la testa, finché il suo corpicino non riprese un po' di calore. Riuscii anche a calmarmi, sentendo che respirava in maniera regolare.

Mi scostai appena e sollevai la testa per guardarla, convinto che si fosse addormentata. Mi sbagliavo. Aveva gli occhi ben aperti.

«Stai bene, papà?»

Non mi chiamava mai papà.

«Isa, papi sta bene. Adesso cerca di dormire…»

Lo squillo del mio cellulare la mise ancora di più in agitazione.

«Non rispondere!» esclamò allarmata.

«Fammi rispondere tesoro. Forse è la mamma che chiama per dirci che sono arrivati. Vorrà sapere come stai.»

«Resta qui! Ho tanto freddo» insistette, stringendomi forte.

«Isa, cosa ti succede? Lasciami solo prendere il telefono, rimango qui. La mamma sarà preoccupata per la sua bambina malata. Forse ci racconta anche qualcosa di divertente. Magari i tuoi fratellini ne hanno combinata una delle loro sull'aereo…»

«Non rispondere… non farlo…»

Mentre mi divincolavo per prendere il cellulare immaginai Mel a piedi nudi sulla spiaggia che mi chiamava guardando il cielo stellato.

«Lasciami tesoro, magari la mamma ci fa sentire le onde del mare…»

Guardai lo schermo: non era Mel.

«Signor Martin, Daniel Martin?»

«Sì, con chi parlo?»

«Sono Elizabeth Ashton, della British Airlines. La chiamo dall'aeroporto di Gatwick. Possiamo parlare? È solo?»

La donna esordì con una serie di giri di parole, ma capii subito cosa cercava di dirmi. Rimasi immobile ad ascoltare, premendo con forza il telefono contro l'orecchio per evitare che Isabel sentisse.

Una morsa di gelo mi attanagliava il cuore. La fine della mia vita stava per cominciare.

2

El Gouna (Egitto), giugno 2008

Chiusi subito il mio portatile e mi alzai. Il canto di Isabel che proveniva dalla terrazza mi aveva sorpreso. Il suggerimento dello psicologo si stava rivelando utile. Anche se non voleva ancora nominare né la mamma né i fratellini, mia figlia mi sembrava diversa e il suo canto era rivelatore: stava cominciando di nuovo a divertirsi.

Il giorno della sciagura ero riuscito a tenerla all'oscuro e quando le spiegammo tutto (non ebbi il coraggio di farlo da solo), non mostrò nessuna delle reazioni che ci saremmo aspettati. Nei due mesi successivi ignorò completamente gli avvenimenti e continuò a comportarsi come se nulla fosse accaduto. Partecipò a tutte le cerimonie con contegno senza versare una sola lacrima. Riuscì addirittura ad atteggiarsi a consolatrice degli altri dispensando frasi ampollose che chissà dove aveva pescato.

L'avevo portata con me in vacanza a El Gouna sul Mar Rosso nella speranza di riuscire a rompere la corazza che si era costruita. Passavamo le giornate insieme, tranne al mattino, quando mi recavo al centro subacqueo. Facevo immersioni da sempre, Isabel ne era molto incuriosita e io rispondevo volentieri alle sue domande. Fremeva all'idea di poter visitare un giorno le profondità del mare. Le parlavo come a un esperto e lei lo apprezzava moltissimo. Anche quella mattina feci colazione con lei, finimmo di prepararci e la accompagnai nell'area bimbi dell'albergo.

Al centro subacqueo era già tutto pronto e il motoscafo ci portò sul posto in meno di un'ora. Il gruppo era composto da clienti con sufficiente esperienza per un'immersione abbastanza profonda: avremmo visitato un relitto della seconda guerra mondiale. Ci accompagnava Mostafa, il titolare in persona. Oltre a me, c'erano una giovane coppia norvegese, che lavorava sulle piattaforme petrolifere, Paul, un ingegnere di Dublino con cui avevo subito legato, e uno speleologo svizzero un po' burbero abituato a svolgere incredibili immersioni in solitaria.

La boa era fissata alla torretta di comando della nave affondata e la leggera corrente la spingeva verso il largo. Dopo esserci tuffati uno dopo l'altro, a cinque metri di profondità ci riunimmo intorno al cavo della boa per l'ultimo controllo e io accesi la videocamera sull'elmetto che avevo affittato perché Isabel potesse vedere un filmato.

Come consigliato da Mostafa, iniziammo a scendere lentamente per abituare poco alla volta gli occhi alla mancanza di luce. Il fondo era scuro e mi parve di intravedere una forma oscura e indistinta all'altro capo della corda. A venticinque metri la luce era già notevolmente diminuita, così rallentai cercando di filmare l'effetto dell'apparizione dell'enorme relitto. Se la videocamera funzionava, sarebbero state delle immagini molto suggestive. Visti dall'alto i miei compagni sembravano fluttuare nel blu.

Improvvisamente, però, iniziarono tutti ad accelerare la discesa e pensai che avessero deciso di cambiare percorso e che mi fossi perso qualche segnale. Vidi Mostafa nuotare verso il basso con rapide pinnate diretto verso i due norvegesi. Accelerai anch'io con un colpo di pinne e smisi di equilibrare il peso con il giubbotto. Solo allora mi resi conto che non erano diretti da nessuna parte, ma stavano precipitando quasi in verticale.

Mostafa raggiunse la ragazza e riuscì ad afferrarne una pinna con la punta delle dita. Io ero ormai a poco più di cinque metri da lui e avevamo già superato i quarantacinque metri di profondità. La luce del sole era sparita, lasciando il posto a un uniforme chiarore di un azzurro intenso. Di fronte a me, la torretta della nave si stagliava come una minacciosa sagoma nera.

Guardai di nuovo verso il basso e nuotai ancora in direzione di Mostafa. Paul era a più di dieci metri da me e, ancora oltre, scorsi il bagliore delle due torce dello speleologo. Le aveva accese fin dall'inizio, forse per abitudine.

Osservai il profondimetro che segnava cinquantacinque metri; a quella profondità la luce era quasi sparita del tutto. Accesi la mia lampada appena in tempo per vedere Mostafa mollare di colpo la presa e seguire inerte la ragazza. Feci un ultimo tentativo per raggiungerlo quando di colpo provai una certezza assoluta e agghiacciante. Era una percezione precisa. *Sentii chiaramente che stavo per perdere conoscenza.*

Non ebbi il minimo dubbio o tentennamento. Reagii all'istante, come vedendo un oggetto fragile che cade e che si tenta di afferrare prima che si rompa al suolo. Dimenticai Mostafa e gli altri, svuotai i polmoni e aprii la valvola di risalita d'emergenza del giubbotto.

Fu questione di pochissimi secondi e da quel momento non ricordo più niente, nemmeno di avere iniziato a risalire, ma la certezza di aver previsto quanto stava per succedere mi era rimasta marchiata a fuoco nella mente.

3

Londra, giugno 2008

Mi risvegliai in un ambiente pieno di luce e vidi due occhi azzurri. Un'infermiera mi osservava con attenzione e mi chiamava per nome. Provai a parlare, ma mi uscì un gemito che mi provocò un forte dolore alla gola.

«Daniel, non parli adesso» spiegò, appoggiandomi la mano sulla fronte. «Va tutto bene, ma le abbiamo appena tolto il respiratore. All'inizio la gola le farà male.»

«Iizabl?» tentai di nuovo. La stanza sembrava oscillare e faticai a mantenere fisso lo sguardo sul suo viso. Pareva fluttuare e muoveva le labbra, come per dirmi qualcosa.

Non capii la risposta. Vidi l'infermiera trafficare ancora un momento intorno agli apparecchi che mi circondavano e fui preso di nuovo dal torpore. Poi mi sentii scuotere la spalla e rapidamente ritrovai la lucidità.

«Daniel, come si sente?»

«Isabel?» sussurrai con timore, memore dell'ultimo tentativo. La gola doleva molto meno e riprovai. «Dov'è Isabel?»

«Proprio qui fuori e sta benissimo!» spiegò l'infermiera. «Abbiamo avvertito suo fratello che oggi l'avremmo risvegliata.»

«Devo vederla!» esclamai, tentando di sollevarmi. Desistetti subito. Qualcosa sembrava tenermi inchiodato al letto.

«Non si preoccupi, è l'effetto dei medicinali. Si sentirà molto debole ancora per poco.»

«Può... vedermi?» chiesi, cercando di alzare il capo per guardare cosa mi tratteneva.

«A parte i tubi non ha nessuna ferita, all'inizio è normale sentirsi così» spiegò sorridendo. «Ora che è sveglio non c'è nulla che possa spaventare sua figlia.»

«Fateli entrare.»

«Solo per una breve visita. Mi prometta di non affaticarsi. Deve pensare a riprendersi.»

Poco dopo li vidi affacciarsi fra le tende, entrambi vestiti con degli strani camici verdi. Isabel guardò spaventata i macchinari e corse ad abbracciarmi. Si strinse al mio unico braccio libero e si mise di colpo a singhiozzare, nascondendo la testa. Per la prima volta da mesi stava piangendo e non accennava a fermarsi.

Scoprii di trovarmi a Londra, era il ventinove giugno ed ero rimasto in coma per più di tre settimane. Dopo avermi recuperato e prestato le prime cure, mi avevano tenuto due giorni in un ospedale in Egitto. Ero stato riportato in Inghilterra ancora incosciente e con supposti danni cerebrali.

Per fortuna dagli esami non risultarono lesioni permanenti e una volta dimesso dalla terapia intensiva rimasi in ospedale solo pochi giorni. Ciò nonostante, avevo la sensazione di pensare con lentezza esasperante e di far fatica a mettere a fuoco le idee.

Una volta a casa mi rifiutai di tornare al lavoro e respinsi ogni tentativo di coinvolgermi. La mia attenzione era focalizzata solo su Isabel e quanto era successo.

In seguito all'incidente, il centro subacqueo era precipitato nel caos e nessuno aveva preso contatto con l'albergo. L'area bimbi dell'albergo chiudeva alle dieci di sera, perché spesso le escursioni dei genitori duravano fino a tardi. Preoccupata dal fatto che nessuno fosse venuto a prendere la bambina, un'animatrice l'aveva accompagnata alla reception, dove si erano limitati a contattare senza successo il mio cellulare e il nostro numero di casa a Londra.

Alla fine avevano portato Isabel in camera, dove aveva dormito da sola. Il mattino seguente, vedendo che non ero tornato, era corsa alla reception per chiedere di cercarmi. Raccontò quanto accaduto e non fu difficile per il direttore dell'albergo dell'hotel collegare la mia scomparsa alla tragedia del gruppo di sub ormai di dominio pubblico.

Isabel non capiva l'arabo, ma di certo si era resa conto di quanto fossero tutti in agitazione, perciò aveva insistito perché chiamassero mio fratello a Ginevra. Jean-Michel era partito con il primo volo disponibile ed era arrivato in albergo solo alle cinque di sera.

Per colpa mia Isabel era rimasta abbandonata per trentadue ore. Non riuscivo a perdonarmelo. A Londra non c'era più nessuno che potesse occuparsi di lei se mi fosse capitato qualcosa, e la preoccupazione che si ritrovasse di nuovo sola mi ossessionava. Ero l'unico superstite di El Gouna e avevo la netta sensazione che non si fosse trattato di un incidente.

Malgrado l'intervento tempestivo del governo egiziano, che aveva dispiegato tutti i mezzi possibili, quanto lessi sulla stampa mi lasciò esterrefatto. I giornalisti parlavano di immersioni profonde e di errore della guida. Dopo nemmeno un mese, l'inchiesta era stata archiviata e io non ero mai stato interrogato.

Non esitai a chiamare Charles Legrand a Lione, per capire perché.

Legrand era stato il mio capo nei quattro anni in cui avevo lavorato all'Interpol. Anzi, mi aveva reclutato lui, lottando per far accettare il mio profilo fuori dai canoni e qualche mese prima della morte di Mel mi aveva offerto un nuovo mandato. Oltre a un superiore era diventato un amico, forse anche la figura paterna di cui spesso avevo sentito la mancanza.

Dopo la sciagura aerea avevo evitato di rispondere a ogni sua chiamata. Avevo conosciuto Mel proprio nel suo dipartimento e sapevo che sentire di nuovo la sua voce mi avrebbe riportato alla mente il nostro primo incontro.

«Daniel? Come stai? Volevo parlarti di...» disse.

Provai indifferenza e forse anche rancore, probabilmente il dolore era ancora troppo vivo e dovetti lottare per non riappendere. In quel momento scoprire qualcosa di più era prioritario per me.

«Non preoccuparti, io sto bene» lo interruppi. «Ho solo bisogno di sapere una cosa, e non riguarda il mio mandato di cui non vorrei parlare più.»

«Non te l'avrei chiesto. Non posso fare a meno... di dirmi che...» sentii la sua voce incrinarsi, ma continuai a non provare niente.

«Lasciamo perdere, adesso. Cosa sapete del mio incidente?»

«Nessuno ci ha interpellato. Gli egiziani ci hanno fatto capire che è un affare interno.»

«Allora ti sei già informato.»

«Come potrei non averlo fatto?» Mi accorsi che esitava. «Daniel... devi capirmi. Non pensare che ci sia un collegamento con...»

«Non parliamone più» sbottai. «Perché non sono stato interrogato da Scotland Yard?»

«Non saprei...» rispose. «Ti faccio sapere qualcosa di più preciso.»

Mi richiamò dopo appena un'ora.

«A Londra non c'è nessun dossier aperto» spiegò. «Scotland Yard l'ha richiesto, ma gli egiziani hanno fatto barriera, proprio come con noi. Si attengono alla versione dell'incidente, imputandolo all'imprudenza dei turisti.»

«Non possono ignorare quello che è successo. Sono l'unico sopravvissuto e nessuno mi ha interrogato!»

«Ne hanno fatto una questione di interesse nazionale. Si è mosso anche il Ministero del turismo. Sono irremovibili e il dossier è chiuso. Senza il loro consenso a Londra non possono fare niente.»

«E voi?» chiesi, pur sapendo quale sarebbe stata la risposta.

«Forse un'altra organizzazione potrebbe muoversi in modo informale, ma noi abbiamo le mani legate, dovresti saperlo.»

Mi congedai freddamente, bloccando un nuovo tentativo di parlarmi della sciagura aerea.

Scotland Yard poteva anche essersi accontentata della versione fornita dagli egiziani, ma io avevo vissuto i fatti in prima persona. Ero sicuro che fossimo stati intossicati e l'accenno di Legrand mi spinse a contattare un'agenzia investigativa.

Pensai allora di rivolgermi a Chris Norman che mi aveva provato più volte la serietà della Global Intelligence e, non appena gli spiegai cosa ricordavo, condivise subito la mia opinione.

Omisi solo la ragione della mia risalita precipitosa. Preferivo raccontare di essermi reso conto di non poter aiutare gli altri e di essermi spaventato, cosa che non era lontana dalla realtà. Chris Norman mi assicurò che avrebbe subito mandato a El Gouna due dei suoi migliori investigatori, uno dei quali conosceva l'arabo.

Tre settimane dopo ricevetti una chiamata sull'unico cellulare che mantenevo attivo. Isabel mi guardò incuriosita.

«Signor Martin?» chiese una voce di donna. «Sono Jane Hardy, della Global Intelligence. Posso passarle il signor Norman?»

«Prego, aspettavo sue notizie.»

«Daniel? Tutto bene? Può parlare?»

«Mi dica pure.»

«Quando le è possibile passare nei nostri uffici?»

Sembrava a disagio e pensai fosse causato dal costo eccessivo dell'operazione anche se gli avevo lasciato la più piena libertà di azione.

«Avete trovato qualcosa?»

«Preferiremmo presentarle tutto il dossier. Quando può passare nei nostri uffici?»

L'indomani mattina ero alla Global Intelligence dove mi accolse Jane Hardy, che riconobbi dalla voce. Mi accompagnò in una saletta riunioni affacciata su un cortile interno. Non dovetti aspettare molto prima che Norman facesse il suo ingresso con i due investigatori. Avevano con loro diversi dossier e iniziarono subito a raccontare quanto avevano scoperto.

In Egitto era stata fatta solo l'autopsia di Mostafa, ma senza riscontrare la presenza di agenti intossicanti. La sua morte era stata ricondotta a un arresto cardiaco. Gli altri corpi, dopo essere stati recuperati dai sommozzatori nei due giorni successivi all'accaduto, erano stati rimpatriati intatti.

In Irlanda l'autopsia di Paul non aveva dato risultati diversi e la sua morte era stata archiviata come un incidente. I medici svizzeri erano stati più precisi e avevano diagnosticato un'anossia anossica: lo speleologo era morto per mancanza di ossigeno. I due rapporti di Oslo dicevano la stessa cosa e andavano anche più a fondo, escludendo la presenza di elio o altri gas usati nelle immersioni. Tutti e tre concludevano che doveva essersi trattato di un errore nel preparare delle miscele troppo povere di ossigeno.

«Abbiamo coinvolto anche un esperto per chiarire i meccanismi dei decessi;» spiegò Chris Norman «dalla rapidità con cui si sono presentati i sintomi dell'intossicazione ha dedotto che le bombole fossero state riempite con azoto puro.»

«Non ho sentito nessun effetto. Respiravo normalmente!»

«Quel tipo di asfissia è un fenomeno molto insidioso in quanto i ricettori che ci fanno sentire bisogno di respirare sono basati sull'eccesso di anidride carbonica, non sulla mancanza di ossigeno.»

«Questo lo so, è un rischio che si corre nel ventilare troppo i polmoni prima di una discesa in apnea. Riduciamo così tanto l'anidride carbonica da non sentire più lo stimolo di respirare.»

«Esatto, respirando solo azoto il nostro organismo elimina subito l'anidride carbonica, così non avvertiamo nessun sintomo di asfissia, anche se in realtà non ci stiamo ossigenando.»

«Potrebbe essere stato un errore di manipolazione nel preparare le miscele?»

«Abbiamo esaminato a fondo tutto l'impianto di preparazione delle bombole.»

Mi mostrarono le fotografie di ogni componente e rimasi colpito sia dall'esaustività del loro lavoro, che dalla cura con cui era stato costruito l'impianto. Mostafa era un ingegnere, aveva progettato tutto personalmente con precisione scrupolosa.

Il centro utilizzava delle miscele di gas, fra cui il nitrox e il trimix. La prima era composta da azoto e ossigeno, con una maggiore percentuale di quest'ultimo per facilitare la decompressione in immersioni prolungate, ma non profonde, mentre la seconda si otteneva aggiungendo anche l'elio ed era usata per immersioni più profonde.

«Mostafa usava di rado il trimix perché le immersioni richieste non erano mai molto profonde. Proprio per questo aveva semplificato la struttura. Il centro dispone di diverse bombole di ossigeno puro, solo due di elio e una grossa batteria di bombole di aria compressa.»

Chris Norman era molto teso e continuava a fissarmi mentre gli investigatori concludevano le spiegazioni.

«E l'azoto?» chiesi.

«Non ci sono bombole di azoto» affermò. «Mostafa faceva tutto usando l'aria compressa che arricchiva con ossigeno puro per il nitrox o con un po' di elio, per una forma blanda di trimix.»

«State scherzando?»

«Purtroppo no. Nell'ultimo anno, ha fatto solo due immersioni con trimix e quarantuno con il nitrox. Preferiva vendere escursioni meno impegnative.»

Chris Norman continuava a guardarmi.

«Siete andati oltre?»

«Siamo riusciti a rintracciare quasi tutti gli impiegati di Mostafa anche se il centro era chiuso. Il pilota del motoscafo ha ribadito la tua versione, ma non aveva dettagli rilevanti da aggiungere. Il segretario e il contabile hanno confermato solo come fossero state organizzate e documentate le attività.»

«E gli istruttori?»

«Non sapevano molto, ma erano certi che Mostafa non avesse fatto preparare miscele nella settimana che aveva preceduto l'incidente.»

«Non hanno preparato loro le bombole?»

«No, Mostafa aveva cinque operai addetti alla manutenzione di imbarcazioni e compressori. Erano loro che caricavano le bombole e i respiratori.»

«Cosa hanno detto?»

«Nel corso dei primi interrogatori, la polizia egiziana li ha rintracciati tutti. Nessuno ha saputo indicare chi si fosse occupato del vostro motoscafo.»

«Come è possibile?»

«Il diving era grande. Quel giorno erano usciti, oltre a Mostafa, altri otto istruttori per un totale di quarantadue clienti. Con le riserve, erano state caricate quasi settanta attrezzature e nessuno sapeva con precisione chi avesse preparato le vostre bombole.»

«Avete parlato anche con gli operai?»

«Con quattro di loro che hanno confermato la stessa versione. Siamo convinti fossero sinceri.»

«E il quinto?»

«È irreperibile. Veniva dal Cairo, alloggiava a El Gouna insieme agli altri. Dagli atti risulta che fosse stato interrogato dalle autorità locali, ma sembrava fosse sparito nel nulla pochi giorni dopo. Abbiamo fatto fare delle ricerche anche al Cairo, ma senza nessun risultato.»

Non avevano trascurato nessun aspetto. La polizia aveva sequestrato il motoscafo e tutto il materiale delle vittime. Erano riusciti a esaminare ogni cosa, nonostante non fosse disponibile tramite le vie ufficiali. Avevano anche trovato le nostre bombole: vuote e con i rubinetti aperti.

Terminata l'esposizione rimanemmo in silenzio. I tre uomini mi fissavano, ma non espressero nessuna conclusione. Era fin troppo chiaro a cosa stavano pensando.

«Cosa intendi fare ora?» chiese Norman, indicando i dossier.

«Niente,» risposi «non voglio fare niente.»

«Niente?» mi chiese perplesso.

«Vi ringrazio, il lavoro che siete riusciti a fare è davvero eccezionale, ma non voglio andare avanti» conclusi. «Avevo solo bisogno di capire.»

Chi voleva nuocere a due ragazzi norvegesi? A chi interessava uno speleologo svitato e un ingegnere irlandese? Quale concorrente di Mostafa poteva avere interesse a provocare quel putiferio?

Charles Legrand mi aveva incontrato a marzo per propormi di

lavorare ancora per l'Interpol e per spiegarmi i dettagli del nuovo mandato. Ad aprile non sapevo ancora che avrei deciso di rifiutare la sua offerta e dopo la morte di Mel me ne ero dimenticato. Al momento dei fatti di El Gouna nessuno poteva sapere che mi sarei tirato indietro.

L'incidente aereo e quello subacqueo potevano essere due facce della stessa medaglia.

4

Megève (Francia), agosto 2008

Era arrivata la chiusura delle scuole e decisi di portare Isabel in montagna per stare con lei per tutte le vacanze estive. Ne parlai con mio fratello, così da invitare anche i cugini e non lasciarla da sola. Jean-Michel ne fu felice. Avrebbe approfittato dell'occasione per lavorare al suo ultimo libro e passare dei giorni tranquilli con la moglie.

Scelsi di affittare un grande chalet a Megève, in Francia al confine con la Svizzera, in modo che anche loro potessero raggiungerci in poco tempo da Ginevra. Lo chalet era sontuoso e aveva grandi vetrate affacciate sulla valle. Disponeva perfino di una piscina interna, da cui fu spesso difficile snidare i bambini. Trascorsi un agosto meraviglioso, che ricorderò per sempre. Isabel e Sylvie, la cugina quasi coetanea, ne combinarono di tutti i colori. I giorni con Jean-Michel e Jane furono altrettanto gradevoli e mi fece piacere passare del tempo con mio fratello.

Isabel era visibilmente felice, ma non riuscivo a guardarla senza pensare a cosa l'avevo esposta. Era successo tutto per causa mia. Mi ero lasciato attrarre dall'idea di Legrand e avevo perfino discusso con lui dei possibili metodi di indagine. Invece di rifiutarmi categoricamente, mi ero trastullato nell'indecisione e nell'inerzia sottovalutando il pericolo che stavamo correndo. Io ero il colpevole. Io dovevo espiare. Non mi rimaneva che mia figlia e la mia responsabilità nei suoi confronti era assoluta. La sua sicurezza e il suo benessere venivano prima di ogni altra considerazione.

La preoccupazione mi toglieva il sonno e non avevo idea di cosa avrei potuto fare. Fu nel tormento di quei giorni che nacque il mio disegno.

Una volta a Londra, convocai subito una riunione con i soci e i manager della LastGate Systems. Mi accolsero tutti con sollievo, pensando che mi fossi ripreso e fossi pronto a tornare. Malgrado la mia assenza, le cose stavano procedendo per il meglio. Non mi meravigliò più di tanto. Avevo sempre fatto in modo di distribuire conoscenze e responsabilità, e in quei mesi tutti avevano potuto constatare quanto fosse stato utile. Nessun grosso cliente era stato troppo turbato dalla notizia del mio incidente e i nuovi affari procedevano molto bene.

«Vedo che vi siete trovati bene anche senza di me» commentai dopo aver sentito le loro esposizioni. Li guardai con affetto, conscio che quello che avrei annunciato sarebbe stato un addio.

«Non abbiamo ancora parlato di qualcosa che interessa tutti… non vi è difficile ricordarlo suppongo?»

«Abbiamo tenuto in sospeso solo il progetto di fusione.»

Si trattava di fondere la LastGate con un'azienda più piccola, ma già quotata alla borsa di Londra. L'operazione avrebbe generato ottime sinergie e con l'offerta combinata si sarebbero aperti nuovi mercati. In concomitanza, ci sarebbe stata un'emissione di azioni e i soci si sarebbero ritrovati con un patrimonio moltiplicato. Era un progetto a cui tenevano tutti ed era giudicato con favore dagli analisti.

«Siete riusciti a tener tranquilli anche i consulenti della banca?»

«Smaniavano all'idea delle loro commissioni, ma abbiamo rinviato ogni riunione fino al tuo ritorno.»

Prima di proseguire, ricordai l'eccitazione che io stesso avevo provato cinque mesi prima quando il vicepresidente dell'istituto mi aveva fatto osservare che il valore delle mie azioni avrebbe sfiorato le dieci cifre. In quel momento tutto mi risultava indifferente.

«Sapete tutti cosa mi è successo. Vi chiedo di capire come ora la mia ottica sia diversa. Per questo vi prego di ascoltarmi e lasciarmi arrivare fino in fondo, senza interrompermi.»

Feci una pausa e, nel silenzio assoluto, osservai a lungo ognuno di loro.

«Non sono più la stessa persona che avete conosciuto. Non sono più in grado di accompagnarvi in questa fase. Avete dimostrato in questi mesi che non sono nemmeno essenziale per proseguire. La sfida che ci attende – perdonatemi – vi attende è troppo importante. Avrete bisogno di una guida affidabile. Anzi, l'avete già. La prova l'avete fornita in questi mesi.»

«Daniel…»

«Vi prego, lasciatemi proseguire. Con me o senza di me la LastGate ha lo stesso valore e lo stesso potenziale. Ho deciso di lasciare a voi le mie quote. Le potete riscattare in proporzione a quanto già detenete per un quinto del valore con cui contavamo di andare sul mercato.»

Faticai a mantenere il controllo dell'assemblea. Riconobbi tristezza, rifiuto e anche rabbia sul volto dei presenti. Insistetti, ricordando quanto mi era successo e sottolineando come l'incidente e la morte di Mel e dei gemelli mi avessero segnato in modo grave, tanto da non avere più le capacità di svolgere il mio ruolo.

«Mi sono permesso di valutare la fattibilità con la banca. Il prezzo di cessione della mia quota parte è tale da permettere anche un finanziamento totale a tasso minimo per ognuno di voi.»

Non fu questo l'argomento vincente. Il loro atteggiamento cambiò in modo percettibile quando aggiunsi che sarebbe stato controproducente avere un azionista di maggioranza inattivo. Mi accorsi così che il gioco era fatto. Da quel momento mollai tutto agli avvocati e non incontrai più nessuno. Mi occupai solo dei preparativi per lasciare Londra.

Volevo che Isabel iniziasse a vivere con la famiglia di mio fratello. Il francese era la sua seconda lingua, perché era abituata a parlarlo fin da piccola, e sarebbe potuta andare a scuola con Sylvie. Frequentavano la stessa classe, malgrado Sylvie avesse quasi un anno in più.

Misi in vendita la casa di Earls Court e trovai un grande appartamento ammobiliato a Versoix, sul lago di Ginevra, in un parco vicino alla scuola.

Esitai a lungo prima di parlarne con Isabel, temendo non volesse lasciare i suoi amici e il suo ambiente.

«Isa, ti piacerebbe vivere vicino ai tuoi cugini?»

Annuì, senza dire niente e guardandomi tutta seria, con gli occhi lucidi come se volesse trattenere il pianto.

«Potremmo andare ad abitare a Ginevra. Sarebbe quasi divertente come a Megève» proseguii.

«Vieni anche tu con me?» sussurrò senza cambiare espressione.

«Isa, dove vuoi che vada? Certo che vengo con te» affermai, cercando con tutte le mie forze di nascondere quello che provavo.

«Andrò a scuola con Sylvie?» chiese abbozzando un sorriso e prendendomi la mano.

«Certo, abiteremo vicino a loro e potrai vederla tutti i giorni.»

«Anche noi avremo un grande giardino?»

A quel punto mi saltò in braccio e cambiò atteggiamento, sommergendomi di domande sulla nuova casa.

Pensai che il mese a Megève con la cugina avesse contribuito a farle accettare il cambiamento, ma la sua prima domanda mi aveva colpito.

Possibile che avesse intuito qualcosa?

5

Ginevra, novembre 2008

In una fredda giornata autunnale mi presentai senza preavviso nell'ufficio di Alex: Alexandre Raymond Santoni, mio compagno di liceo nonché noto avvocato con un avviato studio a Ginevra. Con Alex eravamo rimasti sempre in buoni rapporti, nonostante le nostre strade si fossero divise.

Diceva sempre di aver scoperto la sua passione per la giurisprudenza grazie a me e al mio arresto su ordine della polizia francese per lo scherzo informatico ai danni dei servizi segreti francesi. Alex, che come tutti i miei compagni era maggiore di due anni, non solo aveva trovato geniale la mia bravata, ma l'aveva seguita con attenzione, adoperandosi subito in mia difesa.

Avevo solo quindici anni e fu anche grazie alle manifestazioni studentesche organizzate da Alex che la richiesta di estradizione alla Svizzera venne ritirata. All'epoca le intrusioni informatiche erano un'area del diritto ancora poco esplorata e le accuse caddero come un castello di carte. Non avevamo fatto nessun danno particolare, e inizialmente pensai che tutto fosse stato messo a tacere per evitare che le gesta di alcuni ragazzi suscitassero altro clamore. Due anni dopo scoprii che non era andata proprio così.

Mi ero affidato a lui anche per verificare il contratto di cessione delle quote della LastGate e per curare gli altri aspetti del nostro trasferimento a Ginevra. Mi fidavo ciecamente di lui, la fiducia era reciproca e la nostra amicizia assoluta.

Alex capì subito che non ero lì per affari, si liberò di tutti gli impegni e disse alla segretaria di non essere raggiungibile per nessuno. Mi portò a casa sua, dove prendemmo stivali e giacconi pesanti e mi condusse lungo un sentiero che si inerpicava sulle pendici del Giura.

«Qui possiamo parlare, Daniel» disse all'improvviso Alex, guardandomi negli occhi, dopo che avevamo continuato a chiacchierare del più e del meno, ricordando anche aneddoti del passato.

Eravamo soli nella pineta. Gli raccontai per la prima volta in dettaglio quanto era successo e la mia interpretazione dei fatti. Alex si limitò a seguire con attenzione il mio ragionamento senza controbattere. Concordava con me su tutto e condivideva la mia preoccupazione, ne ero certo.

Quando, invece, gli illustrai i miei piani per il futuro, volle dissuadermi. Discutemmo ogni possibile alternativa, ma non emerse nulla che non avessi già considerato. Alla fine fu costretto ad accettare quel che avevo in mente: io sarei scomparso e lui sarebbe rimasto il mio unico contatto con Isabel. Separarmi da mia figlia per sempre era la cosa più difficile che avessi mai fatto in vita mia, ma non avevo altra scelta.

«Come resteremo in contatto?» chiese alla fine, scuotendo il capo.

«La nostra via di comunicazione sarà a senso unico» spiegai. «Ti darò un segnale a cui potrai rispondere con notizie di Isabel.»

Mi guardò corrucciato e capii subito cosa lo lasciava perplesso. Fra noi era sempre stato così.

«I messaggi che riceverai da me saranno proposte o richieste generiche al tuo studio, che rifiuterai. Proverranno ogni volta da indirizzi diversi, ma dietro ci sarò sempre io e quello sarà il mio segnale per avvertirti che sono in grado di ricevere la tua risposta.»

«Quanto potrò dirti?»

Lo vidi sorridere nel formulare la domanda e gli consegnai la chiavetta USB che avevo preparato per lui.

«Nessuno mi conosce meglio di te, saprai cosa dirmi.»

«Come funziona?»

«Il programma prende il tuo testo, lo cripta e lo include nel file di immagine del logo del tuo studio che aggiungerai nella tua risposta. Non lascia tracce sul tuo computer e lo potrò leggere solo io. Assicurati soltanto che nessuno possa vedere o filmare il tuo schermo mentre scrivi.»

«Non starai esagerando? Una volta che si saranno perse le tue tracce, chi potrebbe volerle fare ancora del male?»

«Mi resta solo Isabel. Nessuna precauzione è eccessiva quando si tratta di proteggerla.»

Non rispose, ma mi guardò ancora a lungo, in silenzio. Non era da lui restare senza obiettare, così capii che avevo il suo appoggio.

La cessione delle quote della LastGate e la vendita della casa di Earls Court fruttarono poco più di centosettanta milioni di sterline.

Con l'aiuto di Alex creai una fondazione in favore di mia figlia, dotandola di cento milioni di sterline. Fu sempre lui a mettere a punto le strutture societarie che mi permisero di far perdere le tracce del resto dei fondi. Erano la base necessaria per realizzare il mio disegno.

Poi arrivò il momento di informare Jean-Michel, mio fratello.

Non fu affatto facile: sapevo di dovergli mentire e che gli avrei lasciato una responsabilità immensa.

Da quando ci eravamo trasferiti a Ginevra, Isabel e io trascorrevamo sempre la domenica con loro. Un pomeriggio lo presi da parte e uscimmo in giardino.

«Ti ringrazio per non avermi chiesto niente finora» avviai così il discorso. «Lo saprai fra poco dai giornali, ma ho ceduto tutte le mie quote della LastGate.»

«Con il vostro arrivo a Ginevra avevo intuito qualcosa, ma lasciare la LastGate… È definitivo?»

Mi guardò negli occhi e faticai a sostenere il suo esame.

«Dani, va tutto bene?» chiese. «Hai dedicato anima e corpo a svilupparla. Non ci tenevi solo tu, anche Mel… Non ti avranno estromesso?»

«No, tutt'altro. L'idea è mia. Non potevo continuare. Senza Mel anche la LastGate non ha più senso. Devo dedicarmi ad altro.»

«Me ne vuoi parlare? Si è svolto tutto correttamente?»

«Non fare anche tu l'avvocato. Ci ha già pensato Alex a seguire la vendita.»

«Allora non potevi ottenere di più. Sei soddisfatto?»

«Ti volevo parlare proprio di questo. Con i proventi ho creato un trust in favore di Isabel. Tu sarai uno dei protector.»

«Non hai bisogno di una struttura tanto onerosa.»

«Il trust avrà una dotazione di cento milioni di sterline.»

«Scusa?»

«Lo sai che la LastGate stava per entrare in borsa.»

«Sì, ma non ho mai pensato al valore. È una cifra immensa, il lavoro di una vita. Perché legare tutto al trust?»

«Io non ne ho bisogno… insomma… vorrei che fosse tutto sistemato in anticipo.»

«Perché proprio adesso?»

«Prima o poi lo dovevo fare. Dopo El Gouna… Isabel ora ha solo me. Se mi succedesse di nuovo qualcosa, sarete tu e Jane ad occuparvi di lei e non dovrete avere altre preoccupazioni.»

«Dani… Sicuro che mi stai dicendo tutto?»

«Certo, voglio solo essere previdente.»

Nelle settimane successive provò a sondare con discrezione le mie intenzioni e io intuii che i suoi dubbi iniziali si erano trasformati in certezza.

Quando nel gennaio successivo ricevette la notizia della caduta del mio Cessna sono sicuro che non abbia creduto nemmeno per un attimo alla fatalità.

Avevo un disegno chiaro per il mio futuro e i mezzi finanziari per preparare la mia nuova vita. Chi aveva tirato i fili del destino e giocato con la vita della mia famiglia non doveva neppure immaginarlo, ma io l'avrei cercato.

6

Bruxelles, place du Grand Sablon, quattro anni dopo

Avevo sognato di nuovo Mel. Quattro anni e mezzo non erano stati sufficienti a farla sparire dai miei sogni. Come sempre, cercai di trattenere la sua immagine che si dissolse impietosamente nel ritrovare coscienza.

Non prolungai oltre il momento del distacco e corsi ad aprire la finestra. L'aria fredda fu provvidenziale per rimettermi in sesto e mi diressi in bagno. Avevo tutto il tempo, ma la consapevolezza di essere arrivato all'ultimo giorno mi faceva sentire una certa urgenza di agire.

Tornai in camera e guardai per un'ultima volta la facciata gotica della chiesa di Notre-Dame du Sablon, dall'altro lato della strada. Negli ultimi sei mesi mi ero abituato a vederla dal mio scrittoio e mi sarebbe mancata. Anche in quelle ultime giornate uggiose di fine novembre, con gli alberi spogli e il cielo grigio, lo scorcio su una delle più belle piazze di Bruxelles era sempre rimasto un piacevole diversivo. Mi rendevo conto di aver trovato ogni scusa per rimandare la partenza. Forse perché lì stavo fin troppo bene.

La sera prima avevo fatto sparire tutto il materiale che volevo conservare, portandolo nel deposito privato in cantina e attivando l'allarme. Feci un ultimo giro di controllo, guardando di nuovo in tutti i cassetti e negli armadi. Non era rimasta traccia del mio passaggio. Dopo poche ore il servizio di pulizia avrebbe preparato l'appartamento per un nuovo ospite, ripulendo tutto con scrupolo e precisione.

Gli oggetti che avevo deciso di portare con me erano pochi, ma di vitale importanza. I due portatili, l'astuccio con i documenti che avevo scelto per il viaggio, i primi vestiti di Roger Brennmeier, il necessario per il trucco e il raccoglitore con i progetti dell'albergo. Non avevo ancora programmato il ritorno e non potevo dimenticare niente.

Uscendo dall'appartamento presi lo zaino e mi diressi verso il corridoio che portava nella hall. Alla reception trovai Marcel che mi accolse sorridendo, mentre gli consegnavo le chiavi.

«Signor Halley, ci rincresce vederla partire.»

«Non me lo dica Marcel, rincresce anche a me.»

«Il taxi l'aspetta fuori, speriamo di rivederla presto.»

«Me lo auguro anch'io» aggiunsi, porgendogli una busta che ripose perplesso in tasca.

Nei mesi precedenti mi aveva aiutato in ogni occasione e sapevo che sosteneva uno sforzo enorme per mantenere la figlia all'università di Louvain. Un giorno me l'aveva presentata e il trasporto con cui mi aveva raccontato del suo primo mese alla facoltà di medicina mi aveva commosso.

Mi infilai subito nel taxi diretto alla stazione prima di vedere l'espressione di Marcel mentre apriva la busta. Volevo evitare di dover rispondere a qualche obiezione per la nutrita mancia che gli avevo lasciato.

Come sempre viaggiavo leggero: a Monaco avevo comprato una piccola valigia e l'avevo riempita con la biancheria e i nuovi abiti di Roger Brennmeier. Non avevo trascurato nessun particolare, sostituendo pure tutti i capi di abbigliamento che portavo.

Non mi pesava spostarmi di notte, per questo, per eliminare le ultime tracce di Jordan Halley, non avevo esitato a combinare diverse tratte e a programmare un viaggio di quasi venti ore. E infatti, dopo la partenza da Innsbruck, oltre al controllore, non avevo visto passare nessuno nel corridoio dalla penombra del mio scompartimento.

Alle sei e diciotto, con puntualità austriaca, il treno si fermò alla stazione di Landeck.

Mi rimaneva ancora un'ultima tratta per raggiungere la mia meta finale. Trovai subito un taxi libero.

«Dove è diretto?» chiese l'autista con un sorriso cordiale.

«A Ischgl, conosce il Waldhotel Silvretta.»

«Un'altra formichina operosa?»

«Scusi?»

«Non può essere un cliente. L'hanno quasi sventrato e forse può sentire i rumori del cantiere anche da qui.»

«In effetti ci vado per lavoro.»

«Non hanno preso quasi nessuno sul posto. Gli scienziati di Graz hanno promesso di fare tutto in sette mesi» spiegò l'uomo sarcastico.

Drizzai le orecchie. Non avevamo ancora imboccato la strada della Silvretta e già sentivo un primo commento sul cantiere. Non volevo perdere l'occasione e decisi di dargli corda.

«Dovrebbero aprire in dicembre.»

«Non ci riusciranno mai. Creda a me!»

«Perché lo dice?»

«Non lo dico solo io. Il cantiere è un vero formicaio. Stiamo anche scommettendo sulla data di apertura! Prima di gennaio non ce la faranno.»

«L'impresa di Graz lavora così, sono specializzati.»

«Forse per i loro prefabbricati cittadini. Con un albergo del genere non può funzionare. La Signora Falkner si rivolterà nella tomba.»

«La fondatrice?»

«Ha fatto tutto lei. È partita con una piccola pensione e poco alla volta l'ha trasformata nel miglior hotel di Ischgl. Ha capito? *Poco alla volta*!» specificò ridacchiando.

«Ma l'albergo aveva bisogno di essere rinnovato.»

«Ovvio, è morta una decina d'anni fa e le figlie l'hanno lasciato andare in declino. Pensavano solo a fare le gran signore.»

«Non mi sembra siano loro le proprietarie.»

«Cosa crede? Avevano manie di grandezza. Si sono indebitate per costruire un altro albergo.»

«E non ha funzionato?»

«Quello l'hanno tenuto per un pelo. Non per merito del marito della Johanna, la maggiore. Si è giocato quasi un milione di euro a Innsbruck. Il signore si riteneva il guru del Black Jack.»

«Allora hanno dovuto vendere il Waldhotel?»

«Eh già. Si sono strozzate con le loro mani e degli avvoltoi di Londra si sono pappati il boccone più succulento di Ischgl.»

Non era andata proprio così, tant'è vero che l'albergo era in vendita da tre anni, ma preferii non smentirlo.

7

Ischgl, Tirolo (Austria)

Malgrado il cantiere ancora aperto e le impalcature che celavano parte della facciata, l'albergo prometteva bene. Tecnici, operai in tuta e fornitori si muovevano in ogni direzione. Alcuni spingevano carrelli, altri portavano borse di attrezzi. Nello spiazzo antistante si trovavano diversi furgoni e macchinari più o meno identificabili.

Era sicuramente l'investimento più grosso della Clearwell Hospitality e il mio ruolo di supervisione poteva essere accolto con distacco, se non addirittura con diffidenza. Quindi, come prima cosa, avrei dovuto guadagnarmi la fiducia del direttore.

Davanti all'ingresso vidi alcune persone che discutevano con un uomo vestito in un elegante completo scuro.

«Lei deve essere Walter Mittelholz,» dissi una volta che ebbero finito di parlare «sono Roger Brennmeier. Dovrebbero averla avvertita del mio arrivo.»

L'uomo non rispose e mi sorrise ripiegando il progetto che aveva in mano.

«Brennmeier, certo. Non la aspettavo così presto. Mi dispiace, ma non poteva scegliere un momento meno appropriato.»

«Non si preoccupi, posso aspettare, magari al caldo.»

«Se ha pazienza possiamo prenderci un caffè tra qualche minuto.»

Andammo a prendere il caffè in un prefabbricato adibito a ufficio.

«Allora Brennmeier, come si immagina il suo ruolo in questi mesi?» mi chiese Mittelholz senza mezzi termini una volta seduti. «Con la direzione lavori e lo staff operativo, abbiamo coperto tutti i ruoli necessari» proseguì, guardandomi fisso negli occhi.

Avevo capito cosa lo preoccupava e volevo fugare ogni dubbio. Dovevo fare in modo che la mia presenza non fosse sgradita, così da avere il tempo per svolgere i miei esperimenti e lavorare con calma.

«Per la Clearwell Hospitality si tratta di un investimento molto importante. Il primo che preveda anche una ristrutturazione massiccia. Finora ci siamo occupati soprattutto di residence pronti all'uso. Non deve vedermi come un ispettore: sono stato mandato qui per controllare i lavori di rinnovo, non la gestione. Una volta chiuso il cantiere, mi consideri a sua disposizione.»

Mittelholz mi sorrise cordiale e non fu difficile rompere il distacco professionale passando rapidamente al tu. Mi raccontò della sua famiglia e si dimostrò loquace, ma poco curioso nei miei confronti. Gli bastò sapere che vivevo a Zurigo senza nessun legame e mi spostavo spesso per lavoro. Difficile capire se fosse discreto per abitudine professionale o per puro disinteresse, ma per me era comunque un vantaggio.

L'appartamento che mi avevano preparato era comodo e ben arredato. Due grandi guardaroba occupavano le pareti dell'ingresso. Sulla sinistra si accedeva al bagno e sulla destra a un'ampia sala da pranzo con una cucina perfettamente equipaggiata. Da lì, si comunicava con la camera da letto e con il soggiorno, dotato di un bellissimo angolo studio. La connessione alla rete era attiva già dal pomeriggio, ma preferii aspettare la sera dopo cena per connettermi; era la prima volta dopo diversi giorni.

Accesi i miei due portatili, verificai il segnale e li collegai fra loro. Per poter avviare il programma che avrebbe aperto la mia connessione sicura erano necessari entrambi.

Un tintinnio sommesso mi avvertì quando la configurazione fu terminata e a quel punto mi bastò digitare la serie di codici necessari a superare le barriere che avevo programmato per entrare nella mia sfera protetta, l'unico luogo in cui mi sentissi a casa.

Con questo sistema potevo accedere ai miei server con un browser qualsiasi, senza che nessuno potesse individuare la fonte e il contenuto delle mie richieste. L'indirizzo della mia connessione rimandava ad altri computer a migliaia di chilometri di distanza.

Per spiegare i meccanismi che avevo inventato, la migliore analogia che avevo trovato anni prima era una pallina da ping pong che a ogni rimbalzo si sarebbe magicamente duplicata. Il trucco consisteva nel far perdere le tracce della pallina che contava. Aggirava anche i sistemi di sorveglianza più sofisticati e garantiva l'inviolabilità dei primi due anelli della comunicazione. Su questo punto, mi sarei sentito pronto a sfidare perfino la CIA. La LastGate non era diventata uno dei leader del mercato per caso.

Ero sempre molto metodico nel passare in rassegna le pendenze e le comunicazioni che riguardavano le mie diverse identità, anche se al centro dei mei pensieri c'era solo Isabel. A Ginevra era pieno periodo scolastico e Alex non mi aveva riportato notizie particolari. Sapevo di non dover più temere per la sicurezza di mia figlia, ciò nonostante faticavo ancora a contenere l'apprensione. Non resistetti e preparai un nuovo messaggio che serviva da segnale per Alex. Mi conosceva e la risposta non tardava mai.

Controllai la posta di Gabriel Laffont, ma non c'era niente di particolare. Visto il ruolo di investitore passivo che gli avevo attribuito, non mi meravigliava. Laffont si trovava in cima alla struttura che avevo creato e aveva contatti solo con lo studio dell'avvocato

Eldinger in Lussemburgo, dove teoricamente risiedeva. Tramite un fondo di investimento delle Isole Cayman, sotto il nome di Laffont possedevo la maggioranza delle quote della Clearwell Hospitality e fornivo i liquidi per gli acquisti di immobili.

A quel punto verificai la corrispondenza di Jordan Halley, il fondatore attivo della Clearwell Hospitality, nonché responsabile della scelta di tutti gli investimenti immobiliari, incluso l'albergo di Ischgl. Negli ultimi anni avevo passato metà del mio tempo nei suoi panni, per seguire e completare acquisizioni. Anche lì, nessuna novità. Braxton, che non sapeva chi si celasse dietro Jordan Halley, era un buon amministratore fiduciario e un ottimo negoziatore, ma ero contento di aver creato Roger Brennmeier per controllare da vicino i lavori.

Finalmente avrei avuto il tempo per scoprire se la premonizione di El Gouna aveva un fondamento scientifico.

8

La mia prima settimana a Ischgl era stata intensissima e ormai mancava solo un giorno all'apertura. Io aiutavo come potevo e quando era necessario. Conoscevo poco degli aspetti pratici del lavoro in albergo, ma nella parte amministrativa riuscivo sempre a dare un contributo utile, in particolare con l'utilizzo dei programmi di gestione. Si era sparsa la voce della mia disponibilità a spiegarne il funzionamento e Mittelholz non esitava a chiedermi aiuto.

Con la fine del cantiere e il progressivo arrivo di tutto il personale, Mittelholz era riuscito a diffondere uno spirito di collaborazione fra gli addetti ai vari servizi. Venivo mandato a destra e a sinistra per risolvere ogni genere di problemi e questo mi permise di conoscere a fondo quasi tutti.

Nelle discussioni emergeva spesso la preoccupazione di fondo per la situazione economica europea. Molti nutrivano un certo timore sulle possibili conseguenze dell'accentuarsi della crisi e sull'andamento delle prenotazioni. Più che altro avevano paura che la società fosse costretta a ridimensionare il personale. Ritenendomi più vicino alla direzione, e quindi più informato, approfittavano dei contatti occasionali per sondare il terreno.

Una delle persone con cui avevo lavorato a stretto contatto era Panagiotis Dermitzakis, il responsabile dell'ufficio acquisti. Originario di Creta, era una persona solare ed estroversa, sempre pronto ad aiutare tutti. Lo incontrai per la prima volta quando Mittelholz mi chiese di aiutarlo nella configurazione dell'inventario e con l'attivazione del modulo contabile, una delle parti più complesse del programma.

Panagiotis si presentò come Panos, spiegandomi che era il diminutivo con cui lo chiamavano tutti. Parlava perfettamente tedesco, era gioviale e sapeva mettere chiunque a proprio agio. Con innata gentilezza arrivava a ottenere la collaborazione di tutti.

Panos si era formato nella scuola alberghiera di Iráklion ed era dotato per le lingue, così aveva fatto rapidamente carriera nei migliori alberghi dell'isola fino a venire assunto in una grossa struttura di Atene, dove era rimasto per dieci anni. Con il recente fallimento dell'albergo si era trovato senza lavoro e aveva dovuto accettare il posto che gli era stato offerto lontano da casa.

Non avendo quasi niente da raccontare di mio, ero abituato a lasciar parlare gli altri e li ascoltavo anche con sincero interesse. Non passava mai molto tempo prima che iniziassero a farmi le loro confidenze.

Panos soffriva molto per la distanza dalla famiglia: aveva lasciato ad Atene la moglie e i quattro figli. A cena mi raccontò che vivevano nella loro graziosa villetta con un bellissimo giardino sulle colline del quartiere di Glyfada, nella parte meridionale della città. Sapeva che non li avrebbe visti fino ad aprile e il contatto telefonico giornaliero mitigava solo di poco la sua nostalgia, soprattutto a Natale. Panos mi spiegò anche perché a casa sua vivevano due nipoti, rimasti orfani.

Suo cognato, proprietario di una florida ditta di trasporti, anni prima aveva investito in nuovi camion e in un centro logistico ricorrendo al finanziamento delle banche. Sebbene fosse stato capace di contenere gli effetti della contrazione del mercato, incassando al nero in attesa di tempi migliori, gli interessi sul suo debito lo avevano letteralmente strozzato. Nell'arco di un anno erano quadruplicati, lasciando alla sua azienda ben poche possibilità oltre al fallimento.

Nello spazio di pochi mesi, lui e la moglie si erano resi conto che avrebbero perso anche la casa. Poco dopo erano usciti di strada con l'auto ed erano morti sul colpo. L'assicurazione non aveva pagato la loro polizza sulla vita classificando l'incidente come un suicidio. Il caso voleva che l'assicurazione appartenesse alla stessa banca che aveva ritirato i crediti.

Panos era rimasto sconvolto dalla vicenda. Più di tutto l'aveva turbato la cieca reazione della banca. Aveva interrotto l'attività del cognato, sequestrando i beni e di fatto perdendo l'intero credito: il capannone della ditta adesso era vuoto e stava andando in rovina, mentre i camion erano abbandonati sul piazzale alla mercé delle intemperie.

Se Panos affrontava gli eventi con stoicismo, Esteban Fuentes, lo chef, aveva una sua idea sulle cause della crisi finanziaria.

Ebbi modo di familiarizzare con lui nei giorni prima dell'apertura, quando il suo assistente si trovò in difficoltà nel configurare i terminali per le ordinazioni.

Esteban era uno chef creativo, che aveva lavorato nei migliori alberghi di Spagna e Francia. Quando scoprì che con me poteva parlare catalano, ne fu felice e iniziò a invitarmi il pomeriggio ad assaggiare le sue creazioni.

Dimostrava meno dei suoi quarantacinque anni, anche grazie a una folta capigliatura nera e un viso tondo e paffuto. Lavorava per altri unicamente durante la stagione invernale, perché aveva aperto un piccolo, ma raffinato albergo a Roses, non lontano da Barcellona, dove abitava con la famiglia.

Esteban ammise di ritenersi fortunato e mi confidò diversi episodi di suoi colleghi messi in ginocchio dalle banche. Mi raccontò accorato dell'esplosione di suicidi causati dal tracollo economico e, secondo lui, dalla sconsiderata azione degli istituti di credito.

Esteban aveva una personale teoria: si trattava di una cospirazione della finanza internazionale che cercava di approfittare della situazione per ragioni non chiare. Mi illustrò diverse teorie che, però, mi sembrarono tutte poco plausibili. Quando arrivò a dirmi che tutto poteva essere stato orchestrato unicamente da un'organizzazione segreta che manipolava le economie perß un suo scopo occulto, ormai avevo iniziato a preoccuparmi per la sua sanità mentale. Mi disse di averla battezzata "el pulpo" ed era sicuro che i suoi tentacoli fossero già arrivati ai vertici del potere.

Continuò a raccontarmi come immaginava funzionassero i meccanismi di controllo e quali fossero secondo lui le organizzazioni coinvolte. Data la mia situazione, ero già incline a seguire questo genere di fantasie paranoiche e avevo cominciato a sentirmi a disagio, anche se stavo cercando di nasconderlo. Non potevo sapere che le sue teorie erano più vicine alla realtà di quanto immaginassi e che la sua visione non doveva essere diversa da quella di Legrand.

Ritornare ad avere rapporti umani mi procurava un piacere immenso, facendomi dimenticare l'intenso impegno e il fatto che fossi chiamato a risolvere le problematiche più disparate.

La situazione internazionale non aveva influito sulle prenotazioni e l'albergo avrebbe inaugurato la sua prima stagione con un tutto esaurito. Tuttavia, quel pomeriggio, chiamai Braxton per un ragguaglio sulle proiezioni finanziare che speravo fossero rassicuranti.

Attivai la mia connessione protetta e chiamai il suo ufficio. Rispose una segretaria che non avevo mai sentito e mi annunciai.

«Sono Jordan Halley, vorrei parlare con Braxton.»

«Buongiorno signor Halley, mi fa piacere sentirla, rimanga in linea un attimo.»

«Jordan, sono contento di sentirti» esordì Braxton. «Ho delle novità che ti faranno piacere.»

«Buongiorno Andrew, tutto bene? Come sono andati gli esami di tuo figlio?»

Mi ricordavo che era all'ultimo anno e doveva aver terminato da poco la sessione invernale.

«È convinto che sia andato tutto bene, ma non ha ancora i risultati.»

«Tu piuttosto, sei ancora preoccupato per l'albergo di Ischgl?»

«Non proprio, ma vorrei sentire cosa dicono le prime proiezioni.»

«Andiamo dritti al sodo allora.»

«Spara.»

«Sei un uomo veramente fortunato. È un investimento che renderà bene. Anche il primo rapporto di Brennmeier è positivo. Possiamo essere soddisfatti della scelta di Mittelholz e della sua squadra.»

«Ottimo. Mandami i rapporti per email.»

«In quanto a Brennmeier devi vedere se vuoi sostenerne i costi fino all'estate. Penso che non sia più necessario, ma tocca a te decidere.»

«Aspettiamo ulteriori sviluppi. Per il momento lasciamo tutto così.»

9

Il mio ruolo in albergo diventava sempre meno importante, continuavo a seguire da vicino tutte le attività amministrative, ma il flusso del lavoro si stava regolarizzando. Non era però ancora tempo di far sparire Brennmeier. Avevo ricevuto il materiale che avevo ordinato pochi giorni prima. Il corriere aveva consegnato in portineria due grandi pacchi, piuttosto ingombranti, ma abbastanza leggeri da poter essere trasportati con il carrello dei bagagli.

Ecco i miei giocattoli, avevo pensato aprendo le scatole. Il pacco più leggero conteneva una confezione per giocare al bingo con tanto di sfere per l'estrazione; in quello più pesante, invece, c'era una seconda e più sofisticata versione del bingo con una sfera che ruotava su due assi e attraverso cui era possibile regolare sia i tempi di rotazione che di estrazione. Sul fondo vi erano tre roulette. Avevo scelto delle confezioni costose, con delle ruote massicce, il più simile possibile ai modelli reali.

Avevo sempre ritardato l'inizio dei progetti importanti. Di solito poi, una volta cominciato, mi concentravo su quello che stavo facendo consacrando ogni fibra del mio corpo allo scopo. Mi ero convinto che le idee e le soluzioni non cadessero dal cielo, ma il loro germe si perfezionasse nel periodo di inerzia apparente. Il tempo passato a rinviare non mi sembrava sprecato. Anche in quel caso, prima di iniziare, volevo essere libero da ogni altra incombenza, così mi occupai delle ultime faccende di routine.

Per prima cosa controllai l'account di Gabriel Laffont e scrissi all'avvocato Eldinger per ridurre a due milioni l'ordine di aumento delle quote della Clearwell Hospitality. Dopo quanto avevo sentito da Braxton, ritenevo che i liquidi fossero ampiamente sufficienti. Con gli acquisti degli ultimi due anni avevo raggiunto gli obiettivi prefissati e per il momento non erano necessari ulteriori investimenti. Controllai anche le statistiche di Braxton sull'occupazione e sulla rendita di tutti i beni immobili della Clearwell. I dati erano molto soddisfacenti; la loro gestione era affidata ad agenzie specializzate, che si occupavano di ogni aspetto ed erano interessate ad affittarle al meglio. Il sistema era costoso, ma mi permetteva di usufruire di alcune case sicure, dotate di un deposito riservato, senza lasciare traccia del mio passaggio.

Una casa abbandonata attira l'attenzione, una in affitto permanente no. Nelle mie abitazioni passavano sempre nuovi inquilini, fra i quali ogni tanto figuravo anch'io che, come gli altri, effettuavo una normale prenotazione, pagavo, ritiravo le chiavi e trovavo tutto pronto con la certezza che, dopo la mia permanenza, qualcuno avrebbe pulito tutto a fondo.

Di chi è veramente una casa? Degli inquilini? Dei proprietari? Io direi di chi ne conosce i segreti. I segreti delle mie case non consumavano energia e non si rompevano. Nella peggiore delle ipotesi potevano forse ammuffire. Erano segreti custoditi in luoghi che non risultavano in nessun catasto. Una cantina in più, un deposito in più o anche solo un armadio piazzato al punto giusto, con porte e serrature sicure erano sufficienti. Sigillati, chiusi a chiave, ma all'interno di una struttura abitata e sorvegliata, non costano quasi niente e sono praticamente impossibili da scovare. In questo modo potevo conservare tutto il materiale necessario ai miei scopi e che doveva rimanere nascosto a tutti.

Aprii il database con cui gestivo le identità. Ne tenevo sempre in vita quasi un centinaio. Non contavo Jordan Halley o Gabriel Laffont o magari anche Roger Brennmeier, se l'avessi promosso. Queste ultime le consideravo identità reali ed erano di gran lunga più sofisticate. Per la burocrazia erano di fatto *tutte* persone vere.

Con le altre potevo passare frontiere semplici, alloggiare in qualsiasi albergo, noleggiare auto, prelevare contanti e pagare con la carta di credito. Per i documenti mi ero procurato due stampanti che costavano una piccola fortuna e che tenevo in due dei miei appartamenti. Anni prima avevo imparato i trucchi necessari da due veterani del mestiere e con il materiale giusto ero in grado di produrre carte di identità identiche a quelle reali.

Le identità non mi costavano molto, però erano tante e dovevano tutte essere mantenute in modo appropriato. Senza il database che mi ero costruito avrei perso il filo e commesso di certo qualche errore. Il lavoro era noioso e frequente, perché ogni identità completa richiedeva di tenere in vita conti bancari, carte di credito e account di posta elettronica. Anche se avevo reso virtuale praticamente tutto, l'aspetto più critico era costituito dalla corrispondenza cartacea che convogliavo su una decina di caselle delle quali mi occupavo periodicamente per evadere eventuali richieste. A fine novembre, prima di partire per Ischgl, avevo fatto l'ultimo giro. Aggiornare il database era sempre un lavoraccio e non riuscii a terminare prima delle due di notte.

Prima di spegnere, mi accorsi che Alex aveva risposto al mio messaggio. Per quanto lo permettessero le circostanze, cercava sempre di starmi vicino.

Caro Daniel,

oggi ho pranzato con Jean-Michel. Ultimamente ci siamo incontrati spesso, perché mi ha chiesto di essere il referente per i seminari di conclusione di uno dei suoi corsi. Non avevo ancora visto il tuo messaggio, ma ne immaginavo la presenza. Non riesci mai a superare di molto il termine delle due settimane che avevi fissato proprio tu. Ti capisco e ti sono sempre vicino. Isabel sta benissimo. Domenica ha vinto la gara di judo della sua categoria. Siamo tutti stupiti per questa sua nuova passione e soprattutto per i risultati. Nelle gare sembra imbattibile, come se anticipasse le mosse dei suoi avversari. Non si dà mai per vinta e si allena con impegno. Direi che in questo somiglia molto più a Mel che a te.

Jean-Michel mi ha assicurato che non soffre più come prima, anche se tu e Mel le mancate molto. Si trova bene con sua cugina e ogni giorno che passa sembra più serena.
Si è affezionata a tua cognata. Jane dice che parlano come fossero vecchie amiche; ne è contenta e meravigliata perché non ha un dialogo tanto intenso nemmeno con sua figlia.
Con sua cugina ha fondato un club di scacchi, un gioco che a te non è mai piaciuto – non ho mai capito perché –, ma Isabel è un vero mostro. Il suo primo semestre alla scuola media si sta concludendo: ci sono alcune materie che disprezza, forse perché non stima l'insegnante. In altre eccelle. Indovina tu quali e indovina a chi penso…

Ti ricordi il portatile che le avevi regalato per l'ultimo Natale che avete trascorso insieme? Dopo quattro anni era ridotto veramente male, ma non ha mai voluto cambiarlo. Ne ha anche ricevuto uno all'ultimo grido, ma è stata irremovibile. Quando lo schermo ha tirato le cuoia, Jean-Michel le ha detto che non si poteva più riparare. Senza l'aiuto di nessuno ha scoperto come e da chi farlo riparare. Pare che abbia fatto sostituire tutte quelle cose dentro i computer che sapete solo voi a cosa servono, facendola diventare una macchina potentissima. Non ti ha dimenticato, ma sta superando la perdita e puoi smettere di preoccuparti.

Mi sono rassegnato a non avere tue notizie, ma i tuoi messaggi mi rassicurano: ti immagino da qualche parte sano e in vita.
Buona fortuna sempre,
Alex

10

La mattina seguente, feci colazione prima del solito, tornai subito nel mio appartamento e appesi alla maniglia il cartello: «Non disturbare».

Era arrivato il momento della verità. Se quello che credevo si fosse rivelato vero, avrei avuto un mezzo di difesa formidabile. Ne avevo bisogno: la mia ricerca non sarebbe stata facile e i pericoli non mi avrebbero di certo fatto desistere.

Disponevo del materiale necessario per gli esperimenti e avevo già immaginato come effettuare un'analisi statistica dei risultati, comunque volevo iniziare per gradi. La prima premonizione di El Gouna mi aveva salvato. Era stata confermata solo da rari episodi successivi che non sapevo come spiegarmi. Fin dall'inizio, mi era sempre sembrata una cosa troppo straordinaria per essere vera. Mi ero anche subito reso conto del suo potenziale e temendo una delusione, avevo rimandato le verifiche. Così, dopo quattro anni, non avevo ancora la minima idea di quale fosse la portata del fenomeno.

Decisi di iniziare con la macchina per l'estrazione più grande: mi bastava riprodurre il grado massimo di casualità. Schiacciai il bottone e annotai il numero trentasette. La macchina estrasse il cinquantadue.

Continuai metodicamente e mi resi conto che qualcosa mi confondeva. Ripetei l'esperimento cinquanta volte. Non indovinai mai.

Iniziai una nuova serie di prove, ma arrivato a metà, mi fu chiaro che non stava andando diversamente.

Non mi scoraggiai e ricominciai da capo, questa volta stando ben attento alla sequenza: pensare a un numero, annotarlo, premere il bottone, annotare il numero estratto. Dopo altre venti prove, il foglio di calcolo indicava un solo risultato positivo. Probabilmente era frutto del caso.

Decisi di fare un tentativo con la macchina più piccola. Pensai molto intensamente al numero quarantatré, poi lo annotai. Uscì proprio il quarantatré.

Schiacciai il bottone una seconda volta. Nel farlo, percepii nettamente il numero sessantotto che annotai subito. Non credevo ai miei occhi: uscì il sessantotto. Ripetei l'esperimento ancora ventitré volte: sedici risultati positivi mi sembrarono un'enormità.

Ero sempre più perplesso. Dipendeva dalla macchina? Come potevo indovinare così bene i risultati con quella più piccola e nemmeno uno con l'altra?

Osservai per un attimo le due macchine posate sul tavolo di fronte a me e decisi di provare con le roulette. Presi subito la più grossa e la appoggiai sullo scrittoio. La ruota girava perfettamente. Gettai la pallina e annotai il numero ventuno.

Rien ne va plus, pensai. Chiusi gli occhi e aspettai. Sentii la pallina colpire la prima losanga, poi rimbalzare impazzita e fui di colpo certo che sarebbe uscito il cinque. La pallina si fermò. Aspettai un attimo, quindi aprii gli occhi: la pallina era proprio sul cinque.

Visione? Sensazione? Consapevolezza? Nessuna parola descriveva quello che provavo. Semplicemente *sapevo* che sarebbe uscito un determinato numero. Come quattro anni prima nel blu del Mar Rosso.

Avevo capito come fare. Era inutile sforzarsi, dovevo solo aspettare di percepire con certezza cosa sarebbe accaduto. Ricominciai l'esperimento con una sequenza precisa.

Trentasei prove su cinquanta ebbero successo. Non riuscivo a crederci: *riesco davvero a prevedere l'imprevedibile?*

Ormai avevo i mezzi, il tempo e la volontà di acquisirne la certezza scientifica, se mai fosse stato possibile. Ripresi la prima macchina per il bingo e la guardai. Ora sapevo che il numero delle palline o la forma erano irrilevanti. Schiacciai il bottone e chiusi gli occhi per annotare il numero. Sentii il motorino iniziare la rotazione e le palline sbattere l'una contro l'altra, poi il rumore cambiò e iniziò la rotazione sul secondo asse.

Le palline iniziarono di nuovo a sbattere e all'improvviso *vidi* la pallina numero cinquantotto. La sfera si fermò e sentii la pallina ruotare sul binario: era la numero cinquantotto.

Continuai tutto il giorno senza tregua, utilizzando alternativamente le roulette e le macchine per il bingo. Alle tre e mezza di notte il foglio di calcolo mostrava un impressionante ottantaquattro per cento di successo.

Quello che succedeva era perfettamente riproducibile e misurabile, anche se per il momento non c'era una spiegazione razionale.

11

Stava nevicando sempre più forte: un tempo perfetto per la stagione sciistica e stimolante per la mia giornata di lavoro. Avevo la sensazione di disporre di una dote di estrema importanza, ma non riuscivo a valutarne l'utilità per i miei scopi.

Il giorno prima avevo capito come procedere, anche se stavo trattando con eventi poco rilevanti e quindi non ero abbastanza impressionato dal risultato che cercavo di prevedere. Dopotutto non mi importava realmente quale numero uscisse. Forse avrei dovuto imparare a focalizzare meglio il mio interesse sull'evento.

Mi immaginai diversi cicli di prove per verificare se la precisione e l'anticipo potessero cambiare con l'esercizio. Iniziai la prima serie di esperimenti con la macchina del bingo più grossa. Volevo usare le possibilità di regolazione dei tempi di miscelazione delle palline per misurare l'esatta portata temporale del fenomeno.

La media indicava tre secondi e un decimo. Nell'arco di sei ore non erano praticamente mai cambiati, se non all'inizio, prima di acquisire dimestichezza con il nuovo metodo.

Alle tre del pomeriggio feci una breve pausa per mangiare qualcosa. Seduto al banco del bar non smisi di riflettere sui risultati. Mi meravigliavano in particolare le differenze che persistevano tra la roulette e il bingo. Nel primo caso raggiungevo il novantasei per cento di possibilità di successo, mentre per il bingo rimanevo a ottantasette.

Non avrebbe dovuto essere diverso e sentivo di dover approfondire. Continuai a lavorare fino a tarda notte e anche nei giorni successivi, finché non riuscii a farmi un quadro preciso dei limiti delle mie doti e del modo con cui si manifestavano: la capacità di prevedere veniva attivata inconsciamente. Non potevo schioccare le dita e impormi di indovinare cosa sarebbe accaduto, non potevo decidere di avere una premonizione. Dovevo solo aspettare che si rivelasse.

Feci esattamente diecimila prove cronometrate, non una di più, non una di meno.

I risultati erano netti. Fra i tre secondi e tre secondi e mezzo avevo una possibilità di successo del novantacinque per cento, che precipitava a zero dal decimo di secondo successivo.

Mi sforzai di capire come potesse avvenire. Ancora adesso non me lo spiego. Pensai che forse il caso non esisteva, ma che fosse solo la mancata conoscenza di tutti i fattori che regolano gli eventi a renderlo imprevedibile. Erano la dimensione della pallina, la velocità della ruota, la posizione della mano, la durezza del legno, la temperatura dell'ambiente, l'alito del croupier, i granelli di polvere sospesi nell'aria e tutti gli innumerevoli altri dettagli a stabilire fin dall'inizio dove si sarebbe fermata.

Fu proprio la mia mente scientifica a farmi accettare come naturale un simile fenomeno. Per quanto inspiegabile fosse, i risultati degli esperimenti erano incontrovertibili.

L'incidente nel Mar Rosso poteva aver attivato una facoltà sopita di valutare quali fossero i fattori che, nella loro interazione, avrebbero portato di lì a poco all'avverarsi di un determinato evento.

Disponevo di una capacità straordinaria, con dei limiti ben precisi, ma assolutamente affidabile. Dovevo solo capire come metterla a frutto.

12

«Roger, abbiamo bisogno di te alla reception» esordì Mittelholz. «Non riusciamo a chiudere il piano con i prossimi turni.»

Mancava meno di una settimana a Natale e dall'apertura la vita in albergo si era fatta sempre più intensa. Dopo tre giorni, con gli ultimi arrivi, saremmo stati al completo. Appena raggiunsi la hall salutai tutti e mi avviai verso l'ingresso dell'ufficio.

«Buonasera Walter, come stai?»

«Benissimo, ma mai quanto te. Da quanto ho sentito ti stai facendo una bella vacanza.»

«È colpa tua se non ho niente da fare.»

Ormai nevicava ininterrottamente e uscivo ogni giorno appena aprivano gli impianti. Avevo imparato a conoscere a fondo la regione. Nessun percorso era troppo lungo, troppo innevato o troppo difficile per me. Lontano da tutti e circondato da una magica coltre bianca riflettevo sulla mia inspiegabile capacità di percepire ciò che stava per accadere.

Lo sforzo e il freddo avevano acuito i miei sensi, il silenzio delle foreste innevate mi stimolava. Cercavo di mettere alla prova la mia capacità di percezione, applicandola a ogni possibile contesto: la direzione in cui fuggiva un animale, la caduta di un blocco di neve, l'incontro con altri sciatori. Funzionò quasi sempre e, nei pochi casi in cui sbagliavo, riuscii pure a comprenderne le ragioni. Mi sentivo vivo e carico di un'energia che credevo di aver dimenticato.

Tuttavia Mittelholz mi riteneva più utile in albergo: «Ci ho già pensato e sei inserito nei turni. Ho deciso di far accompagnare ogni cliente, se lo desidera, per una visita completa della struttura. Te ne occuperai tu, visto che ne conosci ogni angolo. Kim ti aspetta per illustrarti orari e percorsi».

Kim Hasler era la responsabile dell'amministrazione. Ritornai nella hall e la vidi al telefono.

«Puoi chiamare la tua mamma per favore?»

Doveva averle risposto un bambino. Mi sorrise e mi fece cenno di pazientare.

«Buonasera signora Hofman, sono Kim Hasler del Waldhotel Silvretta;» proseguì «mi hanno appena telefonato per una disdetta e ho pensato subito a lei. Vi ho trovato lo stesso appartamento per tutte e due le settimane. Anche questo ha due suite e dà sulla pineta. Costerebbe di più, ma il direttore ci tiene a offrire il meglio ai clienti affezionati.»

«Buona l'idea di scrivere a tutti i vecchi clienti. È tua o di Mittelholz?» le chiesi una volta terminato.

«Di entrambi. La signora Hofman veniva qui già da bambina con i suoi genitori. Ora è sposata e ha tre figlie. Sono due settimane che chiama per anticipare l'arrivo e prolungare il soggiorno.»

«Quindi, non rimane vuoto proprio niente.»

«Esatto. Sei pronto a fare da cicerone?»

I clienti continuavano ad arrivare uno dopo l'altro per tutti i giorni che precedevano il Natale e si immergevano con gioia nell'atmosfera festosa dell'albergo. Il grande camino nell'atrio era acceso fin dal mattino e dei vassoi di biscotti natalizi erano in bella mostra sulle cassapanche decorate dell'ingresso. I clienti erano gradevolmente sorpresi dal giro che avevamo organizzato e osservavano tutto con curiosità e interesse. Il ruolo che mi avevano assegnato mi divertiva moltissimo, quasi al punto da farmi dimenticare gli esperimenti.

In una sola giornata erano arrivate quasi cinquanta famiglie. Molti avevano accettato la nostra proposta di visitare l'albergo e per poter organizzare il giro in orari appropriati, predisposi le visite in modo da accompagnare al massimo due famiglie alla volta.

Dopo il tour, i clienti mi sceglievano come interlocutore per ogni possibile richiesta. Chi più e chi meno, finivano tutti per cercarmi e chiedermi informazioni. Riuscii ad accogliere e guidare tutti gli ospiti nella propria lingua. Stupii perfino una famiglia libanese residente a Ginevra, passando dal francese all'arabo non appena mi accorsi che avevano l'abitudine di parlarlo fra loro.

La mia conoscenza della regione e delle piste fu la goccia che fece traboccare il vaso e non ebbi più tregua. I clienti mi chiedevano di trovare l'insegnante di sci adatto oppure di organizzare un corso per i figli. Con l'aiuto di Kim e delle altre ragazze della reception riuscii sempre ad accontentarli.

All'inizio mi preoccupai. Nel ritrovarmi al centro dell'attenzione, temevo di incontrare qualcuno che potesse riconoscere la mia voce, ma una volta controllate le liste dei clienti dimenticai ogni timore e quello era il primo Natale in quattro anni in cui pensai a Mel quasi senza soffrire.

Iniziai il giro di visite con due famiglie di Francoforte. La prima aveva un solo figlio, un ragazzino biondo che mi pose ogni genere di domande quando passammo nei locali delle termopompe. L'altra era la famiglia Hofman di cui mi aveva parlato Kim. Erano simpatici e avevano tre figlie. La maggiore, Martina di sette anni, era la copia esatta della madre, mentre le gemelle, Lena e Lara, di quattro, erano due vere e proprie pesti. Penso di essere impallidito nel vederli. L'analogia con la mia famiglia mi aveva colpito dolorosamente, tuttavia riuscii a nascondere ogni emozione e a dare il meglio di me.

Dovevo averli divertiti molto durante la visita, perché quando li incontrai al bar, la sera, vollero offrirmi da bere. Scoprii che avevamo un passato di studi affini, lui aveva studiato fisica teorica e lei matematica. Fu con Michael che legai di più. Aveva compiuto da poco trentasei anni e lavorava alla Banca Centrale Europea.

Non entrò nei dettagli, ma capii che si occupava di statistica. Alto e magro, aveva il viso gentile anche se provato da quella che inizialmente mi parve stanchezza. Malgrado la statura, aveva un incedere elegante. Scoprii che era un accanito ciclista e uno sciatore provetto. Karolin, sua moglie, era ancora più in forma. Di qualche anno più giovane del marito, aveva capelli castano chiaro, grandi occhi azzurri e un fisico slanciato. Come sciatrice superava addirittura Michael.

Dopo gli studi aveva insegnato alcuni anni in un liceo, ma con la nascita di Martina aveva smesso di lavorare. Mi confessò che in realtà era sempre in attività, anche se non retribuita. Michael parlava molto con lei del suo lavoro e discutevano spesso su come ottimizzare gli algoritmi o sfruttare metodi di calcolo più efficaci.

Gli Hofman erano degli interlocutori piacevoli che iniziai a frequentare in maniera assidua. Li sentivo quasi come degli amici, tanto da provare per la prima volta il peso della mia falsa identità. Con il passare dei giorni, Michael mostrava di essere sempre più rilassato e riposato, sebbene ogni tanto si assentasse fissando assorto il vuoto. In quei momenti, notai che Karolin lo osservava con profonda pena.

Nel frattempo il mio impegno in albergo era di nuovo calato e ne approfittai per ricominciare a sciare. Fu quasi una logica conseguenza che una sera mi ritrovassi a pianificare con loro un'escursione fino a Samnaun. Da oltre quattro anni ero completamente solo e l'occasione di fare un giro in compagnia mi sembrò irresistibile.

Il mattino successivo partimmo presto e salimmo insieme a bordo di una cabina diretti sulla vetta dell'Idalp, discutendo gli ultimi dettagli del percorso. Michael e Karolin erano in splendida forma e me lo dimostrarono nella discesa, che concludemmo senza interruzioni.

Quindi ci spostammo con la seggiovia al Greitspitz, dove mostrai loro il Palinkopf in lontananza. Erano felici e ogni occasione era buona per farsi una foto con il cellulare. Quando si accorsero che non ne avevo uno mi chiesero increduli come mai. Non erano i primi a fare quel genere di osservazione e avevo già pronta una spiegazione: «Vivo da solo e voglio tenere ben distinti tempo libero e lavoro». Mi guardai bene dallo spiegare cosa si potesse fare con un cellulare e quanto lo temessi.

Nell'ultimo tratto della lunga discesa fino a Samnaun li guidai attraverso un percorso alternativo nella foresta. Una volta arrivati, li portai al ristorante dell'Hotel Vital. Tornammo in albergo poco prima dell'imbrunire. Michael sembrò sereno per tutta la giornata e qualsiasi cosa l'avesse angosciato, sembrava si fosse persa nella neve.

13

Mittelholz mi aveva segnalato dei rallentamenti nella rete interna dell'albergo. Il supporto era intervenuto e tutto sembrava tornato alla normalità, ma non mi fidai. Lessi il rapporto d'intervento: c'era stato un tentativo di intrusione da parte di un virus, noto come Crygon77. I tecnici avevano quindi aggiornato l'antivirus e fatto un controllo completo dei dischi. Il foglio di lavoro indicava un intervento di quattro ore. Aggrottai la fronte. Mi sembrava di ricordare che il Crygon77 fosse abbastanza facile da individuare. Un anno prima aveva fatto tremare alcuni istituti che emettevano carte di credito, ma ormai era noto e sorpassato.

Ammesso che riuscisse a ingannare i firewall, un qualsiasi antivirus era in grado di rilevarlo, soprattutto in una rete installata da poco più di un mese. Ma qualcosa non quadrava. Decisi, quindi, di andare più a fondo; tornai nel mio appartamento, accesi i miei due portatili e mi collegai alla rete come amministratore.

Per prima cosa attivai un mio programma che avrebbe cercato tutte le tracce di traffico con l'esterno. Il compito non era molto diverso dal ricomporre un puzzle, ma doveva trattare milioni di pezzi. Inoltre due terzi delle tessere del puzzle potevano essere perse per sempre. Scoprii che quarantadue ore prima il virus aveva cercato di collegarsi a un server, ma era stato messo in quarantena. Sembrava il tentativo ingenuo di un ladro di polli a caccia di carte di credito, ma avevo fiutato che c'era dell'altro.

Quando scoprii che era avvenuta una seconda intrusione di Crygon77, senza che vi fosse la minima traccia della fonte, il mio dubbio divenne certezza. Adattai il programma di ricerca per capire se le tracce mancanti seguissero uno schema e il risultato era lampante: i mezzi per eseguire una cancellazione di questo tipo non erano a disposizione di chiunque e la modalità di intervento denotava estrema professionalità.

Passai il resto della notte cercando di scoprire cosa avessero tentato di leggere. Solo alla fine trovai una traccia debolissima, ma sufficiente a farmi capire di cosa si trattasse e a indicarmi l'orario della trasmissione. Avevano interrogato il file che gestiva i nominativi dei clienti e le prenotazioni delle due settimane successive. Le richieste figuravano a nome di Grete, una delle impiegate che in quel momento ero certo non fosse di turno. *Cosa stavano cercando?*

Non ero particolarmente preoccupato per la mia identità, perché Brennmeier era l'ultimo di una serie di spessi strati. Non potevo essere io la preda, inoltre non c'erano personalità note e non vedevo ragioni per investire mezzi tanto sofisticati per reperire dati sui nostri clienti. Guardai fuori dalla finestra e vidi l'alba. Per fortuna quel giorno non avevo impegni. Decisi di approfondire la ricerca successivamente. Per la prima volta dal mio arrivo a Ischgl temevo per qualcosa di ignoto.

Mi svegliai dopo poche ore. Nubi basse e dense coprivano il cielo e secondo le previsioni avrebbe nevicato fino all'ultimo dell'anno.

Quanto avevo scoperto sull'intrusione mi aveva reso inquieto e rinunciai a uscire per poter proseguire le ricerche, ma Mittelholz cambiò i miei piani e mi tenne occupato fino al tardo pomeriggio con diverse incombenze. Riuscii comunque a studiarmi tutti i clienti presenti e quelli che sarebbero arrivati il sabato. Verificai su Google se qualcuno di loro fosse un personaggio noto, ma non trovai niente.

Furono Karolin e Michael a rasserenarmi un poco. Li incontrai mentre prendevano l'aperitivo. Io avevo appena mangiato e dovetti rifiutare il loro invito a cena, promettendo che ci saremmo visti per le nove e mezza al bar. Prima di unirmi a loro volevo analizzare più a fondo i dati del flusso di rete e trovare la fonte delle due intrusioni.

La prima fu semplicissima da rintracciare. Era un provider romeno e l'indirizzo del server era addirittura pubblico. Avviai di nuovo il programma, lasciai che proseguisse con la ricerca e uscii dall'appartamento.

Al bar, Michael e Karolin sembravano euforici e mi salutarono con trasporto non appena mi videro entrare nella sala.

«La serata tirolese è stata fantastica» a Karolin brillavano gli occhi.

«Sei libero nei prossimi giorni?» mi chiese Michael.

«Certo. Se siete d'accordo, domani vi mostro un itinerario un po' più impegnativo per la discesa del Samnaun?»

«Non posso,» rispose Karolin «Michael mi ha regalato un pacchetto beauty, ma dopodomani sarò anch'io della partita.»

«Okay, allora domani andiamo noi due e facciamo due volte l'Eleven» Michael sembrava incontenibile.

In quel momento sul cellulare di Karolin comparve la foto di Martina.

«Cosa succede, scricciolo?» chiese in tono preoccupato «non preoccuparti, adesso arriva il castigamatti.»

«C'è bisogno del mio intervento?» chiese Michael sorridendo.

«Le gemelle hanno fatto finta di dormire e adesso si sono scatenate con i cuscini.»

«Vuoi che non abbia partecipato?»

«Secondo me aveva altri piani. Controlla che si addormenti anche lei. È stanca per lo sci e la piscina e adesso deve proprio dormire.»

«Questo è un caso che richiede un'autorità superiore» rispose Michael divertito. Vuotò il suo bicchiere e si alzò.

Non appena si fu allontanato, Karolin mi mise una mano sul braccio facendosi di colpo seria.

«Roger, devo chiederti un favore.»

Dell'allegria e dell'euforia improvvisamente non rimaneva nemmeno l'ombra.

«Sono molto preoccupata. Michael sta attraversando una fase difficile, al lavoro viene sottoposto a uno stress crescente e ormai è al limite dell'esaurimento. Sono riuscita a convincerlo a venire una settimana prima per distoglierlo dai suoi problemi. Sembra stia meglio, ma fa tutto con eccessivo entusiasmo e non vorrei si affaticasse troppo. Pensa, ha sempre avuto una memoria di ferro, ma ultimamente si dimentica tutto. Viviamo invasi dai post it. Negli ultimi mesi ha trascorso più tempo in ufficio che a casa.»

«Puoi stare tranquilla. Ti prometto che lo terrò d'occhio.»

«Da quando è stato coinvolto in quel progetto non è più lo stesso. Non si confronta più con me, è irrequieto e fatica a dormire, anche se cerca di negarlo.»

«Si tratta di un progetto importante?»

Karolin mi guardò con tristezza, senza tuttavia rispondere alla mia domanda.

«Ha sempre avuto molte responsabilità, ma non era mai arrivato a questo punto. È come se fosse sempre assente e non ha mai voluto dirmi cosa sta succedendo. Stai attento domani, ti prego.»

Aveva gli occhi lucidi, ma sorrise al marito che stava tornando al nostro tavolo.

«Cessato allarme. L'autorità paterna non transige» disse Michael sedendosi di nuovo con noi. Karolin mimò un'espressione di scetticismo e ridemmo tutti.

Una volta nel mio appartamento, controllai lo stato di avanzamento della ricerca. Se tutto fosse continuato bene, avrei avuto i risultati entro la sera successiva.

14

Il mattino dopo ci incontrammo a colazione. Karolin mi lanciò uno sguardo molto eloquente, a cui risposi con un leggero cenno affermativo.

Alle nove Michael e io stavamo già raggiungendo la stazione dell'Idalp. Sembrava euforico e, come aveva previsto Karolin, voleva strafare. Lo convinsi a fatica a rallentare il ritmo. Affrontava le discese con aggressività, mettendo un impegno quasi maniacale nello scegliere le traiettorie più impegnative e faticose.

All'inizio del pomeriggio eravamo già arrivati al ristorante dello Schwarzwand. Il percorso era stato lungo e mi accorsi che era affaticato. Avrei cercato di prolungare il più possibile la pausa pranzo per evitargli ulteriori sforzi.

Con il brutto tempo il ristorante non era troppo frequentato, così ci sistemammo in un tavolo d'angolo, davanti alla vetrata. Michael volle prendere una bottiglia di vino. Era la prima volta che mi trovavo solo con lui e non mi opposi.

Mi auguravo di riuscire a capire qualcosa in più della sua situazione, magari avrei potuto tranquillizzarlo un po'. Attendemmo la cameriera, parlando del più e del meno e intanto aspettavo con ansia di rimettermi a lavorare sul tentativo di intrusione. Volevo essere ben lucido al rientro, per analizzare i dati sulla seconda intrusione che il programma aveva individuato, e per questo cercai di ordinare poco, un brodo e un'insalata.

«Roger, non puoi lasciarmi mangiare da solo. Fammi compagnia, ci meritiamo un pasto come si deve e ti prometto che quando verrai a trovarmi a Francoforte ti offrirò il pranzo più leggero del mondo. Vado tutti i giorni al Fit Oyster. L'unico posto in cui sono in grado di saziarti con delle dosi omeopatiche.»

«Esagerato. Questa non l'ho mai sentita. Porzioni del genere non mi sembrano sufficienti nemmeno per i fuchi della finanza.»

«Sono convinto che abbiano trovato il modo di saziare gli occhi prima dello stomaco.»

Dopo aver preso l'ordinazione, la ragazza ci disse ridendo che non facevano credito. Ne approfittai per abbordare l'argomento della crisi economica con Michael, raccontandogli quanto avevo sentito da Panos ed Esteban. La sua reazione mi lasciò esterrefatto. Iniziò a gridare che erano tutti degli assassini che lucravano sulla vita della gente. Era quasi trasfigurato e affermò che tutto ciò non stava succedendo per caso e chi sfruttava la situazione, amplificando i movimenti del mercato, aveva le mani che grondavano di sangue.

Aggiunse che era colpevole anche chi faceva finta di niente o non aveva il coraggio di andare fino in fondo. La sua agitazione attirò presto l'attenzione degli altri commensali e, imbarazzato dal suo comportamento, non osai ribattere niente. Si calmò soltanto con l'arrivo della sua ordinazione, tornando all'improvviso la persona pacata che avevo conosciuto nei giorni precedenti.

Il pasto fu ottimo e anche la conversazione riprese con dei toni normali. Michael mi raccontò dei suoi studi e di come avesse scelto di abbandonare la carriera scientifica per entrare nel settore finanziario. Da studente non navigava nell'oro e sperava di scoprire i segreti che l'avrebbero fatto diventare milionario. Anche se non era andata esattamente come si aspettava, era soddisfatto della sua scelta. Non mi pesava lasciargli la parola, limitandomi ad annuire. Che amasse la sua famiglia e fosse un marito adorante e un padre esemplare, l'avevo già capito, e le sue parole non fecero che confermarmelo. Non mi meravigliò nemmeno scoprire che alla BCE avesse fatto carriera in fretta.

Quando ordinammo i caffè, erano già passate due ore. Michael era un po' alticcio e riuscii a convincerlo a tornare per la via più breve, concedendogli in cambio di concludere con un ultimo caffè corretto. E fu così che mi raccontò che due anni prima la direzione centrale della BCE gli aveva chiesto di dirigere una nuova unità incaricata di analizzare il trend del mercato e di individuare le anomalie per contenere l'impatto delle speculazioni sull'economia europea.

Appresi che aveva impiegato quasi un anno a selezionare i suoi collaboratori e a organizzare la struttura, che era stata denominata Market Risk Early Warning.

A quel punto smisi di ascoltarlo. Non bevevo da anni, ma svuotai il bicchiere ancora pieno di vino che avevo davanti. L'ultima persona che mi aveva parlato di Market Risk Early Warning era stato Legrand quasi cinque anni prima.

Mi costrinsi a pensare che si trattasse di una coincidenza, ma non servì a niente. *Cosa stava veramente facendo Michael? Aveva scoperto qualcosa? Perché aveva voluto approfondire la mia conoscenza?*

Sentivo che nulla era stato lasciato al caso e per giustificarmi della mia improvvisa distrazione, accampai una scusa qualsiasi: «Scusami, mi è venuto un gran mal di testa» dissi, nel tentativo di giustificarmi.

«Roger, mi hai spaventato. Sei sbiancato e fissavi nel vuoto. Sarà meglio rientrare, magari abbiamo bevuto troppo e l'altitudine ti ha giocato un brutto scherzo.»

Michael sembrava improvvisamente lucido.

«Hai ragione. Diamoci una mossa, prima che diventi scuro o che mi scoppi la testa.»

Gli mostrai il percorso a cui rinunciavamo sulla cartina e gli promisi che saremmo tornati dopo capodanno con Karolin. Non dovemmo prendere nessun impianto e non ci fu più occasione di riprendere il discorso sul suo lavoro. Fu meglio così, perché notai che anche la voglia di parlare di Michael era evaporata. Ci lasciammo al deposito degli sci dell'albergo, concordando di vederci la sera.

Una volta nel mio appartamento, mi convinsi che l'incontro con Michael e Karolin fosse frutto del caso. Mi ripromisi tuttavia di continuare a sondare il terreno per capire le possibili connessioni tra il lavoro di Michael e la faccenda di Legrand. Se fosse stato necessario avrei sempre potuto far sparire Brennmeier prima del tempo.

Dopo una lunga doccia calda, mi cambiai e tornai a lavorare. Il programma di ricerca non era ancora terminato. Consultare i risultati intermedi sarebbe stato inutile, per ottenere qualcosa era necessario aspettare fino alla fine. La maggiore quantità di elementi rintracciati ampliava infatti la possibilità di creare collegamenti e di dedurre più facilmente le parti di codice mancanti. Come in un puzzle, dopo avere costruito tante piccole isole è più facile assemblare l'intera immagine.

Avevo pranzato tardi con Michael e rinunciai a cenare. Passai dalla reception, per vedere se avevano bisogno di me. Vi trovai Mittelholz chino sullo schermo del computer di Kim, con la quale stava evidentemente controllando qualcosa. Come si accorse della mia presenza sfoderò uno dei suoi sorrisi migliori.

«Roger, arrivi al momento giusto... stavamo giusto parlando di te. Domani arriveranno sei famiglie da Madrid e si fermeranno per due settimane. Fra loro c'è anche il figlio di Enrique Ortega, uno dei proprietari della catena di alberghi Sol Andaluz» poi mi guardò un attimo come aspettandosi una reazione. «Conosco Ortega da quando ero assistente del direttore alla Casa de las Letras.»

Sapevo a cosa si stava riferendo Mittelholz e capii che voleva fare bella figura.

«Immagino vorrai organizzare delle visite?»

«Esatto, ma solo a partire da dopodomani. Ci sarà un rinfresco di benvenuto e vorrei che anche tu fossi presente.»

Proseguì, come spesso faceva, mitragliando istruzioni.

«Andrai a prenderli all'aeroporto. Partirai da qui alle undici e rientrerai per le quattro. Saremo al limite, perché dobbiamo preparare ogni cosa per la serata. Dobbiamo concludere tutto in un quarto d'ora. Dopo il viaggio avranno voglia di andare in camera. Spiegagli subito delle visite. Fai la prima con Ortega.»

Per un attimo mi domandai se non fosse Ortega l'obiettivo dell'intrusione nella rete, visto che non c'erano altri VIP. Mi sembrava strano tuttavia che avessero adottato mezzi simili per un personaggio del suo calibro. Anche se un rapimento mi sembrava poco plausibile, soprattutto nel cuore delle Alpi e proprio nella notte di San Silvestro, ma la pessima pubblicità che avrebbe fatto all'albergo mi spinse a non sottovalutare quell'eventualità. Tornai nel mio appartamento pensando a come procedere e mi accorsi che nel frattempo la ricerca era terminata.

Il programma aveva individuato solo due parti dell'indirizzo di rete da cui poteva essere partita l'intrusione. La radice della seconda era sufficiente a permettermi di riconoscere che proveniva da un intervallo di numeri non attribuito ufficialmente e sapevo per esperienza diretta che un'operazione del genere era possibile solo alle organizzazioni governative.

Avrei potuto proseguire la ricerca, ma non volevo in nessun modo attirare l'attenzione su Ischgl, né con la mia indagine né alzando ulteriormente il livello di protezione. Decisi, quindi, di limitarmi a individuare ulteriori intrusioni senza reagire. Il programma che installai era estremamente sensibile e rimaneva passivo. In questo modo sarei stato avvertito se e quando ci fossero venuti di nuovo a cercare, restando invisibile.

Più tardi scesi al bar per incontrare Michael e Karolin. Erano seduti a un tavolino, mano nella mano. Michael mi vide e mi fece cenno di avvicinarmi, sorridendo. Raccontai loro del compito appena ricevuto da Mittelholz e furono tutti e due molto delusi dalla notizia. Rincresceva parecchio anche a me non poterli accompagnare l'indomani, sebbene non riuscissi del tutto ad allontanare la nuova preoccupazione dalla mia mente.

Descrissi loro in dettaglio l'itinerario che avevo pensato di fare e li avvertii anche di evitare le zone del Viderjoch, pericolose nelle giornate di scarsa visibilità. Michael insistette perché sedessi al loro tavolo durante la cena di gala di capodanno. Guardai subito Karolin che mi sorrise e, poiché ci tenevano entrambi, abbandonai ogni reticenza e accettai di buon grado.

15

La mattina del trentuno dicembre, Mittelholz riunì tutti nel suo ufficio alle sette. L'arrivo degli ospiti spagnoli lo rendeva piuttosto nervoso e voleva che il Waldhotel Silvretta si presentasse al meglio della sua forma. Mi ero talmente immedesimato in Brennmeier da dimenticare quasi chi fosse il reale proprietario dell'albergo.

L'arrivo degli ospiti all'aeroporto si svolse nel migliore dei modi e tutti furono piacevolmente sorpresi di essere accolti da un cicerone che parlava spagnolo; Mittelholz fece il resto, occupandosi di persona del rinfresco. Quando vidi Karolin sbucare da una colonna dell'atrio, pensai che fossero rientrati prima del previsto. Faceva dei gesti per attirare la mia attenzione e pensai che volesse ringraziarmi.

«Siete già qui?» le chiesi.

«Roger, sono preoccupata. Michael è uscito stamattina alle nove e non è ancora tornato.»

«Non sei andata con lui?»

«Lena e Lara hanno la febbre. Non potevo lasciarle sole,» rispose agitata «ma Michael voleva uscire lo stesso, per questo all'inizio ho cercato di convincerlo a rimanere. Poi, però, si è messo a controllare la posta e a sbuffare. E quando gli ho visto di nuovo sul volto tutta la tensione dei giorni passati ho lasciato perdere e l'ho mandato da solo. Mezz'ora fa l'ho chiamato, ma non ha risposto.»

«Stai tranquilla, starà facendo l'ultima discesa e non avrà sentito il telefono. Gli impianti vanno a rilento per via della neve. Avrà perso tempo nelle risalite di Samnaun.»

«Mi ha chiamato l'ultima volta all'una, proprio da lì, dicendo che non si sarebbe fermato a mangiare.»

«Vedrai che sarà qui a minuti.»

Karolin non voleva lasciarmi andare, così l'accompagnai in camera. Lena e Lara erano rintanate sotto le coperte e dormicchiavano. Martina stava giocando con il computer e ci dedicò ben poca attenzione. Karolin provò a chiamare Michael ancora diverse volte, sempre senza ricevere risposta.

Passate le quattro e mezzo, iniziai anch'io a preoccuparmi. La luce era già calata e sapevo che la maggior parte degli impianti stava chiudendo. Tornai nella hall dell'albergo per verificare se ne avessero chiuso qualcuno in anticipo impedendo a Michael di rientrare.

Ne parlai subito con Kim che chiamò il servizio di soccorso per accertarsi che non si fosse infortunato. Risposero di aver effettuato sei interventi di recupero, ma nessuno dei feriti era Michael Hofman.

«Dobbiamo dare l'allarme» Kim era seria.

«Sono d'accordo. A quest'ora non è più normale.»

«Come prima cosa contattano sempre gli incaricati del controllo delle piste e tutti i ristoranti. Nella maggior parte dei casi questo basta a ritrovare le persone» continuò Kim. «Nel frattempo cerco una ragazza, se più tardi fosse necessario stare con le bambine, mentre tu vai a tranquillizzare la signora Hofman» concluse facendo cenno di avvicinarmi. «Roger, non preoccuparti, vedrai che lo troveremo.»

Corsi ad avvisare Karolin che mi ascoltò silenziosa, ma era chiaro che aveva la testa altrove. Alle cinque e mezza era buio e Martina aveva iniziato a intuire qualcosa. Aveva smesso di giocare e se ne stava abbracciata alla mamma. Poco più tardi qualcuno bussò alla porta. Karolin corse ad aprire, nella speranza di trovare un Michael intirizzito che aveva perso le chiavi.

Non era Michael, ma una ragazzina con due lunghe trecce bionde che non avevo mai visto. Non avrà avuto più di sedici anni. Si presentò come Julia, era la sorella minore di Grete. Sarebbe rimasta con le bambine, consentendo a Karolin di stare alla reception. Martina, tuttavia, non volle rimanere in camera e ci seguì senza lasciare mai la mano della mamma.

Kim chiamò il centro di soccorso e mi fece parlare con Serafin Steiner, il responsabile. Gli spiegai i possibili percorsi che avrebbe potuto fare Michael. Mi disse subito che, vista la neve che continuava a cadere, se non l'avessero trovato gli ultimi battitori non avrebbe potuto mobilitare nessuno fino al giorno successivo. Senza elicotteri il comprensorio era troppo grande e non avevano molte speranze di trovarlo. Aggiunse però che in casi del genere, almeno fino a quel momento, avevano sempre ritrovato il disperso in un bar o in qualche altra situazione imbarazzante. Promise di farci sapere qualcosa verso le otto, quando tutti sarebbero rientrati.

Mi accinsi a spiegare la situazione a Karolin e vidi che stava telefonando di nuovo a Michael.

Il telefono! Perché non ci avevo pensato prima? Karolin riagganciava solo dopo diversi squilli, probabilmente quando entrava in funzione la segreteria: il cellulare di Michael non era spento o scollegato. Se l'avesse avuto ancora con sé, sarebbe stato possibile localizzarlo.

«Karolin, non chiamarlo più!» esclamai bruscamente.

Lei mi guardò senza capire.

«Dobbiamo evitare che si consumi la batteria. Ogni secondo

può essere decisivo» esclamai. «Kim, chiama di nuovo Steiner. Sappiamo come ritrovare Michael.»

Steiner mi spiegò che per rintracciare il segnale era necessaria l'autorizzazione della polizia. Aggiunse che l'avevano fatto una volta a St. Anton, ma quando avevano ottenuto i permessi, la batteria era ormai scarica. Nel frattempo era arrivato anche Mittelholz, che ci guardava con aria preoccupata. Gli spiegai brevemente la situazione.

«Andate nel mio ufficio. Starete più tranquilli» mi disse. «E fate la richiesta alle autorità, è meglio tentare tutte le vie.»

Mentre Kim telefonava alla polizia, io riuscii a convincere Karolin a tornare in camera. In centrale erano rimasti in pochi e ci dissero di chiamare il commissariato di Innsbruck, anche se, ci avvertirono, sarebbe stato molto difficile ottenere il mandato per un'intercettazione a capodanno.

Li implorammo, spiegando che c'era in ballo la vita di un uomo, ma, nonostante le nostre rassicurazioni che non si trattava di un'intercettazione e che eravamo disposti a coprire qualsiasi costo, la burocrazia non si lasciò piegare. Sembrava un muro di gomma: ogni nostra obiezione o insistenza incontrava sempre un nuovo ostacolo.

Mentre la vita nell'albergo continuava gioiosa e gli ospiti si preparavano a trascorrere felici la serata più importante dell'anno, Karolin non era riuscita a restare a lungo nella sua camera e dopo aver calmato Martina ci aveva raggiunti, guardandoci in silenzio e torcendosi le mani.

Alle otto e mezzo persi la pazienza. Non volevo farmi invischiare in una conversazione con gli ospiti, così mandai un portiere a cercare Mittelholz che arrivò poco dopo, elegantissimo. Lo presi da parte e lo aggiornai sugli ultimi sviluppi della situazione.

«Walter, è il momento di sfruttare tutte le relazioni di cui disponi. Questo è il tuo Paese e tu sai sicuramente quali bottoni premere. Magari Michael è ferito o addirittura morto. Non mi interessa a quale ministro o funzionario dovrai strappare di bocca le tartine al caviale. Un ospite lasciato morire sulle piste è la peggior pubblicità per l'albergo, per la regione e per la nazione intera.»

Mi guardò negli occhi meravigliato dal fervore e dal tono autoritario che non mi aveva mai sentito usare: avevo toccato le corde giuste.

«Lasciami pensare,» disse afferrandomi per un braccio «forse ho in mente una persona che potrebbe aiutarci.»

Al telefono lo sentii rivolgersi con una certa confidenza al suo interlocutore: gli fece un rapido riassunto della situazione, utilizzando quasi le mie stesse parole e un'ora dopo un dipendente della Telekom Austria ci chiamava per avere il numero di Michael; poco prima delle dieci, lo stesso addetto della Telekom richiamò Steiner, questa volta chiedendo di me.

«Abbiamo ricevuto la triangolazione da Vienna. Le coordinate non variano e il cellulare trasmette regolarmente.»

«Da dove trasmette?» chiesi preoccupato. Avrei preferito sapere che Michael era ancora in movimento.

«Da sotto le pareti della Flimspitze, poco sopra lo snowpark. Deve aver preso il percorso del Viderjoch, anche se oggi era sbarrato.»

«Potete raggiungerlo?» domandai mettendo il vivavoce.

«Per fortuna la zona è coperta da diverse antenne e le coordinate hanno un'approssimazione di venti metri. Stiamo già organizzando una colonna di soccorso.»

«Cosa vi aspettate di trovare?»

«Se il cellulare funziona ancora, probabilmente ce l'ha addosso. Mando uno dei miei a prendere qualcosa per i cani. Se fosse possibile, sarebbe meglio un indumento che ha usato di recente e non è stato ancora lavato.»

«Grazie di tutto, vi aspettiamo.»

Mi voltai e vidi che Kim stava abbracciando Karolin. Finalmente qualcosa stava andando per il verso giusto. L'espressione di Karolin sembrava combattuta fra il sollievo e la paura, ma alla fine fece un mesto sorriso e corse in camera a prendere una camicia di Michael.

Il telefono squillò solo alle undici e venti. Era Steiner.

«L'avete trovato?» chiesi attivando il vivavoce.

«Sì, ma è ferito. Il medico l'ha stabilizzato sul posto. Ora lo stanno portando all'Idalp con la motoslitta. Era ai piedi del tratto finale del percorso che scende dal Viderjoch. Sono arrivati molto vicino con la slitta e un cane l'ha subito fiutato. Abbiamo guadagnato minuti preziosi. Era svenuto e coperto di neve.»

«Dobbiamo andare da lui subito!» Karolin, rimasta quieta fino a quel momento, era in preda all'agitazione.

«Dove lo portate adesso?» domandai.

«Prima dobbiamo raggiungere la stazione dell'Idalp. Anche se lì c'è un vero e proprio pronto intervento con tanto di sala operatoria, il medico ha già predisposto il trasporto all'ospedale di Innsbruck. Non so ancora perché, ma è lui a decidere.»

Karolin si era accasciata sul divano con il viso fra le mani, ma non feci in tempo a rassicurarla che era di nuovo in piedi.

«Dobbiamo andare subito da lui» ripeté.

«Puoi trovarci un'auto adatta?» chiesi a Kim.

«Andiamo con quella di Michael. È una quattro per quattro» rispose Karolin.

Uscimmo dal garage dell'albergo pochi minuti prima della mezzanotte. Mi misi al volante perché conoscevo la strada e non volevo fosse Karolin a guidare nello stato in cui si trovava.

Nevicava sempre più forte e ci vollero oltre due ore solo per arrivare a Landeck. Arrivammo all'ospedale di Innsbruck che erano quasi le quattro. Solo allora svegliai Karolin, che aveva dormito fino a quel momento.

16

Innsbruck, ospedale universitario

Dopo quattro ore passate a guidare nel buio e nella tormenta, l'atrio illuminato e le superfici luccicanti dell'ospedale mi stordirono per un attimo. Karolin sembrava ancora più confusa e mi seguiva come inebetita.

Michael era ricoverato in neurochirurgia e l'infermiera del reparto ci disse che il suo caso era piuttosto grave. Il dottor Hans Gabler lo stava operando in quel momento e al termine dell'intervento avremmo potuto chiedere a lui.

Karolin aveva ascoltato tutto senza aggiungere un commento o fare una domanda. Al termine del colloquio con l'infermiera si sedette esausta in sala d'attesa.

Verso le cinque del mattino il dottor Gabler uscì dal reparto e Karolin si riscosse di colpo dal suo torpore. Il medico fu molto schietto e non volle darci false speranze.

Doveva essere precipitato, colpendo a più riprese le rocce. Aveva subìto due traumi cranici distinti; l'operazione era stata molto difficile, ma erano riusciti ad arrestare l'emorragia più estesa. Per l'ematoma intracerebrale nell'emisfero opposto al momento non potevano fare nulla. Michael sarebbe stato portato in terapia intensiva e solo dopo essersi stabilizzato sarebbe stato operato una seconda volta.

Oltre la porta intravedemmo il lettino di Michael uscire dalla sala operatoria. Era incosciente e circondato da uno stuolo di infermieri. Karolin avrebbe voluto avvicinarsi, ma il dottor Gabler la trattenne gentilmente.

«Sì, quello è suo marito, ma non può raggiungerlo in questo momento.»

«Non posso vederlo?» chiese Karolin con un filo di voce.

«Più tardi, quando si sarà stabilizzato» concluse il medico rientrando a passo spedito in corsia.

Karolin si guardava in giro e si stropicciava le mani, visibilmente tormentata dall'attesa.

«Cosa possiamo fare?» mi chiese.

Mi strinsi nelle spalle e scossi la testa.

«Aspettiamo, il tempo gioca a nostro favore» risposi. «Sta ricevendo tutte le cure necessarie, non disperare.»

«Ma è da solo!»

«Devi farti forza e pensare alle bambine. Più tardi telefoniamo in albergo, così puoi parlare con loro. Per il momento cerca di non preoccuparti, possiamo solo sperare che tutto vada per il meglio.»

Il pensiero delle figlie la rinfrancò e accettò di restare in attesa, finché verso le dieci non mi afferrò il braccio, improvvisamente fuori di sé.

«Michael! Michael sta male, sta succedendo qualcosa!» proruppe di colpo.

«Calmati Karolin, non è possibile, ci avrebbero avvertiti.»

«Lo sento, ha bisogno di me.»

Si alzò e corse verso la porta a vetri, attraverso cui avevamo visto spostare Michael. La fermai, ma cercò di divincolarsi. Anche l'infermiera venne in nostro soccorso per calmarla. Karolin si bloccò di colpo e iniziò a sussurrare con lo sguardo perso nel vuoto.

«Michael se ne sta andando, Michael se ne sta andando...»

«Signora Hofman, si calmi. Vedrà che le cose si sistemeranno.»

«Michael...» sussurrò di nuovo Karolin.

Cercai di rassicurarla e farla sedere di nuovo, ma venni distratto dall'arrivo dell'ascensore. Anche l'infermiera si voltò e vedemmo uscire di corsa il dottor Gabler in tuta da ginnastica. Ci guardò senza fermarsi e sparì in un attimo oltre la porta. Karolin divenne terrea, come fosse pietrificata.

Quando il dottor Gabler comparve di nuovo in sala d'attesa, capii che il presentimento di Karolin era diventato realtà. Il dottore mi guardò e scosse la testa tristemente. Parlò un attimo con un collega, si tolse il camice e si diresse verso di noi.

Michael se n'era andato. Una terza emorragia gli aveva provocato un collasso cardiaco.

Karolin emise un grido soffocato e mi abbracciò, appoggiando la testa sulla mia spalla, e rimase immobile. Non piangeva. La tenni stretta a lungo, finché ai miei occhi non divenne la bambina di sette anni che per quattro mesi non era riuscita a sfogare il suo dolore. Le lacrime cominciarono allora a scendere copiose e inarrestabili dai miei occhi, rigando il volto impassibile che vedevo riflesso sui vetri del reparto. Non potei fare niente per fermarle. Karolin se ne accorse e alzò la testa per guardarmi meglio. Fu come un segnale e scoppiò in un pianto ininterrotto.

A Ischgl tre bambine non sapevano ancora cosa fosse successo. Una di loro aveva sette anni e stava aspettando un papà che non sarebbe più tornato. Le mie lacrime non erano solo per loro.

17

Ischgl, Waldhotel Silvretta

Alle otto di sera eravamo di nuovo in albergo. Nel pomeriggio aveva smesso di nevicare e il tragitto fu molto più agevole. Karolin stava compiendo uno sforzo immane per non lasciarsi andare alla disperazione ed essere in grado di sostenere le proprie figlie. Kim ci accolse con calore e mi sentii tranquillo nel lasciare Karolin nelle sue mani.

Negli anni passati in incognito, mi era capitato spesso di concedere troppo ad ansie infondate e con il tempo avevo imparato a vincerle attraverso una stringente critica dei fatti che, in questo caso, sembrava confermare la mia sensazione negativa.

Michael non avrebbe dovuto nemmeno conoscere il percorso del Viderjoch che in quei giorni era perfino sbarrato. Sapevo bene di cosa fossero capaci coloro che si sentivano minacciati dalle attività della Early Warning. La concomitanza della sua morte con l'intrusione informatica poteva non essere una coincidenza. Tornai nel mio appartamento e verificai per prima cosa se ci fossero state altre intrusioni. Un ultimo accesso era stato registrato il mattino del trentuno. Erano passati quasi due giorni senza più nessun tentativo. *Perché avevano smesso?* Sperai di trovare qualche indizio su quello che stavano cercando. Le tracce disponibili questa volta erano molte di più, ma non erano chiare e non sembravano provenire dalle banche dati dei software gestionali dell'albergo. Le processai in vari modi, finché non riscontrai una correlazione. Chiunque avesse guidato l'intrusione si era limitato a osservare i movimenti degli ospiti attraverso le tessere magnetiche che servivano abitualmente da chiavi.

Dopo alcune ore di analisi dei dati ne ebbi la conferma: uno dei numeri contenuti nei campioni ottenuti dalla scansione apparteneva a una delle tre tessere attivate per la suite degli Hofman.

Michael era uscito poco prima delle nove. Chiunque avesse spiato i movimenti degli ospiti, incluso il locale sci, aveva perso ogni interesse per l'albergo proprio poco dopo quell'ora.

Non poteva essere un caso. Agli intrusi non interessava né la Clearwell Hospitality, né Ortega. Il loro obiettivo era Michael. Se la mia intuizione era corretta, qualcuno non aveva esitato a ucciderlo per coprire qualcosa. Non avevo la minima idea di cosa ci fosse dietro, ma gli accenni di Michael al suo lavoro erano come un drappo rosso agitato sotto il mio naso.

Il mattino seguente mi svegliai con il cervello in ebollizione. Feci colazione prestissimo perché volevo avere il tempo di fare ulteriori verifiche.

Alla reception chiesi a Kim se avesse già visto Karolin. Secondo lei dormiva ancora. Per prima cosa dovevo incontrare Serafin Steiner e mi recai al centro di soccorso. Gli impianti non erano ancora aperti ed ebbi la fortuna di trovarlo in ufficio. Mi salutò cordialmente.

«Mi dispiace che Hofman non ce l'abbia fatta» esordì.

«La polizia ha già avviato un'inchiesta?»

«L'hanno già chiusa» rispose subito. «È stata chiaramente un'imprudenza. Con un tempo così, non avrebbe dovuto fare una pazzia del genere.»

«Il percorso era sbarrato, come può aver superato le barriere?»

«Quando se la vanno a cercare riescono sempre a trovare i passaggi più pericolosi. Abbiamo soccorso sciatori in situazioni ancora più assurde. La neve fresca li attira, come una candela per le falene. Pensano di essere invulnerabili, ma non è così» concluse mestamente.

«Hofman non voleva dimostrare niente a nessuno» ribattei, non più tanto convinto delle mie parole.

«La settimana scorsa abbiamo recuperato con l'elicottero un ragazzo con lo snowboard che si era infilato in una cengia senza uscita. Era andato avanti finché il passaggio non era diventato meno di mezzo metro rimanendo un'ora aggrappato alla parete, paralizzato dal terrore.»

«Ha chiamato i soccorsi?»

«Non ha avuto nemmeno il coraggio di prendere il cellulare dalla tasca. Sotto di lui c'erano duecento metri di strapiombo. Se non l'avessero visto dalle finestre del ristorante dello Schwarzwand, sarebbe ancora lì.»

«Pazzesco.»

«Quando gli incoscienti si cacciano in situazioni del genere, che senso ha un'inchiesta?»

«Michael Hofman non era un ragazzino. Aveva trentacinque anni e tre figlie.»

«Durante le vacanze si fanno accecare dalla voglia di superare sé stessi. Che sia l'adolescente in cerca di adrenalina o il cinquantenne con la pancetta che si spinge fino a cento all'ora, non fa differenza. Mi rincresce per Hofman, ma quella discesa con la pista sbarrata e la bufera di neve è stata una sfida al destino.»

Si strinse nelle spalle e mi guardò a lungo. Non trovai nulla da ribattere, mi congedai e lo ringraziai per l'assistenza che avevano dato e per lo sforzo fatto dalle sue squadre di soccorso.

Tornato in albergo, mi avvertirono che Karolin aveva appena richiesto la colazione in camera. Ne approfittai per portarla io e vedere come stava. Karolin mi aprì la porta con un sorriso triste. Aveva gli occhi rossi e mi addolorava vederla in quello stato, ma ero convinto che lasciandosi andare al pianto avrebbe elaborato più facilmente il dolore.

«Grazie Roger, sei stato un angelo» mi disse e capii che doveva anche essere raffreddata.

«Come stanno le gemelle? Hanno ancora la febbre?»

«La febbre è passata, ma sono un po' lagnose perché hanno il naso tappato e rifiutano le gocce.»

«E Martina?»

Le gemelle forse non realizzavano ancora bene cosa fosse successo, ma la loro sorella più grande doveva aver capito tutto.

«Non si è ancora svegliata. Ieri si è addormentata nel mio letto solo dopo aver pianto fino allo sfinimento.»

Spinsi il carrello fino al tavolo e cominciai a disporre le tazze di cioccolata per Lena e Lara.

«Sei riuscita a parlare con i tuoi genitori?»

«Fra differenza di fuso orario e i postumi del capodanno, hanno risposto solo alle nove di ieri sera. Hanno trovato un volo che parte dalla Guadalupa domani mattina presto. Non saranno a Francoforte prima del pomeriggio. Partiremo domani mattina anche noi e i miei ci raggiungeranno a casa.»

Spiegai a Karolin che Kim si stava occupando di tutte le pratiche e aveva organizzato il trasferimento della salma a Francoforte.

«Nello stato in cui sei, non dovresti guidare. Ci tengo ad accompagnarvi fino a Francoforte.»

«Roger, sei troppo buono, ma non devi preoccuparti per noi.»

«Karolin, sono seicento chilometri. Lo devo a Michael. Se guido io potrai occuparti delle bambine.»

Mi guardò commossa e, neanche farlo apposta, starnutì.

«Hai ragione.»

Quando mi congedai, Martina stava ancora dormendo. Avevo un gusto amaro in bocca. Non era del tutto chiaro neanche a me stesso se mi fossi offerto di accompagnarla per sincera amicizia oppure per scoprire qualcosa di più sul lavoro di Michael.

18

Più tardi mi preparai per uscire. Il cielo si stava schiarendo e la visibilità era ottima. Se fossi stato fortunato, avrei potuto vedere bene il punto in cui Michael era precipitato e capire come fosse finito in quel percorso chiuso.

Alle dieci raggiunsi l'Idalp e mi diressi subito alla Flimsattel, la seggiovia che costeggiando il Flimspitze portava sulla cima del Viderjoch. Mi misi in coda sul lato destro, per poter osservare meglio la parete. Dopo qualche minuto di salita riconobbi lo snowpark.

Guardai le pendici del Flimspitze e riuscii a individuare, fra le formazioni di roccia, i paletti che segnalavano il dirupo. Era un tracciato difficile con delle discese molto ripide. L'avevo già fatto alcune volte, ma non l'avrei mai affrontato durante una nevicata.

Le bandierine poste sul luogo del ritrovamento di Michael, non ancora coperte dalla neve, che scorsi con il binocolo sembravano indicare che fosse precipitato subito, come se avesse voluto tuffarsi nel vuoto. Un errore in quel punto mi sembrava davvero improbabile.

Quando raggiunsi la vetta soffiava un vento impetuoso che sollevava turbini di neve, ma la visibilità era comunque buona. Mi diressi verso l'inizio della pista che scendeva a valle sul versante austriaco, e riconobbi l'imbocco del percorso di Michael a una cinquantina di metri da lì. Era ancora sbarrato.

Mi tolsi gli sci e tornai verso la seggiovia. Attraverso la vetrata, chiuso nella sua guardiola riscaldata, mi sembrò di riconoscere un dipendente che avevo visto altre volte. Bussai e aprii la porta.

«Qui non si può entrare, per i servizi deve scendere.»

L'uomo non sembrava molto disponibile.

«Mi scusi, non sono un turista, rappresento il Waldhotel e volevo avere delle informazioni sull'incidente.»

«Mi dispiace, venga dentro e chiuda la porta. Brutta faccenda, ho sentito dire che aveva tre gemelli.»

«Due gemelle e una figlia più grande» specificai.

Mi ero abituato all'ululato del vento e il silenzio improvviso dell'ambiente protetto dalle spesse vetrate mi colpì stranamente.

«Lei era qui anche il trentuno?» chiesi.

«Sono sempre qui. Steiner ci tiene a sistemare sul posto chi conosce la zona e gli impianti. Ho tutti i diritti di pascolo sulla Flimsattel e possiedo le stalle duecento metri sotto.»

«Sono le cunette vicino ai tre piloni ravvicinati?»

«Bravo, con le ultime nevicate non si vedono più. Ha già visitato la zona d'estate?»

«Anni fa, ma non mi ricordavo delle stalle, in realtà ho solo provato a indovinare.»

Mi guardò sorridendo: «Ieri Steiner mi ha convocato per parlare con un poliziotto venuto da Innsbruck. Volevano avere la conferma che la pista fosse chiusa».

«Non hanno voluto sapere nient'altro?»

L'uomo si strinse nelle spalle.

«Mi hanno fatto sostituire per tutto il pomeriggio per chiedermi una cosa ovvia.»

«Lei ha visto Michael?»

«Lo sciatore morto? Non saprei. Quando è bello di qua vedo passare almeno un migliaio di persone. Con il maltempo molto meno, ma pur sempre qualche decina.»

«Aveva una giacca bianca e rossa e dei pantaloni neri. Dovrebbe essere arrivato fra l'una e le tre.»

«Mi dispiace, ma uno così non lo ricordo proprio. Quel giorno ho notato solo i due militari.»

«Come? Due militari?» chiesi stupito.

«Credo fossero militari. Solo loro sarebbero rimasti impalati sotto quella nevicata. Soprattutto l'ultimo dell'anno. Non li ho visti in faccia perché erano imbacuccati. Qui vengono spesso le truppe ad allenarsi.»

«Erano in divisa?»

«No. Di solito portano dei giubbotti gialli, da quando dieci anni fa due sono morti assiderati perché non li hanno trovati subito. Loro erano vestiti con una tuta scura, forse blu.»

«Perché li ha notati, allora?»

«Alle undici ho fatto una pausa e li ho visti fermi in piedi. Quando sono tornato, un'ora dopo, uno di loro era ancora lì e ho pensato stesse aspettando il suo collega per qualche stupida esercitazione sul versante svizzero» concluse ridendo.

«Non le piacciono i militari?»

«Ho perso due stagioni a fare cretinate! Vorrei vedere lei, se avesse dovuto rinunciare al suo lavoro.»

«Non ho avuto il piacere» commentai. «Sa quando se ne sono andati?»

«Dalla finestra non li vedevo. Se volevano stare tutto il giorno a congelare, non erano affari miei. La sera, quando ho fatto il giro di controllo, non c'era più nessuno.»

Pensai che fosse ben strano che due militari austriaci scegliessero proprio una discesa svizzera.

«La pista che scende a valle è ancora chiusa?»

«Più che chiusa, fino a nuovo ordine. Ho risistemato tutto ieri.»

«Cosa intende?»

«Steiner mi ha detto di controllare che ci fosse ancora la barriera. I paletti erano tutti al loro posto, ma il vento aveva strappato il cavo con le bandierine e ho dovuto legarlo di nuovo.»

Lo ringraziai, spiegandogli che più tardi avrei fatto lo stesso quel percorso. Non sembrò preoccuparsi più di tanto, forse perché non mi vedeva come un turista.

Scesi quindi alla stazione da cui ero partito. Volevo capire se qualcuno avesse visto Michael o i due uomini in tuta blu scuro. L'impiegato della seggiovia ricordava di aver visto un uomo che corrispondeva alla descrizione dei presunti militari. L'aveva colpito perché era passato più volte, come se continuasse a fare su e giù senza tregua. Fra le undici e le due del pomeriggio aveva usato l'impianto di risalita almeno una dozzina di volte. Il cappuccio, il passamontagna e gli occhiali gli avevano impedito di capire che aspetto avesse.

Non avevo bisogno d'altro. Cosa possono fare per scaldarsi due uomini che aspettano in cima a una seggiovia in mezzo a una tormenta di neve? Scendono a turno. Come appaiono due uomini vestiti allo stesso modo? Come un uomo solo.

Il termometro appeso al muro indicava meno ventidue gradi. Non erano nemmeno le tre del pomeriggio, ma gli altri sciatori erano spariti. Non mi meravigliai di ritrovarmi da solo a bordo della seggiovia. Arrivato nuovamente in cima alla seggiovia del Viderjoch, la raffica che mi colpì una volta sceso fu una sferzata. Mi consolai pensando che, da lì in avanti, avevo solo discese da fare.

Imboccai la pista rossa che scendeva per una cinquantina di metri fino all'inizio del percorso del Viderjoch e mi fermai di fianco alla barriera. La corda e le bandierine di un bel giallo vivo parlavano chiaro. Poco oltre i paletti mostravano bene il percorso. La prima parte non era difficile, anzi fu un vero piacere. Scendere nella spessa coltre di neve fresca mi fece dimenticare il freddo e raggiunsi rapidamente il costone.

Lungo una ventina di metri una serie di paletti, a breve distanza uno dall'altro, indicavano il ciglio del dirupo ed erano collegati da due spesse corde rosse, a cui erano appese bandierine triangolari dello stesso colore. La solidità della segnaletica rendeva impossibile pensare che il vento potesse strapparla e doveva essere visibile anche durante una tormenta e difficilmente qualcuno, seppur confuso dalla nebbia o dalla nevicata, poteva prendere una via diversa.

La pista proseguiva in un canalone contornato da rocce. Il percorso era molto ripido, ma fino a quel punto sfruttava così bene la topografia da rendere improbabile un incidente.

Mi tolsi gli sci, oltrepassai le corde e proseguii con cautela di qualche metro. Mi fermai quando la pendenza divenne troppo scoscesa impedendomi di andare oltre e intuendo la presenza della parete a precipizio sotto di me. Anche sporgendomi, non riuscivo a vedere il fondo.

Feci alcuni passi indietro e cominciai a scendere aggrappandomi alla barriera. Gli scarponi facevano presa bene, ma tenni sempre la mano sinistra sulla corda. Il costone ripiegava sempre di più sul baratro fino a un piccolo spiazzo aggettante. Mi avvicinai al bordo, percorrendo l'ultimo metro in ginocchio.

Ero a picco sulla parete. Mi attaccai a un piccolo spuntone di roccia e sporsi la testa. Riuscii a vedere quasi tutto nella valle sottostante, soprattutto la parete che precipitava quasi verticalmente sotto di me. Riconobbi le bandierine che indicavano dove avevano ritrovato il corpo di Michael. Verificai con il binocolo e ne ebbi la conferma.

Poteva essere caduto solo dal punto in cui mi trovavo, ma non poteva aver oltrepassato la corda per errore. Se invece fosse andato fuori pista, più in alto, le rocce e la forma del pendio avrebbero fatto cadere il corpo almeno una cinquantina di metri più a destra.

Ripercorsi più volte con lo sguardo la barriera e ancora ogni possibile passaggio, ma non trovai altre possibilità. La dinamica non mentiva e un'angosciante certezza mi attanagliava lo stomaco.

19

Il mattino dopo preparai il mio zaino con il necessario per disporre di diverse identità alternative a Brennmeier. La sera avevo spiegato a Kim che, dopo aver accompagnato Karolin e le bambine a Francoforte, sarei passato in Svizzera e mi avrebbero rivisto solo dopo alcune settimane. Volevo dirlo anche a Mittelholz, ma aveva accompagnato Florentino Ortega a Vienna per un imprecisato incontro d'affari.

Avevo evitato Karolin per quanto possibile e ci eravamo sentiti solo al telefono per concordare l'ora della partenza. Sapevo che non avrei potuto né dovuto raccontarle quanto avevo scoperto, ma mi sentivo molto a disagio. Quando arrivò nella hall dell'albergo con il viso tirato, non mi fu facile sostenere il suo sguardo. Mi salutò con voce nasale e capii che era ancora raffreddata.

Le gemelle erano infagottate e sembravano intontite. Mi domandai se stessero solo rimettendosi o avessero capito cosa era successo. Martina invece era di un pallore impressionante che rendeva ancora più evidenti gli occhi arrossati dal pianto.

Kim abbracciò Karolin con trasporto e non riuscì a trattenere le lacrime. Se le asciugò imbarazzata e si voltò a consolare Grete, che si era nascosta il viso fra le mani.

Mentre aiutavo Karolin ad allacciare le bambine ai loro sedili, mi spiegò che aveva dato loro una pillola contro il mal d'auto, di cui soffriva moltissimo anche Martina. Causava una leggera sonnolenza, ma non potevano farne a meno nei lunghi viaggi, così prima di arrivare a Landeck dormivano già tutte e tre.

Karolin mi disse che i suoi genitori sarebbero atterrati a Parigi nel primo pomeriggio ed entrando in autostrada mi accorsi che anche lei stava cedendo alla stanchezza. Si voltò un'ultima volta a controllare le figlie e poco dopo chiuse gli occhi.

La svegliai solo quando mi fermai per fare il pieno alla prima stazione di servizio dopo Ulm. Si scusò per avermi abbandonato alla guida senza nessuna compagnia e quando mi rimisi al volante, era del tutto desta. Le chiesi come stessero le bambine e mi confermò quanto avevo immaginato. All'inizio non era troppo loquace, ma si animò quando spostai il discorso su suo marito. Mi ripugnava farlo, ma avevo bisogno di capire.

Era molto fiera di lui, in particolare della recente promozione.

«L'hai aiutato anche tu a selezionare i collaboratori?»

«Abbiamo discusso insieme il curriculum di ognuno dei matematici. Tutto il lavoro consisteva nell'individuazione delle anomalie e lui voleva i più qualificati.»

«Li hai conosciuti anche tu?»

«Abbiamo pranzato con ognuno dei quattro candidati che avevamo scelto. Uno in particolare ci lasciò perplessi. Era un tipo abbastanza ridicolo, parlava come uno scienziato pazzo e Michael lo chiamava "Spennacchiotto" perché somigliava a una cornacchia» il ricordo la fece sorridere. «Uno così non avrebbe mai potuto far parte di un gruppo della BCE, ma è stata una fortuna averlo incontrato.»

«Perché?»

«Perché non essendo adeguato ci ha costretto a far fare un colloquio ad altri due candidati, e uno di loro era perfetto. Aveva lavorato per Lehman Brothers fino al tracollo nel 2008. Poi era tornato a Londra per progettare una piattaforma di trading per un grosso *hedge fund*.»

«Sembrerebbe un puro lavoro di software.»

«Invece creava algoritmi per individuare i movimenti anomali del mercato finanziario. Ti rendi conto della nostra fortuna?»

«E questo cosa c'entra con la BCE?» chiesi confuso. «Le banche centrali non lavorano solo sui dati macroeconomici?»

«Sono i mercati finanziari ormai a dettare i ritmi macroeconomici. Michael doveva individuare le manipolazioni che agivano contro le misure della BCE a sostegno dell'economia. Potevano essere speculazioni oppure veri e propri atti di guerra finanziaria. Ancora non sapeva a cosa sarebbe andato incontro, ma intorno al precedente direttore si era formata una corrente che temeva questo genere di evenienza. Per questo avevano deciso di creare la sua unità.»

«E cosa hanno trovato?»

«Era un progetto a lunga scadenza e Michael aveva ricevuto un budget d'investimento di sessanta milioni di euro complessivi, trenta ogni anno. Aveva lavorato come un matto per creare il gruppo e l'infrastruttura. Erano riusciti a rispettare i tempi e attivare i primi programmi di analisi, ma avevano bisogno di dati su un periodo di diversi mesi per costruire le statistiche e individuare le linee di normalità.»

«Se tutto andava bene, come mai Michael era così sotto pressione?»

Karolin mi guardò afflitta.

«Non l'ho mai capito. Non avrei mai immaginato potesse chiudersi in sé tanto rapidamente. Ho valutato ogni possibile ragione. Tre mesi fa ci sono stati grossi cambiamenti in direzione e ne potrebbero essere risultati dei conflitti interni. Ho perfino sospettato ci fosse un'altra donna, magari una collega. Adesso lui non c'è più e io l'ho accusato di una cosa del genere.»

Senza volerlo, Karolin aveva alzato la voce svegliando Martina.

«Mamma, che succede?» chiese, sporgendosi in avanti.

«Niente tesoro, stavamo parlando di lavoro. Hai sete?»

«Devo fare la pipì.»

Mi fermai a pochi chilometri da Würzburg. Karolin svegliò anche le gemelle e mangiammo alla tavola calda. Lara e Lena avevano appetito e anche Martina sembrava più tranquilla.

Nell'ultima ora di viaggio le bambine rimasero sveglie e non fu possibile riprendere il discorso. Non me ne preoccupai troppo. Con ogni probabilità Karolin non era a conoscenza di altri elementi rilevanti.

Per andare più a fondo, avrei dovuto cercare altrove.

20

Francoforte, Bad Vilbel

Il navigatore mi guidò tranquillamente a destinazione. Il traffico in città era intenso, ma fluido. Attraversammo il Meno fino a raggiungere una zona residenziale.

La casa degli Hofman era una costruzione recente, grande, ma senza pretese. Un ampio giardino ne circondava il perimetro. L'intonaco giallo pastello aveva l'aria di essere stato rinnovato, probabilmente era un cappotto termico. Era l'abitazione confortevole di due menti pragmatiche.

Una volta entrati, Karolin mi fece accomodare in sala e mi pregò di aspettarla mentre avrebbe preparato una spremuta fresca per tutti. Martina, nel frattempo, si era accoccolata su un divanetto piuttosto consunto e difforme rispetto all'arredamento, ed era intenta a guardare il camino spento o, più semplicemente, a fissare nel vuoto. Anche noi avevamo un camino a Versoix. L'ultima sera che avevo passato con Isabel faceva freddo e lo avevo acceso.

Raggiunsi Karolin in cucina. Vedendomi sulla soglia, mi sorrise.

«Martina è quella che soffre di più» disse. «Stava sempre su quel divano a farsi coccolare da Michael. L'abbiamo dal nostro primo appartamento. Non siamo mai riusciti a buttarlo.»

«Hai un computer dove posso controllare la posta?» chiesi. «Ho lasciato in sospeso un paio di faccende dell'albergo.»

«Vieni. Ti faccio accomodare nello studio di Michael» rispose, facendomi cenno di seguirla.

«Grazie, farò in un attimo.»

Lo studio di Michael si affacciava sul garage. Le pareti erano tappezzate di scaffali colmi di libri e classificatori. Sapeva leggermente di chiuso e Karolin aprì le finestre per areare un po'.

«Devi solo schiacciare quel bottone. Il resto è tutto collegato» disse, indicandomi la scrivania su cui si trovavano due grandi schermi. Nel tentare di richiudere l'ultima finestra, armeggiò a lungo con la maniglia, scuotendo la testa.

«C'è qualcosa di inceppato. Nel vecchio appartamento saltava continuamente la luce, ma le finestre erano di una semplicità disarmante.»

Mi sorrise e mi lasciò solo. Il computer si avviò in un attimo. Michael doveva aver avuto l'abitudine di limitarsi a metterlo a riposo, senza spegnerlo del tutto. Inserii la mia chiavetta USB e lanciai un programma di ricerca che avevo progettato per individuare e registrare tutte le azioni più significative. I dati riscontrati sarebbero stati trasmessi a un mio server per essere poi analizzati anche se mi fu subito chiaro che l'ultimo avviamento di quel computer sembrava essere avvenuto alle undici di sera del ventinove dicembre, proprio quando Michael e la moglie erano con me al bar dell'albergo.

Quello che mi era sembrato importante, ora era vitale: dovevo scaricare più dati possibili per poter analizzare il disco con calma. Forse avrei potuto scoprire cosa aveva cercato l'intruso. Lasciai in bella vista il browser aperto su un portale di web mail e spostai in basso la finestra con i messaggi diagnostici dell'esplorazione.

«I miei genitori hanno chiamato dall'aeroporto. Saranno qui tra poco.»

Karolin era rientrata nella stanza.

«Benissimo, ho finito anch'io» risposi chiudendo velocemente tutto, ma lasciando attivo il programma che trasmetteva i dati al mio server. «Aspetto che arrivino, poi riparto.»

«Sei sicuro? Puoi dormire da noi, se vuoi. Abbiamo due camere per gli ospiti e non sarà un problema con i miei genitori.»

«Sei molto gentile, ma preferisco prendere il treno per Zurigo già stasera. Ho un appuntamento domani.»

«Vieni almeno a prendere qualcosa in cucina. Ho fatto delle spremute d'arancia per tutti e ho dei biscotti.»

«Volentieri, arrivo subito, fammi solo dare un'occhiata alla finestra. Forse c'è un perno inceppato.»

Spensi gli schermi, lasciando acceso il computer e spalancai la finestra che Karolin non era più riuscita a chiudere del tutto.

Alcuni minuscoli graffi lungo il bordo superiore confermarono i miei sospetti. L'avevano aperta e poi richiusa dall'esterno forzando il meccanismo che permetteva di ribaltarla in due direzioni. Chiunque fosse entrato in casa si era preoccupato di non lasciar tracce.

Rimisi il perno nella posizione corretta e richiusi la finestra, poi raggiunsi la cucina. Osservai Karolin mescere le spremute alle bambine provando un nodo alla gola. Ero convinto che non sapesse molto di più di quanto mi aveva raccontato. Non mi preoccupavo troppo per lei. La cautela degli intrusi confermava che dovevano aver già dedotto la stessa cosa.

I genitori di Karolin arrivarono in taxi un'ora dopo. Sua madre era visibilmente sconvolta ed era la figlia a doverla consolare. Il padre mi fissò con sospetto, ma i racconti di Karolin lo ammorbidirono al punto che si offrì di accompagnarmi in stazione. Gli risposi che non era necessario, preferivo restasse con la moglie e la figlia; gli chiesi, invece, se poteva chiamarmi un taxi. Karolin spiegò sorridendo che ero uno dei pochi che non aveva un cellulare. Suo padre mi guardò con ammirazione e capii di essermi guadagnato una considerazione ancora più alta.

Prima che salissi sul taxi, Karolin mi strinse in un lungo abbraccio e mi ringraziò per tutto quello che avevo fatto. Quando mi invitò a rimanere in contatto con lei, non annuii né rifiutai. Mi sentii solo meschino perché, guardandola negli occhi, non le dissi che sarei sparito per sempre.

Chiesi al tassista di portarmi all'Isenburg Center, un piccolo centro commerciale in periferia dove mi sarei sbarazzato di Roger Brennmeier. L'Isenburg Center era abbastanza grande, ma senza eccessivo movimento né tantomeno un sofisticato sistema di sorveglianza. In altre parole, era un ambiente discreto e perfettamente anonimo. La rete wireless di cui era dotato mi avrebbe permesso infine di prenotare una macchina e l'albergo.

Negli anni avevo investito parecchio tempo a raccogliere questo genere di informazioni logistiche. Avevo individuato luoghi simili vicino a tutti i principali aeroporti europei e in prossimità delle mie case sicure. Una volta arrivato, acquistai una piccola sacca da viaggio per riporre i vestiti che indossavo e comprai nuovi abiti per Marc Raster, un personaggio a cui volevo dare un aspetto più giovanile: dei jeans, una camicia e un pullover sportivi. Completai il tutto con un giaccone grigio con il cappuccio. Il formale Brennmeier non si sarebbe mai vestito così.

A quel punto entrai nei bagni e mi chiusi in una toilette. Mi spogliai, regolai il rasoio a batterie su nove millimetri e mi tagliai i capelli. Li tinsi di castano chiaro e rasai i baffetti. Una volta terminato mi rivestii e uscii. I capelli grigio topo erano spariti ed erano tornati di un colore simile al mio. Senza baffi e occhiali l'uomo che vedevo riflesso nello specchio poteva avere una decina di anni di meno. Marc Raster si lavò poi le mani e si diresse fischiettando a mangiare qualcosa. Scelsi un tavolo in disparte, presi il portatile più piccolo dallo zaino e mi collegai alla rete wireless. Cercai come prima cosa la pagina dell'Hotel Zum Storchen a Maintal-Dörnigheim, una vecchia fattoria ristrutturata con gusto che si trovava lungo la strada che costeggiava il Meno, non molto distante da Francoforte. Verificai la disponibilità e prenotai una camera affacciata sul fiume. Per l'auto utilizzai, invece, i documenti di Malcolm Robertson, uno dei miei tanti cloni.

Su un sito di autonoleggi trovai una BMW con motore diesel e quattro ruote motrici che poteva fare al caso mio. Con le gomme per la neve e l'enorme autonomia, sarebbe stata inarrestabile anche in una tempesta. Aggiunsi tutte le assicurazioni possibili e inserii i dati della carta di credito.

I documenti che preparavo avrebbero superato qualsiasi prova, ma non pagavo mai sul posto per una buona ragione. Quando tutto è già sistemato nessuno presta attenzione a chi ha davanti. Ti danno per scontato, come se la tua presenza fosse sancita da regole superiori. Fanno tutto in fretta per poi passare ad altro e dimenticarti.

Quaranta minuti dopo uscivo dal posteggio dell'autonoleggio. Quasi non mi avevano guardato in faccia. All'albergo non fu molto diverso, l'impiegata alla reception verificò la lista delle prenotazioni, guardò distrattamente il mio documento e mi porse il foglio d'ingresso da firmare. Non ebbi quasi il tempo di restituirglielo che mi stava già consegnando le chiavi, spiegandomi come raggiungere la camera. Le chiesi il codice d'accesso alla rete e mi porse un foglietto già stampato.

Marc Raster aveva iniziato la caccia.

Parte seconda

I mercanti dell'Apocalisse

21

Maintal-Dörnigheim (Germania)

Mi collegai al server che erano quasi le dieci. Dovevo fare in fretta, temevo che qualcuno spegnesse il computer di Michael.

La lista degli eventi registrati dal computer di Michael parlava da sola. Nella notte tra il ventinove e il trenta dicembre, mentre Michael si trovava in vacanza a Ischgl, qualcuno aveva trafficato intensamente con il suo computer per tre ore, per essere precisi fino alle 2:18:28 del mattino. Poco dopo le undici e all'una meno dieci riconobbi due conferme di ricezione di dati via USB. Era inequivocabile: avevano archiviato del materiale su una periferica.

Facendo un breve calcolo, mi accorsi che avevano avuto tempo sufficiente per copiare l'intero disco. Per fortuna non l'avevano vuotato, altrimenti mi sarei trovato con un pugno di mosche. Avevano quattro giorni di vantaggio su di me, ma non mi scoraggiai.

Tra l'una e le due, a pochi minuti di distanza, vi erano stati due aggiornamenti degli indici del disco, di cui il mio programma aveva ritrovato anche le coordinate che, notai, puntavano a un'unica zona in corrispondenza della quale risultavano dieci grossi buchi di circa dieci megabit ognuno. Qualcosa era stato cancellato.

Convinto di averli colti in contropiede, caricai il contenuto di quella zona in un programma di recupero. Mi aspettavo di trovare i resti praticamente intatti, soprattutto sapendo che dopo l'intrusione nessuno aveva usato il computer. Normalmente quello che viene cancellato lascia una traccia, ma gli intrusi avevano fatto un lavoro completo e la zona era vuota. Mi trovavo in un vicolo cieco.

Iniziai allora a esaminare quanto avesse fatto Michael stesso prima di partire per Ischgl. La sera del ventidue e il mattino del ventitré, aveva usato tre accessi criptati. La ricerca fu lunga e difficile e mise alla prova la mia pazienza, ma alla fine riuscii a ricostruire gli indirizzi completi. Due corrispondevano ad account mail, uno rimandava alla BCE, probabilmente una connessione protetta per i dipendenti.

Avrei voluto proseguire, ma un calo di concentrazione me lo impedì. Erano da poco passate le cinque e sentii di colpo l'impellente bisogno di dormire. Mi coricai senza svestirmi svegliandomi quando fuori era ancora scuro. Feci una doccia e scesi a fare colazione.

Alle otto ero di nuovo seduto alla scrivania. Quello che mi aveva detto Karolin avrebbe potuto aiutarmi ad accelerare la ricerca: se Michael dimenticava tutto, era possibile che annotasse su un documento nomi e password.

Disponevo di un sistema per frugare fra tutto quello che era memorizzato cercando qualche riferimento più o meno esplicito a eventuali indirizzi o codici di accesso. Mentre lavorava, mi dedicai a studiare l'organigramma della BCE per capire in che contesto fosse inserito Michael.

Dopo nemmeno mezz'ora il programma mi avvertì di aver trovato sei documenti che potevano contenere le informazioni che cercavo. Scartai subito due documenti tecnici, un foglio di calcolo e due word di nessun interesse. Mi concentrai invece sul file di testo nominato *memo-ricette*. Non sarebbe stata la prima volta che trovavo annotazioni importanti camuffate così.

Lo aprii e lo scorsi con pazienza. Quello che inizialmente sembrava davvero una sorta di ricettario, alla fine conteneva un lungo elenco in cui ogni riga era composta da tre stringhe, indecifrabili solo in apparenza.

Michael aveva elencato tutti gli indirizzi sicuri a cui accedeva indicando il numero o nome di utente, la password e le eventuali domande di controllo. I portali venivano indicati con dei nomignoli. Alcuni li riconobbi al volo, per altri avrei dovuto fare qualche ricerca.

Anche le password non erano riportate in chiaro, ma sembravano riprodurre sempre la stessa sequenza. La maggior parte erano annotate come KYYMJJ9999. Alcune terminavano con +1 o + 2, e in un caso addirittura +21. Era un modo per modificare periodicamente il numero favorito quando richiesto dagli account.

Mentre scorrevo la lista, avevo già capito cosa significasse la prima parte. La lettera K stava per Karolin e YY per il suo anno di nascita. Poi seguiva lo stesso schema, ma per Martina.

Se fosse stato così, e non ne dubitai nemmeno per un attimo, il gioco era fatto. La parte indicata con 9999 nascondeva un numero che Michael era certo di non dimenticare. Non avevo la minima idea di quale potesse essere, ma sarebbe stato un gioco da ragazzi individuarlo direttamente tentando diversi accessi.

Dopo un'ora avevo individuato il significato di ventitré nomignoli, che includevano i due web mail che mi interessavano, la sua carta bancomat e la carta SIM del suo telefono, che aveva come password proprio solo 9999.

Otto portali su ventitré non si bloccavano in caso di ripetuti tentativi con la password errata. Erano più che sufficienti per i miei scopi.

Avevo diversi programmi che servivano allo scopo. Il migliore era semplice e adatto alle cifre brevi e poteva tentare l'accesso fino a dieci siti in parallelo.

Lanciai il programma e attesi alcuni minuti. Completò senza errori il giro degli otto siti che avevo scelto e non fu necessario correggere niente. La finestra di controllo mi indicava un tempo massimo di cinque ore per completare la ricerca, ma poteva impiegarne anche meno. Era il momento buono per fare una pausa. Uscii per fare degli acquisti e pranzare.

Al mio rientro, dopo tre ore, il programma aveva terminato la sua ricerca. Il numero scelto da Michael era 3742. Non mi diceva niente, ma non importava. Potevo ricostruire tutte le sue password.

22

Il mattino seguente, come prima cosa mi dedicai ai due account email. Il primo fu una delusione: era pieno di messaggi non letti, la maggior parte generati in automatico dai diversi social di cui Michael era membro.

Entrai nel secondo con una certa trepidazione. Dopo due giorni di ricerca, speravo di trovare qualcosa di utile e non finire in un'altra pattumiera. Non c'era nessun messaggio in arrivo.

Aprii la cartella *Archivio*, ma era vuota e solo quando cliccai su *Cestino* trovai un messaggio recapitato nella mattinata del ventidue dicembre da parte di Whodonit987:

> Non sono per niente convinta, comunque possiamo provare a fare un ultimo tentativo. D'accordo, per me va bene, ma solo alle tredici.

Era la risposta a un'email di Michael, spedita la sera precedente, poco prima di mezzanotte:

> Carissima,
>
> non posso terminare l'anno in questa situazione, proprio adesso che abbiamo capito cosa ci è successo. Pensa alla mia proposta, forse è la nostra unica soluzione. Non potremo tenerlo

nascosto ancora a lungo. Dobbiamo vederci assolutamente domani a pranzo. Ho qualcosa di importante per te.

M.

Ero soddisfatto e frustrato al tempo stesso. Michael faceva riferimento ai problemi che lo avevano angosciato negli ultimi mesi di vita, ma le sue parole non mi portavano da nessuna parte.

Whodunit987 era una donna e Michael l'aveva incontrata prima di partire per Ischgl. Nella migliore delle ipotesi ero sulla buona strada. Nella peggiore, avrei solo confermato il presentimento di Karolin. Tuttavia, avendo visto come la guardava Michael, la seconda eventualità mi sembrava improbabile. Frugai in tutta la casella di posta senza trovare altro.

Provai allora ad accedere alla rete della BCE. Riuscii a consultare il catalogo dei dipendenti, che, però, non mi servì a niente perché le donne erano troppe e non avevo nessun indizio.

Mi alzai e cominciai a girare per la stanza. Mi venne fame e presi una mela dal cesto che si trovava nell'ingresso. Il mio pranzo si era limitato a una macedonia di ananas e una spremuta d'arancia. Forse era stato davvero troppo leggero. Mi tornò in mente la conversazione avuta con Michael ed ebbi un'illuminazione: il ristorante!

Di colpo la mela mi sembrò più dolce e profumata, sebbene non ricordassi il nome del locale di cui mi aveva parlato. Mi sedetti di nuovo alla scrivania. Sapevo che gli uffici di Michael non erano nel grattacielo della sede principale, ma in un edificio a qualche centinaio di metri. Aprii una mappa e cercai nelle vicinanze.

Mi tornò in mente non appena lo vidi: il Fit Oyster aveva un sito dal quale si potevano effettuare le prenotazioni scegliendo tavolo, orario e persino anticipare l'ordinazione, in modo da non far perdere tempo prezioso ai clienti stressati. Aveva l'aspetto del tipico ristorante all'ultimo grido da yuppie, come non mancano a New York o Londra. Francoforte non voleva essere da meno e mi chiesi se non servissero solo purissima *Tasmanian Rain*.

Mi trastullai con le vedute interne a trecentosessanta gradi e notai diverse cose interessanti. Una centralina di domotica avanzata faceva bella mostra di sé dietro il bancone e dalla forma ne riconobbi addirittura il produttore. Osservai con attenzione il soffitto e le pareti, individuando almeno due telecamere. Dovevano essercene altre, perché la prospettiva delle webcam che inquadravano cucina, ingresso e il gruppo di fontane al centro della sala, era diversa.

Avrei cenato al Fit Oyster. Un cliente in più che piluccava distrattamente il cibo, tirando tardi assorto nello schermo del suo portatile, non si sarebbe fatto notare.

Michael aveva incontrato la donna il ventidue dicembre. I sistemi più avanzati non sovrascrivono le immagini registrate prima di quattordici giorni. Potevo ancora trovare una traccia del loro incontro, ma avevo meno di ventiquattro ore a disposizione.

Erano le cinque e in poco tempo avrei preparato il necessario. Contavo di aggirare il firewall grazie al sistema con il quale venivano gestite le ordinazioni. Installai i programmi necessari e recuperai un completo scuro di Brennmeier. Anche se un po' spiegazzato, sarebbe stato perfetto per un ospite del Fit Oyster.

Due ore dopo, un cameriere mi stava porgendo un enorme piatto di cristallo con perle di merluzzo e *ratatouille* di bacche artiche che avevo chiesto come antipasto. Tre portate mi erano sembrate sufficienti per tirare alla lunga, ma capii che Michael non aveva esagerato. Al momento di alzarmi, avrei sicuramente avuto ancora fame.

Lo ringraziai e tornai a fissare lo schermo. Con l'antenna interna del computer mi ero collegato alla rete wireless utilizzando la password per i clienti, mentre con la seconda antenna avevo intercettato quasi subito il segnale dei terminali portatili con cui i camerieri prendevano le ordinazioni. Una volta individuate tutte le differenze nella cifratura del segnale sarebbe stato possibile forzare le chiavi di accesso più facilmente.

Lanciai il programma, prestando molta attenzione a non rallentare la velocità di trasmissione dei dati alla cucina. Mangiai il più lentamente possibile, prolungando la mia cena all'inverosimile nel tentativo di ostacolare gli effetti di un servizio fin troppo efficiente. Arrivato al dessert studiai a lungo la carta, tenendola ben aperta perché il cameriere capisse che stavo ancora scegliendo. La sala si era svuotata e non ero ancora riuscito ad accedere al sistema.

Mancavano tre minuti alle dieci quando chiesi un sorbetto allo zenzero che centellinai con parsimonia. Riuscii a entrare nella rete interna solo alle dieci e venti. Il ristorante chiudeva alle undici.

Impiegai altri dieci minuti per individuare il programma di controllo della domotica e altrettanti per capire dove fossero archiviati i video. Copiare l'intera registrazione dalle undici del mattino fino alle quattro del pomeriggio del ventidue dicembre richiese un'ulteriore mezz'ora, ma giocando con digestivi, conto e una buona mancia, riuscii a far digerire al cameriere lo sforamento d'orario.

Alle undici e venti mi alzai dal tavolo e mi incamminai verso l'uscita.

Tornato in albergo, non persi tempo e iniziai subito ad esaminare il materiale. Mi accorsi che veniva salvata un'immagine ogni dieci secondi. Calcolai il tempo necessario per annunciarsi e consegnare un cappotto e mi resi conto che doveva essere un intervallo sufficiente a registrare tutti gli ospiti in almeno un'inquadratura.

Scelsi di iniziare dalla telecamera sull'ingresso e studiai il periodo fra le dodici e quarantacinque e le tredici e quindici. Non riconobbi nessuno. Ripresi di nuovo da mezzogiorno con più pazienza e improvvisamente mi sembrò di aver riconosciuto Michael nel fotogramma delle 12:27:20. Era inquadrato di profilo e stava consegnando un soprabito nero.

Non erano arrivati insieme, ma se c'era Michael da qualche parte doveva esserci anche la donna che aveva incontrato.

Passai in rassegna l'archivio di tutte le telecamere e scoprii che gran parte della sala e dei tavoli non venivano coperti. Non volevo lasciare niente di intentato, così decisi di controllare tutte le immagini registrate da tutte le telecamere: all'una e dieci, all'una e venti e all'una e trenta. Feci un ultimo tentativo all'una e quaranta, ma anche questo si rivelò infruttuoso, e poi mi fermai. Nessuna telecamera li inquadrava insieme all'interno.

Bevvi un'intera bottiglia di acqua minerale e lenii il bruciore agli occhi con del collirio. Bastò per farmi riprendere coraggio. Mi rimaneva una sola possibilità. Non avevo idea dell'orario in cui Michael avesse lasciato il locale e potevo solo sperare l'avesse fatto in compagnia della donna. Senza vederli insieme, la donna sarebbe rimasta per sempre un fantasma.

Tornai di nuovo sui dati della telecamera dell'ingresso, trattenni l'impazienza e ricominciai dall'una meno dieci. Potevano aver cambiato orario all'ultimo momento e ordinato online per mangiare in fretta e tornare subito al lavoro.

Non potevo avanzare velocemente. Vedevo i clienti di spalle o di profilo e dovevo ingrandire le immagini per essere sicuro. Dopo più di un'ora avevo controllato fino alle due del pomeriggio senza successo, ma con il fotogramma delle 14:07:10 ci fu la svolta.

Michael si vedeva alla perfezione: senza cappotto, in piedi davanti al guardaroba. Non c'era nessun altro vicino a lui.

L'immagine successiva fu come uno schiaffo. Michael indossava il suo soprabito, ma era leggermente chino e stava abbracciando una donna. Era girato verso la telecamera e le copriva interamente il viso. Era minuta, almeno venti centimetri più bassa. Indossava dei pantaloni scuri e un cappotto chiaro corto, forse un piumino con un colletto di pelo. Anche ai piedi aveva scarpe o stivali scuri. Sopra la testa di Michael spuntava una macchia più chiara che doveva essere un cappellino invernale. Dieci secondi dopo erano già spariti.

Ricominciai dalle dodici nella speranza di riuscire a cogliere il momento in cui era entrata. Alle dodici e cinquantadue riconobbi una donna con un cappotto simile. Aveva lunghi capelli scuri e la stessa corporatura. Indossava pantaloni e scarpe neri e teneva in mano qualcosa di chiaro, forse un cappello. Affiancai l'immagine a quella dell'abbraccio con il massimo ingrandimento possibile. Non era lei.

Continuai a guardare le immagini successive e alle 13.02:10 la vidi. La ripresa era perfetta e non dubitai un istante. Confrontando ogni dettaglio del piumino che indossava con quello della donna con Michael ne ebbi un'ulteriore conferma. Doveva avere una trentina d'anni. Aveva dei bei lineamenti, un viso nordico. Sembrava avesse gli occhi chiari, ma non azzurri. Dal cappellino le usciva una ciocca bionda. Aveva un'espressione decisa e molto seria, forse addirittura preoccupata.

23

Guardai l'ora. Erano già le sei del mattino. Il bisogno di dormire era sempre più impellente, ma ero troppo vicino alla meta per fermarmi. Sentivo di avere di nuovo la fortuna dalla mia e aprii il sito interno della BCE. Il giorno prima non avevo visto nessuna donna che le somigliasse. La BCE aveva milleseicento collaboratori e forse più di mille lavoravano a Francoforte.

Decisi di facilitarmi il lavoro esplorando l'organigramma dall'alto: se Michael si confidava con lei su un argomento tanto importante, era probabile che la donna occupasse un posto di responsabilità.

Il sito era complicato e dovetti procedere lentamente, ma dopo un'ora l'avevo individuata. La foto formato tessera non lasciava adito a dubbi. Sorrideva e aveva un bellissimo viso, incorniciato da una cascata di capelli biondi. Un piccolo ciuffo sbarazzino le copriva in parte la fronte. Due sottili occhiali tondi di metallo le davano un aspetto professionale. Gli occhi erano vivaci e le conferivano un'aria risoluta. In altre condizioni mi sarebbe piaciuta subito.

La didascalia indicava: «ANNA LAINE, FINNLAND, ASSISTANT VICE PRESIDENT, MBS - BOND TRADING SOUTHERN EUROPE».

Erano riportati il suo indirizzo email e l'interno a cui chiamarla; l'acronimo «MBS» indicava che gerarchicamente la sua unità si trovava al quarto livello e che lei ne era responsabile.

Michael invece figurava come: «VICE PRESIDENT, GERMANY, SE - SYSTEMIC RISK EARLY WARNING».

La sua unità era integrata nel dipartimento statistiche sotto la direzione generale.

Il mio cammino per arrivare a lei era stato lunghissimo, ma chi aveva ucciso Michael poteva aver trovato delle scorciatoie di cui non immaginavo nemmeno l'esistenza. Dovevo trovarla al più presto.

Il suo numero e l'indirizzo si trovavano sull'elenco telefonico. Mi misi una cuffia, aprii una sessione anonima di Skype e la chiamai. Lasciai suonare a lungo finché la linea non cadde. Riprovai una seconda volta con lo stesso risultato. Lottai contro il sonno e mi costrinsi a partire subito.

Una volta in macchina, impostai il navigatore e iniziai a riflettere su quello che avrei potuto dirle per non spaventarla. Mi sarei presentato come un amico di Michael, cosa che corrispondeva alla realtà, e solo dopo avrei cercato di spiegarle la ragione per cui volevo parlare con lei. Non mi era ancora chiaro fino a che punto avrei dovuto spingermi nel raccontarle cosa era accaduto.

La casa di Anna Laine si trovava in un quartiere diverso da quello in cui viveva Michael. Il grande complesso scolastico che avevo visto arrivando mi diede l'impressione che fosse una zona abitata soprattutto da famiglie.

A fianco del blocco di due abitazioni che corrispondeva al civico trovato sull'elenco era posteggiata una Mercedes, un modello a due posti decappottabile, color argento.

Solo a quel punto mi resi conto che non sapevo niente di Anna Laine. L'avevo immaginata come una tipica frequentatrice del Fit Oyster e l'auto poteva essere in linea, ma la dimora piuttosto anonima per niente. Rimpiansi di non aver cercato altre informazioni su di lei.

L'ampia casa, più adatta a una famiglia, mi fece pensare che forse conviveva con qualcuno, o magari poteva essere sposata con dei figli. Chi mi diceva che l'auto sotto la tettoia fosse la sua?

Proseguii senza fermarmi, feci inversione di marcia al primo incrocio e mi fermai sul lato sinistro, così da poter osservare il marciapiede antistante dallo specchietto retrovisore.

Ad ogni modo, mentre nei dintorni iniziavano ad accendersi le prime luci degli studenti e dei lavoratori che si preparavano alla loro giornata, casa Laine era completamente buia.

Mi domandai che senso avesse quello che stavo facendo. Sarei andato a bussare alla porta? A quell'ora poi? Visto il buio, magari stavano ancora dormendo. Come mi sarei difeso se avesse aperto un marito seccato? Guardai nello specchietto e immaginai che in realtà non sarebbe successo nulla. Pensai che potessero essere in vacanza. Avrei fatto meglio a chiamare Anna Laine al lavoro, con una scusa qualsiasi.

Chiusi la giacca, infilai i guanti in pelle e mi decisi a uscire dall'auto. L'aria era gelida e umida. Il fiato si condensava in nuvolette di vapore. Percorsi in fretta le poche decine di metri che mi separavano dalla porta di ingresso e senza pensarci troppo suonai il campanello, quasi sperando di venire invitato a entrare al caldo.

Aspettai un minuto. Nessuna reazione. Suonai una seconda volta e rimasi in attesa, mentre due auto sfilavano lentamente alle mie spalle. Nessun cenno di vita.

Mi voltai e mi avvicinai alla Mercedes. Vidi che in fondo alla tettoia si trovava una siepe con un cancelletto che portava a un giardino. Mi inoltrai nell'oscurità e lo raggiunsi. Si aprì silenziosamente senza fare resistenza e sulla destra riconobbi una veranda con delle poltrone e un tavolo coperti da dei teli di plastica. Aveva appena cominciato a schiarire, ma era ancora abbastanza buio. Le luci dei lampioni non illuminavano il retro della casa e un gruppo di pini, fra le due file di case, impedivano la vista delle finestre dei vicini. Appoggiata al muro mi sembrò di distinguere la sagoma di una bicicletta.

Mi avvicinai alla porta finestra più grande, che immaginavo conducesse al soggiorno, e guardai all'interno. Era tutto buio, ma qui e là notai delle lucine arancioni, troppo deboli per permettermi di vedere qualcosa. Cercai di entrare, ma la porta era chiusa. Mi spostai allora verso la vetrata più piccola, che doveva dare su un'altra stanza. Era chiusa anche quella, ma le tapparelle non erano abbassate. Pensai che i Laine non si fossero assentati per un lungo periodo.

Mi schermai gli occhi con le mani e rimasi appoggiato un momento al vetro, trattenendo il respiro per non appannarlo. La luce del router che lampeggiava sulla sinistra era sufficiente a illuminare il pavimento. Era coperto da fogli gettati alla rinfusa, CD e penne varie. Sembrava il contenuto di un cassetto rovesciato.

Mi ritrassi bruscamente. Qualcuno era arrivato prima di me. Tornai in fretta sui miei passi, ma davanti alla prima porta finestra, qualcosa mi trattenne. *Poggiai la mano sulla maniglia senza girarla e di colpo mi assalì l'assoluta certezza che qualcuno mi avrebbe afferrato per un braccio e tirato dentro.*

Tolsi immediatamente la mano dalla maniglia, quasi fosse rovente. Il cuore mi batteva all'impazzata e cercai di allontanarmi il più in fretta possibile. Una volta sul marciapiede, mi guardai in giro: la strada era vuota.

Cercai di non correre e raggiunsi l'auto. Entrai, bloccai le portiere e inserii la chiave nell'accensione. Fissai lo specchietto con il cuore in gola: non c'era nessuno.

Non dubitai nemmeno per un attimo che quello che avevo sentito si sarebbe realizzato se non fossi fuggito. Avevo avuto una premonizione, anche se non capivo quale meccanismo l'avesse scatenata. A Ischgl credevo di aver acquisito una sorta di controllo sul fenomeno, ma evidentemente mi sbagliavo. Forse dovevo solo rinunciare a trovare una spiegazione razionale a quanto mi succedeva e limitarmi a riconoscere che per la seconda volta mi aveva salvato la vita.

Non sapevo che fare. Pensai di chiamare la polizia, ma non avevo il cellulare e non volevo scoprirmi troppo. Cosa avrei potuto raccontare per farmi prendere sul serio senza che indagassero eccessivamente sul mio conto? Qualsiasi cosa fosse successa ai Laine, non rimaneva che aspettare.

Attesi per un'ora, ma non accadde niente. Non potevo immaginare che in inverno fosse così difficile restare in auto a motore spento. Avevo lasciato i finestrini socchiusi per evitare che si appannassero i vetri e l'auto era diventata una ghiacciaia.

Nel frattempo si era fatto giorno e avevo potuto osservare gli abitanti del quartiere iniziare la propria giornata. La gente usciva dalle case, chi con la macchina, chi a piedi. L'unico vantaggio del freddo era che mi impediva di addormentarmi.

Mi chiesi cosa stessero facendo ancora gli intrusi in casa dei Laine. Stavano aspettando il momento giusto per dileguarsi? Avevano trovato quello che cercavano? Stavano cancellando le tracce del loro passaggio?

Alle nove, la strada era ripiombata nella calma tipica di un quartiere residenziale. Dopo mezz'ora iniziai a tremare e stavo pensando seriamente di abbandonare, quando vidi due uomini uscire dalla casa dei Laine e dirigersi nella direzione opposta alla mia.

Decisi di non seguirli a piedi, ma di anticiparli in auto. Aspettai un attimo per essere certo che non mi notassero e avviai il motore. Feci il giro dell'isolato e mi fermai dove avevo fatto inversione, come se stessi verificando se la via fosse libera. Mi stavano venendo incontro.

Attraversai la strada e feci il giro dell'isolato seguente. Accostai a bordo strada e spensi il motore. Per fingermi occupato quando mi sarebbero passati di fianco, presi i documenti di noleggio dell'auto. Non arrivarono, avevo fatto male i miei calcoli.

Scesi, mi tirai su il cappuccio e tornai indietro. A una ventina di metri, sul mio lato della strada, li scorsi all'interno di un'auto. Arrivai alla loro altezza appena in tempo per leggere la targa prima che si allontanassero: M-KL8136. Era un'Audi A4 marrone, immatricolata a Monaco di Baviera.

Feci ancora qualche passo e mi resi conto di aver fatto un tremendo errore. Forse mi avevano osservato dallo spioncino mentre suonavo il campanello. Potevo nascondere il volto con il cappuccio, ma giacca e pantaloni erano perfettamente riconoscibili. Era stata una distrazione imperdonabile, una vera e propria ingenuità. Capii che l'inesperienza sul campo poteva essermi letale e mi ripromisi di stare molto più attento. Sprecare anni di preparativi per un'inezia sarebbe stato imperdonabile.

24

Non appena fui di nuovo in albergo, mi feci una lunga doccia calda e crollai sfinito. Mi rintanai sotto le coperte e dormii fino all'una del pomeriggio.

Rintracciare i proprietari dell'Audi fu molto semplice. Negli anni ero riuscito a procurarmi i codici di accesso ai maggiori servizi di motorizzazione europei. In Germania ogni regione aveva il suo registro. Erano solo quindici e li avevo tutti nel mio database.

L'auto era intestata alla SecTec Facilities, un'impresa con sede a Monaco di Baviera con lo scopo molto generico di finanziare e gestire infrastrutture. Aveva tre amministratori di cui provai a cercare informazioni, senza ottenere granché. Tuttavia, uno di loro aveva rilasciato un'intervista su un importante contratto che la SecTec aveva stipulato con una grossa banca tedesca.

Scoprii che la SecTec Facilities faceva capo alla SecTec Allgemeine Sicherheit. Quest'ultima era di proprietà della SecTec Global Security con sede a Bruxelles, la quale a sua volta apparteneva alla SecTec Global di Boston, un colosso quotato alla borsa di New York.

La SecTec Allgemeine contava più di mille collaboratori sul territorio tedesco, con uffici sparsi in tutto il Paese e Francoforte era una delle sei città che venivano definite *prime location*. Decisi che sarei andato a dare un'occhiata.

Arrivai sul posto nel tardo pomeriggio. La SecTec si trovava in uno dei quartieri in maggiore sviluppo e si affacciava su un ampio viale alberato a quattro corsie, in cui i binari del tram dividevano il senso di marcia.

In mezzo allo sfavillare delle nuove costruzioni il loro edificio appariva quasi modesto. Era piccolo, seppur recente, e sembrava venisse usato interamente da loro. Passai una prima volta per scrutarlo con attenzione dal lato opposto della strada, poi tornai indietro e mi fermai poco prima dell'ingresso del garage sotterraneo senza spegnere il motore. Nel traffico nessuno lo avrebbe notato.

Rimasi lì davanti a riflettere per circa un quarto d'ora, durante il quale erano entrate tre auto e ne erano uscite undici. La dodicesima fu proprio un'Audi marrone e dalla mia angolazione riuscii a osservare bene l'autista: un uomo biondo con i capelli cortissimi. Dietro di lui intravidi solo la testa di un altro passeggero. Non avrei saputo dire se fossero i due che avevo visto uscire dalla casa dei Laine, ma quando l'auto imboccò il viale controllai la targa. Era la stessa.

Decisi che dovevo pedinarli, anche se non avevo mai inseguito nessuno in vita mia e temevo si accorgessero di me. Preferii tenermi a distanza, pur sapendo che così facendo rischiavo di perderli. Per fortuna avevano imboccato un lungo viale a due corsie a senso unico che si dirigeva a est, evitando il centro. Il traffico era abbastanza intenso e procedevamo molto lentamente, ma l'onda verde mi permise sempre di passare i semafori insieme a loro.

Entrati in una grande arteria a tre corsie per ogni senso di marcia, mi accorsi che il verde sarebbe durato molto meno e cercai di avvicinarmi. Un camion della spazzatura guastò i miei piani inserendosi davanti a me. Sembrava non si fossero spostati né a destra né a sinistra e decisi di rimanere nella corsia centrale. Quando arrivai al semaforo, diventò rosso.

Mi limitai a seguire con lo sguardo il camion che superava l'incrocio e si immetteva lentamente nel viale di fronte. Spostandosi a destra, tuttavia, mi permise di intravedere l'Audi finché non venne nascosta da altre auto provenienti dalle vie laterali. Quando il semaforo tornò verde, non la vidi più.

Partii subito, riuscendo a controllare a stento la tentazione di premere sull'acceleratore. All'incrocio successivo si era formata una coda e intravidi l'Audi che si preparava a svoltare a sinistra. Riuscii a spostarmi di corsia proprio mentre ripartivano. A me toccò di nuovo il rosso. Non appena scattò il verde accelerai per quanto possibile e mi immisi in un ampio viale non molto trafficato.

Dell'Audi non c'era traccia. Proseguii ancora fin quando, con la coda dell'occhio, la vidi posteggiata davanti a un fast food. Mi fermai poco oltre, di fronte a un negozio di ferramenta. Uscii e tornai indietro a piedi.

L'auto era vuota, ma oltre le vetrate del locale riconobbi il biondo in piedi, davanti alla cassa. Non mi fermai per non attirare l'attenzione e mi diressi al supermercato vicino. Presi un caffè da asporto al bar che si trovava nell'atrio e tornai verso il fast food.

I due si misero a sedere proprio davanti all'ampia finestra del fast food permettendomi di osservarli con attenzione: sulla trentina, in forma, vestiti in modo simile. Accanto ai resti del loro pasto, sul tavolo c'erano un terzo sacchetto ancora chiuso e due bottiglie di acqua ancora intatte.

Ritornai alla mia auto e la spostai di fronte al supermercato. Rimasi in attesa, con il motore acceso per una decina di minuti. Quando uscirono, lasciai loro un vantaggio di un centinaio di metri.

Passammo sotto il cavalcavia, lo stesso che avevo percorso con Karolin due giorni prima e, poco dopo, entrammo in una larga strada alberata, ai lati della quale si trovavano soprattutto capannoni industriali o piccole manifatture. Erano quasi le sette di sera e la maggior parte era già chiusa.

L'Audi si fermò di fronte al cancello di un prefabbricato bianco. Io proseguii e mi fermai più avanti fra gli alberi spogli che delimitavano il posteggio di una piccola palazzina. Aspettai che la loro auto fosse entrata e mi avviai indietro a piedi, giusto in tempo per vedere il cancello richiudersi. Mi fermai a osservare il piazzale oltre le sbarre, rimanendo il più possibile nascosto dietro al muro di recinzione.

L'uomo al volante stava trafficando con una piccola tastiera di fianco alla porta. L'altro aspettava di fronte alla saracinesca per l'ingresso dei mezzi pesanti tenendo in mano il sacchetto del fast food e le bottiglie dell'acqua. Una volta entrati, la porta si richiuse subito alle loro spalle.

L'edificio non aveva finestre e nulla lasciava immaginare quale fosse la struttura interna. Poste in alto, agli estremi della parete di destra, due telecamere inquadravano il piazzale illuminato. Ce n'erano altrettante sopra la porta. A sinistra della saracinesca riconobbi una piccola antenna wireless identica a quella che si trovava vicino al cancello. Nessuna telecamera riprendeva il marciapiede.

Tornai in auto. Ero preoccupato per i Laine: per qualche ragione il sacchetto di vettovaglie mi aveva fatto pensare a dei prigionieri. Una denuncia anonima era fuori discussione. Anche se la polizia l'avesse presa sul serio, nel peggiore dei casi avrebbero fatto irruzione in un capannone in cui due dipendenti stavano svolgendo il loro turno di guardia.

Decisi di aspettare al massimo un'ora. Se i due fossero usciti, sarei ritornato in albergo a prendere tutto l'occorrente e avrei cercato di ripetere quanto avevo fatto al Fit Oyster con la rete di sorveglianza.

L'abitacolo della macchina aveva già iniziato a raffreddarsi e mi stavo guardando in giro. Ero indeciso se accendere o meno il motore per tenermi al caldo finché nello specchietto non vidi il bagliore di due fari che faceva capolino attraverso le sbarre del cancello. Pochi secondi dopo, l'Audi uscì. Svoltarono nella mia direzione. Mi abbassai sul sedile e feci appena in tempo a scorgere la testa di uno dei due attraverso il finestrino.

Dovevo prepararmi a trascorrere molte ore in macchina e non volevo ripetere l'esperienza del mattino. Decisi di passare prima dal centro commerciale per mangiare qualcosa, dove comprai anche una coperta di lana e un thermos che feci poi riempire per metà di caffè e per metà di acqua calda.

Ritornai in albergo dove mi rinfrescai brevemente, indossai due pullover e presi il materiale che mi serviva. Nel caso la mia assenza fosse durata più a lungo del previsto, scompigliai le coperte del letto per non dare nell'occhio quando avrebbero rifatto le camere.

Due ore dopo, ero di nuovo davanti al deposito. Mi fermai di fronte, sulla carreggiata opposta, ma lontano dal lampione. Collegai al portatile le due antenne wireless ad alta sensibilità, sistemandone una sul cruscotto e l'altra sotto il lunotto posteriore, in modo che fossero ad almeno due metri di distanza l'una dall'altra.

Grazie alle antenne e a un sistema che effettuava la triangolazione del segnale riuscii a fare una mappa della rete. Solo il cancello sfruttava la connessione wireless, tutto il resto era collegato via cavo. Avrei utilizzato l'antenna del cancello come punto d'intrusione, così come avevo fatto la sera prima con il terminale delle ordinazioni al Fit Oyster.

Attivai il programma, mi avvolsi nella coperta e rimasi ad aspettare. Non avrei spento il motore, ma coprii lo schermo con un panno per non far notare la luce se qualcuno fosse passato di lì. Dopo la notte in bianco e le poche ore di riposo del pomeriggio, il tepore conciliò il sonno.

Fui risvegliato dal trillo del programma che annunciava di avere terminato il lavoro. Mancavano cinque minuti alle tre di notte. Lanciai una seconda connessione e in un attimo mi trovai nella rete interna, ignorato dal firewall.

Oltre alle quattro telecamere che avevo visto, una quinta era posizionata sulla facciata. Riprendeva il piazzale e parte del cancello. All'interno ce n'erano altre sei che sorvegliavano gli accessi principali. L'allarme perimetrale e volumetrico aveva in totale settantadue sensori.

In caso di emergenza il server era programmato per trasmettere il segnale alla centrale qualora si fosse aspettato più di un minuto a tacitarlo sul posto. Lo stesso accadeva al terzo tentativo errato con le tastiere di accesso. Il disinserimento completo dell'allarme o l'interruzione di corrente venivano notificati subito, così come il malfunzionamento di tre o più sensori.

Il sistema controllava anche l'illuminazione, la temperatura, l'apertura del cancello, delle tre porte esterne e delle quattro interne. Le telecamere registravano un'immagine in bianco e nero ogni due secondi; ciascuna immagine veniva conservata per dodici ore, prima di essere trasmessa in automatico alla centrale.

Come prima cosa aprii l'archivio della telecamera sulla facciata. Una figura umana si vedeva al di là del cancello subito dopo l'ingresso dei due uomini. Ingrandii al massimo e notai che il viso era rimasto sempre in ombra. Sostituii i diciotto fotogrammi in cui comparivo con delle immagini precedenti, eliminando ogni traccia del mio passaggio.

Le telecamere interne restituivano solo riquadri neri. Misi, uno dopo l'altro, i settantadue sensori in modalità revisione perché non inviassero nessun segnale alla centrale restando praticamente inattivi e interruppi le registrazioni.

A quel punto, era tutto a mia esclusiva disposizione e iniziai ad accendere le luci interne per capire come fosse strutturato il deposito. Era composto da un unico grande locale alto forse sette, massimo otto metri, e percorso da due file di colonne in acciaio. Alle estremità si trovavano due blocchi prefabbricati più bassi.

Il primo occupava solo un terzo della parete anteriore e doveva essere la reception. Vi si accedeva attraverso una porta a vetri che aveva diverse finestre, tutte affacciate sull'interno.

Il secondo si estendeva su tutta la parete posteriore e mostrava otto porte bianche senza vetri, allineate a circa quattro metri di distanza l'una dall'altra. Immaginai che quel piccolo rettangolo, a fianco di ognuna, fosse la tastiera in cui inserire il codice di accesso. All'interno degli otto locali non c'erano telecamere. Avevo attivato tutta l'illuminazione e anche la luce al loro interno doveva essere accesa, ma non filtrava nulla.

Guardai l'elenco delle unità di ingresso controllate dal programma di gestione e il numero corrispondeva perfettamente. Erano tredici, ognuna era caratterizzata da un breve acronimo. Conoscendo la struttura del capannone, fu facile riconoscere quali corrispondessero alle otto porte. A parte un camion, che stazionava vicino all'entrata, e una catasta di casse al centro, tutto il resto era vuoto.

Erano quasi le quattro di notte e aveva iniziato a cadere un leggero nevischio.

25

Verificai l'illuminazione che avevo lasciato in modalità emergenza per evitare che si potesse notare qualcosa dall'esterno, sbloccai la serratura di tutte le porte e mi preparai a uscire.

La strada era vuota e l'attraversai in un attimo. Il cancello si stava ancora aprendo quando oltrepassai l'ingresso del prefabbricato. Per fortuna mi accorsi che dall'interno non avevano previsto nessun sistema di controllo degli accessi. Sarei uscito senza problemi.

Chiusi la porta velocemente e mi guardai intorno. Decisi di cominciare dal fondo e dalle otto stanze che non avevo potuto visitare con il mio portatile.

Nell'aprire la porta rimasi stupito: era massiccia e rivestita di metallo, un dettaglio che non avevo notato con la telecamera. Mi fece pensare a una cella più che a un deposito. L'interno era un locale unico di circa quattro metri per quattro, esattamente come avevo immaginato. Il pavimento non era in cemento, ma di un materiale più lucido che pensai fosse linoleum. Trovai solo scatoloni di ogni dimensione. La seconda era identica e completamente vuota.

Prima di aprire la porta della terza stanza, notai alcune scatole appoggiate contro il muro che contenevano un guazzabuglio di materiale elettrico, tra cui microfoni ambientali e alcuni sensori a infrarossi. La SecTec si occupava anche di sicurezza e non ne fui meravigliato. All'interno della stanza, invece, c'erano solo dei secchi, due scope, strofinacci piegati e diversi flaconi di prodotti per la pulizia.

Sul bancone vicino alla quarta porta vidi una confezione di guanti di gomma, dei rotoloni di carta assorbente, del nastro adesivo argentato, un taglierino e una pinza. C'era anche un grosso scatolone aperto. Sbirciai all'interno: c'erano diversi teli neri piegati da cui sporgevano delle cinghie. Ne tirai fuori uno e quando mi accorsi che era chiuso da una lampo ermetica lo lasciai cadere spaventato.

Il cuore iniziò a battermi forte in gola e mi guardai istintivamente in giro, rendendomi conto di non avere nessun mezzo per difendermi. Avevo appena trovato un sacco per cadaveri; misi da parte ogni esitazione e mi affrettai ad aprire la porta che avevo davanti.

Fui letteralmente aggredito dal lezzo di urina e mi trovai di fronte una donna che mi fissava terrorizzata. Per un attimo vacillai e chiusi gli occhi, quasi per scacciarne l'immagine. Era distesa su un letto di ferro al quale era legata mani e piedi. Il nastro adesivo le impediva di aprire la bocca, ma la sentivo mugugnare, forse implorare. Indossava dei jeans luridi e una felpa nera che si era attorcigliata lasciandole scoperto il ventre fino all'ombelico. Ai piedi aveva solo le calze e quel paio di scarpe sportive buttate poco lontano dovevano essere le sue. I capelli biondi spettinati le coprivano parte del viso, ma la riconobbi subito. Era Anna Laine.

Aveva un alone violaceo intorno all'occhio destro. Rabbrividii e guardai meglio: da come l'avevano ammanettata le era quasi impossibile girarsi su un fianco. Stava cercando di voltarsi verso di me ma non ci riusciva.

«Va tutto bene» dissi abbassando il cappuccio e protendendo in avanti le mani con i palmi aperti. Lei continuava a fissarmi scuotendo la testa atterrita. Per non spaventarla, mi avvicinai molto lentamente. A quel punto cercò invano di ritirarsi contro il muro.

Mi fermai toccandomi istintivamente il viso, come se temessi di avere qualcosa di mostruoso sul volto.

«Sei Anna Laine? Non aver paura, sono qui per aiutarti» continuai. Avevo imparato il finlandese per lavoro anni prima, e pensai che parlandole nella sua lingua sarei riuscito a tranquillizzarla. Si immobilizzò di colpo e capii di aver fatto centro.

«Voglio liberarti. Adesso ti tolgo il bavaglio, ma farà un po' male» aggiunsi, cercando di sorridere.

Chinandomi su di lei, vidi che le dita della mano sinistra erano coperte di una crosta di sangue. Sussultò quando le toccai il volto, ma non si divincolò. Le spostai dolcemente i capelli di lato e sollevai un angolo del nastro adesivo incollato alla guancia.

«Mi dispiace, adesso dovrò tirare forte. Posso?»

Lei mosse la testa, in segno affermativo, e lo strappo fu seguito da un grido misto a un profondo sospiro.

«Chi sei?» chiese subito, agitata.

«Mi chiamo Marc Raster. Ti spiegherò tutto dopo. Adesso dobbiamo fare in fretta, prima che arrivi qualcuno.»

«Che giorno è oggi?»

«Il sei gennaio.»

Emise un grido e iniziò a piangere.

«Non è possibile, cinque giorni, non è possibile...»

«Ti prego Anna, non perdiamo tempo. Dobbiamo trovare anche tuo marito.»

Mi guardò sgranando gli occhi.

«Cosa vuoi dire?»

«Non hanno preso anche lui?» chiesi meravigliato. «Potrebbe essere qui da qualche parte.»

«Io non sono sposata.»

«Devo essermi sbagliato, ma non ha importanza. Adesso dobbiamo pensare a uscire da qui al più presto.»

Guardai un po' in giro per capire come aprire le manette.

«Non hai visto dove tenevano le chiavi?» chiesi.

Scosse la testa, senza dire niente.

«Aspetta, cerco qualcosa per aprirle.»

Mi alzai e mi diressi verso la porta.

«Non lasciarmi» supplicò con voce flebile.

«Usciremo insieme, ma devo trovare un modo per liberarti» le risposi con un debole sorriso.

Corsi al bancone, dove avevo visto dei tubi di metallo e scelsi il più pesante. Contavo di utilizzarlo come leva. Rientrai e la trovai che stava tremando.

«Tranquilla. Voglio solo spezzare le sbarre del letto. Comincerò dai piedi» le dissi. «Tieniti pronta al contraccolpo.»

Lei annuì.

Infilai il tubo a contrasto tra il materasso e la sbarra superiore, che si piegò per poi cedere di colpo.

«Ha funzionato!» gridai sorpreso.

Anna mi guardò. Sembrava meno spaventata.

«Adesso ti libero le mani.»

Non fu così semplice. La testata era più alta e fui costretto a esercitare una forza maggiore. Cominciai a sudare e ansimare. Anna non smise un attimo di guardarmi, malgrado dovesse tenere una posizione molto scomoda.

«Mi dispiace» sussurrò.

In quel momento ero troppo teso per risponderle e solo dopo molti tentativi riuscii a far saltare le saldature ai due lati. Lei si raddrizzò e con fatica si mise a sedere.

«Mettiti il mio giaccone,» dissi «io non ne ho bisogno.»

Raccolsi le scarpe e mi inginocchiai ai suoi piedi per aiutarla a infilarle.

«Fuori sta nevicando, non puoi uscire solo con le calze.»

Lei si guardò i pantaloni e scoppiò a piangere.

«Oh no, in che stato sono! Mi hanno lasciata qui al buio e non ho più potuto trattenermi.»

Vidi che all'indice sinistro le mancava l'unghia.

«Sono stati loro?» chiesi mentre finivo di allacciarle le scarpe. Anna annuì fra i singhiozzi e io pensai con orrore alla pinza che avevo visto sul bancone.

«E il viso? Ti hanno colpita?»

«Cos'ho sul viso?» chiese passandosi terrorizzata le mani sul volto.

«Niente, solo un leggero ematoma intorno all'occhio.»

«Quello bruno mi ha colpito forte con uno schiaffo...»

«Mi racconterai tutto dopo» dissi appoggiandole dolcemente una mano sulla spalla. «Dobbiamo andare. Riesci a camminare?»

Mi afferrò la mano destra e si alzò, poi barcollò e si appoggiò a me.

«Tranquilla. Passerà subito, vedrai.»

Uscimmo lentamente, perché si muoveva a stento. Una volta fuori la feci appoggiare un momento al bancone.

«Devo controllare che non ci sia nessun altro» dissi indicandole le altre porte. Lei mi guardò perplessa, ma approfittò della pausa per sgranchirsi gambe e spalle. Fortunatamente le stanze erano tutte vuote.

Camminammo sempre più in fretta verso l'uscita. La notte era silenziosa e stava nevicando più fitto. Raggiungemmo l'auto e spostai il computer per farla sedere. Misi in moto per riscaldare l'abitacolo.

«Abbi pazienza, ancora un minuto. Devo risistemare un paio di cose.»

Riattivai i sensori, controllai che l'illuminazione fosse come l'avevo trovata, avviai di nuovo la registrazione delle telecamere e terminai lanciando al cancello il comando di chiusura. Anna mi osservava in silenzio avvolta nel mio giaccone.

«Hai aperto tutto da qui?» mi domandò meravigliata.

«Tutto, tranne le tue manette» dissi.

Lei fece una debole risata e mi chiese di nuovo chi fossi.

«Ti spiegherò tutto dopo, adesso andiamo via di qui» risposi, mentre mi voltavo verso di lei per appoggiare il computer sul retro.

«Hai qualcosa da bere?»

«Vuoi del caffè caldo?»

Le porsi il thermos, ma con la mano ferita non riuscì ad aprirlo. Le versai il caffè in un bicchiere e lo scolò d'un fiato, chiedendomene subito un altro. Le passai la coperta e l'aiutai ad allacciare la cintura.

Erano le quattro e venti. Non sapevo cosa fare.

Avevo cercato Anna Laine con ogni mezzo per due giorni, ma non ero preparato ad averla di fianco a me, spaventata e intirizzita sul sedile del passeggero.

26

Guidai per una decina di minuti senza una meta precisa, volevo soltanto allontanarmi dal deposito. Controllai più volte lo specchietto, ma non vidi nessuno. Lungo le strade innevate incrociammo poche auto. Mi venne in mente una grossa stazione di rifornimento che si trovava a nord della città e aveva un negozio aperto tutta la notte in cui si potevano trovare utensili di ogni tipo. Anna aveva ancora le manette alle caviglie e ai polsi e se ne stava piegata in avanti, tenendosi il volto fra le mani.

Non aveva smesso di tremare e capii che dovevo parlarle. Le chiesi di ascoltarmi e lei si voltò verso di me senza dire niente. Si appoggiava alla portiera come a volersi allontanare il più possibile da me. Aveva ancora paura.

«Anna, sei tu a decidere cosa fare» cercai di rassicurarla. «Se vuoi, ti porto subito dalla polizia.»

«La polizia no!» rispose terrorizzata. «Sono loro che mi hanno presa.»

«Non possono essere stati della polizia.»

«Lasciami andare!» esclamò, cercando di liberarsi dalla cintura di sicurezza senza riuscirci.

«Anna, fermati. Farò tutto quello che vuoi tu. Te lo prometto.»

Lei si voltò e mi guardò intimorita.

«Avvicinati» proseguii prendendole le mani, facendo attenzione a non toccarle l'indice ferito.

«Per prima cosa voglio liberarti dalle manette e curare la ferita all'unghia. Ma se non vuoi, non farò niente.»

Rimanemmo in silenzio e mi accorsi che si stava calmando. Presi un fazzoletto e iniziai ad asciugarle le lacrime.

«Adesso sei libera e qui siamo al sicuro,» le dissi mentre le avvolgevo il fazzoletto intorno alla ferita. «Tienilo finché non ti avrò medicato.»

«Tu chi sei? Perché sai il finlandese?»

Quello che prima era servito a calmarla, aveva ora acceso i suoi sospetti.

«Anna, io ho la fortuna di imparare rapidamente le lingue. Ho lavorato un'estate a Helsinki molti anni fa e non l'ho dimenticato.»

«Ma chi sei e perché sei venuto a liberarmi?»

«Questo è più difficile da spiegare. Sto cercando di ricostruire quello che è successo a Michael Hofman e...»

«Dov'è Michael? Ti ha parlato di me?»

Capii che non sapeva ancora niente.

«Ecco, è proprio questo il punto. Sono qui perché Michael ha avuto un incidente.»

«Cosa gli è successo? Come sta?»

«Michael è morto, il primo gennaio, all'ospedale di Innsbruck. Stava sciando ed è precipitato.»

La notizia l'aveva sconvolta e aspettai che si sfogasse prima di continuare.

«Devi farti forza. Gli indizi dimostrano che non è stata l'imprudenza a ucciderlo.»

«Sei della polizia austriaca?»

«È un po' più complicato. La polizia ha archiviato l'inchiesta.»

«Allora chi sei?»

«Michael era un mio caro amico. Ho scoperto che tu eri in

contatto con lui e volevo incontrarti. A casa tua ho trovato i due e li ho seguiti.»

«Tu non capisci, sono dei poliziotti! Hanno detto che Michael era coinvolto con un gruppo terroristico e che io ero sua complice…»

«Calmati Anna, non è vero niente» la interruppi. «Adesso ascoltami: ti ho liberato e ti lascerò fare quello che vuoi. Io voglio solo trovare chi ha ucciso Michael. Non pretendo altro.»

Anna mi guardò per un attimo e sussurrò un flebile: «Okay».

«Dài, racconta.»

«Ero in casa il pomeriggio del primo gennaio. Hanno suonato alla porta e mi hanno mostrato le tessere dell'Interpol.»

«Chi erano?»

«Non saprei. Erano gli stessi che mi hanno tenuto legata, uno biondo e uno bruno. Avevano davvero l'aspetto di poliziotti, erano gentili e io li ho fatti accomodare in soggiorno. Poi hanno iniziato a farmi un sacco di domande su Michael e sono diventati sempre più insistenti. Dicevano che aveva rubato dei dati, che si era appropriato di fondi per finanziare un gruppo terroristico e che non dovevo coprirlo, se non volevo essere ritenuta sua complice. Quello biondo a un certo punto è diventato aggressivo mentre l'altro cercava di calmarlo. Hanno cominciato a minacciarmi. Se non parlavo avrebbero dovuto continuare l'interrogatorio altrove.»

«E tu che cosa hai risposto?»

«Ho continuato a ripetere che non sapevo niente e che volevo parlare con un avvocato. Il biondo allora si è alzato e si è avvicinato dicendomi che sarebbe stato lui il mio avvocato. E poi… si è frugato nei pantaloni ed è scoppiato a ridere. In quel momento ho avuto paura. Ho detto che andavo nello studio a prendere una lettera di Michael che non avevo ancora aperto, pensando di scappare…»

Anna ricominciò a piangere e non riuscì più ad andare avanti. Le presi la mano e aspettai che si calmasse.

«Non so cosa sia successo dopo» proseguì. «Ricordo solo di aver sentito un dolore atroce in tutto il corpo e di essere crollata sul pavimento. Li vedevo camminarmi intorno, ma non potevo muovermi. Mi sono svegliata legata a una sedia, nella stanza dove mi hai trovato.»

«Devono aver usato un *taser* e poi ti avranno drogato» spiegai. «Probabilmente avrai due minuscole scottature da qualche parte.»

«Ero intontita, ma mi è sembrato di vederli tutti e due seduti di fronte a me... un attimo dopo ce n'era solo uno. È stato allora che ho sentito qualcuno che mi scuoteva tenendomi per i capelli. Ho iniziato a urlare e quello bruno mi ha dato un ceffone fortissimo, che mi ha fatto cadere, insieme alla sedia.»

«E poi?»

«Mi hanno rialzata da terra. Il bruno mi urlava che aveva perso la pazienza. Voleva sapere dov'erano gli estratti che avevo ricevuto da Michael. Io ho detto di non saperne niente e allora mi hanno mostrato la tenaglia.»

Sapevo che Michael le aveva inviato delle prove. Avrei voluto chiederle di cosa si trattasse, ma mi astenni da farle qualsiasi domanda.

«Anna, se preferisci smettiamo.»

«No, non importa. Pensavo volessero solo minacciarmi, invece il bruno si è avvicinato, mi ha afferrato l'unghia e ha strappato senza dire niente. Ho urlato dal dolore. Il biondo mi ha liberato e trascinato sul letto per i capelli. Mi hanno ammanettata alle sbarre e poi sono stata imbavagliata.»

«E se ne sono andati?»

«Sì, mi hanno lasciata così, al buio. Non so per quanto tempo, ma mi è sembrata un'eternità. Avevo freddo. È stato terribile. Non ne potevo più dalla sete e dalla fame. Alla fine pensavo solo all'acqua.»

«Quante volte sono tornati?»

«Solo due. Mi hanno deriso perché avevo bagnato il letto. E mi hanno dato un secchio nel quale avrei dovuto liberarmi di fronte a loro. Mi hanno slegato i piedi e una mano, ma io sono rimasta a guardarli chiedendo da bere. Il bruno allora ha tirato fuori una bottiglia d'acqua e ne ha rovesciata metà per terra. Ha detto che se non mi muovevo l'avrebbero buttata tutta.»

«Ti hanno dato solo mezza bottiglia di acqua?» chiesi preoccupato.

«Alla fine me ne hanno lasciate due, e un hamburger. Solo dopo però aver ceduto a fare i miei bisogni mentre loro facevano dei commenti da animali. E poi mi hanno ammanettata di nuovo al letto e se ne sono andati, mollandomi lì, al buio.»

Sospirò e si sfregò il viso. Le tremava la voce, ma continuò con il suo racconto.

«La seconda volta è stata la stessa cosa, ma avevano fretta e mi hanno slegato solo una mano per bere e mangiare. Ho chiesto di farmi andare in bagno, ma il biondo si è messo a ridere e ha detto che non era più necessario, perché ormai facevo troppo schifo. Non mi hanno nemmeno lasciato finire e mi hanno ammanettata e imbavagliata di nuovo. L'altro mi ha preso per i capelli, dicendomi che erano stanchi di aspettare e che dovevo parlare. Dopodiché se ne sono andati via subito. Avrei voluto urlare fino all'esaurimento, ma alla fine devo essermi addormentata, almeno finché non si è accesa di nuovo la luce. Mi sono svegliata e ho sentito uno scatto alla porta, ma non è entrato nessuno.»

Le lacrime le rigavano copiose le guance. Nella sua espressione, oltre allo sconcerto, riconoscevo anche la rabbia. Le diedi un altro fazzoletto e le lasciai fare una lunga pausa per soffiarsi il naso e asciugarsi gli occhi.

«Quando ti ho sentito entrare avevo paura che fossero tornati per interrogarmi.»

«Non preoccuparti, adesso è tutto finito» le sussurrai dolcemente.

«Avevi uno sguardo strano. Per un attimo ho pensato che ti avesse mandato mio padre.»

Si appoggiò al sedile e chiuse gli occhi. Mi resi conto che era confusa. Dopo cinque giorni di prigionia era molto provata e sicuramente disidratata. Avrei dovuto rifocillarla e invece ero lì, senza sapere bene che fare, con la paura di spaventarla ancora di più.

«Anna, adesso vado a prenderti qualcosa da bere. Poi ti posso accompagnare a una stazione di polizia.»

«La polizia no, ti prego. Portami a casa. Devo chiamare mio padre. Solo lui può aiutarmi.»

«Non possiamo andare a casa tua. I rapitori potrebbero tornare a cercarti. Ti prendo dell'acqua e il necessario per medicarti. Vuoi anche qualcosa da mangiare?»

Si lasciò andare sul sedile e annuì debolmente.

«Ho sete» rispose con gli occhi chiusi.

«Lascio acceso il motore, così rimani al caldo. Chiuditi in macchina, ma non addormentarti, ti prego» le dissi, infilandomi lo zaino sulle spalle prima di uscire. Avevo lasciato di proposito le chiavi nell'accensione perché capisse che poteva fidarsi.

Al ritorno, l'auto era ancora al suo posto. Vidi che Anna stava guardando tesa nella mia direzione e sentii lo sblocco della portiera prima ancora di arrivare. Fui felice di vederla finalmente più tranquilla.

«Bevi lentamente, non so come puoi reagire» le dissi, aprendole la prima bottiglia.

Non mi ascoltò e se la scolò tutta d'un fiato.

«Dammene un'altra, ti prego.»

«Aspetta, rischi di vomitare. Fammi dare un'occhiata prima al dito, così poi cerco di toglierti le manette.»

Mi porse la mano che medicai con cura. Mi ringraziò e iniziò a pulirsi il viso con il fazzoletto, guardandosi nello specchietto retrovisore. Si ravviò i capelli con le mani e si tolse la giacca, gettandola sul sedile posteriore. Si ripulì il collo e la nuca, poi passò agli avambracci. Alla fine si pulì ancora il viso e si lasciò sfuggire un sospiro.

«Adesso va meglio. Posso avere ancora da bere?»

Malgrado l'ombra dell'ematoma intorno all'occhio, aveva un bel viso e gli occhi color miele sembravano risplendere di rinnovata energia. Le porsi subito la seconda bottiglia. Si stava riprendendo.

Quando passai alle manette mi accorsi che la tenaglia che avevo preso non riusciva nemmeno a scalfirle. Provai in diversi punti con tutte le mie forze, ma era troppo piccola.

«Come facciamo adesso?»

«Non preoccuparti, basta trovare quella giusta. Ci sono delle tronchesi grandi il triplo che tagliano tutto come il burro, ma ci vuole un negozio specializzato. Possiamo andare in un centro commerciale dove possiamo prendere anche dei vestiti e della biancheria puliti. Puoi lavarti e sistemarti nel mio albergo e quando starai meglio decidiamo cosa fare. Okay?»

«E lì saremo al sicuro?»

«Chiunque ti abbia rapito non mi conosce» la rassicurai.

Eravamo in piena ora di punta e mi ci volle un'ora per raggiungere il centro commerciale. Poco male, altrimenti avremmo dovuto aspettare l'orario di apertura del negozio e intanto Anna si era addormentata. Una volta arrivati, scesi nel posteggio sotterraneo e lasciai la macchina vicino all'uscita.

«Anna» la chiamai, scuotendola dolcemente.

Si riscosse bruscamente guardandomi confusa.

«Cosa vuoi fare?»

«Hai dormito. Ricordi? Ora vado a comprarti dei vestiti puliti e delle tronchesi per le manette.»

«Scusami, per un attimo non ho capito dove eravamo.»

«Dimmi solo che taglia porti e cosa ti devo prendere.»

Mi spiegò tutto e chiese anche del dentifricio e uno spazzolino da denti. Lasciai di nuovo le chiavi in auto e, mentre mi avviavo verso gli ascensori, fui confortato dal rumore delle portiere che si bloccavano.

In meno di un'ora avevo trovato tutto il necessario, ma quando tornai alla macchina mi accorsi che Anna era sparita.

Le chiavi erano nell'accensione e la mia giacca ancora sul sedile posteriore. Era un tacito messaggio: *Grazie, ma non mi fido.*

Potevo capirla, eppure tutta la mia comprensione non mitigava l'angoscia. Mi sentivo responsabile per lei. Deposi tutti gli acquisti nel bagagliaio e corsi fino all'uscita, ma non la vidi. Risalii nell'atrio principale e presi le scale mobili per scendere di nuovo. Guardai dappertutto, ma niente.

Tornai mestamente all'auto. Se Anna si fosse rivolta alla polizia avrei potuto trovarmi in seria difficoltà. Sembrava improbabile, visto il suo timore, tuttavia non potevo permettermi di rischiare.

Avviai il motore e feci un ultimo tentativo per trovarla e solo quando arrivai alla sbarra, mi accorsi che si nascondeva accovacciata tra un furgone e il muro. Si teneva le ginocchia con le mani e mi fissava. Controllai che non ci fosse nessuno nello specchietto retrovisore, quindi abbassai il finestrino.

«Anna» gridai facendole cenno di avvicinarsi.

Esitò un attimo, si guardò in giro e corse verso di me.

Le aprii subito la portiera. Si gettò sul sedile e mi accorsi che era infreddolita. Doveva aver agito d'impulso senza nemmeno pensare di prendere il mio giaccone.

«Non devi temere. Io voglio solo aiutarti.»

«Mi dispiace, mi dispiace tanto, ma mentre eri via ho cominciato a riflettere e ho avuto paura.»

«Anch'io ne ho avuta per te.»

Un'auto si era fermata dietro di noi. Inserii il biglietto e uscii in volata.

«Non preoccuparti, non mi devi spiegare niente,» proseguii «sono io che non ho fatto abbastanza per rassicurarti. Troviamo un posto dove toglierti quei ferri e non pensiamoci più.»

Alzai il riscaldamento al massimo per farle riprendere un po' di calore. Percorsi un paio di chilometri nelle strade innevate e intasate dal traffico e ci fermammo al primo distributore.

«Inizio con la mano destra che non è ferita. Questo ti proteggerà se l'acciaio dovesse scheggiarsi» l'avvertii mentre le sistemavo al polso un pezzo di cartone. Scelsi la parte più vicina all'aggancio e strinsi le due lunghe leve. Apparentemente senza sforzo, la manetta si aprì subito con uno schiocco. Anna si sfregò il polso e mi guardò sorridendo.

«Sono libera» osservò quasi meravigliata.

«È stato più facile del previsto. Fammi finire, dopo potrai dire di essere veramente libera» risposi sorridendo.

Con le altre manette non fu più difficile. Alle caviglie gli snodi le avevano lasciato delle piccole piaghe, che medicai con della pomata antisettica.

«Come ti senti adesso?»

«Mi sento rinata. Ho bisogno di andare in bagno. Posso?»

«Anna, parliamoci chiaramente. Puoi fare quello che vuoi. Devi solo scegliere cosa ti convenga di più. Io sono qui per aiutarti, ma solo se sei tu a volerlo.»

«Perché fai tutto questo per me?»

«Fino a tre giorni fa non sapevo nemmeno che esistessi. Io seguivo un'altra traccia. Ora che ti ho liberato, dobbiamo capire insieme cosa sia meglio per te.»

«Perché per me?»

«Perché sei tu quella in pericolo. Temo che tu corra ancora dei rischi e preferirei restassi con me, finché non capiamo bene quello che è successo e non troviamo una soluzione. Avrò bisogno anch'io del tuo aiuto e dobbiamo poterci fidare l'uno dell'altro.»

Le porsi la mano destra e rimasi ad aspettare. Lei mi guardò intensamente per un attimo.

«Okay» rispose stringendola.

«Non sferragli più, puoi andare alla toilette. Qui ci sono dei vestiti puliti» le dissi porgendole i sacchetti. «Più tardi, in albergo, potrai farti una doccia.»

Lei sorrise e rovistò per un attimo, estraendo un paio di slip e dei pantaloni.

Uscii anch'io per prendere una boccata d'aria tenendomi a una certa distanza dall'auto, con lo zaino in spalla e ancora incerto su quali potevano essere le sue reazioni. Aveva lanciato un'occhiata alla targa e volevo essere pronto ad allontanarmi, nel caso avesse cambiato idea e avesse chiamato la polizia.

Pochi minuti dopo, vedendola arrivare, mi sentii sollevato.

«Allora?» le chiesi.

«Va benissimo, poi cosa facciamo?»

«Vedremo.»

Mezz'ora dopo, posteggiavo davanti al mio albergo.

«Cosa diranno alla reception?» chiese, infilandosi la giacca.

«Non preoccuparti, possiamo entrare direttamente in camera e non ci vedrà nessuno. In ogni caso, tu porti il computer ben in vista con questi fogli sotto il braccio, mentre io prenderò le borse. Così sembrerà che ci stiamo incontrando per lavoro.»

Non incontrammo nessuno e una volta in camera le misi subito a disposizione il bagno.

Mi coricai un attimo, ma fu un errore. Non avevo fatto i conti con la notte in bianco e la tensione delle ultime ore. Feci solo in tempo a sentire il rumore dell'acqua che iniziava a scorrere nella doccia e mi addormentai all'istante.

Mi svegliai di colpo quasi due ore dopo. L'immagine di una donna dalla fluente chioma bionda che mi osservava seduta alla scrivania di fianco al letto mi confuse e mi alzai bruscamente, spaventato.

La mia reazione la fece sorridere. Poi la riconobbi, sebbene sembrasse un'altra persona con i vestiti che le avevo comprato.

«Quando sono uscita dal bagno, dormivi. Non volevo svegliarti.»

«Scusami. Non mi sono accorto di essermi addormentato» mi giustificai. I suoi capelli erano straordinariamente luminosi e non riuscivo a smettere di fissarli.

«Non meravigliarti, è l'effetto dello shampoo,» rispose «nell'hotel dov'ero prima i servizi lasciavano un po' a desiderare...»

«Stai meglio?»

«Davvero un'altra. Non ti ho nemmeno ringraziato.»

«Non devi. Sono certo che dopo un po' ti avrebbero lasciato andare» mentii.

Non me la sentivo di raccontarle cosa avevo trovato nel deposito.

«Non è così. Non puoi capire. Loro volevano i dati di Michael, e non mi avrebbero mai liberata. Ne sono certa.»

«Adesso devi spiegarmi cosa avevate scoperto tu e Michael.»

«Tu non ti chiami Marc Raster» replicò, guardandomi seria.

«Anna, ascoltami bene e credimi: se non ti dico il mio nome, non è perché non voglia o perché abbia altri piani.»

«Allora perché? Fai parte di qualche organizzazione?»

«Non esattamente, ma dal mio silenzio dipende la sicurezza di altri. Devo proteggere le persone che dipendono da me, e la loro incolumità è più importante della mia stessa vita. In ogni caso, non farò mai niente che possa nuocerti e ti aiuterò fino in fondo.»

«Perché fai tutto questo? Chi c'è dietro di te?»

«Nessuno, Anna. Sono completamente solo. Chi ha ucciso Michael e ti ha rapito non è il solo a utilizzare questi metodi. Altri hanno già colpito e continueranno a farlo. Lavorano nell'ombra e agiscono senza pietà se si sentono in pericolo. Nessun danno collaterale può fermarli. Degli innocenti finiscono sempre nei loro ingranaggi. Donne, bambini, chiunque.»

Anna mi guardava perplessa e fui sorpreso quando mi accarezzò dolcemente una guancia. Poi fece una cosa che mi stupì e mi turbò allo stesso tempo. Mi abbracciò e iniziò a piangere. La sua reazione mi colse alla sprovvista e fu come una folgorazione. Di colpo, mi ricordai del profumo dei capelli che avevo sentito l'ultima volta all'aeroporto di Gatwick, ormai quasi cinque anni prima. Il dolore che pensavo sopito era più che mai vivo. La strinsi forte a me e aspettai che si calmasse.

Quando si riprese era di colpo un'altra.

«Sono con te,» disse «ma devi spiegarmi come hai fatto a trovarmi.»

Le descrissi quanto era accaduto negli ultimi giorni, parlando di Brennmeier come se fosse un'altra persona e inventandomi di aver conosciuto Michael per lavoro. Anna rimase a osservarmi per tutto il tempo senza farmi una sola domanda.

«Grazie» rispose infine. E iniziò a raccontarmi tutto.

27

«Sai cos'è il programma di acquisto illimitato di bonds?»

«Ne ho sentito parlare. Prevede che la BCE compri le obbligazioni degli stati o delle banche dei Paesi in difficoltà.»

«Solo degli stati. I bonds sono come dei buoni del tesoro che vengono quotati e trattati sul mercato. Io sono stata assunta quattro anni fa proprio per quello.»

«Quattro anni fa?»

«Adesso gli interventi si sono intensificati, ma non è una misura dell'ultima ora. Le banche centrali adottano da tempo politiche di questo genere per intervenire sull'economia reale.»

«Sì certo. Devo averlo letto da qualche parte.»

In realtà me ne aveva parlato Karolin.

«Fino a quattro anni fa lavoravo nel *prime brokerage* offrendo servizi di intermediazione alla T. S. Morgan di Londra. Ero senior trader e mi occupavo dei tassi di interesse.»

«Per questo ti hanno chiamato alla BCE.»

«Esatto, volevano creare un nuovo gruppo per negoziare i bonds del loro portafoglio.»

«Non era un ambiente molto diverso?»

«Avevo un sacco di ragioni per andarmene da Londra» rispose secca «e l'opportunità era molto interessante. Avevo studiato a Mannheim e mi ero trovata molto bene. Durante i colloqui a Francoforte incontrai diverse persone, fra cui Michael.»

«Lui però faceva un altro lavoro.»

«Il pool di reclutamento era misto e lui era molto stimato; prometteva di fare una brillante carriera. Fin da subito Michael si era dimostrato molto gentile con me. Sapeva che conoscevo poche persone a Francoforte e mi aveva invitato a casa sua diverse volte. Non so se conosci sua moglie Karolin… con il tempo siamo diventate molto amiche.»

Non risposi e la lasciai continuare.

«Volevo dire che con Michael c'è stata subito una grande intesa, anche sul lavoro che, credimi, è molto delicato. Non pensare che si tratti di fare solo qualche transazione al telefono, fra un sigaro e l'altro.»

«Non penso niente.»

«Tu fai del trading online?»

«Mai fatto» risposi, stringendomi nelle spalle.

Mi guardò come se fossi un insetto e rise.

«Sto scherzando. È sicuramente meglio così. Almeno non avrai l'impressione che bastino due click. Quando devi comprare decine di miliardi di bonds in pochi giorni, devi costruire delle strategie per diluirli nel tempo e nello spazio.»

«Decine di miliardi?»

«Non sempre, ma ti dà un'idea delle dimensioni. Il gruppo creato da me è composto da cinque trader, più la sottoscritta. Copriamo a turno l'Asia, l'Europa e gli Stati Uniti e distribuiamo gli ordini su piattaforme diverse. In realtà compriamo e rivendiamo nello stesso lasso di tempo passando tramite molti intermediari, in modo che nessuno individui le nostre transazioni. Ovviamente la maggioranza sono acquisti, ma così i prezzi non vengono influenzati.»

«E ci riuscite?»

«Sì, fino a qualche tempo fa. Almeno finché non abbiamo iniziato ad avere dei problemi.»

«Ricevete delle commissioni?»

«No, alla BCE non sono previste, ma il denaro non c'entra. Sono veramente fiera di quello che stiamo facendo. Non hai un'idea di cosa voglia dire lavorare pensando di salvare della gente…» era ispirata. «Be', in realtà forse lo sai» continuò.

Io le sorrisi e la invitai a continuare.

«Non esagero, credimi. Abbiamo delle statistiche precise che mostrano quale impatto abbia lo spread sulle economie reali. Non puoi renderti conto: ogni punto in meno è una tragedia scampata.»

«Esiste davvero un rapporto così stretto?»

«Quando lavori con degli strumenti che agiscono sulla vita di decine di milioni di persone, esiste eccome. Se conosci i meccanismi economici, capisci che diminuendo il numero di rescissioni di credito si riducono i fallimenti e di conseguenza i suicidi. Sono più di trecento ogni mese i piccoli imprenditori che decidono di togliersi la vita negli stati più colpiti dalla crisi. Purtroppo non va sempre come vorresti e quando fallisci ti senti allo stesso modo responsabile per il destino di tante persone.»

Anna ammutolì di colpo e mi accorsi che aveva gli occhi lucidi.

«Quello che sto per dirti non è di dominio pubblico,» proseguì «devi giurarmi che non lo rivelerai mai, altrimenti potrebbero sollevarmi dal mio incarico.»

«Anna, non preoccuparti. So mantenere un segreto e così dovrai fare tu. Ti sto aiutando, ma non dovrai mai rivelare a nessuno dettagli su di me. La mia stessa esistenza è un pericolo per chi voglio proteggere.»

Mi guardò e annuì.

«Fino a due anni fa, andava tutto molto bene. Le nostre transazioni davano i risultati sperati. Poi qualcosa è cambiato. La nostra capacità di incidere sugli andamenti è diminuita progressivamente, fino a diventare quasi nulla nell'ultimo anno. Sembrava che i mercati ci aspettassero al varco. Non c'era tattica o programmazione che non venisse anticipata o vanificata da altre operazioni e non siamo più riusciti a controllare lo spread. Il sistema di Early Warning di Michael avrebbe dovuto individuare le manipolazioni e aiutarci a riportare tutto sotto controllo.»

«Quindi la direzione della BCE sapeva quello che stava succedendo.»

«Michael mi ha spiegato che esistevano due correnti. Alcuni erano convinti che qualcuno stesse speculando per distruggere gli effetti delle contromisure della BCE e far crollare le economie dei Paesi dell'Europa mediterranea. Negli ultimi mesi però si era affermato un maggiore scetticismo su un'ipotesi simile e l'unità di Michael rischiava di essere ridimensionata.»

«Perché? Non dava risultati?»

«Era solo una scusa, in realtà erano sulla buona strada. Ho visto le analisi.»

«Avevano creato un database?»

«Esatto. Raccoglievano i movimenti di tutti i mercati più importanti, anche quelli completamente diversi dai bonds. Il suo era un progetto di ampio respiro, non avrebbe potuto fornire risultati in tempi brevi. Anche perché non gli dicevano tutto.»

«In che senso?»

«Non sapeva niente dei problemi gravissimi che aveva la nostra unità.»

«E allora?»

«Contravvenendo a ogni regola, gli ho consegnato una lista con alcune delle nostre transazioni, spiegandogli quello che stava succedendo.»

«E lui l'ha utilizzata?»

«Certo. Grazie a me ha potuto delimitare la ricerca e mettere a punto i suoi algoritmi. A fine novembre funzionavano ed era riuscito a individuare cosa avesse remato contro di noi nei casi che gli avevo sottoposto.»

«Con "noi", intendi il vostro gruppo di trading?»

«Esatto. Noi avevamo dei sospetti, sapevamo che c'erano delle transazioni poco chiare nel nostro mercato: sapevamo che c'erano, ma non le avevamo mai individuate. Con i suoi algoritmi Michael aveva svelato l'arcano ed era peggio di quanto potessimo immaginare.»

«Non capisco.»

«C'erano degli insider!»

«Qualcuno all'interno che ostacolava l'operato della Banca Centrale?»

«Proprio così. E questo è senza dubbio il delitto peggiore. Qualcuno privo di scrupoli vendeva le informazioni di prima mano al miglior offerente. È un modo sicuro per guadagnare, anche se ci sono delle leggi molto dure che proteggono gli investitori. Gli insider non solo possono causare perdite milionarie, ma minano anche il rapporto di fiducia che regge i mercati.»

«E nel vostro caso come agivano?»

«Avevano trovato un modo molto sofisticato per non farsi scoprire, ma eravamo certi che fossero degli interni. Povero Michael, si è anche sentito tradito. Il nemico ce l'avevamo in casa.»

«E chi li informava?»

«Non poteva essere il nostro gruppo e nemmeno il mio capo, perché ricevevamo le direttive solo ventiquattr'ore prima.»

«E allora…?»

«Allora la fonte doveva essere più in alto. Iniziavano già due o tre giorni prima a tenderci delle trappole e noi ci cadevamo sempre.»

«Cosa intendi per "trappole"?»

«Operazioni finanziarie che hanno un effetto progressivo e agiscono con un certo ritardo.»

«Non potevate denunciare tutto?»

«Per Michael era una situazione insostenibile. Soffriva moltissimo per l'andamento disastroso dell'economia e si sentiva doppiamente in colpa perché non era riuscito a trovare un modo per dimostrare quanto aveva scoperto senza mettermi in difficoltà. E come se non bastasse gli facevano ostruzionismo da tutte le parti.»

«Ad ogni modo chi l'ha ucciso deve essersi spaventato parecchio.»

«Alla fine comunque ce l'aveva fatta. Era riuscito a dimostrare inequivocabilmente dieci casi in cui erano avvenute transazioni insider senza ricorrere alla mia lista. Non avrebbe più dovuto tradirmi, per denunciare la cosa.»

«Perché non l'ha fatto?»

«L'ha fatto, a metà dicembre, ma era troppo tardi. Ormai avevano deciso di chiudere il suo progetto. È stato anche diffidato e volevano secretare tutto il suo lavoro. Era diventato paranoico e non si fidava di nessuno.»

Quello che mi aveva raccontato mi sembrò incredibile.

«E quei dieci casi… li hai tu?»

«Sì. Michael li aveva registrati e documentati tutti.»

«Come te li ha inviati?»

«Erano dieci grossi file e Michael li aveva preparati a casa, spedendosi poco alla volta i dati. Me li ha portati quando ci siamo visti per pranzo prima delle vacanze.»

I dieci buchi nel disco del computer di Michael avevano una spiegazione.

«Vorrei chiamare mio padre,» disse Anna sollevando la cornetta del telefono sulla scrivania «il pomeriggio di solito è a casa.»

«Ferma, non farlo!» esclamai alzandomi di colpo.

«Perché?»

«Non puoi chiamarlo così!»

«Cosa vuoi dire?» mi chiese improvvisamente aggressiva stringendosi al petto la cornetta.

«Non hai usato il telefono mentre dormivo, vero?»

Anna mi guardava spaventata e capii che aveva mal interpretato la mia reazione.

«Non intendo impedirtelo,» spiegai «puoi contattare chi vuoi, ma non con questo telefono.»

«Scusami… ho capito. Potrebbero riconoscermi?»

«Nessuno sa che siamo qui e la National Security Agency non è certo a caccia di un campione della tua voce. Il pericolo può essere solo dall'altro lato: loro tengono sotto controllo proprio chi pensano tu possa chiamare.»

«Mio padre? Può essere in pericolo?»

«Finché non gli dici niente, non corre rischi. Allora l'hai chiamato?» chiesi senza riuscire a nascondere la preoccupazione. «Se hai parlato con qualcuno, dobbiamo andarcene subito.»

«Mi dispiace, non ci ho pensato. Ero ancora spaventata e ho chiamato solo mio padre, ma non ha risposto.»

«Era un cellulare?»

«No. Non gli piace che lo chiami sul cellulare, l'ho chiamato a casa.»

«Ha risposto?»

«No, te lo giuro.»

«Bene, allora siamo tranquilli, non ti devi preoccupare. Anzi, non ci dobbiamo preoccupare» sospirai. «Mi hai fatto prendere un bello spavento. Dopo essere risaliti al numero, avrebbero potuto arrivare in meno di mezz'ora.»

«Scusami, non lo farò più.»

«Anna, puoi chiamare chiunque, ma a tre condizioni.»

«Quali?»

«Utilizzare un mio programma. Non arriveranno mai oltre i server che gli lascerò trovare. Non devi dire mai niente che possa mettere in pericolo le persone con cui parli. E non accennare mai a me. Nemmeno quando sarà tutto finito.»

«Come faccio a far capire a mio padre che sono in pericolo?»

«Non è così difficile. Devi evitare di dargli informazioni che possano trasformarlo in un obiettivo o rivelare dove sei. Soprattutto evita di parlare di Michael o della Banca Centrale. Dovrai preparare la telefonata in anticipo. Capisci?»

«Sì, è chiaro.»

«Adesso inventiamoci una storia plausibile.»

«Io mi fido di te. Mi hai salvata e ti credo. Ma vorrei sapere perché ti devi nascondere così? Ti cerca qualcuno? Hai fatto qualcosa...?»

«Anna, basta» la interruppi. «Ti posso solo garantire che non ho fatto niente di male. Forse ora uso qualche mezzo non proprio legale per proteggermi, ma in passato quello che è successo a Michael è capitato anche a me. La differenza è che sono sopravvissuto a discapito di altri.»

Anna mi guardava con espressione triste e continuai, convinto di aver trovato la via giusta.

«Devi riuscire a colpirli e denunciarli, senza mettere in pericolo tuo padre o te stessa. Io non posso rischiare che la mia vera identità torni a galla. Non posso dirti altro. Se decidi di fidarti di me, non domandarmi più niente.»

«Mi dispiace. Prometto di rispettare i tuoi segreti.»

«Se vuoi chiamare tuo padre, ti apro il programma.»

«Lui ci può aiutare. Era un giudice della Corte Costituzionale. Adesso è in pensione, ma conosce bene il Primo Ministro e ha relazioni con tutti quelli che contano a Helsinki. Forse può anche negoziare con la Banca Centrale per quello che ho fatto.»

«A cosa ti riferisci?»

«Non ti rendi conto quanto può essere grave? Ho diffuso dei dati e mi sono appropriata di materiale secretato. Se andassi alla polizia, mi arresterebbero subito.»

«Anna, non pensarci più. La gravità di quello che hai subito è tale che tutto il resto perde di rilevanza.»

«Ne sei certo?»

«Più che certo. Ti direi di parlarne con tuo padre, ma è ancora troppo presto. Devi aspettare il momento giusto e vedrai che la polizia ti tratterà solo come una vittima.»

«Lo voglio chiamare, comunque. Sarà un aiuto in più.»

«Vuoi una cuffia?»

«No, preferisco che anche tu senta la conversazione.»

«Ecco, Anna. Il programma è identico a Skype,» spiegai mentre preparavo la connessione «ma la grande differenza sta dietro.»

Anna compose il numero e rimase in attesa.

«Laine» rispose una voce baritonale.

«Ciao papà, come stai?»

«Anna! Sei tu?» esclamò. «Che cosa hai fatto? Con quello che è successo, mi chiami e mi chiedi come sto?»

La voce alterata dell'uomo rivelava una grande preoccupazione. Anna sbiancò e mi guardò facendo il gesto di scrivere. Le porsi una penna e un blocco di fogli.

«Sto bene papà. Cosa intendi?»

«Dove sei? Devi costituirti. Sono sicuro che tu non hai fatto niente e ho già contattato l'avvocato Braunwald. Risolveremo tutto, ma per l'amor di Dio, Anna, devi andare alla polizia. Non fare di testa tua.»

«Non capisco, papà.»

«Sono stato avvertito dal sovrintendente Koskinen. Hanno ricevuto un mandato di ricerca dalla Germania. Credono che tu sia implicata nel tentativo di truffa insieme a quell'uomo che si è suicidato pochi giorni fa in Austria.»

Anna mi guardava con gli occhi sgranati, ma io, che avevo visto Michael prima di morire, ero ancora più allibito.

«Per favore, dimmi che si tratta di un malinteso.»

Era in difficoltà e scarabocchiò sul foglio una richiesta di aiuto.

«Anna?» chiese il padre.

Mi portai un dito davanti alle labbra e scrissi freneticamente un appunto in cui le dicevo di rassicurarlo della sua estraneità ai fatti e di chiudere subito la linea.

«Anna, ci sei?» insistette.

«Papà, sono innocente. Le accuse sono tutte infondate. Sto bene e non devi preoccuparti per me.»

«Allora costituisciti subito e ci penserà Braunwald, non puoi continuare a nasconderti.»

«Mi costituirò a Monaco perché lì ho già un avvocato.»

«Chi è? Braunwald è già informato ed è la persona ideale per difenderti.»

«Ti prego papà, stai tranquillo. Se l'angelo la aiuta, la tua bambina saprà trovare l'uscita dal labirinto.»

Il padre non rispose ed Anna interruppe la comunicazione torcendosi le mani. Si guardò per un attimo il dito bendato e cominciò a ridere.

«Adesso siamo braccati» osservò.

L'ammirai per come era riuscita a reagire, tuttavia mi resi conto che sarebbe stato molto più difficile spostarsi.

«Non me l'aspettavo, hanno già cominciato a stendere una cortina di fumo, e adesso sei ricercata. Non dobbiamo farci prendere finché non abbiamo tutte le carte in mano.»

«Tutti credono che Michael si sia suicidato. Avrebbero fatto la stessa cosa con me. Mi hai davvero salvato la vita.»

«Se sono riusciti in così poco tempo a imbastire un'accusa del genere, devono aver tirato i fili dall'alto.»

«Sono sicuramente gli stessi che volevano fermare Michael.»

«Certo. Ma cosa intendevi con la storia del labirinto?»

«Anch'io so fare la spia. Quando ero piccola giocavamo sempre con una scatola fantastica, con figurine, piccole torri e mazzi di carte. Se estraevo quella giusta, ricevevo uno scrigno magico con cui potevo chiamare l'*angelo dei giusti*, che sconfiggeva i mostri del labirinto e mi guidava fino all'uscita. Adesso mio padre sa che non sono disperata e in fuga da sola.»

«Non male, speriamo che non faccia troppa pubblicità alla storia.»

«Capirà che, se ho usato un codice, non voglio lo sappia nessuno. Pensi veramente che ci stessero ascoltando?»

«Non posso dirlo con certezza, ma è sempre meglio non rischiare. Se non è così, tanto meglio. In caso contrario, le tue precauzioni lo possono salvare.»

Anna rimase seduta a riflettere. Sapevamo che non si sarebbero fermati di fronte a niente.

«Michael aveva molti nemici ai vertici?»

«Prima delle vacanze voleva denunciare tutto al vicepresidente. Io avevo cercato di dissuaderlo, sapendo che avrebbe dovuto parlare anche con il suo superiore e quindi coinvolgere l'ispettorato. Ovviamente per loro il problema erano le sue violazioni al protocollo e non certo gli insider. Insomma, credo che Michael non sia mai riuscito a mostrare quel dossier al vicepresidente.»

«Le solite suscettibilità dei burocrati. Michael l'avrà presa malissimo.»

«Quando l'ho incontrato al ristorante era distrutto. Al mattino aveva ricevuto la visita di due ispettori che stavano indagando sul suo lavoro e sui movimenti di dati. Volevano la sua testa e lo avrebbero denunciato. Era davvero disperato e non sapeva come dirlo a Karolin.»

«Sei riuscita a calmarlo?»

«Non proprio, ma ci siamo accordati per riprendere in mano tutto al rientro. A quel punto mi ha consegnato tutto su una chiavetta USB perché ne avessi una copia anch'io.»

«I dati sono in un posto sicuro?»

«Non sono in casa e ho sempre negato di saperne qualcosa.»

«Speriamo non li abbiano trovati.»

«Difficile, senza avere un cane. Non potrei semplicemente sostenere di non averli mai ricevuti?»

«Credo sia meglio fare in modo che diventino prove a tuo discarico, piuttosto che mentire. Prendiamo i dati e partiamo direttamente per Sylt.»

«Perché per Sylt?» chiese Anna perplessa.

«Perché dispongo di una casa sicura, dove ho tutto il necessario per darti una nuova identità e farti cambiare aspetto.»

Mi guardò come se fossi impazzito.

«Solo se sei d'accordo. Soprattutto ho quello che ci serve per preparare in pace tutta la documentazione da consegnare alla polizia.»

«Senza sapere chi siano gli autori delle transazioni potremo fare ben poco.»

«Con il tuo aiuto sono convinto che riusciremo anche a scovare gli insider.» Lei mi guardò scettica. «Vedrai, ci riusciremo. E allora qualsiasi versione abbiano messo in circolazione crollerà. Dobbiamo solo fare in modo che non abbiano più nessun interesse a nuocerti. L'importante sarà ricostruire l'intera vicenda con elementi che vadano oltre quello che sai tu. A quella gente non importa vendicarsi. Se non sei una minaccia diventi irrilevante. Sei d'accordo?»

«Come posso non esserlo? Ho solo paura di passare da casa mia.»

28

Prima di partire prenotai il mio appartamento di Sylt usando le carte di Karl Meier, nel caso la nostra auto fosse stata individuata durante la visita alla casa di Anna. Uscimmo dall'albergo separati e una volta in macchina, discutemmo su come saremmo entrati in casa sua.

«Potremmo passare dal giardino della casa, sul retro. I vicini passano l'inverno ad Alicante» propose.

«È complicato recuperare la chiavetta?»

«Facilissimo, vedrai.»

Da come mi guardò, capii che condividevamo la stessa preoccupazione. *Cosa e chi avremmo trovato a casa sua?*

Mi indicò dove fermarmi e aspettammo che calasse l'oscurità.

«Ma come mai sei venuta ad abitare in questo quartiere?» chiesi. «Sembra la casa di una famiglia. Per questo ti ho chiesto di tuo marito.»

Anna rise e mi spiegò che voleva tanto spazio e un giardino, come quando viveva con suo padre a Helsinki. Un appartamentino di cristallo in centro, da esibire ai colleghi, le sarebbe costato di più e si sarebbe sentita soffocare.

Superare il giardino e il filare di pini aiutato da Anna nel buio totale fu più facile del previsto. Sapeva da dove passare e mi indicava, sussurrando, dove mettere i piedi. Io la seguivo senza rispondere, tenendomi aggrappato alla sua giacca.

«Chinati anche tu» mormorò. «Senti queste pietre?»

Mi prese la mano e mi fece seguire quello che doveva essere il cordolo di un'aiuola, poi iniziò a rovistare per terra, vicino a me.

«Trovata» esclamò. «Andiamocene subito!»

La seguii senza ribattere. Memore della mia prima visita, non ero riuscito a soffocare l'ansia e fui sollevato quando raggiungemmo l'auto. Ero fermamente intenzionato a non fermarmi più fino al treno navetta per Sylt.

Poco prima delle dieci, quando uscimmo dall'autostrada a Niederhausen, eravamo ormai convinti che nessuno ci stesse seguendo. Anna aveva già iniziato a sbadigliare e la convinsi a reclinare il sedile e a coprirsi. Non passarono più di due minuti che aveva già smesso di rispondere alle mie domande.

Poco prima delle sette mi fermai a una stazione di servizio una trentina di chilometri dopo Hannover. Anna si svegliò e mi chiese dove eravamo.

«Mancano circa settanta chilometri ad Amburgo. Devo fare il pieno e abbiamo tutti e due bisogno di una sosta.»

«Non ti sei mai fermato?»

«Perché dovevo? Meglio di così non poteva andare.»

«Vorrei potermi rinfrescare.»

«Aspetta, lasciami andare alla cassa. Pago solo la benzina, così posso spostare la macchina vicino alla toilette sul retro. Lì non ci sono telecamere. Tieni comunque il cappuccio in testa quando esci.»

«Non sei un po' paranoico?»

«Te la senti di rischiare? Devo ricordarti che sei ricercata dalla polizia?»

La vidi rabbuiarsi, ma si infilò subito il cappuccio.

«E per far colazione?» chiese, agitando l'ultima bottiglia di acqua.

«Ci spostiamo un po' più lontano e andrò a prenderti tutto quello che vuoi. È meglio che tu rimanga in macchina.»

Terminai di fare rifornimento e mi diressi a pagare. Era presto ed ero preceduto solo da un altro cliente. Mentre aspettavo il mio turno, detti distrattamente un'occhiata ai quotidiani.

Sulla prima pagina del *Tagesblick* trovai la sorpresa. Fra la foto di un noto cantante in manette e il primo piano dei seni poco plausibili di un'attricetta, campeggiava una foto della sede della BCE.

Morte sospetta alla BCE
Gravi irregolarità scoperte nel programma di acquisto di bonds.
Francoforte, 7 gennaio

Si fanno sempre più insistenti le voci del coinvolgimento di importanti membri della direzione della Banca Centrale Europea nella gestione fraudolenta del programma di acquisto di bonds.
A rivelarlo sono fonti interne all'istituto che legano la morte di un membro della direzione, avvenuta recentemente in Austria, al sospetto di una truffa perpetrata ai danni di tutti i contribuenti. I fondi attualmente impiegati nell'acquisto dei titoli di stato dei Paesi sull'orlo del collasso ammontano a molte centinaia di miliardi. Il danno causato dalla frode potrebbe superare di molto i precedenti casi clamorosi dell'UBS di Londra e della Société Générale di Parigi.
L'attività dell'uomo, che si sospetta manovrasse le transazioni con finalità illecite ancora da accertare, sembra sia stata scoperta già dal dicembre scorso costringendolo alla fuga. Sentendosi messo alle strette si pensa abbia tentato l'ultimo gesto, gettandosi da un precipizio sulle piste di Ischgl.

La banca non ha rilasciato dichiarazioni sui fatti, ma dalle ricerche effettuate risulta che la polizia stia cercando una donna finlandese, Anna Laine, sua possibile complice. La donna faceva parte del gruppo responsabile del programma di acquisto dei bonds e risulta attualmente latitante.
La scarsità di informazioni fornite dalle autorità lascia supporre che sia in atto un tentativo di insabbiamento del caso. Nemmeno la più prestigiosa istituzione europea sembra essere stata risparmiata dalle attività di finanzieri senza scrupoli che hanno tristemente riempito le pagine dei nostri giornali. Basti pensare al caso di Jerome Kerviel per Société Générale. Fino a quando tollereremo che la frenetica ingordigia dei trader continui a essere la regola nelle nostre banche?
Il tentativo di imbavagliare la stampa non può essere tollerato e sarà nostro impegno proseguire nell'inchiesta.

Pensai subito a Karolin.

«Si sente bene?» mi chiese la cassiera.

«Mi scusi un attimo, voglio vedere se mi interessano altri giornali.»

La donna mi rispose di fare con calma e controllai se su qualche altra testata venisse riportata una notizia analoga. Si trattava sicuramente del primo passo di una campagna di disinformazione, ma al momento risultava che si fossero avvalsi solo del *Tagesblick*.

Cosa potevo dire ad Anna? Non volevo nasconderle l'articolo, ma avrei dovuto prepararla. Eravamo in stato di massima allerta. Chi stava orchestrando tutto non esitava a utilizzare l'artiglieria pesante. Anna era una criminale e, se l'avessero presa, non dubitavo che un incidente o un nuovo suicidio avrebbe suggellato la fine di un trader corrotto.

Se prima avevo avuto qualche dubbio, ormai ne ero certo: Anna

Laine doveva sparire. A Sylt avevo tutto il necessario per farla rinascere in altra forma, sebbene quando avevo accennato alla possibilità di farle cambiare aspetto mi avesse guardato poco convinta. Con il giornale in mano non temevo più il suo rifiuto.

Per evitare che venisse riconosciuta dovevamo raggiungere Sylt quanto prima. Presto avrebbero iniziato a circolare le sue foto e le redazioni dovevano essere già a caccia di informazioni su di lei. Ero più che convinto che non fosse difficile reperirle in rete, senza contare che, in caso contrario, le *fonti interne* avrebbero senz'altro provveduto a colmare la lacuna. Inoltre, l'attenzione mediatica avrebbe intensificato le ricerche.

Tornai in auto tenendo il giornale ripiegato e lo infilai con noncuranza nel portaoggetti della mia portiera. Lei mi guardò e la vidi impallidire.

«Cosa è successo? Hai visto qualcuno?» chiese spaventata.

«Non siamo in pericolo, ma ti devo spiegare una cosa» esordii con un certo disagio. «Dobbiamo fare più attenzione.»

«Qualcuno ci ha seguito?»

«No, ma dovrai prepararti nel caso vengano diffuse informazioni tendenziose per confondere le acque.»

«A cosa ti riferisci?»

«A un'eventuale campagna diffamatoria…»

«Non tirarla per le lunghe, spara» esclamò spazientita.

Si era protesa verso di me e non ebbi il tempo di risponderle che aveva già intuito tutto.

«Cosa c'è sul giornale? Parlano di noi? Passamelo!»

«Era quello che stavo cercando di dirti, hanno iniziato a gettare fango su di te e Michael» spiegai mentre le passavo il quotidiano.

«Maledetti bastardi» inveì leggendo il titolo. «Schifosi figli di puttana, poteva essere solo il *Tagesblick* a inventarsi una storia del genere. Li dobbiamo inchiodare.»

«Abbiamo solo una possibilità per smontare il castello di accuse: dobbiamo analizzare i dati di Michael e scoprire chi sono gli insider.»

La notte di sonno doveva averla ritemprata, perché stava reagendo con energia. Mi sentii sollevato nel vederle gli occhi accendersi di collera.

«Se fossi un'altra persona, ti direi che li stermineremo con gioia. Ma non è quello che ci serve,» continuai «ti ho promesso che completeremo il dossier a Sylt e manterrò la mia parola. Ti assicuro che quando avremo finito, nessuno potrà insabbiare più niente.»

«Cosa potremo mai fare sperduti su un'isola?»

«Fidati di me. Per le ricerche ho più risorse di quanto credi. Anche per trasformarti.»

Si calmò di colpo e mi guardò perplessa.

«Con una buona connessione a Internet, non siamo lontani da nessuno» conclusi.

«Devo chiamare Karolin per spiegarle che non è vero niente.»

«Calmati, lei lo sa e ricorda quello che ti ho detto ieri. Vuoi metterla in pericolo?»

«Assolutamente no.»

«Prima di ricollegarci al mondo dobbiamo aspettare di avere una connessione sicura.»

«Non perdiamo altro tempo allora.»

«Posso chiederti solo come hai fatto ad accorgerti che era successo qualcosa, quando sono entrato...»

«Eri bianco come uno straccio e ho letto l'angoscia nei tuoi occhi, ma è durato poco» rispose.

La guardai per un attimo di troppo, sufficiente a farle capire che la mia trasparenza mi aveva disturbato.

«Non prendertela, non era così evidente. Nel mio lavoro è fondamentale riconoscere quando un trader è in difficoltà e tu avevi tutta l'aria di avere una posizione che ti si stava sgretolando in mano» aggiunse sorridendo. «Adesso cambia qualcosa?» chiese infine.

«Abbiamo solo più fretta e dobbiamo essere ancora più prudenti. Tu tieni sempre il cappuccio e stai con la testa bassa. Andiamo in bagno, facciamo colazione in macchina e poi filiamo a Sylt. Lì farò in modo che non ti riconosca nemmeno tuo padre e saremo al sicuro. Okay?»

«Ho scelta?»

Nella successiva ora di viaggio Anna passò in rassegna tutti i canali radio, cercando traccia di quanto avevamo letto. I notiziari dovevano essere stati più prudenti nel valutare le fonti e non trovammo niente. Alla fine, si avvolse nella coperta e riuscì di nuovo ad addormentarsi.

Dopo quattro ore eravamo a Niebüll. Andai a comprare il biglietto, lasciandola in macchina. Nessuno ci prestò attenzione, nemmeno quando salimmo sul treno navetta.

29

Isola di Sylt (Germania settentrionale)

La residenza era in centro a Westerland, a pochi passi dal mare. Una volta scesi, la raggiungemmo in pochi minuti. Il Sylt-Shuttle consentiva di raggiungere l'isola a bordo della propria auto.

La Clearwell Hospitality aveva comprato una palazzina con otto appartamenti. L'estate precedente ero venuto nei panni di Jordan Halley, fermandomi due settimane per equipaggiare il deposito. Avremmo alloggiato in un trilocale con sei posti letto. Le norme prevedevano che tutti gli ospiti venissero registrati, ma non volevo che qualcuno vedesse Anna con il suo aspetto. Avrei dichiarato la sua presenza solo quando sarei stato pronto con i nuovi documenti.

Dal parcheggio l'ascensore portava direttamente all'ultimo piano e fortunatamente non incontrammo nessuno.

«Si accomodi. Stasera sarà un'altra persona e potrà dormire in un vero letto» le dissi con un piccolo inchino.

«Fantastico!» esclamò guardandosi in giro. «Sembra una suite a cinque stelle.»

Dalla terrazza si godeva di un ampio scorcio sulla spiaggia, oltre la duna. Anna entrò nella camera più grande con un'ampia finestra d'angolo da cui si vedeva il mare e si buttò sul letto.

«Svegliami fra due giorni! Avevo dimenticato quanto potesse essere comodo un letto.»

La lasciai stesa a riposare e passai in rassegna la stampa con il mio portatile. Dopo lo scoop del mattino i siti di diversi quotidiani riportavano l'argomento, seppur in modo molto più prudente e senza fare nomi. Mi alzai e mi affacciai alla porta della camera di Anna, che era ancora sdraiata su un fianco a guardare il mare.

«Ehm… mi dispiace disturbarti, ma dobbiamo decidere chi e come diventerai.»

«Come faccio a saperlo? Io non sono la regina dei travestimenti, la spia sei tu.»

«Preferirei fossi tu a decidere il tuo aspetto, io al massimo posso darti dei suggerimenti. Saresti disposta a sacrificare i tuoi capelli?»

«Sacrificare quanto?»

«Neri e con un caschetto abbastanza corto?»

«Perché no?» rispose stringendosi nelle spalle. «Sai farlo bene?»

«Per la tintura nessun problema. Per il taglio non mi sono mai cimentato su qualcun altro, ma potresti guidarmi tu.»

«Mi sono fidata per ben altro.»

«Dobbiamo anche capire con che foto finirai sulla stampa. Nel sito interno della BCE avevi gli occhiali.»

«Sei entrato lì?» chiese guardandomi meravigliata.

«Dopo ti spiego.»

«Mi sono fatta correggere la vista due anni fa, ma ho lasciato quella foto perché sembro più professionale.»

«Se ti cerco su Google che foto trovo?»

«Saranno quasi tutte con gli occhiali. Per lavoro ho usato sempre le stesse e la maggior parte di quelle private risalgono a quando ero a Londra. Lì avevo una vita più intensa.»

«Perfetto, per i documenti faremo una foto senza occhiali.»

«Quando?»

«Non appena mi sarò procurato il materiale. Poi diventerai

Karen Taylor, una contabile londinese. Visto che siamo in Germania, preferisco fare un documento inglese. Che ne dici?»

«Cosa vuoi che dica? Dove hai pescato il nome? Sei sicuro di riuscire a fare bene i documenti?»

«Non li faccio bene, li faccio identici a quelli veri. Stampante e materiali sono praticamente originali. Karen Taylor non avrà consistenza anagrafica, storia fiscale e così via, ma sono informazioni che verrebbero ricercate solo se ti arrestassero in Inghilterra. Tutti i controlli altrove reagiscono solo su una segnalazione. Senza quella, che Karen Taylor ovviamente non ha, i documenti ci permettono di passare dovunque, aeroporti inclusi.»

«E se mi scoprono con i documenti falsi?»

«Se ti arrestano, penso che per loro Anna Laine sia già un boccone abbastanza succoso. La falsificazione sarà solo un reato minore. Cosa ne dici, Karen?»

«Ma come fai a fare tutto qui a Sylt?»

«Questo rientra nel nostro accordo sulle domande da non fare» continuai portandomi l'indice alle labbra. «Ti lascio sola per una ventina di minuti, poi cominciamo.»

Mi guardò scuotendo la testa e tornò a sdraiarsi, incrociando le mani sotto la nuca visibilmente soddisfatta.

Nel deposito in cantina era tutto come lo avevo lasciato l'ultima volta. Il controllo degli accessi che avevo installato mostrava che negli ultimi sei mesi la porta non era mai stata aperta. Come prima cosa controllai la stampante che funzionava correttamente. Poi, presi la fotocamera, il materiale per il trucco e tornai di sopra. Anna mi aspettava in soggiorno. Aveva acceso il camino e si era accomodata sul divano senza scarpe.

«Non ho resistito. Rischiavi di trovarmi addormentata.»

«Anna, voglio salvare i dati di Michael. Non possiamo permetterci di perderli.»

Anna assentì all'ennesimo atto di fiducia che le chiedevo e si infilò subito la mano nella tasca dei jeans.

«Ecco la chiavetta. Puoi tenerla tu, per me è stata solo una maledizione.»

Copiai i dati sul server, mi alzai e tornai vicino al divano. Anna aveva gli occhi chiusi, ma li aprì subito sentendomi arrivare.

«È giunta la tua ora» le dissi ridendo.

Due ore dopo, Anna era praticamente irriconoscibile.

«È incredibile!» esclamò, guardandosi allo specchio.

Il colore dei capelli, il nuovo taglio e un ritocco alla forma delle sopracciglia la facevano sembrare molto diversa e rendevano il cambiamento a prova di fisionomista.

«Quasi non mi riconosco» disse testando i due profili.

Con il fondotinta, dell'ematoma non restava quasi traccia. Solo un alone che presto sarebbe sparito del tutto. Le scattai alcune foto e scegliemmo insieme la migliore.

«Ora devi aver pazienza. Prima devo sistemare i dati, poi posso stampare la carta di identità.»

«Non ti chiedo niente» rispose tornando sul divano.

Sistemare i dati non era difficile, ma molto macchinoso. Dovevo predisporre tutti gli elementi per la stampa in maniera corretta e in conformità con i documenti inglesi.

Anna rimase a sbirciare lo schermo mentre lavoravo concentrato, poi si allontanò e si chiuse in bagno dove rimase a lungo per riemergere in accappatoio, avvolta da una nuvola di vapore.

«Adesso sono veramente rinata come Karen Taylor.»

«Come rinata? Tu sei Karen Taylor.»

Caricai i dati su una chiavetta USB e scesi in cantina. La stampante non era difficile da utilizzare, ma non era stata progettata per venire riconfigurata continuamente con i parametri di diversi

Paesi. Mi ci volle quasi mezz'ora solo per impostarla e inserire i nastri con il materiale per i rivestimenti e gli ologrammi.

Una volta preparato tutto, la carta di identità di Karen Taylor fu pronta in pochi minuti. La controllai con la lente ed era perfetta in ogni dettaglio. Riposi quindi tutto al suo posto e risalii.

Anna non credeva ai propri occhi. Si rigirò il documento tra le mani e lo guardò meravigliata, davanti e dietro, da ogni lato, provando anche a piegarlo.

«Sembra vera. Mi fa un certo effetto.»

«Da questo momento, siamo una qualsiasi coppia in vacanza e possiamo uscire a fare shopping.»

Anna sorrise e per un attimo alzò gli occhi verso di me. Prima che li riabbassasse li vidi accendersi di una luce strana.

«Perché? Non lo siamo?» chiese infine.

Uscimmo e ci incamminammo verso il centro. Progettavamo di restare a lavorare per diversi giorni e avevamo bisogno di fare acquisti. Appena svoltammo in Friedrichstrasse le indicai i negozi invitandola a prendere tutto quello di cui aveva bisogno, anche per uscire a cena. Anna non accolse bene la mia proposta. Non avere piena indipendenza la infastidiva.

«Quando tutto sarà finito, ti restituirò fino all'ultimo centesimo. Non mi piace essere in debito e non lo sono mai stata. Non inizierò di certo adesso.»

«Metterò tutto in una nota spese. Alla mia agenzia non mancano i mezzi.»

«Ma non lavoravi da solo?»

«Sto scherzando. La mia agenzia sono io, anche se adesso siamo in due contro tutti.»

Anna si rilassò e sorrise. Utilizzai la carta di credito di Karl Maier, per evitare discrepanze con il nome con cui avevo prenotato l'appartamento. Una commessa mi ringraziò chiamandomi per nome e la cosa non sfuggì ad Anna che, sulla via del ritorno, cercò di approfondire quale fosse l'origine delle mie capacità di contraffazione.

«Con le manette sei un disastro, ma fai carte di identità e carte di credito che passano ogni controllo. Come è possibile?»

«Mi sono preparato. Per le manette ho ancora bisogno del grimaldello, ma posso migliorare. Anche con le armi da fuoco e nel corpo a corpo non sono un granché.»

Anna non sembrò gradire l'umorismo e capii che poteva temere stessi commettendo qualche frode.

«Le carte di credito sono vere, anche se non lo è il loro titolare. Sono state rilasciate da una banca, pago regolarmente le fatture e non sto derubando nessuno.»

Anna capì che non avrebbe potuto portare ancora avanti il discorso senza contravvenire al nostro patto, ed evitò di chiedere altro.

Una volta a casa, la tensione si era allentata e Anna, felice dei suoi acquisti, iniziò a disporre tutto ordinatamente nel suo bagno e nell'armadio.

Mentre la osservavo, mi parve di rivivere un momento perso nella memoria e mi venne spontaneo proporle una pausa.

«Non abbiamo bisogno di iniziare subito a lavorare. Che ne pensi se ci concediamo una vera cena?»

«Come potrei rifiutare?»

Sebbene fosse già buio, Anna volle prima fare un giro sul lungomare. Salimmo sulla duna ed arrivammo fino alla battigia scendendo dei gradini ricavati nel terreno. La spiaggia non era illuminata e con il cielo coperto il mare era solo una distesa scura costellata di piccole luci lontane.

«Non andiamo oltre, non sono sicuro di come sia la marea e rischiamo di finire con i piedi in acqua in un attimo.» Malgrado i pesanti giacconi, la brezza umida ci penetrava fin dentro le ossa e Anna si era istintivamente aggrappata al mio braccio. Il profumo del mare era inebriante e il rumore delle onde dolcissimo.

Tornando indietro le mostrai la terrazza del Badezeit, il ristorante più vicino al mare.

«In estate avremmo potuto passare la serata lì, ma ora è chiuso.»

«Non c'è un altro posto sul mare?»

«Andiamo al Miramar. Sono un po' formali, ma hanno delle sogliole straordinarie.»

Anna era diventata loquace e non furono solo il calore dell'ambiente e il vino delizioso a spingerla a parlarmi della sua infanzia. Mi raccontò delle vacanze trascorse sull'isola di Sirpalesaari, che era di fronte al quartiere in cui abitava e fu felice di sapere che anch'io la conoscevo. Così scoprimmo che ci piaceva frequentare lo stesso ristorante: nel 1998, durante la mia permanenza a Helsinki, ci andavo quasi tutti i fine settimana. D'un tratto le si illuminarono gli occhi e scoppiò a ridere.

«Abbiamo festeggiato lì la maturità… proprio nel giugno di quell'anno. Un sabato piuttosto intenso…»

Non riusciva a smettere di ridere e capii dove voleva arrivare.

«Adesso che ci penso, mi pare di ricordare una ragazzina brufolosa riversa a vomitare l'anima in acqua.»

Anna continuò a ridere senza riuscire a controllarsi, mentre il cameriere ci osservava austero.

«Non mi avrai visto veramente?»

«Non è molto difficile da immaginare come potesse essere finita una festa di maturità.»

Aveva le lacrime agli occhi, ma quando arrivò il cameriere con i nostri piatti assunse di colpo un'aria compassata. Gustammo gli antipasti, che erano un degno preludio per la sogliola.

«Sono stupefatta.»

«Di cosa?»

«L'altra sera parlavi con un accento più marcato, ma adesso, salvo qualche errore di declinazione e qualche parola mal scelta, il tuo finlandese è quasi perfetto.»

«Sto recuperando, devi darmi atto che dopo quattordici anni avevo tutto il diritto di essere arrugginito.»

«Be', io non ricorderei niente.»

La guardai per un attimo e vidi un'altra donna, con il volto incorniciato da una morbida chioma bionda simile a quella che avevamo sacrificato. *Anche lei rideva con il bicchiere in mano, mentre parlava con entusiasmo della vacanza a Saint Lucia, per cui saremmo dovuti partire pochi giorni dopo.*

«Ti senti bene?»

«Scusami, ho la brutta abitudine di pensare al lavoro. Non lo farò più, te lo prometto.»

La cena continuò allegramente e mi guadagnai il rispetto del cameriere quando cedetti alla tentazione di toccare il vino e lui riuscì finalmente a riempirmi il bicchiere.

Uscimmo nell'aria gelida e Anna si strinse al mio braccio. Le strade erano deserte e non incontrammo nessuno, nemmeno all'ingresso del residence. La possibilità di accedere agli alloggi senza avere l'obbligo di passare dalla reception era uno dei criteri di selezione imprescindibile per tutti gli investimenti della Clearwell Hospitality.

«E adesso, che facciamo?»

Anna voleva mettersi subito all'opera.

«Non ti chiedo più niente per oggi. Pensa piuttosto a recuperare. Domani sarà una giornata pesante.»

«Grazie per la bellissima serata e soprattutto per tutto quello che stai facendo per me.»

«Non devi ringraziarmi. Ormai lavoriamo per la stessa agenzia» le risposi facendole l'occhiolino.

Nell'augurarmi buona notte mi baciò sulla guancia e si allontanò in fretta verso la sua camera. Un brivido mi percorse la schiena, ma lo ignorai sedendomi subito alla scrivania.

Mi risvegliai con l'angoscia. La casa di Earls Court stava svanendo via via che tornavo allo stato cosciente, ma il dolore restava, come ogni volta. Erano quasi le otto. La porta di Anna era ancora chiusa. Feci una lunga doccia e mi rasai con calma. Quando uscii dal bagno, vidi che Anna si era svegliata. Era in accappatoio che si beveva un bicchiere di acqua in piedi, vicino al bancone della cucina. Mi sorrise.

«Ho dormito come un sasso e mi sento benissimo, come se avessi ancora una casa e avessi passato qui l'ultima settimana. Svegliarsi qui è stato bellissimo.»

«Ti fa ancora male il dito?»

«Ho appena cambiato la medicazione. Per fortuna l'unghia non è strappata del tutto. Si deve essere spezzata poco sopra la radice. Ora l'aspetto è molto migliorato. E tu? Sei riuscito a dormire?»

«Più del solito, ero stanco anch'io e ieri sera ho rinunciato a guardare i dati di Michael.»

«Usciamo a prenderci un caffè?»

«Faremo di meglio. Vestiti, qui offrono un buffet fantastico.»

Dieci minuti dopo riemerse dal bagno preparata di tutto punto. In sala si servì a più riprese e anch'io non fui da meno. Provai un insolito piacere nel fare colazione.

«Mangi sempre così di gusto la mattina, o ti stai ancora riprendendo dal pessimo vitto della settimana scorsa?»

«Mio padre mi ha abituata così. Facevamo sempre colazione insieme prima di uscire. Anche adesso per me è il pasto più importante. E tu?»

«Io mi adatto. A pensarci bene, credo di non avere più nessuna abitudine…»

«Sai, devo confessarti che ho avuto diversi dubbi sul tuo conto.»

«Posso capire che ti sia parso tutto quantomeno molto strano.»

«Avevi scoperto troppe cose e con mezzi estremamente sofisticati. Sembrava fossi sempre in anticipo su quello che accadeva. Dopo aver recuperato la chiavetta avresti potuto spararmi e andartene. Invece non l'hai fatto. E mi hai seguito come un bambino mentre ti guidavo nel giardino di casa mia.»

«Be', non esageriamo,» dissi fingendomi risentito «la tua non è una descrizione molto dignitosa. Non vedevo niente e tu conoscevi il posto. Cosa dovevo fare?»

«Quando siamo arrivati alla macchina, ho sentito che avevi le mani sudate e ho capito che avevi più paura di me.»

Anna sorrise, ed io con lei.

«Mi sento umiliato, qui la spia sei tu.»

«Mi fido di te.»

Anna mi guardò negli occhi e mi prese una mano. Era giunto il momento di annunciare la presenza di Karen Taylor.

Alla reception Anna si dichiarò mia ospite e firmò il modulo necessario. Dopo pochi minuti eravamo nel nostro appartamento, io accesi il camino e Anna si mise a sedere di fronte a me.

«Da dove cominciamo?»

«Stanotte mi sono documentato. Ho trovato altri casi di operazioni simili a quelle di cui mi parlavi: gli insider sanno con certezza se e quando i prezzi saliranno e fanno i loro acquisti nel momento migliore. Non capisco perché fosse così difficile provarlo.»

«Perché le operazioni avvenivano in mercati diversi.»

«Ovvero?»

«Quando i telegiornali parlano del prezzo del petrolio, dei tassi di interesse e degli indici di borsa pensi che siano tutte cose separate?»

«Perché, non è così? Cosa hanno a che vedere le oscillazioni dell'oro con l'indice Nikkei?»

«Il mercato finanziario è come un organismo vivente. Se sto tutto il giorno a un convegno con i tacchi alti, alla sera ho mal di testa. Cosa c'entra la testa con i piedi?»

«Me lo chiedo anch'io.»

«Muscoli e tendini sono collegati. La tensione dei polpacci mi fa stare piegata in avanti in modo impercettibile. La parte inferiore della schiena, per equilibrare, corregge leggermente la posizione. A questo punto, i muscoli della nuca devono fare più sforzo tutto il giorno e irritano i nervi della testa. Un ortopedico qualsiasi può confermartelo. Usando modelli matematici molto complessi si riescono a trovare correlazioni fra cose molto diverse, anche senza conoscerne i meccanismi. Usando i dati di un giorno si può prevedere l'andamento di quello successivo.»

«Scherzi? Vuoi dire che riescono a prevedere il futuro?»

«Lascia perdere il futuro e concentrati sulla correlazione: i computer riescono a capire che se il dollaro scende rispetto all'euro e i tassi della sterlina salgono, allora crescerà anche l'indice delle azioni giapponesi.»

«Quindi qualcuno le compra e ci guadagna.»

«In sostanza funziona così. Il vantaggio non dura molto, però. I mercati sono mossi da milioni di persone e le cose tendono ad adeguarsi rapidamente. Ad ogni modo, chi arriva primo vince il piatto.»

«Ma cosa c'entra questo con il vostro caso?»

«Se compri di colpo una grossa quantità di bonds perché sei al corrente degli interventi della BCE ti individuiamo al volo, come se ti fossi messo a sventolare una bandierina rossa per farti beccare. Nel nostro ambito abbiamo tutto sotto controllo. Degli insider qualsiasi non ci sarebbero sfuggiti. Operando invece su altri mercati potevano fare in modo che venissimo aggrediti da una marea di operatori spinti dalle tendenze che loro innescavano altrove.»

«È diabolico.»

«È quello che ho detto a Michael. A Londra avevo lavorato molto su questi aspetti, ma non avrei mai potuto immaginare un sistema del genere. Nell'ultimo anno, ogni volta che andavamo sul mercato con direttive di acquisto, i prezzi dei bonds erano già saliti, come per miracolo. Nessuna traccia di transazioni sospette, nessun segnale. Come se il mondo intero avesse deciso di farci pagare più caro.»

«Ma quanto possono avervi fatto perdere, o meglio, quanto avranno guadagnato alle vostre spalle? I giornali parlavano di acquisti illimitati.»

«Questo è molto confidenziale.»

«Ormai...»

«Devi capire che ci stavamo lavorando da un pezzo. I nostri interventi si erano protratti a lungo, su diversi tipi di bonds e su ogni tipo di scadenza. Erano diventati uno dei nostri principali strumenti di controllo. Uno dei gruppi aveva anche fatto una valutazione verso fine anno, ma... aveva considerato acquisti per molte centinaia di miliardi di euro, quindi non ti deve meravigliare la cifra della possibile perdita...»

«Taglia corto Anna. Quanto avevate calcolato?»

«Fra i tre e gli otto miliardi di euro.»

«Scherzi?»

«Purtroppo no. Quando abbiamo scoperto gli insider con Michael abbiamo fatto una stima ancora più precisa. Negli ultimi due anni le loro operazioni hanno fruttato circa sei miliardi e le scommesse contro i Paesi dell'euro come minimo settanta.»

Rimasi senza parole. Anna si accorse di avermi impressionato e restammo a guardarci in silenzio. Non avrei mai potuto immaginare che ci fossero in gioco cifre così grosse, talmente grosse che non rasentavano nemmeno le ipotesi di Legrand all'epoca della sua maledetta proposta di collaborazione.

Sapevo che avrei dato la caccia a manipolatori che facevano centinaia di milioni di utili, forse anche miliardi. Me lo ricordavo bene. Mentre me ne parlava immaginavo fossero due, tre, forse addirittura cinque miliardi, non settanta. Legrand aveva avuto un'intuizione straordinaria, ma qualcuno stava superando di gran lunga le sue previsioni peggiori.

Non era difficile immaginare come settanta miliardi di euro fossero una cifra sufficiente a provocare un colpo di stato o una guerra civile. Settanta miliardi di euro spiegavano uno sciatore scomodo precipitato da un dirupo durante una bufera, il rapimento di una persona, cinque sommozzatori uccisi oppure un aereo sabotato con duecento persone a bordo.

Anna continuò il suo racconto lasciandosi andare a un lungo sfogo. Scommettere con le economie di interi Paesi era un crimine senza appello. Sapeva che dietro le statistiche e il PIL c'erano le vite delle persone che pagavano a caro prezzo l'avidità di finanzieri senza scrupoli.

Se in passato gli interessi di chi approfittava della corsa agli armamenti erano stati arginati dagli equilibri mondiali e dalla possibilità che lo scoppio di una guerra fosse svantaggiosa per tutti, riconosceva che la logica della finanza senza etica non avrebbe mai potuto trovare ostacoli. Si era sorpresa che non sapessi molto dei drammatici eventi che avevano sconvolto i mercati finanziari in quegli anni. In particolare non avevo sentito mai nominare il *flash crash*, che nel maggio del 2010 in pochi minuti aveva quasi portato al collasso i mercati americani. La lasciai proseguire e sorvolai sul fatto che nei primi anni di solitudine assoluta avevo quasi perso il controllo, viaggiando senza meta e arrivando ad affogare il dolore nell'alcol.

Aggiunse che non mancavano i teorici che prefigurassero scenari apocalittici. Quando Michael le aveva parlato delle teorie del professor McGregor le era sembrato paranoico, ma ammetteva che quello che avevano scoperto era in linea con le sue teorie. Per Anna il *flash crash* era un evento chiave, perché McGregor, già due anni prima che accadesse, l'aveva descritto con estrema precisione fra i prodromi di un evento molto più grave, che avrebbe potuto portare al collasso completo dell'economia mondiale.

Per convincermi cercò in rete alcuni articoli. Poche settimane prima era uscito un editoriale postumo sull'*Independent Financial Tribune*, che insistette per mostrarmi.

Addio all'economista John Rupert McGregor
New York, 12 dicembre

John Rupert McGregor (1959-2012), accademico illustre, straordinario ricercatore, non ultimo, brillante giornalista è stato vittima sabato, insieme ai tre figli Edward, Milton e Charles, di un tragico incidente d'auto. Professore di economia finanziaria a Stanford e lettore di etica economica alle Università di Oxford e di Los Angeles, dirigeva con mano illuminata l'Istituto indipendente di analisi economiche, di cui era fondatore.
Ritenuto unanimamente un candidato al Nobel per i suoi studi sulla correlazione fra l'attività dei mercati finanziari e i flussi macroeconomici, lascia ai posteri innumerevoli scritti

e importanti pubblicazioni. Membro fin dal 1998 del nostro consiglio direttivo, onorava spesso queste pagine con la sua prosa secca e coinvolgente.
Con questo suo scritto inedito, la direzione e i collaboratori del Financial Tribune *vogliono rendergli un ultimo omaggio. Tutti noi rimpiangiamo il vuoto incolmabile che ha lasciato e siamo vicini alla moglie Karen e alla figlia Jennifer in questa terribile circostanza.*

Continuai a leggere, mentre Anna mi ascoltava concentrata senza interrompermi.

I mercanti dell'Apocalisse
di J.R. McGregor

Alcuni sconvolgimenti sociali o economici sembrano sempre arrivare inaspettati, ma dobbiamo domandarci tuttavia se sia lecito considerarli il risultato di un fato imperscrutabile.
Il volume dei contratti a termine su strumenti finanziari e materie prime ha recentemente superato di venti volte quello dei beni a cui fanno riferimento. Come quaranta anni fa la corsa agli armamenti portò gli arsenali nucleari ad avere la capacità di sterminare una popolazione di venti volte superiore a quella mondiale, oggi la finanza viene regolata da processi e meccanismi a sé stanti e avulsi dalla realtà.
Come chi teneva la mano a un passo dal bottone rosso, i manager di hedge fund *o i trader che eseguono gli ordini non conoscono gli effetti che le loro azioni hanno sulla popolazione mondiale e non ne conoscono i drammi, che vengono considerati piccoli inconvenienti di percorso.*

Ogni volta che effettuiamo un acquisto, compriamo un panino o un bicchiere di spremuta d'arancia, dobbiamo sapere che la farina, il succo che stiamo pagando, perfino i soldi che usiamo per pagare sono stati comprati e rivenduti già venti volte, prima di finire nelle nostre mani.
Chi può permettersi di pagare quanto richiesto non se ne preoccupa. I produttori vivono vessati dalle oscillazioni del prezzo delle materie prime, ma nessuno ascolta le loro difficoltà.
Le dimensioni e la portata delle transazioni sui mercati finanziari aumentano e i loro effetti sono sempre più violenti e imprevedibili. La brutale rapidità del flash crash è stata la prima conferma: lo sviluppo incontrastato dei mercati finanziari porta a sempre maggiori rischi di instabilità. Le analisi sono incontrovertibili.

Siamo letteralmente seduti su una polveriera finanziaria e non sappiamo a quale operatore inconsapevole toccherà di premere il "bottone rosso" con cui suggellare il deal fatidico, cioè la transazione – sia essa vendita o acquisto – che genererà una nuova Apocalisse e porterà le nostre economie al collasso. Forse ce lo siamo guadagnato. Mentre metà della popolazione mondiale affoga nel sovraconsumo e l'altra metà ne soffre le dolorose conseguenze, accettiamo quello che accade prendendovi parte attivamente. Nel migliore dei casi per incoscienza, nel peggiore perché a servizio di un'oligarchia occulta e senza scrupoli, che manipola governi ed economie. Difficile esprimersi in merito, ma la storia ci insegna che purtroppo tutto è sempre peggio di quanto immaginiamo.
Se nessuno ha premuto il bottone è un merito collettivo? Oppure aver tollerato che la situazione arrivasse agli estremi è una colpa collettiva?

Merito o colpa? Non è la prima volta che l'umanità si trova a porsi questa domanda.

Anna era rimasta in silenzio fino a quel momento, stringendomi il braccio e attendendo che terminassi la lettura.

«La sua morte non può essere una coincidenza» commentò, appena alzai lo sguardo dallo schermo.

Non sapevo se anche il professore McGregor potesse essere stato vittima degli aguzzini che avevano rapito Anna, ucciso Michael e la mia famiglia, ma le sue erano opinioni scomode. Non dissi niente perché la vidi assorta a contemplare il mare.

«Michael era molto bravo,» aggiunse «era quasi riuscito a padroneggiare il fattore più importante per le previsioni.»

«E quale sarebbe?» chiesi.

«Il tempo.»

30

Durante i miei studi avevo seguito con scarso interesse un corso obbligatorio di economia. Non mi interessava molto e mi ricordai di essere stato piuttosto scettico nei confronti di certe teorie, che giudicavo poco scientifiche. Per la prima volta, vedevo tutto sotto un'altra luce ed ero ansioso di scoprire cosa avesse documentato Michael. Scaricai i dati dal server su cui li avevo copiati e iniziai ad analizzarli.

«Hai già esaminato il contenuto di queste dieci cartelle?» domandai ad Anna, dopo che era venuta a sedersi accanto a me.

«Sì, il giorno stesso in cui me le ha consegnate. Michael ha fatto un lavoro perfetto e la prova che ci sono state transazioni insider è innegabile. Te lo mostro subito, apri la prima.»

Ogni cartella aveva al suo interno un documento che descriveva accuratamente quanto mi aveva spiegato fino a poco prima Anna.

«Cosa vuol dire *delta one*?» chiesi dopo aver letto un passaggio in cui si citava una tipica configurazione con quel nome.

«Non è il nome della tua agenzia?» ribatté Anna seria.

La guardai perplesso fino a che non scoppiammo a ridere e mi spiegò il vero significato.

«Chiamiamo *delta one* un gruppo di prodotti finanziari, costruiti in modo sintetico usandone altri, anche molto diversi fra loro.»

«Allora *delta* è la funzione matematica usata per definire la correlazione tra i prezzi dei prodotti e *one* è la costante uno?»

«Bravo» rispose stupita. «Con il valore a uno, i prezzi delle diverse categorie di prodotti variano allo stesso modo. Quando il prezzo di una categoria cambia del dieci per cento, anche l'altro lo fa allo stesso modo. Per gli insider è l'ideale. In questo modo i prezzi dei prodotti che hanno usato per le loro transazioni aderiscono quasi perfettamente all'andamento dei bonds.»

«Quindi gli insider non usano i bonds, ma altri prodotti, pur ottenendo lo stesso effetto!»

«Hai capito. Stabilire le correlazioni è difficile e spesso rischioso, ma così nessuno li individua a trafficare direttamente intorno ai bonds, che invece sono ben sorvegliati.»

«Ora capisco il tuo commento di prima sul tempo. Il tempo è la variabile principale della funzione *delta*. Difficile per gli insider da calcolare e ancora più difficile per Michael scoprire la correlazione. Ha fatto un lavoro straordinario.»

«Sembri ferrato in matematica…»

«Dove sono le transazioni?» chiesi, preoccupato anche di cambiare discorso.

Anna aprì la pagina seguente e mi mostrò cosa contenevano le singole righe.

«Vedi, per ogni transazione abbiamo l'orario, il mercato, lo strumento e tutti gli altri dati finanziari, come prezzi, importi, valuta e così via. Sappiamo quasi tutto, tranne chi le ha fatte. Vedi che la colonna dei titolari è vuota dappertutto?»

«Questi elenchi servono a confermare le ipotesi descritte dal documento contenuto nella cartella?»

«In realtà Michael ha lavorato al contrario, per deduzione. I suoi programmi hanno cercato fra milioni di movimenti con migliaia di strumenti finanziari finché non hanno individuato le anomalie e le hanno etichettate e associate.»

«Straordinario. Ha fatto davvero un lavoro geniale, mi piacerebbe vedere come ha costruito gli algoritmi» mi lasciai scappare entusiasta.

«Perché, pensi di capirli? Io stessa non vado oltre il delta. Michael era un fisico teorico abituato all'astrazione. Oltre un certo punto non riuscivo più a seguirlo. L'ho sentito una volta parlare con Karolin ed è stato come andare sull'otto volante. Non dirmi che sei un matematico?»

Non risposi, ma provai un'infinita tristezza per il destino che era toccato a Michael e per non aver avuto l'occasione di parlare del suo lavoro. Mi rendevo conto della complessità di quello che aveva fatto e di quanto sarebbe stato inadeguato il budget che il povero Legrand era riuscito a ottenere.

«Ora abbiamo tutto» affermai. «Ci mancano solo i responsabili.»

«Non è così semplice. Nessuno ha creduto alle ipotesi di Michael e non è mai stata aperta un'inchiesta. Senza una direttiva dall'alto è impossibile scoprire chi siano i titolari.»

«Puzza di insabbiamento.»

«Da lontano un miglio, ma non sappiamo a opera di chi. La sua domanda è passata attraverso un'infinità di organi interni.»

«Pensiamo a una cosa alla volta. Fammi vedere quali transazioni sono avvenute in Inghilterra. Mi è venuta forse un'idea.»

«Quasi la metà, ma perché proprio l'Inghilterra?»

«Come ti dicevo, è solo un'idea… ma noi abbiamo modo di sapere quali transazioni vengono segnalate alla Bank of England?»

«Parli delle segnalazioni automatiche?»

«Esattamente. Non so, mi chiedevo se tutti i movimenti fossero individuati o trasmessi alla Banca Centrale.»

«Penso di sì, ogni transazione deve sempre passare per una banca o un istituto, che a sua volta deve notificarle. Ma anche se ne trovassimo qualcuna non possiamo prescindere comunque da un'inchiesta.»

«Lo so, ma possiamo accelerare le cose.»

«Magia? Bustarelle? Torture?»

«Forse ho la possibilità di entrare nei database delle notifiche della Bank of England.»

«Scherzi?»

«No, per niente.»

«Come è possibile?»

«Non posso spiegartelo, ma con un po' di fortuna credo di aver ancora i mezzi per riuscirci.»

«Ma come? La Bank of England è una fortezza.»

«Certo, ma non voglio rubare niente o appropriarmi di segreti ben guardati. Le segnalazioni sono una mole mostruosa di dati. Ne hanno così tante che alla fine non sanno nemmeno cosa farsene.»

«Vuoi dire che le custodiscono male?»

«Per niente. Semplicemente il costo della sicurezza è legato al valore di ciò che si vuole preservare e in questo caso non possiamo certo parlare di inviolabilità.»

«E tu pensi di poter sottrarre dei dati?»

«Non ho intenzione di portare via niente, copieremo soltanto.»

«Che probabilità hai di riuscire a fare una cosa così assurda? Parlo seriamente.»

«Direi buone, forse anche molto buone.»

Parte terza

Una finestra sul mare

31

Prima di metterci al lavoro decidemmo di andare a mangiare qualcosa. La giornata era corsa via veloce e non avevamo pranzato. Stavamo procedendo tranquilli verso il ristorante in una delle vie adiacenti alla Friedrichstrasse, quando Anna si fermò di colpo. Mi guardai in giro, temendo che avesse visto qualcuno, ma la strada era deserta.

«Maledetti bastardi, luridi vermi. Come hanno fatto a trovare quella foto?»

Anna guardava la vetrina buia di un chiosco chiuso dove erano rimaste appese le civette dei quotidiani del giorno, fra cui anche il *Tagesblick*. Non notai niente di insolito, se non le abituali foto di attricette più o meno vestite e guardai Anna, che vedendomi perplesso, ne indicò una. Era lei, ed era irriconoscibile, fasciata in un seducente abito corto verde che rivelava più di quello che copriva. Era truccata alla perfezione e la pettinatura della chioma biondissima la faceva sembrare una star alla consegna degli Oscar.

«Sei tu quella?»

«Lascia perdere. Ho passato tutto il pomeriggio dal parrucchiere per quella serata e non mi sono nemmeno divertita.»

«Non sapevo fossi una celebrità della City.»

«Non lo ero. Avevo comprato l'abito per l'occasione e sembravo una suora in confronto alle altre. Non capisco come abbiano fatto a trovarla.»

Il titolo non lasciava adito a dubbi:

Scandalo BCE: le relazioni pericolose di Anna Laine.
In esclusiva i dettagli sulle trame della grande manipolatrice.

Gli altri giornali riportavano informazioni meno roboanti, ma si intuiva che temevano di perdere il treno.

«Chi poteva immaginare che avrebbero finito per farmi passare per una puttana senza cuore?»

«Dopo cena controlliamo il resto sul web» proposi, aprendo la porta del ristorante. «Per il momento prendi solo il lato positivo.»

«Che sarebbe?»

«Chi vuoi che ti riconosca?»

La sua fragorosa risata attirò un'occhiata del cameriere, oltre a confortare me. Dietro l'apparenza fragile e delicata, Anna celava una forza straordinaria. In una settimana le avevano letteralmente distrutto la vita. Imprigionata, torturata, braccata, senza più casa né lavoro, né risorse, con il futuro in mano a uno sconosciuto di cui non conosceva nemmeno il nome.

«Ci sei?» domandò Anna dolcemente. «Ho già ordinato il vino, perché mi sembravi in un altro mondo.»

«Scusami, stavo riflettendo.»

«Alla faccia degli insider» disse, porgendomi il bicchiere per brindare. Di colpo sembrava euforica.

«Guarda che non ti ho promesso al cento per cento di riuscirci.»

«Visto quel che sei riuscito a fare nei giorni scorsi, non ne ho dubbi.»

Senza rendermene conto mi ero unito al brindisi e avevo vuotato d'un fiato il mio bicchiere, eppure le parole di Anna mi avevano turbato profondamente.

All'improvviso mi sentii stretto nella morsa delle gelide acque abissali dell'Atlantico. *Sarei riuscito dove una volta avevo fallito?* Per un attimo il peso della responsabilità mi parve insostenibile e inizai a vacillare.

Mi ripresi constatando con sollievo che Anna era occupata con il suo piatto. Era pericolosamente intuitiva. Cos'altro avrebbe potuto scoprire? Era una situazione inaspettata e non sapevo in che modo comportarmi. Come se non bastasse, ogni omissione o bugia che le dovevo raccontare mi faceva star male.

Proprio in quel momento Anna spostò il discorso su di sé, quasi avesse colto il mio disagio. La spontaneità con cui mi parlò della sua vita e le ragioni che l'avevano portata a lasciare Londra mi meravigliarono, toccandomi profondamente. Mi colpì e allo stesso tempo mi lusingò: stava raccontando a me, un estraneo, episodi che non aveva mai confidato a nessuno. Forse fu proprio questo ad aprire una breccia nella mia volontà.

«Anna, ti devo dire una cosa.»

«Dimmi?»

«Mi chiamo Daniel.»

Mi prese la mano e la portò alle labbra come a volerla baciare.

«Daniel, non dovevi farlo se temi qualcosa. Ti ringrazio di avermelo detto, ma non devi più dirmi niente se pensi che possa nuocere a qualcuno. Mi hai già salvata e se tutto va bene farai in modo che io possa dimostrare la mia innocenza. Non ti tradirò mai.»

Si portò di nuovo la mano alle labbra, baciandomi dolcemente le dita senza che riuscissi a fermarla.

Il resto della serata trascorse allegramente. Dopo cena ci fermammo in un bar. Ordinammo un'altra bottiglia di vino e parlammo di tutto ascoltando buona musica.

Anna si tenne stretta a me durante tutto il tragitto di ritorno.

Con la pioggerellina, l'umidità e il vento, il freddo ci era penetrato rapidamente nelle ossa.

«Devo fare una doccia calda, sono congelata.»

«Fai pure, io accendo il camino e guardo cosa ci ha riservato la stampa.»

I siti che consultai rivelarono un panorama desolante. Il capofila era il solito *Tagesblick* che giocava sul filo della diffamazione. Anna veniva descritta come un'arrampicatrice sociale, che aveva sedotto e circuito mezza direzione della BCE. Peraltro la banca non rispondeva ufficialmente e la polizia fluttuava fra la connivenza e l'incapacità. Michael era diventato una vittima, un amante ingannato e abbandonato al suo destino.

Supponevano che Anna avesse già lasciato il Paese e ipotizzavano si fosse rifugiata alle Cayman, scelte probabilmente perché l'emblema dei paradisi fiscali.

Gli altri giornali erano più neutri, precisavano come non ci fossero indagini in corso e citavano più o meno esplicitamente il *Tagesblick*.

Le foto di Anna invece circolavano in abbondanza. Oltre alla sua foto di Londra, ce n'erano altre, ma la maggior parte dei quotidiani utilizzava l'immagine presente sul sito interno della BCE. Una donna che non aveva niente a che vedere con Karen Taylor. Fu una magra consolazione, perché il resto dell'operazione mi sembrava più criminale che assurda. Dovevano essere stati accuratamente imbeccati.

Mi girai istintivamente verso la porta chiusa del bagno. Chissà cosa provava Anna, ingiustamente sottoposta a una gogna del genere. Dovevamo trovare le prove più in fretta possibile così che potesse costituirsi.

Una volta uscita dal bagno, la osservai in silenzio andare a bere un bicchiere d'acqua in cucina. Vederla arrivare verso di me sorridente, scalza e avvolta nell'accappatoio mi turbò non poco.

«Sono pronta al peggio. Cosa dicono?»

«Niente di buono, solo variazioni sul tema. La cosa migliore che puoi fare è ignorarli, finché non avremo preparato il nostro dossier per stroncarli con una causa.»

«Daniel, perché ti preoccupi così tanto per me, quasi non mi conosci...» disse piano, appoggiandomi l'indice sulle labbra.

Si avvicinò sempre di più continuando a guardarmi fisso negli occhi. Appoggiò le sue labbra alle mie e mi abbracciò, accarezzandomi la nuca. Fu un bacio lungo, che ricambiai con passione. Il sapore di Anna mi inebriò. Per la prima volta non pensai più ad altro e la strinsi disperatamente.

«Daniel, stringimi forte» mi sussurrò all'orecchio.

Ci alzammo d'istinto e lei lasciò cadere l'accappatoio. La sollevai, stringendola fra le braccia. Lei mi cinse la vita con le gambe, mentre riprendevamo a baciarci.

Fu una frenetica scoperta reciproca, che saziò una sete inestinguibile accumulata da tempo. Tutti e due sentimmo il bisogno di conoscere ogni angolo del nostro corpo, senza mai interrompere il contatto. Pelle contro pelle, fusi quasi in un'unica entità che si era finalmente ricostituita, non smettemmo di amarci neanche un minuto, per l'intera notte.

Con i primi, tenui chiarori dell'alba passammo dall'amore al sonno. Eravamo esausti, ma rimanemmo ancora stretti l'uno all'altra.

Mi risvegliai verso le otto del mattino. Provai una sensazione indescrivibile mentre la guardavo dormire fra le mie braccia. Quel dolce contatto prolungato con lei fu incredibilmente intenso, profondo e appagante.

Rimasi quasi due ore immobile a guardarla, assecondando

dolcemente i suoi movimenti inconsci. Alla fine mi liberai delicatamente dal suo abbraccio, evitando di svegliarla. La coprii con delicatezza e le diedi un lievissimo bacio sulle labbra, provocando un piccolo gemito.

Raccolsi i miei vestiti, abbassai gli scuri e me ne andai, chiudendo la porta per lasciarla dormire ancora. Dopo aver fatto una doccia veloce, mi vestii e mi misi di nuovo al lavoro.

Innanzi tutto mi misi a cercare nei miei archivi. La sera prima mi ero mostrato fiducioso con Anna, ma ora volevo essere sicuro di possedere ancora gli indirizzi giusti e le chiavi.

Trovare la via di accesso era solo una questione di password, pazienza e accurate precauzioni per evitare che l'ingresso potesse essere individuato.

La Bank of England utilizzava da più di cinque anni uno dei prodotti messi a punto e venduti dalla LastGate, ed io avevo semplicemente conservato le chiavi usate per garantire gli interventi di emergenza.

Una volta entrato nel sistema non potevo dare l'ordine di copiare di colpo tutti i dati che mi interessavano, altrimenti mi avrebbero individuato subito.

Installai quindi un programma che mi permise di inviare al mio server quelli che mi interessavano e, così facendo, al massimo avrei causato un impercettibile rallentamento del normale lavoro.

Sorrisi con soddisfazione vedendo che di ogni transazione veniva riportata la banca di origine e il nome del titolare. L'adrenalina che mi aveva spinto durante la ricerca cominciò bruscamente a calare e mi assalì il senso di colpa.

Non mi facevo illusioni. Ero sicuro che chiunque a suo tempo avesse temuto il progetto di Legrand avesse la memoria lunga. E anche se mi fidavo di Anna, non sapevo come avrebbe reagito se l'avessero torturata di nuovo.

Lei ormai conosceva il mio nome e i suoi rapitori avevano avuto solo la sfortuna di non averla più tra le loro mani quando era pronta a parlare. *Dal mio nome sarebbero potuti risalire a Isabel*, pensai.

Eppure, per quanto mi sembrasse insostenibile, non potevo abbandonare il cammino che avevo intrapreso. Sentivo che, cedendo ai miei sentimenti, non solo mettevo a rischio l'esistenza di Isabel, ma avrei finito per far soffrire anche Anna.

Mi alzai e mi diressi alla grande finestra che si apriva sulla terrazza. Era costellata di goccioline d'acqua, residuo della pioggia portata dal vento. Erano quasi le due del pomeriggio, ma il cielo era plumbeo, quasi crepuscolare. Il mare increspato era ancora più cupo, mentre, nell'orizzonte oscuro, la superficie dell'acqua sembrava volersi fondere con il cielo in un tacito messaggio di incoraggiamento.

Non finisce qui.

Appoggiai i due palmi al vetro, percependo il freddo dell'esterno.

Non dimenticarci.

Sussultai quando Anna mi toccò una spalla.

«Scusami Daniel, non volevo spaventarti. Ti ho chiamato, ma non hai risposto. È successo qualcosa?»

«No. Stavo riflettendo e non ti ho sentito arrivare.»

Mi guardò con un misto di tristezza e preoccupazione. Ero così trasparente o sapeva leggere quello che non riuscivo a esprimere?

«Sei sicuro che vada tutto bene?»

Mi allontanai dalla finestra e mi diressi alla scrivania. Ero lacerato dal dubbio. La barriera che mi ero costruito mi pesava come una coltre di piombo e per la prima volta mi addolorava dover tacere o mentire. Non riuscivo a guardarla negli occhi, ma sentivo che mi stava fissando. Si aspettava da me ben altro che un nome.

«Ci sono riuscito. La Bank of England sta cedendo goccia a goccia i suoi segreti, ma ci vorrà più di un giorno.»

«Non intendevo quello» sussurrò con tristezza.

«Anna, prima di tutto dobbiamo risolvere la tua situazione.»

Mi fece un cenno affermativo, invitandomi a continuare. «Dobbiamo dimostrare che il tuo ufficio non era coinvolto. Per questo basta provare che le transazioni anomale avvenissero prima che vi consegnassero le istruzioni. Con questo, il tuo avvocato farà tacere polizia e giornali e ti ridarà la casa, il lavoro e le scuse di tutti.»

«Lo fai sembrare facile.»

«Con i dati di Michael e i titolari che stiamo per trovare avremo in mano il necessario. Molto più difficile sarà distogliere definitivamente la loro attenzione da te. Ti devono dimenticare per sempre.»

«E non basta dimostrare la mia innocenza?»

«Si chiederanno con chi hai collaborato per ottenere queste informazioni. I tuoi avvocati possono concludere un accordo con la procura, ma i tuoi rapitori si insospettiranno di sicuro. Per quanto mi sia arrovellato, non sono ancora riuscito a trovare una soluzione.»

«Be', magari potremmo dire quello che è veramente successo. Sono caduta in mano agli uomini di un'"agenzia straniera dai mezzi illimitati", già sulle tracce di chi ha ucciso Michael. Mi hanno liberata a Francoforte e poi mi hanno tenuta drogata per tutto il tempo. Hanno scoperto quello che sapevo e non ho idea di come siano entrati in possesso dei nomi dei titolari. Per non causare qualche incidente diplomatico, hanno deciso di passare la mano alla polizia locale, scaricando la loro prigioniera inconsapevole di tutto e fornendo tutti gli elementi più rilevanti. Non so, qualcosa del genere... Che ne pensi?»

L'idea mi piacque subito. Era la soluzione ideale per distogliere ogni attenzione da lei.

Nelle ore successive discutemmo, anche animatamente, tutti gli aspetti del piano. Riuscimmo a trovare una soluzione per tutte le incongruenze e inventammo una buona spiegazione perfino per la telefonata fatta a suo padre due giorni prima. Anna accettò anche di farsi rasare i capelli, per mostrare di essere stata sottoposta a un interrogatorio farmacologicamente controllato e monitorato con degli elettrodi. Una procedura necessaria per verificare come avrebbe risposto sotto l'effetto delle droghe.

Anna si divertì ad aggiungere ogni dettaglio possibile. Annotò tutto e ripercorse più volte la storia, finché non sembrò quasi reale a tutti e due. Così doveva essere, perché sarebbe stata sicuramente interrogata dalla polizia e non avrebbe mai dovuto cadere in contraddizione.

Un unico aspetto aveva lasciato Anna perplessa. Se i suoi rapitori l'avessero considerata irrilevante, su chi altro si sarebbero concentrati?

«Dopo che mi sarò consegnata, cosa faranno?»

«Pulizia. Si guarderanno l'un l'altro e decideranno chi non serve più e chi può sopravvivere. Non vorrei essere nei panni degli sgherri incapaci o semplicemente di chi lavora in rami obsoleti. Cercheranno di far sparire ogni possibile traccia e forse useranno la crisi creata dal tuo caso per sistemare dissidi e tensioni interne. Le organizzazioni criminali non sono molto diverse dalle multinazionali o dalle burocrazie statali. Così facendo, si indeboliranno e potrebbero anche fare qualche errore. Poi si leccheranno le ferite e penseranno solo a scoprire chi sono i nuovi nemici.»

«Ma tu… li stai attirando su di te?»

«Mi conoscono già.»

Dirlo ad alta voce mi fece provare uno straordinario senso di leggerezza e illuminazione. All'improvviso le angosce e i dubbi di poco prima si trasformarono in certezza.

«Ti interroghi di continuo sul mio ruolo e scherzi sulla mia "agenzia". Non mi chiedi niente, e te ne sono grato. Io sono solo un vecchio nemico, che è sparito e ormai hanno dimenticato.»

«Ma ti cercheranno! Tu stesso hai detto che non arretreranno di fronte a niente.»

«Chi cercheranno? Marc Raster? Qualcuno morto da anni? Dove? Non ti devi preoccupare per me Anna. Il Daniel che conosci non esiste più. È morto quattro anni fa e non lo possono più trovare. Non so se loro siano gli stessi che cerco io, ma non mi importa molto. Sono comunque un cancro e come tale va estirpato.»

«Perché mi stai dicendo queste cose?»

Potevo leggere nei suoi occhi qualcosa di molto vicino alla disperazione.

«Perché tu possa capire. Perché tu possa perdonarmi, qualsiasi sacrificio ti chieda di fare. Perché tu sappia veramente che sono al tuo fianco. Perché tu non abbia più paura, né per me o per il tuo futuro.»

«So dove vuoi arrivare.»

«Anna, perché pensi che mi trovi qui?»

«Non dirmelo.»

«Pensa a quello che è successo a Michael. Lo hanno ucciso perché era una minaccia. Hanno centrato il loro nemico, senza perdite collaterali. Adesso pensa invece alla forza con cui possono essersi scagliati su degli innocenti, su delle persone inconsapevoli. Anna, io avevo tutto ciò che un uomo può desiderare. La felicità assoluta. Non puoi capirlo, nessuno potrebbe, perché nemmeno io allora me ne rendevo conto.»

Presi fiato, meravigliandomi di cosa ero riuscito a dire.

«Il passato è tornato a farmi visita. Anni fa mi è stato chiesto di fare qualcosa… per trovare persone simili a quelle che hanno colpito Michael. Ero molto tentato e ho esitato a lungo… dimenticando anche la responsabilità verso la mia...» non riuscii più a parlare.

Anna mi guardò con gli occhi lucidi, stringendomi il braccio e dandomi la forza di continuare.

«Avrei dovuto rispondere subito di no, ma loro devono averlo scoperto e invece di colpire me... Adesso non posso ripetere lo stesso errore. Mi dispiace Anna, non voglio farti soffrire e sento di doverti una spiegazione. Sai, quando tutto è finito e non ti resta più niente... Hai solo il dovere di proteggere chi è sopravvissuto o chi può ancora finire nel loro mirino.»

«Vuoi vendicarti?»

«La vendetta implica rabbia e rancore. Puoi odiare un cancro che vuole uccidere qualcuno o un virus che causa un'epidemia? Se hai la vocazione, senti solo il bisogno di debellarli. Questa è la cosa più vicina a quello che provo.»

Anna stava rannicchiata sul divano e mi fissava, abbracciandosi le ginocchia.

«Io non esisto più. Ho i mezzi per fare tutto quello che voglio e per stare al sicuro. Per questo non devi temere che mi trovino. Mi sono preparato per anni, forse anche troppo a lungo. Poi mi sono imbattuto in Michael. Adesso non posso più fermarmi.»

«Ma tu sei solo! Come puoi metterti contro tutti?»

«È la mia dannazione e il mio vantaggio. Se rimango solo, ho i mezzi per non farmi mai trovare. Altrimenti perchè ti avrei taciuto perfino il mio nome.»

«Daniel, perché ci siamo incontrati così?» mi interruppe con la voce rotta dal pianto. «Mi sembra di conoscerti da sempre. Sei quello che ho sempre sognato. Hai un cuore straordinario. Ieri notte ho provato cosa vuol dire veramente fare l'amore. Ho sentito di ricevere amore profondo e disinteressato, come non immaginavo fosse possibile.»

«Anna, ti prego.»

«Ci sono cose che non puoi nascondere a una donna, Daniel. Mentre mi stringevi ho sentito che i tuoi sentimenti erano veri e sinceri. Sei stato di una dolcezza straordinaria e non puoi dirmi che è finita qui.»

Provai di nuovo a fermarla, ma non ci riuscii.

«Daniel, ascoltami. Ho capito dove vuoi arrivare. Non hai bisogno di sacrificare niente. Io voglio rimanere con te.»

«Anna, sei stata trascinata in questo caso, ma hai ancora la possibilità di uscirne, di ritrovare la tua vita di sempre. È là che ti aspetta, ancora intatta. Per te niente è irreversibile, non buttarla via per me. Questa non è una vita da scegliere. Ritrova la tua lucidità e non prendere decisioni affrettate.»

«Non vuoi capire. Io ho già scelto.»

«Non ti rendi conto cosa voglia dire abbandonare tutto. Fammi almeno una promessa: aspetta di riassaporare la libertà.»

Anna si era alzata ed era venuta a sedersi di fianco a me. Mi guardò ancora una volta negli occhi e affondò la testa nel mio petto iniziando a singhiozzare. La tenni stretta a lungo, cullandola finché non si calmò e si staccò da me.

«Ti sbagli.»

«Cosa intendi dire?»

«La mia vita non sarà più come prima. L'occasione che non voglio perdere è quella di stare con te.»

32

Il mattino seguente mantenemmo un certo distacco, nello sforzo congiunto di evitare ogni contatto.

Anna mostrò subito familiarità con i linguaggi per analizzare i dati e mi spiegò come avrebbe potuto collegare quelli di Michael alle mie segnalazioni che avevo copiato dalla Bank of England.

«Per individuare le transazioni insider ci sono dei criteri internazionali precisi, riconosciuti dalla maggior parte delle legislazioni.»

«Quindi sarà facile da dimostrare?»

«In parte. Perché sia una prova inoppugnabile dobbiamo calcolare anche la frequenza e la tempistica. Se mi metti a disposizione tutti i dati, farò io le ricerche necessarie.»

Decidemmo di comprare un portatile, in modo che lei potesse lavorare indipendentemente. Al rientro, ci mettemmo entrambi all'opera. Oltre a studiare il contenuto delle segnalazioni, Anna voleva verificare la stampa e inventare un modo per avvertire suo padre che presto si sarebbe costituita. Io iniziai a indagare sulle attività della SecTec.

Poco prima di mezzanotte Anna mi chiamò.

«La stampa sta perdendo interesse per me.»

«Così in fretta? Ti sei costituita senza che me ne accorgessi?»

«Stupido. La Banca Centrale ha fatto una conferenza stampa, smentendo ogni accusa di frode.»

«Ti hanno scagionata? Vuol dire che i rapitori non hanno appoggi diretti all'interno.»

«Non ancora. Hanno risposto solo alle insinuazioni contro l'istituto. Nei miei confronti sono stati molto ambigui per non intralciare le indagini della polizia.»

«E il nostro giornale preferito?»

«Hanno pubblicato la foto del ministro della cultura all'uscita di un sexy shop, accompagnato da una donna.»

«E questo cosa c'entra con te? Non avranno insinuato fossi tu?»

«No, solo non era la moglie. Evidentemente non sono più una notizia succosa e sono finita in sesta pagina senza foto.»

«Cosa credevi?» commentai sorridendo.

«E le tue ricerche invece come vanno?»

«Sto preparando una mappatura della rete della SecTec. In qualche modo sono implicati. Non penso che i tuoi rapitori avessero un secondo lavoro per arrotondare le entrate.»

«E a cosa serve? Al massimo puoi provare che posseggono il deposito dove mi tenevano prigioniera.»

«La mappa da sola non prova niente, serve solo se la puoi associare ad altri elementi. A volte possono spuntare collegamenti inaspettati. Se un trafficante, per esempio, fa gestire dallo stesso fornitore di servizi di casa sua, quelli della ditta di trasporti con cui muove la merce e quelli della società con cui ricicla il denaro, il gioco è fatto. A un buon investigatore bastano anche solo un paio di anelli della catena per intuire dove andare a scavare.»

«Parli come se avessi già fatto delle inchieste del genere.»

«Non ti arrendi mai, eh? Non ti basta sapere che ero dalla parte dei buoni?»

«Dove vuoi arrivare?»

«Non lo so ancora, ma, se troviamo qualcosa, abbiamo risparmiato tempo per la polizia. Senza parlare del fatto che quanto più il dossier sarà completo, tanto più tu diventerai irrilevante.»

«Domani ti potrò dire con certezza le banche o i broker che hanno passato gli ordini degli insider e i nomi dei titolari dei conti da cui sono partiti.»

«Se il titolare è qualche grossa società potrò creare ulteriori relazioni.»

«Non hai sonno?»

«Non ho finito, poi io dormo poco» risposi, evitando il suo sguardo.

«Io vado a dormire. Daniel, puoi anche non ammazzarti di lavoro, un giorno in più non cambia niente.»

«Non preoccuparti.»

Solo dopo qualche minuto, mi accorsi di essere rimasto con i denti serrati, a scrivere a vuoto, senza nemmeno guardare quello che facevo. Aprii la bocca e avvertii una fitta alla mascella indolenzita. Poi ripresi a lavorare, anche se con meno lena del solito. Lo sforzo di aver ignorato Anna mi costò molto di più che un'intera giornata di lavoro.

Alle quattro di notte mi fermai. La SecTec era enorme e aveva filiali in tutte le piazze finanziarie europee e americane. Questo lavoro di ricerca, in realtà, era molto più complesso di quanto avevo descritto ad Anna, perché la parte pubblica della rete era minima. Con la pazienza e qualche trucco, anche senza intrusioni, era però possibile dedurre dove fossero collocati fisicamente gli altri server e le altre componenti della rete. Era soprattutto una questione di tempo. Chiusi tutto e mi diressi verso il bagno. Anna aveva lasciato la porta della sua camera socchiusa. Rimasi a lungo a fissarla finché, con estrema fatica, riuscii a vincere la tentazione di entrare.

Qualche ora più tardi, il rumore della porta d'ingresso che sbatteva mi svegliò poco dopo le otto. Mi alzai subito per vedere cosa succedeva.

«Mi dispiace, sono intirizzita e ho fatto sbattere la porta.»

Anna aveva il fiatone ed era in equilibrio su una gamba, mentre cercava di togliersi una scarpa da jogging.

«Sei bellissima anche così» mi lasciai sfuggire.

«Hai dormito bene?»

«Certo. Non ti ho nemmeno sentita uscire.»

La guardai ammirato. Non era una vittima in fuga, ma una donna che si preparava ad affrontare la sfida, come se fosse una normale giornata di lavoro.

«Lasciami fare una doccia calda e poi facciamo colazione. L'estrazione dei dati è terminata?»

Il programma stava lavorando, ma mancavano ancora un paio d'ore, così, oltre a far colazione con calma, potemmo uscire a fare un po' di acquisti.

Al rientro, il programma aveva concluso il suo lavoro e copiai tutti i dati estratti dal server sul nuovo portatile che avevo preso per Anna.

«Ti chiamo io, quando comincio a capirci qualcosa.»

Non me lo feci ripetere due volte e tornai alla mia postazione. La mia ricerca sulla SecTec non aveva ancora dato risultati apprezzabili. Ma all'inizio era sempre così. Solo riunendo tantissime informazioni e una marea di dettagli, era possibile avere qualche piccola illuminazione che permetteva di continuare. Non sempre andava bene, ma bisognava tentare ogni via.

Lavorammo ininterrottamente fino al pomeriggio inoltrato. Mi alzai per mangiare qualcosa e vidi che la scatola dei panini era ancora intatta. Non ero l'unico a dimenticare la fame mentre lavoravo.

«Anna, ti posso interrompere?»

«Devi vedere quello che ho scoperto. Ho ricostruito tutto il primo caso di Michael, collegandolo ai tuoi dati.»

«Che ne dici di spiegarmi tutto mentre mangiamo qualcosa?»

Ci spostammo in cucina e Anna mi illustrò come avesse iniziato con il caso più facile, dove aveva riconosciuto subito i codici che indicavano gli strumenti finanziari utilizzati e le piazze di borsa.

«Conosco il mercato su cui hanno operato e ricordo quasi tutte le sigle a memoria. Così ho collegato più facilmente le transazioni.»

Poi mi mostrò alcuni grafici che raffiguravano il lento ma inesorabile aumento dei prezzi dei bonds, iniziato circa quarantotto ore prima degli interventi della BCE. La crescita era quasi impercettibile inizialmente e nascosta da grandi oscillazioni. I prezzi avevano subìto un'impennata fra ventotto e venti ore dall'inizio dei loro acquisti. In seguito si vedeva un nuovo rallentamento.

«Da qui in avanti siete arrivati voi» dissi, indicando un punto in cui le oscillazioni diventavano frenetiche.

«Certo, quelli siamo noi che lavoriamo per impedire di far salire i prezzi. Avevamo negoziato in ogni direzione per confondere le acque, ma ormai era troppo tardi. Era quello che rovinava tutte le tattiche nell'ultimo anno. Questi diagrammi sono la prova che scagiona il mio dipartimento.»

«Da cosa si evince l'intervento degli insider?»

«Guarda il grafico sotto. Mostra il volume e la grandezza media delle transazioni. Vedi quante sono? Sono tutte piccole e vengono quasi tutte da fonti diverse.»

«Le consideri tutte normali?»

«Certo. Guarda quella cifra.»

«Quella? 0,1?»

«Esatto. Quello è uno degli indici di allarme standard che è stato individuato da Michael e che viene usato per segnalare le transazioni insider. Il calcolo è molto complesso, ma tiene conto di quanto le transazioni siano concentrate su un unico individuo o sullo stesso gruppo di persone. Diventa allarmante solo se supera uno. Sui bonds sono tutte transazioni normali, ma se controlliamo sugli altri mercati l'indice sale fino a 0,9.»

«Ma non hai detto che era allarmante solo se superava uno?»

«Solo se non sai chi sono i titolari o pensi che siano tutte persone diverse. L'indice di allarme è appena sotto l'uno se le transazioni fatte su banche e broker diversi non vengono accorpate, come fanno invece le autorità di sorveglianza.»

«E tu lo hai fatto?»

«Ovvio. Altrimenti perché mi avresti fornito quei dati? Ho comparato tutte le fonti degli ordini e sono riuscita a dimostrare come alcuni titolari abbiano operato utilizzando broker diversi. Con questa correzione, l'indice sale a 2,4.»

«Li abbiamo trovati?»

«Li abbiamo inchiodati! Sono sei e con questo non avranno nessuna scappatoia giuridica.»

Anna annotò i nomi dei titolari così che potessi trovare eventuali legami con la SecTec. Erano la Dalton Investments Llc, la CBT Capital, la BWK Capital Management, la Lindolt Trading Services, la Global Advisors Llc e la CSS Global Inversiones.

«La CBT Capital di Londra è l'unica che conosco. Pesano un miliardo e sono attivi da sempre. Erano stati anche miei clienti. Non avrei mai immaginato che fossero implicati in una cosa del genere» affermò.

Decisi di partire da lì e trovai il primo indizio. La CBT era stata acquisita due anni prima da una società americana, la Synvest Management di New York. Il server della Synvest era basato presso la Century Facilities di Baltimora, la stessa società che gestiva i servizi anche per la SecTec Global di Boston.

Nella ricerca dei titolari della CBT Capital, mi imbattei nella BWK di Amsterdam. Non aveva sito web, ma dal registro societario figurava come società di investimento. Provai il trucco della email errata basandomi su un indirizzo generico che avevo trovato in un registro societario. La risposta che ricevetti al messaggio inviato a impossiblemail@bkwcapital.nl fu molto interessante: anche il loro dominio era gestito dallo stesso server. Controllando nei cataloghi ufficiali scoprii che era addirittura di proprietà della SecTec con sede a Monaco.

Come al solito la caccia sul web, peraltro assai proficua, mi aveva assorbito completamente e non mi ero più reso conto dello scorrere del tempo.

L'orologio indicava l'una di notte. Ero soddisfatto dei risultati e pensai a Isabel, sicuramente addormentata nella sua cameretta, forse ancora abbracciata allo squaletto di peluche che le avevo regalato. Chissà se ce l'aveva ancora. Le foto che mi rimanevano l'avevano congelata a sette anni d'età e così la ricordavo sempre. Ne aprii una dell'ultima estate a Megève. Mi guardava con la sua aria furbetta e le labbra viola per il succo di mirtillo. Lei e sua cugina avevano promesso di preparare il gelato per tutti. L'avevo fotografata mentre ci spiegava che non avevano resistito e, un cucchiaino dopo l'altro, lo avevano finito tutto.

Mi collegai all'account con il quale scrivevo ad Alex e trovai la sua risposta a un mio precedente messaggio.

Caro Daniel,

purtroppo non ho molto da dirti. Le mie assenze si sono incrociate con quelle di tuo fratello. Ieri sera però l'ho chiamato, con la scusa dei risultati del fondo di Isabel. Penso possano interessare anche a te. Non sono impressionanti, ma di questi tempi una performance netta del tre per cento è quasi un risultato notevole. Ti sono vicino e ti assicuro che lo controllo più assiduamente del mio stesso fondo pensione.

Isabel sembra aver di colpo superato il suo rifiuto totale e caparbio per la musica. Adesso passa il tempo con sua cugina, che è felicissima del cambiamento, ad ascoltarne di ogni tipo. Ha perfino chiesto di iniziare a prendere lezioni di piano. Ti avevo già spiegato la mia teoria sul suo rifiuto. La scelta dello strumento non è casuale.

Sono andati a Méribel per le vacanze e credo si siano divertiti molto. Non sai quanto li invidi, io in questo periodo ho solo grattacapi e nessun amico vicino a sostenermi... Ovunque tu sia, vorrei tanto trovassi una soluzione e tornassi da noi, non solo per Isabel.

Buona fortuna sempre,

tuo Alex

«Perdonami piccola mia, se sono un debole» sussurrai appoggiando una mano sullo schermo come ad accarezzare il viso sorridente di mia figlia. In quel momento, sentii un rumore a pochi metri di distanza da me. Mi alzai bruscamente cercando di coprire lo schermo alle mie spalle. Anna era in piedi sulla soglia e mi guardava con gli occhi lucidi.

«Daniel, mi dispiace. Non volevo spiarti. Te lo giuro... Ho finito altri cinque casi... Cosa ti è successo...»

«Ferma Anna, non è successo niente» dissi correndo preoccupato verso di lei. «Non hai fatto niente, è colpa mia.»

Anna mi abbracciò d'impeto accarezzandomi la testa. La tenni stretta finché non alzò la testa.

«Cosa ti hanno fatto... Cosa ti hanno fatto... Tu stai piangendo ancora per lei.»

«No, no... lei è viva e la sto proteggendo.»

33

Il mattino successivo fu di nuovo la porta d'ingresso a svegliarmi. Guardai l'ora: erano le otto e cinque e rimasi ad ascoltare Anna in corridoio. La sentii che si toglieva le scarpe da jogging mentre calmava la respirazione. Poi entrò in bagno e chiuse la porta. Per un attimo l'immagine del suo corpo nudo mi balenò nella mente e ne rimasi turbato. La rapida doccia e la rasatura servirono a distrarmi e a riportare la mia attenzione sulla ricerca. Uscendo dal bagno, ero già concentrato sui possibili collegamenti e sui modi per trovarli.

Dovevamo capire chi potesse essere coinvolto all'interno della BCE. Avrei dovuto farmi spiegare meglio da Anna come avvenivano le decisioni e chi fosse stato in contatto con Michael. Presi una bottiglia d'acqua dalla cucina e mi diressi alla scrivania. Mentre si stava avviando la connessione sicura, iniziai a disegnare su un foglio un grossolano diagramma con tutti i collegamenti che avevo individuato ai due lati dell'Atlantico. Ero di nuovo così assorto che non sentii nemmeno arrivare Anna, che mi chiamava per la colazione.

Davanti alle nostre tazze di caffè ricapitolammo quello che avevamo scoperto. Anna era convinta che la descrizione precisa dei casi e l'identificazione dei titolari che avevano effettuato le transazioni sarebbero state sufficienti. Concordai con lei, ma l'esperienza passata mi suggeriva di aggiungere più informazioni possibili, per accelerare il lavoro della polizia dei diversi Paesi coinvolti.

Ricordai l'insegnamento di Legrand secondo il quale una maggiore quantità di dettagli fosse la chiave per permettere la buona riuscita delle inchieste. Nessun organo di sicurezza godeva della nostra libertà di azione. Per gli inquirenti l'unica possibilità di sconfiggere il Moloch della burocrazia era trasformare ogni indizio in una prova incontrovertibile.

Pensai ancora agli insegnamenti di Legrand: bisogna fornire sempre più dati e collegamenti possibili per aiutare i colleghi dei vari Paesi a vincere l'inerzia burocratica, di cui proprio loro erano le prime vittime. Di tutto questo non potevo dire niente ad Anna e mi appellai a un generico bisogno di completezza.

Dopo essere tornati nell'appartamento, riprendemmo le nostre ricerche parallele. Avevo preparato un foglio di calcolo, per catalogare tutti i nomi che avevo individuato e collegato direttamente o indirettamente alla SecTec e ai titolari delle transazioni. La lista si stava allungando sempre più e includeva altre società, amministratori, manager, provider dei servizi di rete e qualsiasi cosa mi fosse parsa rilevante.

Era quasi l'una del pomeriggio e stavo cercando su Google tutte le possibili associazioni con i nomi degli amministratori della Synvest, sperando di scoprire una relazione con i titolari americani delle transazioni, quando trovai la chiave di volta. In un articolo veniva citato un accordo di fusione che il presidente della società, Gary A. Johnson, aveva firmato con Jackson K. Livergood sotto l'egida di K. F. Tripelius. Mi sembrò di rivedere ancora l'immagine dell'uomo con gli occhi grigi e lo sguardo fermo che avevo visto fugacemente quasi una settimana prima sul sito interno della BCE. Mi alzai e andai da Anna.

«Conosci Karl Friedrich Tripelius?»

«Perché me lo chiedi?»

«Dimmi solo cosa sai di lui.»

«L'ho incontrato diverse volte. È una persona squisita, dotato di carisma e sempre molto disponibile. Stai cercando nella direzione sbagliata, non può essere coinvolto.»

«Nessuno dice che lo sia. Ma ho trovato dei legami interessanti. Quando hai finito, devi venire a vedere.»

«Mi ha sempre dato l'idea di una persona mite, che è arrivato nella sua posizione per estrema competenza e non per spietate lotte interne.»

«Non so se nel vostro settore ci sia spazio per persone miti. Che ruolo ha alla BCE?»

«È il referente del mio capo. Fa parte della cerchia ristretta del comitato esecutivo, una sorta di organo supremo. Più in alto di lui c'è solo Draghi. Rappresenta la BCE a Washington e dirige l'area dei General Markets, che comprende anche la divisione Financial Operations del mio capo diretto.»

«Conosce Gary A. Johnson.»

«E chi è?»

«Il presidente della Synvest, che controlla la CBT Capital Llc di Londra. La SecTec e la Synvest si fanno gestire alcune parti dei loro sistemi dalla stessa società.»

«Come lo hai scoperto?»

«Un articolo del 2006. Tripelius ha curato personalmente una fusione e viene citato nella notizia dell'accordo finale.»

«Possibile, so che è entrato alla BCE nel 2009 e prima dirigeva il settore fusioni e acquisizioni della Chase Silverberg Saxton, una delle banche d'affari più aggressive di New York.»

Includemmo quindi anche la Chase Silverberg Saxton nelle ricerche e fu così che riuscimmo a imprimere un'ulteriore svolta alle nostre ricerche. La banca era collegata direttamente alla Lindolt Trading Services e indirettamente alla Global Advisors. Aveva curato l'entrata in borsa della SecTec, circa cinque anni prima. Anna era stupefatta di aver trovato tante relazioni così manifeste ed era partita lancia in resta, così fu il mio turno di raffreddare gli animi.

Solo la CSS Global Inversiones restava fuori dalla rete. Non fu difficile dedurre che l'acronimo celasse proprio la banca che univa tutti i titolari. Alla fine, gli indizi che indicavano l'esistenza di un piano unitario furono così riassunti:

Titolari:	
Dalton Investments Llc	stesso amministratore della Lindolt
CBT Capital Llc London	appartiene alla Synvest
BWK Capital Management	Si appoggia ai servizi SecTec
Lindolt Trading Services	partecipata dalla Silverberg
Global Advisors Llc	fondi depositati presso la Silverberg
CSS Inversiones SA	iniziali della Silverberg (Chase Silverberg Saxton)
Altre persone o società coinvolte	
Synvest	stesso provider di SecTec
SecTec Global, Boston	stesso provider di Synvest
SecTec Facilities, Monaco	possiede Audi rapitori di Anna
Gary A. Johnson	dirige Synvest
K. F. Tripelius	lavorava alla Silverberg conosce Gary A. Johnson conosce piani acquisti bonds
Chase Silverberg Saxton	impiego precedente di Tripelius azionista della Lindolt Trading cura operazioni della Synvest ha portato in borsa la SecTec

Mostrai i miei appunti ad Anna spiegandole che, per quanto non fosse probatorio, quanto raccolto sarebbe stato sufficiente a far aprire un'inchiesta per smascherare i responsabili.

«Ricordati che i movimenti sulla sola piazza inglese non raggiungono il quaranta per cento dell'intero fenomeno.»

«Stai tranquilla, i nostri dati sono solo la base di partenza. Non faranno come alla BCE. Hanno ricevuto la nostra spinta e chiederanno i mandati per identificare i titolari delle altre transazioni. Andranno fino in fondo, in ogni Paese.»

«E se qualcuno li ferma?»

«Impossibile. Conosco qualcuno che non aspetta altro» risposi pensando a Legrand.

«Riusciranno ad andare fino in fondo?»

«C'è una ragione se li chiamano mastini. Noi gli abbiamo mostrato l'osso con un bel po' di carne attaccata. Non lo molleranno più. Hanno il tempo e i mezzi dalla loro parte. Richiederanno gli estratti societari e scopriranno nomi che noi nemmeno immaginiamo.»

Gli ultimi casi non rivelarono niente di nuovo e a metà pomeriggio la lavorazione dei dati di Michael e la mia rete erano state portate a termine.

«Domani è il gran giorno. Tireremo le somme per il dossier da consegnare alla polizia e al tuo avvocato.»

«Sono affamata e morta di fatica, non saprei in quale ordine.»

«Possiamo provvedere, sono quasi le sette.»

«Non abbiamo ancora parlato di come faremo a consegnare il materiale. Non posso di certo portarmelo dietro in un cestino.»

«Non preoccuparti. L'agenzia che ti ha liberata lo spedirà a chi di dovere.»

Quella sera volevamo mangiare qualcosa, concedendoci un momento di distensione. Non avremmo mai immaginato che la cena sarebbe stata avvelenata dall'ennesima civetta del *Tagesblick* nel solito chiosco.

Alle consuete fotografie di Anna e della sede della BCE si era aggiunta quella di Tripelius.

Vittima o complice?
Un altro uomo plagiato o l'estrema via di fuga di un complice braccato? La BCE tace di fronte all'ecatombe. In esclusiva i dettagli dello scandalo.

Il titolo lasciava immaginare che dovesse essergli successo qualcosa di molto grave. Entrammo in un fast-food della Friedrichstrasse con l'intenzione di ritornare subito a casa per verificare.

Mentre aspettavamo che preparassero i due hamburger, Anna sembrava sui carboni ardenti. Le poche frasi che abbozzai per rompere la tensione non ebbero il minimo effetto. Non toccò quasi cibo, limitandosi praticamente a sminuzzare la confezione e a bere il suo succo d'arancia. Nel rientrare dovetti quasi correrle dietro con l'ombrello aperto, perché non pensò nemmeno a sollevare il cappuccio della giacca per proteggersi dalla pioggia. Quando provai a ricordarglielo, sbuffò insofferente.

«Scusami, ma la notizia mi ha sconvolto» sbottò Anna in ascensore.

La pagina web del *Tagesblick* presentava ben tre articoli sull'argomento. Il primo faceva riferimento nel titolo al drammatico suicidio di Tripelius e riportava la foto dell'ingresso di una villa.

«È la sua casa a Hofheim» mi spiegò Anna.

Considerando le abitudini del giornale, il pezzo era abbastanza neutrale. Tripelius era stato trovato dalla domestica, dissanguato nella vasca da bagno. Secondo le ricostruzioni doveva essersi imbottito di alcol e barbiturici prima di tagliarsi le vene.

Anna era l'oggetto del secondo approfondimento. Riportava un'altra foto di Tripelius che scendeva da un aereo con l'aria stanca o quasi triste, a seconda dell'interpretazione. Il titolo: *Una facile preda*, lasciava presagire quale sarebbe stato il contenuto. Il giornalista giocava con le allusioni, facendo supporre una relazione tra Anna e Tripelius, visto che quest'ultimo viveva separato dalla moglie da quando Anna aveva iniziato a lavorare alla BCE. Tripelius veniva raffigurato come un uomo sofferente, combattuto fra il rimorso per aver abbandonato la famiglia e la paura di perdere l'amore della sua giovane predatrice. Concludeva con un'intervista a uno psicologo di cui non veniva rivelato il nome, che spiegava quanto potesse essere diventato vulnerabile.

«Demenziale. Non è vero niente.» Anna era molto tesa.

«Perché? Dove viveva la sua famiglia?»

«Sono sempre rimasti negli Stati Uniti. La moglie è di New York, ed erano troppo radicati per spostarsi. Lui tornava da loro almeno una volta al mese. A casa sua c'erano le loro foto dappertutto.»

Per accompagnare l'articolo, avevano utilizzato di nuovo la fotografia della festa di Londra.

«Guarda bene,» mi fece notare Anna «non è il mio seno.»

«Vuoi davvero che mi metta a controllare?»

Dovetti ricredermi. A un esame più attento mi accorsi che la foto era speculare all'originale ed era stata effettivamente ritoccata. Le erano stati aggiunti dei gioielli. La collana era più grossa con un pendente e aveva due braccialetti vistosi ai polsi.

Per fortuna sembrò ridicola anche ad Anna. Il tentativo di infangare la sua reputazione era ancora più evidente nell'ultimo articolo in cui, da una casuale partecipazione di Anna e Tripelius a un convegno, avevano costruito una cascata di illazioni senza senso.

«Pensa che quella sera non ha nemmeno cenato con noi. Aveva altri impegni.»

«È tutto così assurdo che non devi prendertela.»

«Non lo faccio. Mi dispiace solo che sia morto. Ho un bel ricordo di lui e della sua disponibilità e non posso pensare che fosse coinvolto. E se invece fosse un testimone innocente? Forse lo stavano ricattando?»

«La polizia scoprirà se è stato ucciso.»

«Come stanno facendo per Michael?»

«Stiamo parlando a vuoto, vediamo cosa dicono gli altri giornali.»

Le testate più serie erano molto più prudenti, sebbene due supponessero addirittura che anche Anna si fosse suicidata. Un quotidiano di Francoforte era molto preciso e riportava un'intervista al procuratore Rüdiger Weigend, il pubblico ministero che si occupava della vicenda.

Weigend sosteneva che Anna era ricercata come persona informata sui fatti, ma non erano state ancora formulate accuse precise nei suoi confronti. Confermava l'effrazione a casa di Anna, senza fornire ultriori dettagli, trincerandosi dietro il segreto istruttorio. Per lo stesso motivo non aveva risposto alle domande concernenti quanto era successo alla BCE. Il giornale riportava anche un'intervista all'avvocato Braunwald, che insisteva sulla mancanza di prove del coinvolgimento di Anna in operazioni illecite ai danni della Banca Centrale. Sosteneva piuttosto che la polizia dovesse occuparsi di trovare Anna, perché le uniche evidenze la qualificavano più come vittima che come colpevole.

«Sicuramente è stato mio padre a mobilitarlo. Non rischierà anche lui?»

Le risposi di no. Ne ero convinto, ma ero quasi sicuro che lo stessero controllando e questo mi fece venire un'idea.

«Domani dobbiamo fare una verifica» spiegai. «Telefoniamo al procuratore Weigend per annunciare che ti consegnerai sabato.

Sarà una stazione di polizia che scegliamo noi e che possiamo facilmente monitorare, anche a distanza.»

«Vuoi vedere se si tradisce?»

«Non credo. Non voglio nemmeno immaginare che abbiano in mano un procuratore. Ma il suo ufficio potrebbe essere sotto controllo.»

«E Tripelius?» chiese Anna. «Non dovremmo fare il possibile per chiarire la sua vicenda? Non riesci a entrare nel suo computer?»

«Anna, è impossibile, non so neanche da dove...»

«Andiamo a casa sua, la conosco.»

«Ti sei bevuta il cervello? Stiamo per infilare di nuovo la testa nella bocca del leone e vuoi anche pizzicargli la lingua? E come fai a conoscere casa sua?»

«Aveva l'abitudine di organizzare delle cene per gruppi ristretti, durante le quali presentava sue idee o proponeva di discutere qualche argomento che gli stava particolarmente a cuore. Una sera ci ho accompagnato il mio capo, perché Tripelius voleva parlare delle nostre strategie per gli acquisti.»

«Ad ogni modo la risposta è no.»

«Pensa ai dati che potremmo trovare. Magari riesci a entrare nei suoi account di posta elettronica.»

«Sarebbe una vera pazzia.»

«Se però li trovassimo riusciremmo a discolparlo, come spero, oppure ad accusarlo, come vuoi tu.»

«Io non voglio accusarlo. Ci saranno i sigilli, anche se la polizia non avrà inserito l'allarme con l'inchiesta in corso. Mmm... Potrebbe non essere così difficile entrare...»

«Vedi? Potremmo veramente scoprire qualcosa di importante. Non ti sembra?»

«Se arriviamo di notte, magari passando dal bosco, forse non sarebbe molto pericoloso» risposi, arrendendomi definitivamente.

Continuammo a discutere e a pianificare tutti i dettagli fin dopo mezzanotte, quando Anna iniziò a sbadigliare.

«Ti conviene riposarti stanotte. Domani potrai dormire solo in macchina.»

«Devi riposarti anche tu» rispose, avviandosi verso la sua camera dopo avermi dato un fugace bacio sulla guancia.

Mi girai subito verso lo schermo, sforzandomi di pensare al lavoro. Preparai il programma di tutto quello che dovevamo fare e comprare prima di partire, poi mi misi a letto e crollai in un sonno profondo.

34

«Jackson Livergood!»

Mi svegliai di soprassalto, pensando a quel nome e sollevandomi bruscamente a sedere. Mi accorsi subito che qualcosa non andava. Anna era sdraiata al mio fianco e mi guardava spaventata.

«Cosa fai qui?»

«Volevo solo starti vicino, mi dispiace. Cosa ti succede? Perché hai gridato quel nome?»

«Che nome?»

«Quello della fusione che hai nominato ieri, Livergood.»

«Sono loro Anna, sono loro anche questa volta.»

«Loro chi?»

«Quelli che hanno distrutto tutta...»

Mi fermai, conscio improvvisamente che, preso alla sprovvista, stavo raccontandole fatti che dovevano rimanere sepolti per sempre.

«Perché sei qui?» le chiesi allarmato, memore di una situazione simile.

«Te l'ho detto. Domani mi porterai a Francoforte e sento che non ti vedrò più.»

Anche lei si era seduta. Mi osservava scuotendo leggermente la testa con lo sguardo triste.

«Mi sono svegliata presto per andare a correre, ho bussato e non hai risposto. Volevo conservare questo ricordo di te.»

«Non voglio vederti soffrire Anna, sai come stanno le cose. Ti assicuro che fa male anche a me. Pensi che tutto quello che abbiamo fatto mi lasci indifferente? È tutto molto peggio di quanto mi fossi immaginato.»

«In che senso?»

«Nel senso che il circolo si è chiuso. Devo spiegarti una cosa.»

«Daniel, non farlo. Almeno non per me. Se ti può aiutare, lasciami all'oscuro.»

«Non hai idea di quanto odi i sotterfugi, ma devo essere certo di potermi fidare di te.»

«Non devi nemmeno chiederlo.»

«Non penso mi tradiresti mai, però non posso escludere un'evenienza ben peggiore: una donna che ha sete in un capannone di Francoforte.»

«Daniel, questa volta ho una storia pronta. L'ho studiata così bene e la ripeterò fino alla morte.»

«Non dire così.»

«Io sarò con te, per sempre. Anche in un altro capannone e senza unghie.»

«Non dovranno mai arrivare a questo.»

«Mi devi interrogare tu, finché non sarai sicuro.»

Fu così che il mio schermo si incrinò ulteriormente e le raccontai altri episodi del mio passato.

«Ho lavorato davvero per delle agenzie governative.»

Le mostrai i polpastrelli perché notasse le mie impronte modificate. Le spiegai che l'avevo fatto per impedire qualsiasi collegamento con il passato, poiché tutti i funzionari sono schedati e il loro fascicolo non viene mai distrutto.

«Guardale bene da vicino. Hanno usato il laser.»

Le raccontai quindi di aver iniziato durante il servizio militare grazie alle mie capacità informatiche, per poi essere entrato a far parte dell'Interpol dopo gli studi. Le confessai che era quello il motivo per cui avevo vissuto per un po' a Helsinki. Con la mia idea di mappa della rete, l'anno successivo avevo fatto in modo che la polizia potesse ricostruire l'azione di un gruppo di trafficanti di armi che possedevano industrie e si appoggiavano a un'importante banca.

«Stai parlando della HBS? Ricordo il caso, ero all'Università di Mannheim in quel periodo» Anna era sbalordita.

«Io non ho fatto nomi e tu dimentica. Comunque è partito tutto così, con la mia idea di cercare possibili collegamenti tra le reti. L'inchiesta vera e propria è durata un anno e il caso è diventato pubblico solo alla fine, quando hanno fatto le retate. Io nel frattempo me ne ero già andato e la cosa più importante non è mai trapelata. Il vero finanziatore, che stava dietro la banca, era un fondo di investimento del Delaware.»

«E tu come fai a saperlo?»

«Lo avevamo scoperto noi, ma con metodi non probatori, anzi direi controversi. Un po' come adesso con i dati della Bank of England, ma un pochino più aggressivi.»

«Immagino il tuo ruolo.»

«Avevamo preparato un dossier molto preciso e completo, ma le prove valide per un processo le dovevano trovare gli inquirenti nei vari Paesi. Avevamo anche calcolato che il grosso degli utili era finito nelle tasche del fondo, si parlava di cifre oltre il miliardo di dollari.»

«Incredibile! Perché non si è mai saputo niente?»

«La procura americana ha fatto degli errori grossolani e i difensori sapevano fare bene il loro mestiere.»

«E Livergood come entra in gioco?»

«Era uno dei due avvocati del fondo. Sai come la penso sulle conclusioni. Potrebbe essere un principe del foro, coinvolto ovunque ci siano montagne di soldi. Resta tutto da verificare, ma una coincidenza c'è.»

«E sarebbe meglio presumere che non sia casuale.»

«Esatto, ma il peggio deve ancora arrivare. Quattro anni fa la mia azienda aveva dimensioni davvero considerevoli e il mio ex capo mi aveva contattato per chiedermi aiuto.»

«Per una nuova inchiesta?»

«Voleva che facessimo quello che poi ha fatto Michael.»

«Vorresti dire che quattro anni prima che Michael mettesse a punto i suoi sistemi eravate in grado di poter fare una cosa del genere?»

«Avremmo potuto, però non lo abbiamo fatto. Sapevamo che dietro questo tipo di manipolazioni potevano esserci dei fondi simili a quello difeso da Livergood, ma dovevamo ottenere i finanziamenti. L'Interpol non è diversa dalla BCE o dalla tua banca di Londra. Bisogna andare in giro a mendicare a destra e sinistra, presentare bene il progetto e rassicurare. Avevamo fatto una stima, ci servivano almeno trenta milioni. Puoi immaginare che non fosse semplice ottenerli.»

«Altro che, a Londra mi hanno fatto sbavare per delle inezie in confronto. Non capisco però come tutto questo abbia avuto un impatto su di te.»

«La richiesta di fondi per il progetto era girata un po' dappertutto, seguendo l'iter degli appalti e così via. Anche se non avevo ancora accettato, il mio capo deve aver venduto troppo bene le mie capacità e qualcuno deve aver pensato di eliminare il problema alla radice.»

«E dopo che cosa è successo?»

«Il peggio» risposi laconico.

«Non mi hai mai spiegato come hai fatto a trovarmi.»

«È stato il caso a farmi incontrare Michael. Se Livergood ha davvero orchestrato tutto, il destino mi ha servito su un piatto d'argento la possibilità di andare fino in fondo.»

In sala solo pochi ospiti stavano facendo colazione. Scegliemmo un tavolo appartato per discutere con calma il nostro programma di viaggio.

«Non sarebbe prudente avvertire anche Braunwald che mi consegnerò a Wiegend?» Anna era preoccupata e non lo nascondeva.

«Non appena ti sarai costituita invierò il dossier a tutti i procuratori di Francoforte, incluso Wiegend, e una copia andrà anche a Braunwald. Così, anche se intercettano le email per Wiegend, vedono che ormai lo sanno tutti.»

Per non rendere troppo esplicito quanto le avevo raccontato, non le dissi che contavo di mandare una copia dell'email anche all'Interpol, e cioè a Legrand. Essendo in gioco la sua sicurezza, mi sentivo tranquillo solo affidando l'inchiesta a una persona di cui mi fidavo veramente.

«Mi sembra ragionevole. Stamattina cosa dobbiamo fare?»

«Mentre tu verifichi il dossier, io vado a comprare il necessario. Ti ricordi che dobbiamo lasciare tracce della tua prigionia sotto farmaci?»

«Come potrei dimenticarmene» rispose, toccandosi i capelli.

«Poi prepariamo la telefonata che farò a Wiegend.»

«A che ora lo chiamiamo?»

«Alle tredici e trenta, prima che comincino le udienze. A quell'ora saremo sicuri di trovare qualcuno. Io manderò una tua foto addormentata, già con i capelli rasati, anticipando una parte della tua storia. Ti metterai una parrucca nera per non dare nell'occhio quando usciremo.»

«A che ora partiamo?»

«Prenderemo il treno navetta delle quattordici e trenta per

essere a Francoforte verso le dieci. Se ti va bene, ti darò il sonnifero verso le sei. Quando arriveremo, dovresti già essere sveglia di nuovo. Ho scelto un prodotto leggero in modo che trovino solo metaboliti, nel caso ti facciano un prelievo del sangue.»

«Prima andiamo da Tripelius?»

«Sì. Voglio monitarare la casa da lontano per almeno sei ore, iniziando già abbastanza presto. Sulle foto satellitari ho visto anche dove potremmo posteggiare.»

«Come faremo a entrare?»

«Ho il materiale adatto. Se l'allarme non è stato inserito come immagino, non avrò problemi ad aprire la serratura.»

«E lo sai fare?»

«Sono stato ben istruito, mi hanno insegnato dei veri professionisti. Per imparare a fare bene i documenti mi sono rivolto al migliore. Lì ho aggiunto qualcosa di mio, perché avevo i mezzi per comprare le stesse stampanti usate per fare gli originali. Dove lavoravo, avevamo l'accesso ai database in cui venivano schedati i criminali. Anche se erano passati anni, avevo conservato le password di accesso. Sono così ben classificati che ho potuto scegliere i migliori e i meno pericolosi.»

«Sei incredibile. Hai fatto davvero tutto da solo?»

«A parte in questi giorni, la mia agenzia ha pochi effettivi. I numeri dei nostri agenti non arrivano oltre lo "001".»

«Senti "001", cosa hai previsto per il momento più critico, quando mi abbandonerai nelle mani dell'inquisizione?»

«Ho trovato una stazione di polizia perfetta. Dopo te la faccio vedere. Si trova di fronte a un grande magazzino che ha un sacco di entrate e un ristorante con ampie vetrate da cui si vede bene tutta la strada.»

«Se solo fosse tutto così semplice come dici…»

Una volta rientrati nell'appartamento Anna verificò accuratamente tutto il materiale che stavamo per mandare, mentre io uscivo a fare gli ultimi acquisti e passavo dal mio deposito a prendere quello che non si poteva comprare.

Al mio ritorno, Anna mi pose diverse domande e correggemmo o completammo insieme diversi punti del dossier, finché non fummo completamente soddisfatti.

Tagliarle i capelli fu la cosa più divertente. Dovetti interrompermi più volte perché scoppiavamo a ridere. Sdrammatizzare il momento della partenza e le incognite che ci aspettavano era una necessità per entrambi. Fu perfino difficile farla stare seria, mentre le facevo la fotografia a letto con gli occhi chiusi.

La telefonata al procuratore fu perfetta. Per confermare la serietà della chiamata avevo mandato la foto di Anna via email, annunciando la chiamata. Spiegai che volevo parlare di Anna Laine: in meno di due minuti avevo Wiegend in linea. Ignorai le sue domande sulla mia identità e annunciai che Anna il giorno successivo sarebbe stata libera di presentarsi alla stazione di Wenderbrücke.

«La signora Laine deve costituirsi immediatamente, perché la sua situazione...»

Lo interruppi subito, dicendo che sarebbe arrivata alle due e che, poco dopo, la procura e l'avvocato Braunwald avrebbero ricevuto del materiale probatorio che, spiegando cosa fosse successo alla BCE, l'avrebbe scagionata completamente. Conclusi specificando che, dal momento in cui Anna si sarebbe presentata, sarebbe stato responsabile della sua sicurezza. Misi giù senza aggiungere altro.

«Abbiamo davvero rotto i ponti.»

«Avrei ritardato all'infinito questo momento.»

«Non temere Daniel. Ce la faremo.»

Ero contento di sentirla ottimista, ma qualcosa non mi quadrava. Le frasi di Anna mi avevano distratto e non riuscivo più ad afferrare cosa non mi avesse convinto. Forse era solo la preoccupazione, ma la telefonata mi aveva lasciato un pessimo presentimento.

35

Durante le prime ore di viaggio ripetemmo più e più volte la storia che Anna doveva raccontare al procuratore Wiegend. La interrogai su ogni aspetto: era riuscita a completarla aggiungendo dettagli realistici, ma senza cadere mai in contraddizione. Mi mostrò anche il braccio, dove poco prima si era praticata una piccola ferita con un ago per simulare la cicatrice di una flebo, coprendola poi con un cerotto.

Ci fermammo a far rifornimento e a bere qualcosa, poi Anna prese il sonnifero. Forse fu l'eccitazione per quello che ci aspettava, ma si addormentò solo dopo aver continuato a ripetermi la storia per quasi un'ora. Accostai e mi fermai solo un attimo per coprirla e reclinarle ulteriormente il sedile per farla stare più comoda. Sorrisi, vedendo che la parrucca si era spostata sulle ventitré; la raddrizzai, ripartendo subito.

Guidai tranquillo e ascoltai la radio raggiungendo all'orario previsto l'imbocco del viottolo, dove sorgeva la casa di Tripelius. Anna non sentì niente e dormì profondamente fin quasi le due di notte.

La villa sembrava deserta. Era imponente, realizzata con gusto e senza economia di mezzi. L'aspetto esterno rendeva bene l'idea degli interni che avevano impressionato Anna la sera della cena. Il giardino era rialzato di quasi un piano rispetto alla strada. Sulla destra si accedeva ai garage, tramite un massiccio portone scorrevole dello stesso colore dei serramenti. Anna mi aveva raccontato che all'interno vi era spazio per sei auto, poste su due file. Quando era stata invitata avevano posteggiato nella fila anteriore, tenuta libera per gli ospiti. Da lì erano saliti con l'ascensore direttamente al piano superiore.

L'ingresso principale era coperto da un grande pergolato, con statue e bassorilievi di bronzo. La porta d'ingresso sembrava inviolabile. La polizia aveva apposto dei sigilli unicamente su di essa, senza prendersi la briga di porne altrove visto che tutte le altre finestre a livello della strada erano troppo piccole o protette con sbarre massicce. Dal livello della strada non vi erano altri accessi diretti al giardino.

Anna mi aveva raccontato che dal bosco vicino si accedeva direttamente al retro, senza dover oltrepassare nessuna recinzione. Tripelius aveva spiegato ai presenti alla cena che raggiungeva il vicino campo da golf seguendo un sentiero fra gli alberi. In una casa del genere doveva essere stato installato un buon impianto di allarme, ma contavo sul fatto che fosse stato momentaneamente disinserito a causa dell'inchiesta.

L'unico elemento di disturbo a livello della strada erano i sensori a infrarossi dell'illuminazione. Le lampade si erano accese anche quando vi ero transitato davanti in macchina. Pure con il grimaldello adatto avrei avuto bisogno di alcuni minuti e la luce sarebbe rimasta accesa tutto il tempo. Non era grave, visto che tutte le case nei dintorni erano già buie, ma non potevamo rischiare. Ero fiducioso tuttavia che anche sul retro ci fosse una porta che avrei potuto forzare senza eccessiva fatica.

Con Anna ancora addormentata, le prime quattro ore di appostamento erano state un tormento. Dopo il suo risveglio andò subito meglio. Non mi sarei mai aspettato che pochi giorni di lavoro con lei potessero cambiarmi tanto. Le fasi di paziente attesa durante le inchieste dell'Interpol non mi erano mai pesate e per quattro anni mi ero addirittura isolato da tutti. Eppure ora, dopo aver riscoperto il lavoro di squadra, poche ore mi erano parse quasi insostenibili.

Rimanemmo a discutere altri dettagli della casa, di quello che ci aspettava al mattino, del contenuto del dossier e delle possibili ripercussioni politiche. Le quattro e mezza arrivarono in un attimo e iniziammo a prepararci.

«Mettiamoci i guanti» dissi, porgendole la scatola che avevo comprato. «Tieni sempre il cappuccio alzato e dove puoi, guarda per terra.»

«Pensi davvero che ci siano telecamere?»

«Ce ne sono tre in facciata, ma non passeremo da lì. Mettiti anche questi occhiali, confondono le immagini» le spiegai, passando anche a lei una grossolana montatura senza lenti.

Presi gli attrezzi necessari e misi in una sacca tutto quello che non volevo lasciare in auto, nel caso qualcosa non fosse andato per il verso giusto. Per prudenza ripulii la macchina da eventuali impronte che potevamo aver lasciato.

«Ti ricordi la foto satellitare?»

«Sì, ma non sono certo delle distanze.»

«Dobbiamo percorrere circa duecento metri, poi dovremmo sentir finire l'asfalto con i piedi.»

Dopo un centinaio di metri finiva l'illuminazione pubblica. La stradina diventò sempre più buia e proseguimmo, sfruttando solo il debole riverbero, finché non avvertimmo il fango sotto le scarpe.

«Dovrebbe essere proprio qui, a sinistra.»

«Illumina solo per un attimo, finché non ti senti sicura, io ti seguo.»

I nostri occhi si erano abituati al buio e la torcia schermata di rosso funzionò alla perfezione. Avanzammo abbastanza celermente nel buio, accendendola per brevi periodi. La luce della torcia permetteva di riconoscere il sentiero, che per nostra fortuna era ben tracciato, anche se fangoso.

«Non gli lasceremo i pavimenti molto puliti.»

«Vuol dire che ci penserai tu che sei di casa a spiegare la cosa alla sua donna delle pulizie.»

«Stai zitto e cerca di non inciampare, che è pieno di radici. Dovremmo quasi esserci.»

Finalmente il rumore dei passi di Anna si trasformò nello scricchiolio della ghiaia.

«Ci sono. Da qui dovremmo arrivare direttamente alla veranda sul retro.»

Il sentiero era largo e pulito. In realtà era una passeggiata pubblica che costeggiava il giardino di Tripelius. Doveva essere stato realizzato così per non creare discontinuità con il bosco. Anna mi fermò e accese brevemente la lampada.

«Ancora pochi passi, sulla sinistra c'è l'imbocco del passaggio privato. Stai attento, è fatto con lastre di pietra.»

Il giardino di Tripelius era molto grande e garantiva la privacy più totale. Probabilmente anche di giorno non era possibile scorgere la casa che solo infine vidi stagliarsi contro il vago bagliore dei lampioni.

Continuai a seguire Anna fin sotto la veranda e intravidi le grandi vetrate riflettere la luce della torcia.

«Ferma, devo verificare prima se c'è l'allarme volumetrico. Non toccare niente finché non avrò verificato se ci sono anche dei rivelatori di vibrazioni.»

Accesi il piccolo sensore e lo appoggiai delicatamente sul vetro. La spia rossa rimase accesa. Lo spensi e ripetei l'operazione, con lo stesso risultato.

«Niente allarme. Possiamo entrare.»

«La porta è qui a destra. Vieni.»

Verificai con il sensore tutta la cornice del vetro, poi tirai fuori il grimaldello a pistola.

«Ti apre subito ogni porta?»

«Non è così facile come sembra.»

Solo dopo alcuni tentativi sentii la serratura cedere e dopo pochi secondi riuscii a far girare il chiavistello. Mentre impugnavo la maniglia, pensai alla mia prima visita a casa di Anna. Non sentii niente e aprii, accendendo la torcia e tenendola puntata sul pavimento.

L'interno era caldo, e ai nostri piedi si formò subito una pozza d'acqua. Anna richiuse la porta dietro di noi. Le chiesi di portarmi al piano inferiore, dove volevo trovare la centralina dell'allarme per accertarmi che non stesse trasmettendo qualcosa. Mentre attraversavamo il soggiorno, osservai l'arredamento e intravidi i volumi complessi del soffitto. L'effetto era quasi cinematografico.

La seguii mentre scendeva un'ampia scala dalla forma strana che ci portò in uno stretto corridoio al piano inferiore. Anna mi indicò quella che doveva essere la porta che si apriva sul garage. Di fronte ve ne erano altre tre leggermente più piccole. Pensando che la prima fosse il locale macchine dell'ascensore, cominciai con la più lontana, ma la stanza era stipata di tubazioni aggrovigliate e serbatoi di ogni tipo. Quella in mezzo era il locale tecnico. Illuminai brevemente le pareti con la torcia e non vidi telecamere. La centralina dell'allarme era spenta, ed era accesa solo la spia della tensione. Non stava trasmettendo niente. Confortai Anna che si era avvicinata e aveva notato un adesivo incollato in fondo al pannello: riportava il logo della SecTec.

Vicino vidi un router con due grossi switch da sedici prese, quasi tutte occupate. Tripelius aveva in casa una sorta di ufficio. Cercai di avvicinarmi, ma Anna era visibilmente agitata e mi sollecitò a fare in fretta.

«Lascia perdere. Troviamo i computer.»

Salimmo quasi correndo ma una volta arrivati nello studio ci accorgemmo che dei due computer, a cui dovevano essere collegati i due schermi sulla scrivania, non era rimasto che un groviglio di cavi.

«Qualcuno ci ha preceduto» dissi. «Andiamocene.»

Questa volta corremmo, usando le torce schermate e spegnendole solo all'imbocco della via in cui avevamo lasciato l'auto. Percorremmo gli ultimi metri con il cuore in gola, e non solo per la corsa. Partii velocemente e rimanemmo in silenzio, finché non mi fermai in un'area di servizio sull'autostrada.

«Ci è andata male» dissi, abbandonandomi sul sedile dopo aver spento il motore.

«Non direi. Per me Tripelius è finito.»

La guardai interrogativamente, pensando che avesse dedotto fin troppo da quella che poteva essere una semplice coincidenza.

«Purtroppo per lui, è finito davvero. Ma la SecTec potrebbe essergli stata consigliata, magari da qualche tecnico della banca.»

«Non me ne frega un bel niente. L'unghia non l'hanno strappata a te.»

Riuscimmo a mangiare qualcosa e dopo Anna sembrava molto più calma. Avevo inserito l'unica e misera informazione relativa all'allarme di Tripelius nel nostro dossier, nella speranza fosse sufficiente a mettere la pulce nell'orecchio agli investigatori.

«Cosa vuoi farmi ancora?» chiese.

«Delle cose innocue, che uso anch'io. Vedi questi tamponi?» Le mostrai il contenuto di un astuccio per il trucco.

«A cosa servono?»

«Li tieni sulle gengive e modificano i tratti del volto. Poi, con un gioco di fondotinta e ombretto, cambierò leggermente le ombre del viso. I cambiamenti sono minimi, ma avrai un aspetto tutto diverso. Vedrai.»

«E dove mi ritrasformo nella povera prigioniera rapata a zero?»

«Nel centro commerciale ci sono delle toilette al pianterreno. Sono perfette, distano trenta metri dall'uscita anteriore, dopo altri settanta troverai la stazione di polizia. Scendiamo verso le due e dieci. Tu entri in bagno, ti togli i tamponi dalle gengive, ti ripulisci…»

«Non avevi annunciato alle due?»

«La polizia è sempre lì, ma se qualcuno ti aspetta, penserà che hai rinunciato o che qualcosa è andato storto. Si agiterà e abbasserà l'attenzione. Devi lavarti bene il trucco, non dimenticarlo. Usa queste salviette umide e sciacquati più volte. Poi butti la parrucca e ti copri con questo berretto.»

«Hai già comprato anche quello!»

«Non sei abituata ad avere i capelli così corti e puoi prendere freddo. Stai tranquilla non dimenticherai niente.»

«E se mi bloccano per strada?»

«Ti seguirò fino all'ultimo. Se qualcuno si avvicina, faccio finta di urtarlo per errore o improvviso qualcosa. Magari cado per terra e mi metto a gridare tenendomi una gamba, come se fossi ferito.»

«Loro potrebbero essere armati.»

«La nostra difesa sarà l'affollamento. A quell'ora ci sarà tanta gente e non oseranno sparare in mezzo alla folla. Non dobbiamo fare nulla. L'importante è che non riescano ad arrivarti vicino in due con un *taser*, per tramortirti discretamente e infilarti in un'auto.»

«Ho paura.»

«Anch'io.»

«Davvero?»

«Perché non dovrei?»

A quel punto mi prese una mano e la portò alla guancia pregandomi di non abbandonarla. Le sue parole di affetto erano un coltello che si apriva la strada fino al cuore e dovetti interromperla.

«Anna, non parlare più» dissi con voce rotta dal pianto. Mi voltai verso il finestrino, per non guardarla e riuscire a controllarmi.

Anna mi accarezzò la schiena mormorando il mio nome.

«Se fiutano anche solo la mia esistenza, tutto quanto abbiamo fatto per metterti al sicuro non servirà più a niente. Non permetterò che accada ancora. Aiutami a resistere.»

Sentirla piangere sommessamente non contribuì a farmi stare meglio e rimasi a lungo immobile, guardando fuori dal finestrino e trattenendo le lacrime. Solo quando la sentii calmarsi, riuscii a voltarmi.

«Daniel, ti aspetterò» sussurrò.

Le fui grato per la forza che seppe trasmettermi con il sorriso timido con cui mi invitava a sistemarle i tamponi. Sentivo che dentro di me qualcosa stava cedendo. Senza il suo aiuto forse non sarei riuscito ad abbandonarla.

La preparazione ci aiutò ad allentare la tensione e alla fine fui soddisfatto del risultato. Anna era effettivamente trasformata e si sorprese guardandosi riflessa nello specchietto.

«Non riesco a capire come possa essere così diversa con un po' di trucco.»

«Dipende dal modo con cui il nostro cervello registra le facce. Pare che non memorizzi delle vere e proprie immagini, ma solo le impressioni che ne ricava guardandole. Se cambi le impressioni, allora riesci a ingannarlo.»

«E il cuore? Come si fa a ingannare il cuore?»

36

Francoforte

Arrivammo al ristorante del centro commerciale poco dopo l'apertura. I tavoli erano ancora tutti liberi. In fondo a destra individuammo il migliore per tenere d'occhio la stazione di polizia.

Ci sedemmo e prendemmo i portatili, come se stessimo lavorando. Anna prese qualcosa al bancone e con bicchieri, bottiglie e piattini sul tavolo sembravamo due normali clienti. Alle undici, quasi tutti i tavoli erano pieni e il movimento era aumentato considerevolmente.

«Abbiamo scelto bene momento e posizione» commentai, indicando la sala.

«In ogni caso siamo sopravvissuti fino adesso. Mancano tre ore al mio arresto.»

«Non è un arresto, ti costituisci per deporre. Vado a fare un giro in strada, tu continua a controllare.»

«Stai attento.»

«Non preoccuparti, pensa piuttosto a non farti cadere la parrucca.»

Scesi a pianterreno e passai attentamente in rassegna tutti i presenti. Mi preoccupava piuttosto la sorveglianza all'interno del centro commerciale. Per non attirare la loro attenzione decisi di fare diversi acquisti. I sacchetti mi avrebbero anche dato un aspetto più naturale quando sarei sceso in strada. Percorsi con noncuranza la strada di fronte al negozio da entrambi i lati, infine feci anche il giro completo dell'isolato. Tutto sembrava tranquillo e mezz'ora dopo ero di nuovo di sopra.

«Cos'hai comprato?»

«Una tuta da carcerata per te.»

«Oltre a gingillarti, hai notato qualcosa?»

«Niente di sospetto.»

«Lascia fare un giro anche a me adesso. Devo andare alla toilette.»

«Compra qualcosa e non andare al pianterreno» dissi, porgendole alcune banconote.

«Sei proprio pignolo. Spero che serva davvero. Mancano ancora due ore e mezzo e non ne posso più.»

«Attieniti al copione e goditi il giro. Vedrai che tutto andrà bene.»

Alle dodici e dieci la vidi uscire dall'ascensore, si diresse spedita verso il nostro tavolo e si sedette, porgendomi un pacchetto.

«Ti sei appena preso un regalo di addio.»

«Grazie Anna» mormorai.

«Volevo lasciarti un ricordo felice.»

«Lo custodirò negli archivi più sicuri dell'agenzia. Vuoi che lo apra subito?»

«No, fallo a casa, ovunque sia, e pensa alla promessa che mi hai fatto.»

«Hai visto qualcosa di strano?»

«Niente di niente. Per un attimo ho avuto paura di essere stata riconosciuta. Ho incrociato un collega con sua moglie e mi sono passati proprio di fianco. Erano a meno di mezzo metro, ma mi hanno guardato come se fossi aria.»

Nell'ora seguente continuammo a osservare la strada dalla vetrata: gli agenti che entravano e uscivano frequentemente dalla stazione di polizia, soprattutto a piedi. Sembravano pattuglie di zona.

«Mi sembra quasi impossibile che tentino di fare qualcosa qui sotto. C'è sempre in giro qualche agente» commentò Anna.

«In zone centrali e affollate è molto più difficile organizzare trappole. Vuoi andare ancora alla toilette, prima che vada a fare l'ultimo controllo in strada?»

Anna era bianca in volto. La invitai a non cambiare piano e a fare in fretta. Quanto più ci avvicinavamo alle due, tanto più era possibile che accadesse l'inaspettato. Mi alzai per la ricognizione solo quando Anna fu tornata al nostro tavolo.

Scesi fino al pianterreno con le scale mobili, dando un'occhiata in giro in modo discreto. Andai alla toilette e feci finta di sbagliare porta, per socchiudere quella delle donne. Riuscii a vedere bene l'interno, guadagnandomi anche l'indignazione di una matrona burbera che si stava sistemando i capelli davanti allo specchio. Mi ritrassi subito facendo un gesto di scusa ed entrai a ruota nella toilette degli uomini. Niente di sospetto. Tutti erano intenti a farsi i fatti loro.

Uscii in strada e feci lo stesso percorso. Incontrai due coppie di agenti, una sull'angolo dove c'era l'ingresso nord e l'altra circa duecento metri dopo l'entrata del commissariato. I primi stavano interrogando un individuo con il viso pieno di tatuaggi. Tornai al ristorante salendo le scale, per controllare anche da quella parte.

Quando entrai nella sala erano le due meno un quarto e mi accorsi che Anna era spaventata.

«Daniel, non possiamo andare, ho visto il biondo.»

«Quel biondo?»

«Sì, proprio lui. È passato due volte davanti alla polizia e si è fermato davanti a quella Mercedes grigia, posteggiata là in fondo.»

«Non indicare» dissi, abbassandole il braccio.

Guardai, ma non vidi nessuno. La Mercedes sembrava vuota, ma dietro si vedeva un'altra macchina, girata nella direzione opposta. Il sedile posteriore era occupato.

«L'hai fotografato?»

«Sì, diverse volte.»

«Fammelo vedere.»

«Guarda in strada. Non c'è più un solo agente. Due minuti prima che tu tornassi dalla tua ricognizione, ne sono usciti diversi in direzione della Goetheplatz.»

«Cosa facciamo?»

«Ce ne andiamo il più in fretta possibile.»

La guardai, ma non aveva l'aria preoccupata. Inserii i due portatili nelle guaine e li infilai nello zaino.

«Mettiti la giacca, ma fai tutto lentamente, in maniera naturale.»

«Da dove passiamo?»

«Scendiamo dalle scale a piedi e ce ne andiamo dall'uscita est. È quella sul lato opposto. In strada camminiamo abbracciati come se fossimo una coppia.»

«Perché, non lo siamo? Teniamoci per mano anche adesso.»

«Buona idea» le risposi prendendole la mano. Avevamo entrambi le mani sudate.

Le scale erano ampie e comode, ma molto frequentate. Durante la discesa incontrammo alcune persone, ma nessuna sembrò notarci.

Arrivati al pianterreno, ci fermammo un momento. Nella frenesia del pieno pomeriggio di sabato non notammo niente di sospetto. Controllammo un'ultima volta e dopo esserci scambiati un cenno d'assenso ci dirigemmo all'uscita.

«L'hai pagato il mio regalo?»

«Ci mancherebbe solo di far suonare l'allarme.»

Riuscimmo anche a sorridere per un momento. Una volta in strada Anna si strinse a me. Camminammo lentamente abbracciati, tenendo i sacchetti degli acquisti nella mano libera. Dovevamo veramente sembrare una normale coppia in giro per acquisti e nessuno avrebbe badato a noi.

«Anche adesso non ho visto nessun poliziotto» sussurrò, mentre entravamo nel posteggio.

«Non so se è una buona notizia. Ricordati che la polizia è la padella. Se stiamo scappando è perché hai visto la brace.»

«Cerca di rimanere serio almeno per un po'.»

«Sono serio, ho solo fatto un'analogia appropriata.»

«Guarda a sinistra, in fondo, davanti al McDonald» mi sussurrò, girando la testa verso la mia spalla.

Il biondo stava parlando con due uomini che non avevo mai visto.

«Entriamo qui, da Peek & Cloppenberg.»

«Vedi altre uscite?» chiesi mentre varcavamo la porta del negozio.

«Diverse, una anche sulla piazzetta dietro il garage.»

All'interno c'era moltissima gente, intenta a scegliere o guardare i vestiti esposti. Seguendo la via fra gli scaffali più vicina alle vetrine, potemmo nasconderci senza perdere di vista cosa stesse succedendo fuori: il biondo era sparito e i due uomini che aveva incontrato si erano avvicinati di una cinquantina di metri al commissariato. Non guardavano nella nostra direzione. Uno dei due si voltò a destra e fece un cenno ad altri due che avanzarono verso di lui. I quattro si scambiarono alcune battute, poi i due gruppi si separarono di nuovo. I primi vennero nella nostra direzione, mentre gli altri rimasero dall'altro lato della strada. Per qualche motivo la loro presenza risaltava anche nell'andirivieni incessante delle persone.

«Stanno venendo qui.»

«Stai calma, non ci guardano. Mancano pochi minuti alle due e stanno cercando di occupare tutta la strada per beccarti al volo, mentre cerchi di entrare.»

«Sembrano dei militari.»

Capii in quel momento cosa mi aveva colpito: nessuno di loro aveva un ombrello. Aveva iniziato a piovere e quasi tutti i passanti si proteggevano con ombrelli e cappucci, solo i quattro che avevamo visto e il biondo, come lo chiamava Anna, tenevano la testa scoperta incuranti della pioggia gelida.

«Forse il biondo è il capo e sta controllando gli altri. Maledetto bastardo. Non vi hanno insegnato a far fuori prima i capi per confondere le truppe?»

«Anna, tu leggi troppo. Abbiamo sbagliato: è impossibile riconoscerti. Dovevamo restare al nostro tavolo. Finché non ti muovi verso la polizia non sapranno cosa fare. Tiriamo alla lunga adesso, ma attenta alla parrucca. Attenzione a non provarti niente che vada infilato passando per la testa.»

Anna impallidì e istintivamente si toccò i capelli. Sorrise e iniziò a concentrarsi su dei pullover esposti su uno scaffale. Io recitavo il mio ruolo di marito paziente e la seguivo osservando tutto quello che succedeva intorno a noi. Notai che Anna apriva tutti i capi che prendeva in mano, girandosi sempre verso le vetrine.

«Stai guardando la maglietta o la strada?» sussurrai.

«Maglietta? Quale maglietta?» rispose, facendomi l'occhiolino.

In strada, la situazione non era cambiata di molto. Non vidi più il biondo, ma scorsi poco lontano i due uomini con cui aveva parlato prima.

«A questo punto, dobbiamo rinunciare» affermai. «Torniamo a Sylt.»

Anna mi fissò a lungo, con il viso che cambiò diverse volte espressione: dalla preoccupazione, al sollievo, alla perplessità.

«E dopo cosa facciamo, viviamo lì per sempre?»

«Cerchiamo un'altra soluzione. Qui sei in pericolo e dobbiamo andarcene. In ogni caso non possiamo fare un secondo tentativo a Francoforte.»

«Allora andiamo a Helsinki» propose.

«Non ci arriveremo mai. Vuoi chiedere la scorta della polizia, già che ci siamo?»

«Mio padre ha relazioni importanti e saprà a chi rivolgersi. Senza contare che il sovrintendente Koskinen lo conosco anch'io. Voglio vedere Wiegend provare a estradare una cittadina finlandese per qualcosa che non ha commesso. Vedrai che sarà diverso.»

«Hai ragione, ma dobbiamo prima arrivarci.»

«Ci penserà la tua agenzia.»

Sudavo ed ero preoccupato. Se l'avessero imprigionata di nuovo non avrebbe più avuto nessuno che potesse difenderla, tuttavia avevo la sensazione che lei stesse reggendo la tensione meglio di me. La cosa non doveva esserle sfuggita. Forse era per quello che riusciva a mostrare una calma assoluta.

«Quando arriviamo a Sylt possiamo provarci. Prima però dobbiamo uscire da questa trappola.»

«Una cosa alla volta» mi disse sorridendo.

«Vedrai che a Helsinki andrà tutto meglio. Prenderemo anche una precauzione in più.»

«Ovvero?» chiese, di colpo incuriosita.

«Te lo spiegherò con calma. È una storia lunga.»

Dopo un'ora, avevamo diversi nuovi sacchetti pieni di vestiti e dei cinque non c'era traccia. Non sapevo se considerarlo rassicurante.

«Possiamo andare adesso?» chiese Anna, dopo aver pagato il terzo pullover. «Forse se ne sono davvero andati.»

Dieci minuti dopo eravamo nel parcheggio. Nell'aprire il portabagagli, mi tremavano le mani. Anna probabilmente se ne accorse, ma fece finta di niente, cercando di sdrammatizzare la situazione.

«Questa volta, grazie alle talpe nell'ufficio di Wiegend, a Sylt potrò uscire a cena vestita meglio. Non fare quella faccia, sta andando tutto bene.»

La guardai pensieroso per un attimo, le sue parole mi ricordarono improvvisamente la telefonata con il procuratore Wiegend. Aveva detto che avrebbe dovuto costituirsi al più presto, e un testimone non si costituisce, un ricercato lo fa. In Germania doveva esserci un mandato di cattura nei suoi confronti. Avevano fatto terra bruciata, Helsinki era l'unica possibilità. La guardai per un attimo, ma non le dissi niente.

Entrammo in macchina, avviai il motore e mi diressi verso l'uscita. A causa della tensione, in auto era caduto il silenzio. Io ero concentrato a guardarmi intorno e Anna stava probabilmente facendo la stessa cosa. Due macchine ci precedevano molto lentamente e l'attesa mi sembrò eterna. Una macchina ferma bloccava il passaggio. A destra davanti a noi, sotto la tettoia posta lungo il marciapiede, un uomo osservava tutte le auto che passavano. Distinsi chiaramente un cavetto nero raggiungergli l'orecchio.

«Non guardare sul marciapiede. Ci stanno cercando» dissi voltandomi verso Anna e d'un tratto mi accorsi che la parrucca nera si era spostata, lasciando scoperta sulla fronte una sottile striscia di capelli biondi cortissimi. La mia espressione doveva aver tradito qualcosa, perché la vidi impallidire.

«Non fare movimenti bruschi, ma cerca di sistemarti la parrucca» ansimai.

«Oddio. Dove?»

«La fronte!»

Per un breve attimo incontrai lo sguardo dell'uomo e mi sembrò stesse fissando con insistenza Anna. Proprio in quel momento, l'auto davanti a noi partì e potei spostarmi lentamente fino allo stop. Controllai nello specchietto: l'uomo stava parlando. Mi trattenni a stento dal premere a tavoletta.

Mi avviai lentamente, osservandolo farsi sempre più piccolo mentre ci allontanavamo. Dopo la svolta obbligata a sinistra, sparì dalla visuale.

«Ci ha visti Anna, mi dispiace.»

Il traffico era intenso, ma fluido. Mi concentrai per un attimo a uscire dal dedalo di strade del centro, finché non mi immisi in un'ampia arteria che portava verso ovest.

«Ne sei sicuro?» chiese Anna interrompendo il silenzio.

«Senza alcun dubbio, ci ha seguito con lo sguardo a lungo mentre ci stavamo allontanando. Deve aver avvisato i suoi compagni.»

«Esci verso est, c'è meno traffico» suggerì, girandosi nervosamente indietro.

«Ci allontaniamo un po', ma dobbiamo cambiare auto al più presto.»

Proseguii ancora e superammo indenni anche la piazza Willy Brandt. Anna taceva ed io ero troppo teso per fare qualsiasi commento.

«Dove stai andando?»

«Vorrei nascondermi con l'auto in un posto coperto e senza barriere. Hai qualche idea?»

«Svolta qui a sinistra.»

«Dove andiamo?»

«Siamo fra la stazione e il fiume, ti dico quando hai raggiunto la Gutleutstrasse, poi la percorriamo per un chilometro circa.»

«E dove arriviamo?»

«C'è un grande negozio di mobili che conosco bene. Hanno un enorme parcheggio gratuito nel seminterrato.»

Seguii le indicazioni di Anna, che riuscì anche a farmi evitare diversi incroci con la fila ai semafori. Una volta superata la stazione, ci inoltrammo in una zona industriale. Il traffico divenne meno intenso e mi fu facile seguire le sue indicazioni.

«Manca molto per il negozio di mobili?»

«Stai tranquillo, ancora poco. L'ingresso è a sinistra, all'inizio di una via che conduce al fiume. Ti dico io poi quando svoltare.»

Procedevo lentamente, continuando a guardare nello specchietto e in ogni direzione. Passammo sopra i binari ferroviari e sotto dei cavalcavia che congiungevano i capannoni ai lati opposti della strada.

«Vai avanti, sempre dritto. Manca meno di un chilometro.»

Le corsie erano larghe, dimensionate per il traffico di merci. In un sabato pomeriggio freddo e uggioso, con la pioggia che cadeva continua, erano praticamente vuote, come quasi tutta l'ultima parte della strada che avevamo percorso. Quando un'auto si immise dietro di noi all'uscita da un incrocio, mi allarmai immediatamente. I quattro cerchi sul radiatore furono come un pugno in un occhio.

Accelerai, tenendo d'occhio lo specchietto. L'auto aveva fatto la stessa cosa. Rallentai di colpo e azionai il lampeggiatore di destra, come per svoltare.

«Non qui! Cosa stai facendo? Manca ancora mezzo chilometro.»

Tolsi la freccia e mi riportai alla velocità iniziale. L'auto era rimasta incollata dietro di noi. *Improvvisamente la vidi sorpassarci e inchiodare.* Mi trattenni a stento dal frenare e guardai nello specchietto: erano ancora dietro di noi.

«Cos'hai?» mi chiese Anna.

Ci avevano trovato e facevano sul serio. L'avevo percepito distintamente: dopo qualche secondo ci avrebbero bloccato.

L'abitacolo della macchina improvvisamente diventò un forno e avevo le mani così sudate che temetti per un attimo di perdere la presa sul volante. Agii d'impulso, avevo un solo vantaggio: potevo anticiparli. Quando ci affiancarono accelerai svoltando bruscamente a sinistra, cercando di mandarli fuori strada.

«Sei pazzo! Cosa fai?» Anna era spaventata. Non erano ancora riusciti a completare tutta la manovra e la loro piccola Audi A4 non era comparabile per stazza e potenza con il nostro suv.

Il primo colpo spostò l'Audi al limite della carreggiata. Per un istante vidi al mio fianco un uomo dai corti capelli castani che mi guardava con gli occhi sgranati attraverso il finestrino. Tenni saldamente il volante e diedi un altro colpo di sterzo verso di loro, colpendoli ancora più forte e spingendoli inesorabilmente verso il bordo sinistro della carreggiata. Li avevo agganciati, schiacciandoli sempre più a sinistra senza accorgermi del pilone di cemento che interrompeva il marciapiede di fronte a loro.

Sentii il clangore di metallo e un urto fortissimo contro la nostra fiancata, che ci proiettò di nuovo al centro della carreggiata, mentre il mio finestrino andava in pezzi. Sparirono di colpo dalla mia visuale laterale e accelerai di nuovo.

Nella cacofonia generale, riuscii a sentire un ultimo urlo di Anna, poi rimase solo il rumore del motore a pieno regime. Mi ritrovai a proseguire da solo, con l'auto che sbandava impazzita, tutto intento a riprenderne il controllo. Evitai per un pelo il cordolo del marciapiede e riuscii miracolosamente a non schiantarmi contro un'auto posteggiata poco oltre.

«Cos'hai fatto? Oh mio dio… Che cosa hai fatto?» gridò Anna.

Dopo l'urto, l'Audi si era messa di traverso. La parte anteriore sembrava accartocciata e il pilone di cemento pareva sporgere dal cofano.

«Sono loro» sibilai.

Nello specchietto non riuscii a vedere nessun movimento. Mi sentii rinfrancato e continuai ad accelerare.

«Dimmi dove svoltare» urlai, guardando ancora nello specchietto, ma l'auto ora era troppo lontana e non riuscii più a distinguere niente.

«Rallenta adesso, è dopo quel grosso cartello in fondo a sinistra.» Il negozio di mobili era un lungo edificio dalle pareti dipinte di rosso vivo con un corpo anteriore più basso, direttamente sulla strada. Svoltando, vidi subito il cartello che indicava la rampa che scendeva nel posteggio.

«Fermati davanti all'ingresso. Non capisco perché non sia illuminato. Merda! Sono chiusi per ristrutturazione. Dovresti poter scendere lo stesso, perché non ricordo sbarre.»

La rampa era breve, ma il posteggio seminterrato era quasi totalmente al buio. La luce penetrava fioca tra le colonne che delimitavano il perimetro al livello del suolo. Era completamente vuoto, fatta eccezione per un furgoncino scassato e senza targhe. Scelsi un posto vicino all'uscita.

«Scusami, non sono riuscito ad avvertirti e dovevo fermarli subito» dissi respirando a fondo.

«Ci hanno trovato. In qualche modo ci hanno trovato» sussurrò.

«Va tutto bene adesso.»

Mi tremavano le mani e cercai di placare il tremito stringendo il volante. Evitai il suo sguardo, temendo scorgesse ancora la paura o intuisse come li avevo anticipati.

«Ci volevano bloccare?»

«Sì, volevano sorpassarci e fermarci.»

«Come te ne sei accorto?»

«Li ho visti nello specchietto» mentii. «Ho dovuto reagire in fretta. Non potevo fare altrimenti. Spero che non si siano fatti troppo male.»

«Ma cosa ti viene in mente? A me dispiace solo che la loro auto non sia esplosa!»

«Aveva paura.»

«Chi? L'autista?»

«No il passeggero. L'ho visto per un attimo davanti a me ed era spaventato.»

«Cosa facciamo?»

«Ci procuriamo una nuova auto e andiamo a Sylt.»

«E come?»

«Vediamo. Se troviamo un taxi un po' più lontano prendiamo quello e andiamo ad affittarne una altrove. Ho ancora un paio di identità con me.»

«Un paio di identità?»

«Documenti e tutto il corollario. Ti ho già spiegato. Adesso, con l'incidente all'auto, Malcolm Robertson è bruciato.»

«Ma non ti chiamavi Marc Raster?»

«Non per l'auto. Marc Raster l'ho usato per gli alberghi e lo posso ancora tenere. Tengo sempre separate le cose e questa è la dimostrazione che è utile.»

«E il suv?»

«Mettiti i guanti e ripuliamola prima di andare. Poi la chiudo, metto le chiavi nella busta di riconsegna e le infilo in una buca delle lettere.»

«Non commettiamo un reato?»

«Non più che portare in giro una ricercata. Comunque ho pagato tutte le possibili assicurazioni e la carta di credito è coperta. Se non troviamo un taxi, avrai ben altro di cui preoccuparti.»

Eravamo usciti dall'auto per vuotare il portabagagli e Anna si accorse che ero ferito.

«Ti sanguina la testa» disse, indicandomi la tempia.

Mi passai la mano fra i capelli, sentendola umida.

«Devo essermi tagliato con le schegge del vetro.»

«Fammi vedere. Hai un taglio nei capelli, proprio fra l'orecchio e la tempia, ma non sembra molto grave. Ti devo medicare.»

«Puliscimi solo la faccia per non dare nell'occhio, tanto non sento niente. Dobbiamo fare in fretta.»

Mi sedetti sul bordo del portabagagli e mi lasciai ripulire. Le dita di Anna che mi sfioravano la testa ebbero un effetto calmante, quasi prodigioso.

«Ecco. Il taglio non sembra profondo, ma sanguina ancora leggermente.»

«Grazie. L'importante è che abbia un aspetto decente?»

«Ovvio. Non preoccuparti, non sei cambiato.»

«Se dobbiamo salire su un autobus o ritirare un'auto, non voglio sembrare un reduce.»

«Se continui a sanguinare ti pulirò di nuovo.»

«Allora prendiamo anche le salviette umide.»

«Cosa facciamo con tutta la roba che abbiamo comprato?»

«Quello che avrei fatto se tu ti fossi costituita.»

«Cioè?»

«Buttiamo tutto. Mi dispiace, ma dobbiamo viaggiare leggeri. Io tengo solo lo zaino con quello che è vitale e con il tuo regalo. Se te la senti di portare la sacca, puoi tenere qualcosa.»

«Mmm… fammi scegliere qualcuno dei vestiti di Sylt.»

Io presi solo i due grimaldelli e la scheda di memoria che tolsi dalla fotocamera.

«Lasci anche quella?»

«Non posso fare altrimenti.»

«Devi sempre liberarti di tutto così?»

«Soprattutto in queste circostanze.»

Diedi un'ultima ripassata al cruscotto, chiusi l'auto e infilai le chiavi nella busta di riconsegna. Portammo tutto in uno dei cassonetti lasciati davanti all'ingresso, poi ci guardammo riflessi nella vetrata buia.

«Non abbiamo l'aria felice» commentò Anna, sistemandosi la parrucca.

«Voglio vedere cosa dirai dopo mezz'ora a piedi sotto la pioggia.»

«Scherzi?»

«Non troppo. Mi devi dire dove andare per trovare facilmente dei taxi o dei mezzi pubblici.»

«Mi dispiace di averti detto di venire qui.»

«Perché?»

«Non c'è niente qui intorno, solo industrie e capannoni. Il mobilificio è chiuso e non abbiamo un cellulare.»

«Andiamo a vedere in strada se c'è qualche auto adatta. Però facciamo bene attenzione, prima di mettere il naso fuori.»

«Pensi che possano essere in giro?»

«Direi che è meglio supporlo.»

Uscimmo dal posteggio e ci incamminammo sotto la pioggia. I lampioni si erano accesi. Non passava nessuno e non si vedevano fari in lontananza. Purtroppo non c'erano auto posteggiate, in nessuna direzione. Di fronte c'era un recinto con diversi camion.

«Non c'è proprio niente.»

«Da che parte andiamo?»

«Di qua finisce tutto, è come se entrassimo in autostrada» mi spiegò Anna, indicando a ovest.

«E di là?»

«L'hai visto prima. Dobbiamo tornare indietro, almeno fino alle prime costruzioni con abitazioni. Lì c'erano delle macchine parcheggiate.»

Andammo in quella direzione. Percorremmo appena una cinquantina di metri e vedemmo sopraggiungere i fari di un'auto.

L'edificio alla nostra destra era contiguo al marciapiede. Non saremmo mai arrivati in tempo né alla traversa successiva né alla precedente, da cui eravamo appena usciti. Non potevamo nasconderci.

La macchina ci oltrepassò rapidamente, prima ancora che avessimo il tempo di trovare un riparo.

«Ci è andata bene, quello aveva fretta...»

Non ebbi il tempo di finire la frase che vidi arrivare degli altri fari. Anche Anna li aveva visti.

«Entriamo nella traversa!»

Afferrai la mano di Anna e iniziai a correre. Ci infilammo nella stradina, mentre le auto erano ancora lontane, solo per accorgerci che conduceva sul lato posteriore del negozio di mobili. Per fortuna c'erano due container e riuscimmo a nasconderci dietro, aspettando che passassero le auto. Osservai la struttura di cemento del seminterrato, dove a intervalli regolari erano stati lasciati ampi varchi tondi per l'aerazione. Rabbrividii. I due passaggi di fronte a noi mi sembrarono le orbite vuote di un teschio, ma mi diedero un'idea. Rimanemmo accucciati senza fiatare e dopo cinque minuti andai a controllare che la strada fosse libera. Non lo era. A circa duecento metri da noi si trovava una macchina ferma e dopo pochi secondi ne emerse un'altra da un piazzale sulla destra. Balenò con gli abbaglianti, mentre la prima partì lentamente per entrare nella traversa successiva. La seconda auto la seguì poco dopo e si fermò a sua volta sul ciglio della strada.

Stavano controllando sistematicamente tutta la strada. Una restava di guardia mentre l'altra perlustrava l'interno. Tornai correndo da Anna.

«Brutte notizie, sono loro. Vengono avanti adagio perché stanno controllando a tappeto ogni edificio e ogni vicolo.»

«Da qui non andiamo da nessuna parte.»

Il vicolo in cui eravamo era sbarrato da un cancello debolmente illuminato.

«Non so cosa ci sia dietro, ma per superarlo ci basta scendere nel posteggio passando attraverso uno dei varchi per l'aerazione e uscire più avanti. Vedi?»

«Non abbiamo altre alternative.»

Mi lasciai scivolare lentamente, facendo l'ultimo salto nel buio. Fu con sollievo che sentii subito il suolo e aiutai Anna a scendere. Il parcheggio era completamente buio. Procedetti lentamente contro il muro, con la mano protesa in avanti. Poco alla volta, gli occhi si abituarono all'oscurità e riuscii a distinguere la prima parete di sostegno, perpendicolare al muro esterno.

«Qui dovremmo essere oltre il cancello. Se usciamo da lì, l'abbiamo superato.»

Non passarono più di due minuti che il bagliore dei fari di una macchina ci bloccò. Dal riflesso sul soffitto intuii la loro posizione. La macchina avanzò fino in fondo alla stradina e si fermò davanti al cancello, con il motore che girava al minimo. Quindi ingranarono la marcia indietro, ma improvvisamente mi resi conto che si *sarebbero fermati*.

«Sdraiati, si fermano.»

«Ma stanno andando via…»

L'auto si fermò.

«Zitta, stai giù e non muoverti.»

Sentimmo aprirsi la portiera. Eravamo sdraiati in un angolo, attaccati alla parete. Guardavo il soffitto, trattenendo il respiro, con la testa di Anna a pochi centimetri dalla mia. Le strinsi la mano, come per un tacito segnale, ricavandone io stesso conforto.

Rimasi quasi abbagliato dal fascio di luce di una torcia che ci sembrò luminosissimo e dovetti distogliere lo sguardo. Dalla nostra posizione non riuscivamo a vedere l'uomo con la torcia.

Doveva essersi inginocchiato per controllare non ci fosse nessuno. Guardando il soffitto, potevamo seguirne lo sguardo attraverso il fascio di luce. Muoveva la torcia metodicamente in tutte le direzioni. Le colonne di sostegno erano dipinte di bianco con il basamento arancione e risplendevano come candele ogni volta che venivano illuminate.

«È un parcheggio, ma l'ingresso non è da questa parte» esclamò di colpo.

Parlava inglese.

«Non c'è nessuno. Mi sembra tutto vuoto.»

Il fascio di luce si soffermò un attimo sulle vetrate di accesso alle scale, dove erano ben visibili dei cartelli pubblicitari del negozio, poi tornò a muoversi. *Di colpo vidi l'immagine della nostra auto, illuminata.* L'uomo stava proseguendo la sua ispezione con la torcia spostandosi sempre più a sinistra, finché raggiunse puntuale la nostra macchina e lì si fermò. Fra le colonne si vedeva chiaramente il fianco destro intatto, e il colore risaltava nettamente.

«C'è un'auto blu. È grossa, non riconosco il modello. Vado a controllare. Voi passate dall'altro lato.»

Rimanemmo immobili e poco dopo lo vedemmo spuntare dietro la parete, a una trentina di metri da noi. Teneva la torcia puntata davanti a lui e ogni tanto la rialzava per illuminare l'auto. Sentimmo il lieve rumore delle suole gommate, mentre avanzava spedito verso il suv. Nel leggero bagliore riflesso, mi alzai silenziosamente e guardai Anna, appoggiandomi l'indice sulle labbra. Non potevamo perdere un secondo: era concentrato sulla nostra auto, ma se si fosse voltato ci avrebbe visto. Quando gli altri fossero scesi con l'auto dalla rampa, saremmo stati praticamente inchiodati dai fari.

Anna si rialzò e la presi per mano, tirandola fino all'apertura più vicina. Incrociai le mani e le sostenni un piede, mentre usciva, accompagnata dal fruscio della giacca, che mi risuonò nelle orecchie come uno scroscio d'acqua. Istintivamente mi voltai verso l'uomo, che, ignaro, continuava a osservare la macchina. Appoggiai la sacca da viaggio sul muro e mi aggrappai al bordo, spiccando un salto per sollevarmi. Anna mi aiutò a uscire tirandomi per la giacca e mi ritrovai di nuovo sotto la pioggia. Mi chinai per prendere la sacca, che mi sfuggì di mano, cadendo all'interno. Ci avevano sentiti. Ci lanciammo in una folle corsa tenendoci per mano, attraverso un grande piazzale non illuminato. Ci dirigemmo verso una seconda fila di edifici, completamente avvolti nell'oscurità.

«Ci hanno visti, ci prenderanno» esclamò Anna.

«Cerchiamo un passaggio. Cosa c'è qui dietro?»

«Siamo vicini al fiume. Non so cosa ci sia. Saranno depositi e magazzini.»

Il suolo era irregolare e pieno di pozzanghere. Nell'oscurità non riuscimmo a evitarle e ben presto sentii i piedi inzuppati.

«Rallenta!» esclamai cercando di trattenerla. «È troppo buio, finiremo contro qualcosa.»

Di colpo ci ritrovammo schiena contro schiena, accecati da una luce cruda.

«Non sono loro, è una fotocellula automatica» gridò con sollievo Anna riprendendo a correre. La seguii nel varco in ombra, faticando a starle dietro. Ci infilammo in una sorta di vicolo che separava due magazzini affiancati. Vi avevano accumulato di tutto: un piccolo trattore e delle cataste di rotoli di cavo metallico, ma rimaneva ampio spazio per percorrere il viottolo, anche con un veicolo. Per proteggerci dalla pioggia, che cadeva forse più intensa, ci spostammo sotto la tettoia che proteggeva alcune casse.

Davanti a noi era buio pesto e non riuscivamo bene a distinguere cosa ci aspettasse in fondo. Lo spiazzo da cui eravamo passati era ancora illuminato.

«Se i lampioni non si spengono in fretta, capiranno che siamo qui.»

«Non girarti» dissi.

«Ecco, ora si sono spente. Non ci segue nessuno, mi pare.»

«Bene, cerchiamo di abituarci all'oscurità prima di andare avanti.»

«Non vedo niente per ora, non so dove devo andare.»

«Allora fermiamoci un attimo e proviamo a capire da dove arriva un po' di luce.»

Dopo pochi secondi riuscimmo ad accorgerci del lieve lucore che proveniva dall'altra sponda del fiume. Proseguimmo un'altra decina di metri fino a che non inciampai in un ostacolo, come un cordolo rialzato.

«Ferma, c'è qualcosa per terra!»

Mi abbassai per tastare cosa fosse e sentii il freddo del metallo: erano dei binari.

«Sai cosa passa di qui?» chiesi.

«No, non ne ho la minima idea. Forse è un binario industriale per caricare le chiatte. Tutta la riva è un punto d'attracco. Dovremmo essere di fronte al circolo di canottaggio, dove vado d'estate. Qui caricano ghiaia o roba del genere, adesso non ricordo.»

«Allora seguiamolo, da qualche parte andrà.»

«Credo sia un binario morto. Forse dovremmo girare a destra.»

Sempre tenendoci per mano, iniziammo a procedere uno di fianco all'altra, seguendo le rotaie. Ora vedevo meglio. Riuscivo quasi a distinguere qualche tratto del volto di Anna e intravedevo la ferrovia che si allontanava. Camminare non era difficile, non c'erano traversine e le rotaie sembravano sorgere direttamente dal suolo coperto da un sottile strato di pietrisco.

Superammo due grossi capannoni e ci trovammo in una zona più aperta. Sulla destra alcuni lampioni illuminavano una decina di camion allineati. Proseguimmo indisturbati per altri cinquecento metri. La riva era un susseguirsi continuo di depositi analoghi e grossi cantieri. Procedevamo ancora bene, anche se lo strato di ghiaia era diventato più spesso ed era più faticoso avanzare.

Di colpo ci trovammo su delle traversine e ci fu un'improvvisa esplosione di luce. Anche questa volta ci fermammo spaventati. Davanti a noi, sulla nostra destra, c'era un grande deposito con un piano di carico sopraelevato e una tettoia che correva parallela ai binari. Dovevamo essere finiti nel raggio di azione dei sensori di movimento e quattro grossi fari si erano accesi automaticamente illuminando tutta la zona della pensilina e i portoni di carico.

Accelerammo per superare la zona illuminata, ma le traversine erano scivolose e quasi mi fecero inciampare.

«Vieni sul bordo!» esclamò Anna che si era spostata sulla stretta lingua di cemento che separava i binari dalla sponda, dove era più facile camminare. Sostai un attimo, guardando in basso. Mi parve di intravedere poco più sotto la superficie nera dell'acqua, poi corsi per raggiungerla.

Davanti a noi l'oscurità in cui si inoltravano i binari sembrava invitante, quasi protettrice. Riprendemmo la marcia e arrivati davanti al capannone successivo i sensori dell'illuminazione ci individuarono e si riprodusse la stessa esplosione di luce. Il nostro orizzonte oscuro si era allontanato di nuovo. Mi voltai indietro, ma non vidi nessuno. Forse non era male procedere così, almeno sapevamo dove mettevamo i piedi. Dovetti ricredermi quando a pochi metri, davanti a noi, vidi un uomo.

37

L'arma era puntata verso di noi. Le armi non mi erano mai piaciute. Detestavo sparare e avevo sempre fatto il minimo necessario negli esercizi obbligatori. I miei superiori non avevano mai insistito e mi avevano sempre assecondato, trovandomi più utile altrove.

Detestare usarle però non significava ignorarle. In realtà avevo rapidamente imparato a conoscere tutti i modelli e le rispettive tecnologie. La sua era una pistola con la canna massiccia, una Glock, forse una ventitré, da cui si protendeva il grosso cilindro del silenziatore. Un silenziatore riduce la precisione, la potenza e l'effetto dissuasivo. Viene usato unicamente quando si è certi di voler utilizzare l'arma. Il silenziatore è il marchio inequivocabile della premeditazione. Non avrebbe esitato a sparare.

L'uomo ci osservò per un attimo senza dire nulla, guardando prima me, poi Anna. Il suo viso non tradiva la minima emozione. Avanzò verso di noi e puntò verso Anna. Gli ordini non si discutono e sicuramente lei era l'obiettivo primario. Io sarei stato solo un incidente di percorso.

Percepii distintamente il dito premere il grilletto, rendendomi conto l'istante successivo che l'uomo non l'aveva ancora fatto. In un ultimo tentativo di proteggerla, mi gettai su di lei.

Mi sembrò di fluttuare mentre le cadevo addosso. Capii che non sarei riuscito a salvarla. Al massimo avrei rinviato di poco la sua esecuzione. Notai gli occhi dell'uomo muoversi impercettibilmente verso di me e nel contempo vidi il suo dito premere il grilletto. Sembrava sorpreso e ci guardammo per un istante che mi parve un'eternità, mentre nel foro del silenziatore apparve un fugace bagliore. Riuscivo a percepire la sua indifferenza e crudeltà, mi immaginavo anche gli ordini che aveva ricevuto *non lasciartela scappare...* ed ero certo di aver suscitato tutto il suo disprezzo.

Mentre rovinavo al suolo, sentii prima una puntura rovente sulla spalla destra, seguita dal dolore di un urto violento al fianco sinistro.

Riuscii appena a rendermi conto che Anna stava gridando prima che colpisse con la tempia il piccolo cordolo che delimitava la banchina. Durante la caduta non persi d'occhio l'uomo che avanzava rapidamente verso di noi. Il dolore scomparve subito per far posto all'angoscia: Anna si era fidata di me e l'avevo condotta alla morte.

Nel frattempo, l'uomo era a un passo da noi e teneva sotto tiro Anna. Cercai di spostarmi, per coprirla, mentre lui ci raggiungeva e cercava di aggirarmi per mirare alle mie spalle. A quel punto avevo solo un'ultima, tenue possibilità di salvare Anna. L'avrei trascinato con me in acqua. Uno dei due non sarebbe più riemerso, ma almeno lei avrebbe potuto fuggire.

Con il piede destro sentii la rotaia. Mi resi conto che sarebbe stato un appoggio sufficiente. Non appena l'uomo si protese in avanti, spiccai un balzo, gli afferrai la mano con cui reggeva l'arma e lo strinsi a me per trascinarlo nel vuoto. Stavamo precipitando nell'acqua, avvinghiati l'un l'altro. I miei occhi incontrarono i suoi che mi fissavano: l'indifferenza crudele di pochi istanti prima si era tramutata in paura.

Sentii un urlo. *Non è la voce di Anna*, pensai mentre l'acqua ci inghiottiva.

Fu in quel momento che provai per la prima volta il desiderio di uccidere qualcuno e me ne spaventai. L'odio assoluto mi pervase: non volevo solo ucciderlo, volevo sentirlo annaspare, soffrire. Doveva rendersi conto che sarebbe annegato.

I polmoni mi scoppiavano, ma non mollai la presa. L'uomo si divincolava cercando di liberarsi, ma i suoi colpi mi lasciarono indifferente, così come l'acqua gelida. Le mie forze stavano arrivando al limite e anche l'uomo si dibatteva sempre più debolmente. Il dolore e la fatica presto si dissolsero e rimase solo l'acqua. Non sembrava nemmeno fredda, ma solo nera e buia: finalmente ero arrivato. Gli abissi dell'Atlantico non dovevano essere molto diversi... *Mel, amore. Ti sto ritrovando?*

Qualcuno singhiozzava e gridava al mio fianco. *Vieni, vai avanti, resisti, non fermarti*, diceva.

Una voce che mi torturava e mi perforava la tempia come un chiodo. Mi spingeva ad avanzare, indifferente al dolore terribile che ogni passo mi provocava. In quel momento non pensavo più a niente e avevo dimenticato tutto. La mia unica realtà era il dolore alla testa. *Di chi era quella voce?* Era una voce di donna. Non pensavo più alla fuga, all'uomo con la pistola, ad Anna.

Non pensavo nemmeno a Isabel. La mia coscienza era assorbita solo dal desiderio di interrompere le fitte atroci che mi trapassavano il cranio, l'unico elemento del mio mondo. L'orizzonte temporale era limitato al passo successivo, che avrebbe provocato altro dolore e che temevo sopra ogni altra cosa.

Volevo solo smettere di camminare e di respirare per prolungare all'infinito gli attimi di sollievo. Ma la voce proseguiva implacabile e mi spingeva oltre la sopportazione. La odiai con tutte le mie forze, ma non riuscivo a oppormi ai suoi ordini. Chi era? Perché mi odiava così tanto?

Non riuscivo a reagire ed ero svuotato della mia volontà. Potevo solo obbedire alla mia aguzzina, che mi spingeva, spingeva e spingeva, un passo dopo l'altro, verso un inferno interminabile.

Avevo freddo. Ero inzuppato e tremavo.

Resisti, continua, non fermarti, siamo quasi arrivati…, diceva.

38

Una morsa mi stringeva la testa. Mi risvegliai ricordando i sogni terribili che avevo fatto. Cercai di capire dov'ero nonostante il dolore che mi impediva di pensare.

Mi risvegliai una seconda volta e iniziai a percepire qualcosa dell'ambiente che mi circondava. Non stavo più camminando e mi chiesi dove fossi arrivato. L'aria era gelida, avevo il naso e il viso ghiacciati, ma stranamente non avvertivo freddo. Stavo male. Sentivo la testa esplodermi e avevo la nausea. Provai ad alzarmi per vomitare, ma non riuscii a muovermi. Poi mi accorsi di non vedere niente e mi lasciai inghiottire dall'oscurità.

Mi svegliai una terza volta e il primo assurdo pensiero fu la consapevolezza di averlo fatto altre due volte. Le fitte alla testa erano cessate e ritrovai un po' di lucidità. Ero nudo e percepii una presenza vicino a me, lo spazio era angusto e un peso mi gravava su tutto il corpo.

Mi mossi, quando una fitta improvvisa alla testa mi fece gemere per il dolore.

«Daniel, sei sveglio?»

C'era una donna e sembrava preoccupata. Parlava una strana lingua che per qualche motivo riuscivo a comprendere. Di colpo ricordai la fuga sotto la pioggia e mi sembrò fosse la stessa che mi spingeva ad andare avanti. Ma fu solo un attimo, il dolore mi confuse di nuovo.

«*Je suis aveugle! J'ai mal!*»

«Cosa dici Daniel? Non preoccuparti, adesso siamo al sicuro.»

Qualcosa mi toccò la fronte e scese fino alla guancia.

«Mi vedi? Siamo al buio.»

«*J'ai mal*» implorai, prima di venire sopraffatto di nuovo dal dolore e da un sonno misericordioso.

Mi risvegliai ancora. Ci vedevo, perché me ne meravigliavo? Intravidi la faccia di una donna con i capelli cortissimi che mi guardava preoccupata a pochi centimetri di distanza. Il suo viso era immerso in una strana luce azzurrina e sembrava fluttuare.

«Daniel, mi senti?» chiese.

Cercai di dire qualcosa, ma mi resi conto di non sapere cosa domandarle. Un peso mi opprimeva e feci l'errore di provare a sollevarlo. La fitta che ne ricavai mi fece quasi svenire. Emisi un rantolo e mi immobilizzai.

«Daniel cos'hai? Rispondimi ti prego. Dimmi qualcosa» questa volta la voce sembrava implorante.

Mi sforzai di capire chi fosse e dove mi trovassi. Cercai di concentrarmi sulle sensazioni che provavo, accarezzai le coperte ruvide che poco attenuavano la durezza della superficie sottostante. Sopra di noi, un manto mi schiacciava e limitava i miei movimenti.

«*Qui es-tu?*» domandai biascicando e stringendomi disperatamente a lei. Fu un abbraccio debole, perché mi mancarono le forze, ma mi resi conto che la donna stava piangendo.

«Daniel, perché mi parli in francese? Cos'hai? Che cosa ti sta succedendo?»

Un rumore sordo mi rimbombava nel cranio. Era una vibrazione profonda che esacerbava il dolore alla testa rendendomi tutto più difficile. Mentre cercavo di capire le sue domande, mi sembrò di ricordare di chi fosse la voce. Cercai di risponderle, ma qualcosa mi stava trascinando nell'oscurità.

«Daniel, rispondimi! Dimmi qualcosa!»

Sembrava gentile, ma chi era? Mi venne in mente la mia camera di Helsinki. La tappezzeria era blu, proprio come la strana superficie sopra di me, ma non potevo essere lì. Era estate, mentre lì faceva freddo.

«Acqua» sussurrai in finlandese e ricaddi nell'incoscienza.

Nel dormiveglia che seguì, ricordi e realtà ripresero il loro posto, ricomponendo un incomprensibile puzzle. Ricordai di quando mi ero risvegliato paralizzato dopo l'incidente di El Gouna. Fui sopraffatto per un attimo da una terribile angoscia, pensando di aver abbandonato Isabel in albergo e provando l'impellente bisogno di avvertire qualcuno. Rividi i mostri che mi divertivo a disegnare da ragazzo. I diavoli che avevo evocato durante la corsa, che mi obbligavano a marciare in un mare di ghiaccio. Mi ritrovai nella casa di Earls Court e ripresi coscienza di quanto era successo, rimpiangendo quasi l'oblio durante la fuga nel ghiaccio. Anna mi aveva aiutato durante quell'interminabile corsa.

«Daniel, sei sveglio? Vuoi un po' d'acqua?»

«Sì, dammi da bere.»

Mi sollevò la nuca portandomi la bottiglia alle labbra. Cercai di bere, ma l'acqua mi andò per traverso e tentai di alzarmi.

«Fermo! Non puoi alzarti, non devi muovere il telone.»

Non capii cosa intendesse, ma non avevo più forze e il tocco leggero della mano fu sufficiente a bloccarmi.

«Anna, sei tu?»

«Sì. Adesso bevi lentamente.»

Anna non si perse d'animo e mi alzò di nuovo la testa, porgendomi la bottiglia per brevi momenti. La sete era sempre forte, ma imparai a trattenerla, alternando piccole sorsate a brevi periodi per riprendere il fiato.

L'acqua sembrò vivificare finalmente i miei pensieri e tutto riprese di colpo il suo posto.

«Anna, sei ferita? Ti ha colpito?»

«Daniel, grazie a Dio! Adesso ti ricordi?» stava piangendo. «Non parlare forte, potrebbero sentirci.»

«Stai bene? Cos'è successo? Dove siamo?»

Anna si era stretta a me e mi accarezzava la fronte appoggiando il viso contro la mia guancia.

«Stai tranquillo, va tutto bene. Adesso ti spiego tutto, ma non fare rumore.»

Tratteneva a stento i singhiozzi, ma la guancia era inequivocabilmente bagnata.

«Anna, sei ferita? Perché piangi?»

«Non sono ferita, mi hai fatto da scudo. Mi hai salvato la vita.»

«Mi ha colpito alla testa?»

«No, alla spalla, ma l'ho scoperto solo dopo. Quando ti ho trovato continuavi a toccarti la testa e a lamentarti.»

«Mi fa ancora male.»

«Lo so, non riuscivi nemmeno a rispondermi. Deliravi, mi parlavi solo in francese e non sapevo cosa fare. Ma ora sta passando, fosse stato grave, avrei avvertito i marinai.»

Ricominciò a singhiozzare debolmente e si strinse più forte a me.

«Anna, sei sicura che non ho ferite in testa?» chiesi, passandomi la mano sui capelli, sentendo solo il taglio che mi ero procurato in macchina e un doloroso gonfiore sopra la tempia.

«Hai solo un bernoccolo e una ferita alla spalla, ma non sanguina. La pallottola ti ha sfiorato. Come ti senti adesso?»

«Sto meglio. Il dolore alla testa è forte, ma non è niente rispetto a prima. Ma che marinai? Dove siamo?»

«Siamo su una chiatta che sta scendendo il Reno.»

«Su una chiatta?»

«Nella scialuppa di salvataggio, adesso è notte. Tocca il telone sopra di noi, ma non muoverlo. Altrimenti possono scoprirci» mi avvertì prendendomi la mano e guidandomi il braccio fuori dalle coperte, fino a incontrare una superficie molle e gelida poco lontano dal nostro viso.

Nel ritrarre il braccio sentii un bruciore alla spalla e mi toccai con l'altra mano. Una spessa medicazione copriva la parte superiore del braccio.

«Sei riuscita a medicarmi?»

«Sì, ho trovato alcuni medicinali a bordo.»

«Come siamo finiti qui?»

«Non sapevo cosa fare. Sono rimasta lì a guardare l'acqua e non osavo muovermi. Ho visto riaffiorare il tuo zaino alcuni metri più avanti. Ti ha tirato a galla.»

«Dov'è il mio zaino?»

«Non preoccuparti, te l'ho tolto solo qui dentro. È in fondo, ai nostri piedi» mi rassicurò. «Galleggiavi prono e la corrente ti stava trascinando, ma eri sempre vicino al bordo. Ti sono corsa dietro e ho visto l'asta di soccorso, appesa vicino a un salvagente. Ci sono su tutte le rive. Sono molto lunghe e hanno una specie di arpione in cima. Ti ho agganciato al colletto della giacca, così la testa ti restava fuori.»

«E come hai fatto a portarmi a terra?»

«Ho dovuto tirarti lungo i binari. Avrò fatto forse un centinaio di metri, finché siamo arrivati a una rampa di servizio…»

«E poi?»

«Non rispondevi e ti ho trascinato su, fino ai binari. Sembravi morto e non capivo se respiravi. Ho provato a farti la respirazione artificiale, ma ti sei animato di colpo e hai iniziato a urlare tenendoti la testa.»

«Non mi ricordo di niente.»

«Oh Daniel, mi dispiace tanto… Ti ho dovuto tappare la bocca perché avevo paura che ci sentissero, ma non è arrivato nessuno. Siamo rimasti lì un po'. Tremavi e gemevi e io non sapevo che fare.»

«E allora?»

«Ti ho tirato e ti ho scosso. Ho gridato, finché non ti sei alzato. Poi ti sei appoggiato a me e abbiamo ripreso a camminare seguendo i binari, e alla fine abbiamo trovato questa chiatta.»

«Pensavo di aver sognato.»

«È stato un incubo. Sei caduto diverse volte, ma sono sempre riuscita a farti rialzare. Ci saremmo fatti mezzo chilometro in queste condizioni. Per fortuna non eri veramente ferito alla testa, altrimenti avrei potuto ucciderti… Scusami, non sapevo proprio cosa fare.»

«Ma che dici? Hai salvato la vita a tutti e due. Ti rendi conto cosa ci avrebbero fatto se fossero arrivati?»

Non rispose e continuò ad accarezzarmi la testa, stringendosi a me.

«Ma come ti è venuta in mente la chiatta?»

«Una collega alla BCE una volta mi ha raccontato di essere scappata con il fidanzato. Aveva sedici anni e si era innamorata di un ragazzo più grande, ma i genitori non ne volevano sapere. Un fine settimana erano partiti, nascondendosi in una chiatta come questa ed erano arrivati fino a Rotterdam.»

«Pazzesco.»

«Era primavera, ma faceva comunque freddo e loro si erano costruiti una specie di nido. Uscivano solo di notte, quando la chiatta si fermava. Mi ha raccontato che avevano fatto l'amore ininterrottamente per i tre giorni di viaggio, poi a Rotterdam li avevano sorpresi e li avevano rispediti subito a Francoforte.»

«Che ore sono?»

«Sono le nove di sera, ma è lunedì.»

«Lunedì? Scherzi?»

«Sei rimasto incosciente tutta la domenica. Solo ieri notte hai iniziato a mormorare qualcosa. Non capivo cosa dicevi, parlavi in francese. È la tua lingua madre?»

«Sì, ma questo dimenticalo per piacere. Perché siamo seminudi?»

«Tremavi in modo incontrollato e i nostri vestiti erano tutti baganti. Dopo tutto quel tempo in acqua, avevo paura che morissi assiderato. Allora mi sono ricordata di un film in cui i due protagonisti erano caduti nelle acque gelide dell'artico e si erano spogliati per potersi scaldare.»

«Si direbbe che abbia funzionato.»

«Per fortuna non c'era nessuno e così ho potuto spostare il telone, perché non collaboravi per niente. Hai uno strano ciondolo appeso al collo.»

«Contiene una chiavetta USB e un biglietto da cento dollari. Sono sigillati nella plastica, ma si possono tirare fuori facilmente. L'ultima risorsa, se tutto va storto.»

«Non hai la minima idea di quanto mi fossi spaventata.»

«Grazie Anna. Mi hai salvato la vita.»

«Sei tu ad avermi fatto da scudo. Ero così in ansia per te, non riuscivo a scaldarti e gemevi... solo stamattina mi sono tranquillizzata.»

«Perché?»

«Ho capito che non potevi aver subito dei danni gravi.»

«Perché ti ho riconosciuta?»

«Mi parlavi in francese, ma ho sentito che il fisico si era ripreso.»

«Come hai fatto a capirlo?»

«Dormivi contro la mia schiena e mi tenevi abbracciata, ma voi maschi avete qualcosa che non penso dia cenni di vita se state veramente male. Non so perché proprio quello mi ha rassicurato, ma ero così sollevata che stessi riprendendoti. Non immagini quanto.»

«Adesso dove siamo?»

«Ieri la chiatta è rimasta ferma. Il fine settimana non viaggiano. Siamo partiti stamattina alle cinque e abbiamo passato le ultime chiuse sul Meno alle otto. Verso le sei siamo arrivati a Colonia dove hanno attraccato. Tu dormivi ancora. La chiatta è ancorata per la notte. Ho avuto veramente paura che ti svegliassi nel momento sbagliato. Dopo aver attraccato se ne sono stati un po' a chiacchierare qui di fianco. Ero pronta a metterti la mano sulla bocca, ma per fortuna se ne sono andati.»

39

Guardai fuori per la prima volta. Dallo spiraglio del telone intravidi una forma scura, come una specie di promontorio basso, sulla cui cima riuscii a distinguere dei lampioni. Nevischiava.

Uscire dalla nostra nicchia calda e indossare i vestiti fu più facile a dirsi che a farsi. Erano inzuppati, gelati e puzzavano di urina.

«Che schifo, sembriamo due barboni. Ridotti così, un'auto non ce l'affitta nessuno.»

«Iniziamo andandocene da qui.»

La chiatta era ormeggiata a una specie di pontile sospeso, munito di un imponente cancello di ferro. Per nostra fortuna era fatto solo per impedire di entrare e non di uscire. Sull'argine c'era una stradina e da lì, malgrado l'oscurità, potemmo risalire facilmente il terrapieno.

La fortuna non finì lì, perché di sopra c'era davvero un parco e all'estremità della penisola vi era un ponte pedonale sopraelevato che portava sulla riva.

«Come facciamo ad andare a Helsinki?» chiese Anna mentre procedevamo con passo spedito.

«Dobbiamo rubare una macchina.»

Le spiegai come avremmo raggiunto Sylt e ci saremmo trasformati per affrontare la parte finale del viaggio. Non scorsi preoccupazione sul suo viso. Sembrava perfino divertita.

«Mi sembra impossibile. Prima di Natale ero alla mia scrivania a trattare bonds. Ora siamo qui a vagare come gatti randagi sotto la pioggia.»

Dopo dieci minuti ci trovavamo nel porto. Superammo le prime stradine, troppo frequentate e piene di locali loschi, e ci inoltrammo in una zona di abitazioni modeste.

«Non vedo l'ora di vederti all'opera» disse Anna, indicandomi una fila di auto.

«Non parlare così forte, lasciami riflettere» risposi, togliendomi lo zaino. Trovai l'astuccio con gli utensili e lo misi in tasca, insieme al grimaldello più piccolo.

«Devo scegliere un modello meno recente, non un'auto di lusso, perché non saprei come disinserire l'allarme.»

«Ho freddo e sto morendo di fame. Tu non hai fame? Ieri ho finito tutte le razioni di biscotti in dotazione alla scialuppa...»

«Quella Corolla o quella Golf potrebbero andare bene...»

«Fallo allora, la Golf è anche lontana dal lampione.»

«E se fosse di un padre che lavora e domani mattina deve portare il figlio a scuola?»

«Ma che razza di problemi ti fai? A lui non hanno mica sparato. Pensa piuttosto che sia un magnaccia, che è venuto a punire quelle poco produttive.»

«Non è una macchina da magnaccia.»

«Uno dell'est allora! Magari ha cominciato adesso e non ha fatto ancora carriera. Pensa a un tipo manesco, così ti muovi.»

Saggiai la maniglia. Era chiusa. Mi guardai in giro e inserii il grimaldello a pistola nella serratura, dopo aver cambiato la lamina e regolato la lunghezza. Non funzionava. Probabilmente la batteria si era scaricata dopo il tuffo in acqua.

Anna osservava preoccupata le case. Staccai la lamina e la inserii a mano nella serratura. Era più difficile, ma Serge Mattei mi aveva fatto esercitare innumerevoli volte nei due modi. Dopo trenta secondi lo scatto delle serrature fu quasi un boato. Anna si voltò verso di me.

«L'hai aperta davvero!»

Non risposi. Entrammo e richiudemmo le porte. Afferrai il volante per sentire se era inserito il bloccasterzo.

«Non è bloccato, sarà più facile così.»

«E adesso?»

«Ora entra in gioco la forza bruta.»

Allungai la mano sotto il volante e strappai il rivestimento. Tastai sotto il cruscotto, cercando il piantone di sterzo. Malgrado le dita intorpidite, riuscii a sentire il punto in cui si inseriva il bloccasterzo. Mi strofinai le mani per scaldarle e presi una sbarretta conica dall'astuccio, che dopo alcuni tentativi riuscii a inserire nella fessura. Anna mi guardò ansiosa.

«Non posso fare in fretta. Devo sentire bene cosa faccio, ma ho le mani gelate» mi giustificai.

Infilai di nuovo la mano sotto il cruscotto per cercare i cavi e seguii con le dita il fascio che andava alla serratura. Strappai con decisione e vidi il bagliore di una scintilla. Tirai forte e mi chinai, perché i cavi erano corti e sporgevano appena dal vano. Nel buio era impossibile riconoscerne il colore. Provai a collegarne uno alla volta. Con i primi due tentativi non successe niente finché non vidi accendersi il cruscotto. Attorcigliai i due cavi e controllai che non si staccassero.

Ormai sapevo quale era il cavo del motorino e provocai il contatto. Con un lieve colpetto di gas il motore partì subito. Piegai il cavo, in modo da essere sicuro che non facesse contatto per errore e mi rialzai.

Anna mi stava guardando con espressione incredula. Preoccupato, lanciai un'occhiata nervosa alla strada.

«Stai calmo, non c'è nessuno. Pensavo solo non ci riuscissi.»

«Grazie per la fiducia. Puoi risparmiarti il commento sulla fortuna dei principianti: il serbatoio è quasi pieno.»

Erano appena passate le undici e trenta. Ci guardammo e ridemmo, poi arricciammo quasi contemporaneamente il naso. Dopo la passeggiata all'aria aperta, il nostro odore risaltava chiaramente nell'abitacolo chiuso della macchina. Regolai la ventilazione al massimo anche perché i vetri avevano cominciato ad appannarsi.

«Voglio vedere come faremo a renderci presentabili.»

Mi diressi verso nord ed ebbi un secondo colpo di fortuna, giungendo subito allo svincolo dell'autostrada. Dopo pochi chilometri trovammo un'area di servizio e ci fermammo. Andai a prendere qualcosa da mangiare e tornai carico di pacchetti. Ci gettammo sul cibo senza parlare. Nell'auto che si era ormai scaldata ci sembrò di fare un vero e proprio festino.

«Non ti hanno fatto commenti alla cassa?» chiese Anna.

«C'era puzza di fritto e poca gente, così nessuno è venuto a odorarmi da vicino. Il problema erano gli euro.»

«Sono andati fuori corso mentre eravamo in fuga?»

«Solo i nostri. La cassiera all'inizio non voleva accettarli perché erano tutti bagnati.»

«E tu cos'hai detto?»

«Che la BCE stava colando a picco ed era normale che le banconote fossero così.»

«E lei?»

«Ha riso e ha iniziato a flirtare.»

«Sul serio?»

«No. Però alla fine li ha accettati.»

Anna mi guardò ridendo e mi arruffò i capelli.

«Ladro e anche bugiardo» commentò lei sorridendo. «Proprio la compagnia ideale per Anna Laine. Quanto pensi pagherebbe il *Tagesblick* per una notizia del genere?»

Nel buttare i resti della cena, eliminai anche i due MacBook rovinati dall'acqua, smembrandoli prima. Di fronte allo sguardo interrogativo di Anna, le spiegai perché lo stavo facendo e il discorso cadde sulla SecTec.

«Quello che ci cercava nel posteggio del mobilificio parlava inglese. Adesso non posso più togliermi la sede di Boston dalla testa. I tuoi due carcerieri però parlavano bene tedesco o sbaglio?»

«Sì, mi sembravano tedeschi. Ma non è la mia lingua madre e potrei sbagliarmi. Di solito non fatico a riconoscere gli accenti.»

«Ho conosciuto persone che avevano imparato un russo perfettamente neutro, per potersi adattare a qualsiasi regione di provenienza. E ti assicuro che lo parlavano perfettamente.»

«Perché, come hai fatto a conoscere gente del genere?»

Forse fu la curiosità a spazzar via la sua stanchezza. Anna si offrì di guidare e accettai di buon grado, perché per me non era lo stesso. Non avevo sonno, ma sentivo di non essermi ancora ripreso completamente.

«Be', la storia delle spie è vera, ma io lavoravo solo alla sede centrale.»

«Lo sapevo! Me lo sentivo che c'era anche questo» esclamò Anna trionfante.

«Non è come pensi. Io sono francese… o meglio, ero francese. Non so bene cosa sono adesso. Il liceo però l'ho fatto all'estero.»

Fu così che le raccontai di quando ero un giovane hacker, prima che venisse inventata la parola Internet.

«Ma non era illegale?»

«Non esistevano ancora leggi chiare. Alla fine però mi hanno inchiodato. Prima avevamo fatto scherzi ben peggiori, ma nessuno ci aveva mai trovato. Nell'ultimo caso, la mia idea era piaciuta a tutti.»

«Adesso parli al plurale?»

«Erano i miei compagni di liceo, che mi seguivano dappertutto. Non volevano perdersi nessuna intrusione.»

«E dove sei entrato?»

«Nella rete del DGSE.»

«Che roba è?»

«La Direction générale de la sécurité extérieure. Sono i servizi segreti francesi.»

«Ma eravate drogati? Come minimo oggi vi becchereste un missile da un drone.»

«I francesi non mandano in giro droni.»

«E cosa vi interessava dei servizi segreti francesi? Scusami, ma non capisco. Mi sembra così demenziale andare a stuzzicare proprio loro.»

«Per capire perché l'abbiamo fatto, devi sapere che avevamo letto tutti la serie di Langelot.»

«Mai sentito.»

«Era un ragazzo orfano che era diventato un agente segreto. Quando hanno saputo che ero in grado di decodificare i messaggi di tutto il dipartimento dei servizi segreti francesi, i miei compagni sono diventati matti e ci è venuta l'idea di fare lo scherzo.»

«E cioè?»

«Avevo fatto apparire su tutti i computer dei servizi segreti un messaggio che diceva "Langelot vit" e li faceva bloccare quando lo visualizzavano.»

«Hai fatto una cosa così scema? Per un libro?»

«Sapevo che non avresti capito. Per noi, Langelot era più reale di tutti i servizi segreti. Ci sembrava un'impresa così straordinaria. Non riesci a metterti nella testa di un ragazzo di quindici anni!»

«Scusami, ma per me rimane solo un'idiozia.»

«Guarda che loro non l'hanno trovata così scema. Hanno speso milioni per mettersi al sicuro e sono cadute delle teste. Non ho mai saputo chi, ma mi hanno fatto capire che non era gente benvoluta.»

«E chi te l'ha detto?»

«L'ho scoperto molto più tardi, quando ho dovuto fare il militare da loro come avevamo concordato quando mi hanno rilasciato. Ho capito che l'avevano considerato provvidenziale. Pensa che il primo giorno di servizio, mentre il mio superiore mi spiegava cosa avrei dovuto fare, è entrato un tizio di una certa età con l'aspetto da duro e ha detto "È questo il ragazzo che ci ha salvati?". Mi ha guardato un attimo, scuotendo la testa, e ha detto che avevamo carta bianca. Ho chiesto chi era e mi hanno detto di tenere la curiosità per le ricerche che avremmo fatto. Da loro, ho imparato a non fare domande.»

In quel momento mi accorsi che Anna mi stava guardando con gli occhi sgranati.

«Stai attenta alla strada.»

«Allora hai veramente lavorato come agente segreto.»

«Sì, e mi è piaciuto dal secondo giorno fino alla fine.»

«Per quanto? Cosa hai fatto? Dov'eri?» mi bombardò.

«Per un anno intero, ma non sono mai uscito dalla sede centrale. Sono rimasto solo a fare programmi e ricerche, sempre nello stesso ufficio, che non aveva nemmeno finestre.»

«Chissà cosa avrai scoperto.»

«Più di quello che immaginavano, perché con i computer erano delle frane. Mi sentivo uno di loro. Mi trattavano da pari, anche se avevo solo sedici anni e mezzo. Ho iniziato in agosto, subito dopo la maturità.»

«Com'è possibile che ti abbiano fatto fare il servizio militare così giovane?»

«Questo era l'accordo dopo che mi avevano arrestato. Se fosse dipeso da loro, mi avrebbero fatto cominciare subito, ma alla fine hanno dovuto lasciarmi finire almeno il liceo.»

«Arrestato?»

«Sì, a Ginevra. I francesi sono riusciti a individuarmi, hanno spiccato un mandato d'arresto internazionale e fatto pressioni per accelerare le procedure. Volevano a tutti i costi farmi lavorare per loro. Questo spiega perché gli svizzeri hanno dovuto arrestarmi.»

«Quindi gli svizzeri hanno messo in prigione un ragazzino di quindici anni e i francesi l'hanno ricattato?»

«Non esagerare. Non era una vera prigione, ma una sorta di collegio. E ci sono rimasto solo per due giorni, fino a quando le manifestazioni di studenti non hanno montato il caso. Poi si sono spicciati per risolvere il tutto.»

«Delle manifestazioni?»

«Sì. Dopo ho scoperto che era stato lo stesso ministro della difesa a fermare tutto. Si era infuriato perché avrebbero dovuto incassare la beffa senza troppo clamore ed era stato proprio lui a ordinare di propormi l'accordo.»

«Adesso capisco tutto meglio.»

«Ho conosciuto persone straordinarie. Uno era metà corso e metà russo. Era geniale. Aveva scommesso ventimila franchi che non sarei riuscito a imparare il russo, e alla fine ha dovuto darmeli tutti. In fondo gli avevo anche fatto ottenere una promozione.»

«Non voglio sapere per quale motivo.»

«Perché no? Allora era segretissimo, adesso non importa più a nessuno. Avevano una paura tremenda che i russi, nel tracollo dell'unione sovietica, potessero trafugare o vendere delle testate nucleari. Lui ha potuto mostrare come le catalogavano e che erano al sicuro.»

«Ma anche i russi erano collegati alla rete?»

«Infatti, lo abbiamo scoperto dagli americani.»

«Ma non eravate alleati?»

«Be' sì, ma da quello che avevo capito, tutti spiavano tutti. I russi erano i migliori, nonostante i loro sistemi arretratissimi. Ti rendi conto che spreco?»

«Perché?»

«Ho dovuto fare anche dei programmi di protezione che dopo anni ho ritrovato in rete. I russi erano veramente geniali, ma frustrati per la loro incredibile burocrazia. Siamo rimasti in contatto per anni.»

«Hai fatto amicizia con dei nemici?»

«Non riesci a capire. Non erano molto diversi da me, alcuni avevano più o meno la mia stessa età. Ovviamente i miei superiori non ne sapevano niente. Tre di loro sono venuti anche a lavorare con me a Londra.»

«E com'è andata finire?»

A quella domanda il filo dei miei pensieri corse fino al tragico epilogo della mia esistenza.

«Nel peggiore dei modi» risposi.

Con l'aria calda, i nostri vestiti e le nostre giacche si erano asciugati. Avevamo steso tutto sul sedile posteriore, rivoltando più volte i capi durante il viaggio. Sembravano quasi di cartone e indosso emettevano uno strano scricchiolio.

«Tieni su il cappuccio, anche se stai in auto» mi assicurai, alzando anche il mio. Ci eravamo fermati al primo distributore per rifornire la macchina in riserva. Nel cruscotto avevo trovato degli occhiali da sole, che indossai dopo aver tolto le lenti scure. Mi infilai nelle gengive i pezzi arrotolati di un tovagliolo di carta e mi rivolsi ad Anna.

«Mi riconosci?»

«Sì, ma sei più brutto.»

Alla cassa pagai in contanti. Quando tornai, le porsi la scatola di guanti e le salviette umide che avevo appena comprato.

«Mettiti anche tu i guanti e puliamo tutto fin da ora. Non toglierli perché ad Amburgo dovremo uscire in fretta dall'auto.»

Ripulimmo tutto e partimmo. Dopo cinque minuti, non sentendo più niente, la guardai con la coda dell'occhio. Stava dormendo.

Alle sei meno venti uscii dall'autostrada e mi diressi verso il centro. Era ancora presto e le strade erano scorrevoli. Dopo meno di mezz'ora, imboccai la Berlinertor, una strada tranquilla vicino al centro, e le scossi dolcemente il braccio.

«Anna, svegliati, siamo arrivati.»

«Ad Amburgo?»

«Sì, siamo già nel quartiere dove voglio lasciare la macchina.»

In quella zona sapevo di avere un'ampia scelta di parcheggi esterni abbastanza discreti. Come prima cosa mi diressi verso una piazzetta dove avevo già posteggiato un paio di volte, ma un'auto della polizia era ferma all'ingresso.

Due agenti stavano trafficando intorno alla cassa del posteggio. Uno si voltò verso di noi, sentendo il rumore dell'auto, tornando subito a guardare l'apparecchio. L'occhiata che ci lanciò fu talmente fugace che non ebbi nemmeno il tempo di spaventarmi. Mentre proseguivo oltre, in una via diretta alla stazione, mi accorsi che anche Anna aveva osservato la scena.

«Se gli viene in mente di seguirci, siamo fritti» disse.

«Saranno lì perché qualcuno ha scassinato la cassa.»

A metà strada svoltai in una traversa, dove mi ricordavo che c'erano degli altri parcheggi. Erano tutti liberi. A un primo controllo non notai telecamere visibili.

Chiudemmo l'auto e ci allontanammo con la massima naturalezza. Seguimmo un percorso tortuoso per raggiungere il caffè vicino, in modo da accorgerci se avessimo attirato l'attenzione di qualcuno.

Il caffè era come lo ricordavo. Un grande atrio con il pavimento in mosaico, da cui si accedeva alla pasticceria. Sull'altro lato, una grande porta portava in una sala interna che dava sul cortile. Ci dirigemmo subito all'ultimo separé e ci accomodammo sulla confortevole panca imbottita. Dopo essere stati serviti, le spiegai il programma della mattinata. Avremmo acquistato il necessario per renderci più presentabili e poter ritirare una nuova auto.

Quando le prospettai la necessità di un nuovo cambiamento di identità che avremmo effettuato a Sylt, mi sottopose a un fuoco incrociato di domande. Dovetti spiegarle del deposito che tenevo nella cantina del residence, confessandole anche chi era il proprietario degli appartamenti.

«Non so perché, ma tutto ciò non mi meraviglia più di tanto. Anche il residence è tuo?»

«No. Ho solo comprato degli appartamenti. Sono un investimento e allo stesso tempo un rifugio sicuro dove però non abito sempre. In questo modo non esisto in nessun posto preciso.»

«Non hai una casa?»

«No. Vivo un po' qui e un po' lì. Non ho bisogno di molto spazio. Per le cose importanti mi bastano dei depositi. Li faccio costruire quando acquisto gli appartamenti e le società che gestiscono le case non li conoscono. Proprio come a Sylt, dove si trova ancora il tuo portatile, in una cantina, insieme alla stampante per le carte di identità. È per quello che avevo preparato lì i documenti di Karen Taylor.»

Prima di continuare a discutere decidemmo che era necessario sistemarci. Uscii e tornai alle dieci meno un quarto, dopo un giro per i negozi completamente rivestito e con due grosse borse di plastica. Anna rimase stupita vedendo quanto il mio aspetto fosse cambiato. Uscii una seconda volta per andare a comprare i Mac. Dopo un'ora ero già di ritorno. Con la password che ci diede il cameriere attivai la connessione wireless e iniziai a fare le prenotazioni.

«E adesso?»

«Adesso andiamo a sistemare te» risposi chiudendo il Mac.

Anna si divertì molto nel trasformarsi passando da un negozio all'altro e abbandonando i vestiti vecchi, man mano che li sostituiva con quelli nuovi. L'accompagnai fino all'ingresso della toilette di un ristorante e le diedi il sacchetto con la parrucca.

«Non male questo nuovo taglio» esclamò uscendo «forse, quando mi ricrescono i capelli, li tengo davvero così.»

«Mi lasci il tuo numero?»

«Ci devo pensare» concluse dandomi un fugace bacio.

Una volta fuori ci incamminammo a piedi a ritirare l'auto. Superammo senza ostacoli il controllo. Come al solito, avevo già pagato.

«Siamo pronti. Vuoi guidare tu o posso farlo io?» le domandai.

«Guida tu, preferisco risparmiare le energie per stasera.»

Il mio sguardo doveva averle fatto capire che l'ambiguità della sua frase mi era sembrata allettante.

«Pensavo di uscire a cena e sentire la fine della tua storia. Dobbiamo parlare anche di quello che faremo a Helsinki. Cosa credi?»

Non seppi cosa risponderle. Entrai in macchina e partimmo.

40

Feci di tutto per non guardarla in faccia. Con la coda dell'occhio vedevo però che ogni tanto si voltava verso di me cercando di dirmi qualcosa, ma ogni volta si tratteneva. Dopo venti minuti, quando eravamo già in autostrada, mi sfiorò lievemente il braccio.

«Daniel, è così difficile seguire i propri sentimenti?»

I giorni passati con lei mi avevano reso una persona diversa e l'unica cosa che mi premeva era saperla al sicuro.

«Non voglio farti del male, né metterti in pericolo» risposi.

«Tu non puoi farmi del male, Daniel. Qualsiasi cosa ci succeda non sarà colpa tua.»

«Anna, a Helsinki chiederò l'aiuto di Legrand.»

«Chi è?»

Le raccontai come, dopo il dottorato a Cambridge, avessi scelto di lavorare nel dipartimento di prevenzione delle frodi finanziarie dell'Interpol, diretto da Charles Legrand. Anna ascoltò tutto con estremo interesse. Le spiegai anche come si fosse sviluppato un profondo rapporto di amicizia con lui e la sua famiglia, proseguito anche dopo che Mel e io avevamo lasciato l'Interpol per trasferirci a Londra. Avevamo avuto tre figli e Isabel, la bambina che aveva visto in foto, era l'unica sopravvissuta. Anche Anna era orfana di madre e si chiese come potesse aver reagito Isabel perdendo entrambi i genitori. Mi meravigliai di aver trovato la forza di raccontarle di Mel.

A quel punto non riuscii più a fermarmi. Le raccontai anche

della LastGate, che conosceva perché un amico aveva cercato di gestire la transazione, dei miei ultimi incontri con Legrand, della sciagura aerea, del fondo per Isabel e dell'attentato di El Gouna.

Un lungo silenzio seguì la mia confessione. Anna era scossa, piangeva sommessamente e mi accarezzava il braccio mentre la strada per Niebüll correva via veloce.

Ero certo che Legrand si sarebbe appassionato al caso e avrebbe voluto sapere di più. Non volevo che risalisse a me in nessun modo, eppure non mi fidavo di nessun altro. Spiegai bene ad Anna che non avrebbe dovuto commettere passi falsi. Legrand aveva un'intuizione quasi sovrumana.

«Perché non chiediamo a mio padre di trovare qualcuno di fidato a Helsinki?» mi chiese infine.

«Anna, qui ne va della tua vita. Io conosco Legrand e mi fido solo di lui. Dopo quello che è successo a Francoforte, non possiamo farne a meno. Legrand sa gestire queste cose. L'ha fatto per tutta la vita.»

«A Helsinki mio padre è amico del sovrintendente della polizia nazionale. Sicuramente sa riconoscere chi è fidato e chi non lo è.»

«La polizia è piena di persone fidate. È quello che non capisci. Forse sono tutti fidati, ma fanno parte di una burocrazia che può essere infiltrata o spiata. Pensi forse che Wiegend a Francoforte non fosse fidato?»

«Ehm… non so. Non so più cosa pensare.»

«Per me, tutti gli agenti di quella stazione a Francoforte erano fidati, anche se poco prima delle due sono spariti tutti, come per miracolo. E hai visto poi cosa è successo? Qualcuno li ha sicuramente fuorviati. Il sistema è come un elefante, possente e allo stesso tempo fragile. Sconfigge le tigri, ma basta un topolino per metterlo in ginocchio.»

«Avremo lo stesso problema dappertutto?»

«Legrand usa i migliori, sa prevedere le trappole e prevenirne le conseguenze.»

Sulla navetta per Sylt, avremmo affinato il nostro piano.

Parte quarta

Sull'acqua

41

Isola di Sylt (Germania settentrionale)

«Ho trovato come contattare mio padre senza che nessuno lo capisca.»

Era fondamentale avvisare suo padre del nostro arrivo, ma non avevo ancora trovato il modo per essere assolutamente certi che la nostra conversazione non venisse intercettata. Dopo la colazione Anna aveva trafficato con il computer, era distratta e avevo capito che stava tramando qualcosa.

«Sarebbe?»

«La Castle Soft esiste ancora.»

«La casa produttrice del labirinto?»

«Sì. Quando ero al liceo avevano fatto perfino una versione per pc. L'avevo comprata e un anno avevo passato le vacanze di Natale a giocarci con mio padre.»

«Invece di correre dietro ai ragazzi...?»

«Stupido, mi era sembrata una buona idea. Volevo solo fare un paio di partite di prova in ricordo dei vecchi tempi, ma poi ci siamo fatti prendere la mano. Non ci siamo mai divertiti tanto. Sembrava quasi di vivere davvero quelle avventure, solo che erano molto più complicate e duravano più a lungo rispetto a quelle del gioco. Alla fine mi sono fatta promettere che non l'avrebbe mai raccontato alle mie amiche.»

«E lui?»

«Ha fatto la sua faccia da giudice e mi ha rassicurato che l'avrebbe fatto, ma solo se promettevo di non raccontarlo ai suoi colleghi. Non avevo mai riso così tanto con lui. È stato bellissimo.»

«E questo come ci aiuta?»

«Si era registrato con la sua mail al servizio di aiuto online, non ricordo più per quale problema tecnico. Gli mandano ancora adesso la pubblicità e lui non si arrabbia. Dice che ogni volta che riceve un messaggio pensa a me.»

«Devo entrare in qualche account?»

«No, niente di così complicato. Lo chiami per annunciare una presentazione della nuova versione del gioco spiegando che l'hanno appena messa sul mercato.»

«E come gli facciamo capire quello che ci interessa?»

«Ti fidi di me?»

Anna mi mostrò gli appunti in cui aveva preparato il dialogo e come suo padre avrebbe interpretato ogni cosa.

«Se la BCE non ti vuole più, ricordati che hai un posto nella nostra agenzia. Vorrei essere una mosca per vedere quello della SecTec che ascolta la conversazione e sbadiglia annoiato» scherzai.

«Chiamiamolo adesso. Il pomeriggio è sempre a casa. È l'ora ideale.»

«Vieni al mio tavolo,» dissi indicandole i due nuovi Mac «controlla prima dov'è la sede della Castle Soft, così scelgo il conto Skype adatto.»

«Ho già guardato, fanno tutto da Dublino.»

«Bene, ho un account Skype che ho aperto con un indirizzo mail irlandese.»

«Pensi sempre a tutto?»

«Perché, tu no?»

Rilessi più volte quello che mi aveva scritto Anna e mi preparai a telefonare.

«Non cambio di una virgola quello che hai scritto.»

«Meglio di no, casomai ti scrivo io le risposte da dargli.»

Composi il numero e attesi il segnale. Era libero.

«Buongiorno Signor Laine, spero di non disturbarla. Sono Arto Lehtonen, della Castle Soft. Ora sono responsabile delle vendite per l'Europa, ma ci siamo già sentiti al telefono alcuni anni fa, quando lavoravo all'assistenza clienti. Non so se si ricorda ancora di me.»

«Ah... mi fa piacere sentirla. In cosa posso esserle utile?»

Anna mi confermò con un cenno che il padre aveva capito.

«Stiamo organizzando la presentazione ufficiale a Helsinki dell`ultima edizione di *Dark World*. Finalmente abbiamo disponibile l'intera versione in finlandese, con la nuova tecnologia 3D e la nostra designer degli abissi verrà personalmente a Helsinki.»

«Interessante, ricordo bene il gioco. Ho passato momenti bellissimi con diversi amici. Ora però non gioco più.»

«Lei è ancora un membro della gilda dei maghi neri. La mia manager mi ha chiesto di contattarla personalmente, perché per l'occasione ha ricevuto un bonus di duemila diamanti blu. Inoltre, avrà diritto gratuitamente alla nuova versione. Le vorremmo offrire un invito personale, chiaramente gratuito, per il lancio.»

«Se è tutto gratuito e non rischio qualche brutta sorpresa, mi può interessare. Quando lo farete?»

Anna era entusiasta.

«Ne sono veramente felice. Non abbiamo ancora fissato gli orari precisi, perché dipende da quanti membri si iscriveranno, ma la prima sessione sarà la settimana prossima, la successiva in marzo. Se le interessa partecipare, la contatteremo ancora.»

«Mi interessa, ma senza impegno. Non posso garantirvi niente.»

«Certo signor Laine, capisco. Ci ha fatto comunque molto piacere sentirla e sapere che si interessa ancora ai nostri prodotti. Vedrà anche che, per poter uscire dagli abissi, abbiamo inventato delle nuove armi strepitose.»

«Benissimo e ringrazi la sua manager. Sono contento che abbiate pensato a me, dopo tutto questo tempo.»

«Grazie ancora signor Laine e a risentirci. Lei è stato veramente molto gentile.»

Conclusi la telefonata e sospirai di sollievo. Anna saltellò sulla sedia gioiosa e mi strinse il braccio.

«Bravissimo! Hai sentito. Ha capito tutto fin dall'inizio. Lo sapevo che sarebbe stato al gioco. È un uomo straordinario e ha reagito subito.»

«Adesso dobbiamo trovare un modo per incontrarlo.»

«Non preoccuparti. Quando hai pensato di partire?» mi chiese, improvvisamente triste.

«Sai che resterei qui per sempre, ma ogni giorno che passa, rende più difficile il tuo ritorno.»

«Lo so.»

«Possiamo imbarcarci venerdì sera a Travemünde da cui poi proseguiremo per la Finlandia. Cosa ne dici?»

«Per me ogni giorno è regalato.»

Mi accorsi che non solo lei era restia a lasciare l'appartamento di Sylt. Mi apparteneva, ma l'avevo sempre considerato uno strumento. Niente più che una casa sicura. Pochi giorni con Anna l'avevano reso per la prima volta *casa mia*.

Nel pomeriggio decidemmo che cosa avremmo fatto a Helsinki e parlammo di come avremmo potuto chiedere l'aiuto di suo padre.

A Helsinki eravamo certi di poter ottenere la consegna di Anna alle nostre condizioni. Le relazioni di suo padre, unite al nostro materiale, avrebbero fatto passare il suo periodo di assenza inspiegato in secondo piano. Decidemmo di attenerci alla storia che avevamo preparato per Francoforte, semplicemente prolungando il periodo di "prigionia". Aveva troppi vantaggi e non era poi così lontana dalla realtà. Verso le sette, lo stomaco di Anna interruppe la discussione.

«Se vuoi stordirmi per l'interrogatorio, puoi farlo stasera a cena con una buona bottiglia. Ho una fame da morire.»

Per cena decidemmo di mangiare carne. Al ristorante ordinai una bottiglia di Syrah cileno.

«Non risparmi mai sul vino tu, eh?»

«La mia conoscenza del vino risale ai tempi in cui ero studente a Parigi.»

«Ti garantisco che a Mannheim non era diverso, ma preferivamo la birra.»

«Non mi meraviglia. Per noi a Parigi era quasi un culto. Non che partecipassi spesso, ma non hai un'idea dell'inventiva di studenti squattrinati per reperire una buona bottiglia. E quando dico buona, era veramente buona.»

«Non ti faccio domande.»

«Fai bene, ma spranga la tua cantina se ce l'hai.»

«Per fortuna non ce l'ho più» rispose ridendo.

«Anche dopo ho continuato a coltivare la passione per i vini, non solo a pranzo con i clienti. Anche a Mel piacevano molto e avevamo una collezione discreta nella cantina di Earls Court.»

«Hai abitato lì?»

«Sì, era la casa in cui avevamo messo tutta la nostra anima. Prima abbiamo vissuto in affitto in un piccolo appartamento di Waterloo per quattro anni, perché nei primi due anni la crescita della società aveva assorbito tutto. Non che fosse brutto, anzi mi sono rimasti dei ricordi meravigliosi, ma era veramente piccolo.

Pensa che la camera di Isabel era poco più grande di un armadio e aveva una piccola finestra che dava sul cortile.»

«Dormiva in un cassetto?» chiese sorridendo.

«Più o meno. Dopo un po' gli affari hanno iniziato a girare bene e abbiamo deciso di comprarci una casa.»

«Hai scelto il posto giusto.»

«È stato un colpo di fortuna. Era appena scoppiata la bolla di Internet e anche gli immobili a Londra ne avevano risentito. La casa era disabitata da dieci anni e molto malridotta. Ce ne eravamo subito innamorati. Sapevamo che avremmo dovuto fare dei lavori, ma li avevamo sottovalutati.»

«L'avete ristrutturata insieme?»

«Ogni stanza. Mel ha seguito tutti i lavori, sebbene fosse incinta. Sono saltati fuori problemi dappertutto, dal tetto alle strutture. E la ditta, invece di metterci sei mesi, alla fine ci ha impiegato quasi due anni. Per nostra fortuna gli affari della società erano esplosi, altrimenti ci avrebbero rovinati.»

«Così grave?»

«Peggio di quanto immagini. Avremmo dovuto svenderla con i lavori lasciati a metà. Ho distribuito apposta dei dividendi e siamo riusciti a pagare tutto. Alla fine, l'impresa ha finito per un pelo e siamo entrati proprio quando Mel è tornata dalla clinica con i gemelli. All'inizio mancavano anche i mobili. C'erano solo i letti e le culle. Pensa che il primo giorno, Isabel si è addirittura messa a piangere e voleva tornare nell'appartamento di Waterloo.»

Anna mi guardò e allungò la mano sul tavolo per prendere la mia.

«Scusami, non volevo dilungarmi con i ricordi» dissi. «Sai, è solo da quando sono con te che non ho più paura a toccare un bicchiere di vino.»

«Perché, cosa vuoi dire? Non sarai per caso riuscito anche a diventare un alcolista?»

«Forse anche peggio di quanto immagini. Quando sono sparito, abbandonando Isabel, quattro anni fa… ero solo e…»

«Daniel, tu non l'hai abbandonata. Non rimproverarti per qualcosa che non hai fatto. L'hai protetta. Anche se sparirai dopo avermi lasciata a Helsinki, io ti sarò sempre grata e non penserò mai che mi hai abbandonato.»

«Vorrei che le cose fossero così semplici.»

«C'è una sola differenza fra le due situazioni.»

«Cosa intendi?»

«Isabel era una bambina inerme e non sapeva il rischio terribile che correva. Lei non poteva scegliere, io sì. So a cosa vado incontro e sono pronta a stare al tuo fianco e a lottare con te.»

Nei giorni successivi visitammo insieme tutta l'isola. Avevamo il necessario per il nuovo travestimento e a parte qualche breve intermezzo, per prenotare il traghetto o verificare alcune parti del nostro piano per Helsinki, passammo dei momenti meravigliosi, dimenticando tutto il resto.

Nemmeno la scoperta che la SecTec aveva anche una succursale a Helsinki riuscì a offuscare la nostra momentanea felicità.

Anche le poche notizie che circolavano ancora su Anna furono solo fonte di divertimento. Aveva passato in rassegna tutta la stampa, pure in Finlandia, per verificare se non ci fosse qualche novità rilevante.

«Guarda qui,» mi chiamò «ho trovato pochissimo.»

«Sul *Tagesblick*?»

«Non solo. La BCE alla fine ha pubblicato una smentita su tutto. Dicono che da parte loro non sono in atto provvedimenti nei miei confronti, anche se manco dal lavoro senza giustificazione e la polizia mi sta cercando. Nel comunicato ripetono addirittura due volte che la ricerca della polizia riguarda solo affari privati ed escludono ogni collegamento con altri decessi.»

«Finalmente.»

«Non interesso più a nessuno. Anche sul *Tagesblick* c'era solo un articoletto minuscolo di cinque giorni fa. Mi hanno visto che me la spassavo alle Cayman insieme a te. Da allora più niente.»

«Insieme a me?»

«"Con un accompagnatore non identificato". Chi vuoi che sia?»

Ridemmo a lungo del dettaglio, forse anche perché per la prima volta la parola «spassarsela» non era fuori luogo.

Il venerdì mattina preparai i nostri documenti di identità. Anna l'aveva capito perché le avevo chiesto la statura.

«Chi diventeremo per il viaggio?»

«Heinrich e Eberhard Görlitz, due fratelli.»

Le avevo già accennato in precedenza che avremmo viaggiato come due uomini, ma mi accorsi che non mi aveva preso veramente sul serio. La foto sul mio documento già pronto la rendeva ancora più scettica.

«Ti presento Heinrich. È solo trucco, non devi preoccuparti.»

«Vedremo...» commentò lei dubbiosa. «Quando inizierai a truccarmi?»

«Adesso, prima di partire. Posso farti le foto e stampare la tua carta di identità solo qui.»

«E tu?»

«Io devo partire dall'albergo ancora con la faccia di Karl Meier. Lui è venuto a Sylt e lo voglio risparmiare.»

«Perché, ci sei affezionato?»

«No, se posso cerco di salvare una delle mie identità... Sono come il vino, sai?»

«Migliorano invecchiando?»

«Hanno anche loro la loro curva di invecchiamento.»

«Davvero?»

«Più passa il tempo, più tutto fila liscio. Le carte di credito vengono pagate automaticamente, c'è sempre meno posta cartacea e così via.»

«E i nostri fratelli Görlitz?»

«Sono nuovi di zecca. Heinrich aveva già le sue carte di credito rifornite, ma Eberhard l'ho creato al volo per te. Avranno vita breve, per via dell'auto che abbandoneremo a Helsinki. Quella che abbiamo adesso la riconsegno come Marc Raster, così salvo anche lui. Poi mi trucco anch'io in una toilette e prendiamo una nuova auto.»

«Come fai a venirne a capo? Ne hai davvero così tante di identità?»

«Quasi un centinaio, ma anche se ho buona memoria, devo gestirli con un database. Ti ho detto che sono onerose da mantenere. Scadono le carte di credito, ci sono pagamenti da fare, posta da ritirare, caselle postali da cambiare e così via. Per esempio, pensa che dovrò cambiare la casella postale a tutte le identità che la condividevano con Malcolm Robertson, quello che ha scassato il suv a Francoforte.»

«Perché, temi che le identifichino?»

«Parto sempre dal presupposto che gli altri sappiano scavare bene. Se non avessi il database, non ce la farei mai.»

Dopo mezz'ora di lavoro, Anna, o meglio Eberhard, era perfetta. Era vestita di tutto punto, aveva già indossato la pancetta e si guardava incredula allo specchio.

Poco più tardi erano pronti anche i nostri bagagli. Quando vidi come Anna si guardava in giro prima di uscire, mi si strinse il cuore.

«Non è tutto finito qui» le mormorai, prendendole la mano e portandomela delicatamente alle labbra.

Tre ore dopo avevamo lasciato Sylt e ci fermavamo in un parcheggio davanti a un autonoleggio di Amburgo. Anna rimase ad aspettarmi con le valigie in un caffè. Quando la raggiunsi di nuovo dopo aver posteggiato l'auto mi accorsi che era impressionata dal mio cambiamento.

«Non abbiamo mai parlato di invecchiare insieme, ma se diventi così, non rimpiangerò niente quando mi lascerai a Helsinki.»

«Non ti piaccio?»

«Con quella pancia e i capelli così. Sembri anche flaccido… sei orrendo.»

Quando uscimmo dal caffè stavamo ancora sghignazzando.

Alle otto di sera parcheggiai la macchina davanti al terminale della Finnlines a Travemünde per ritirare le carte di imbarco. Mancava ancora un po' all'apertura dei cancelli, così ne approfittammo per cenare. Avevamo ritrovato tutti e due il nostro spirito e ci divertimmo crudelmente alle spalle dei fratelli Görlitz. L'idea di cosa avrebbero potuto mangiare di adeguato ci fece sbellicare dalle risa. Il timore per quello che ci aspettava ci rendeva più ilari del dovuto?

42

L'imbarco sul traghetto si protrasse per un'ora, ma i controlli si rivelarono una pura formalità. Chiesero il documento solo a me quando andai a ritirare le carte di imbarco, per verificare di consegnarle alla persona giusta. Viaggiavamo solo con una piccola sacca, in cui avevamo riunito il necessario per le due notti e per rinfrescare il trucco.

Per ottenere le chiavi della cabina presentammo le carte di imbarco. Gli addetti furono cordiali e ci liquidarono rapidamente. I due fratelli Görlitz non avevano un aspetto molto interessante e non destarono l'attenzione di nessuno.

Avevo volutamente esagerato l'aspetto spartano della cabina, quando l'avevo descritta ad Anna. La suite che avevo prenotato era spaziosa ed elegante e mi godetti la sua sorpresa. Uscimmo un'ultima volta per far rifornimento al self service e al ritorno iniziai a liberarla dal travestimento. Le staccai con cura la parrucca, riponendola nell'armadio e cercai di rimuoverle i baffi, senza farle male.

«Mi dispiace, la colla dei baffi è resistente come un cerotto.»

«Non lascia segni?»

«Stai tranquilla, se me lo lasci fare con calma, non c'è problema. Ho preso del materiale antiallergico.»

Terminai l'operazione e l'aiutai a togliersi la pancia posticcia, che riposi insieme al resto.

«Vado a farmi una doccia» disse. «Tu intanto cerca di far sparire quell'aspetto da impiegato paffutello, altrimenti dormi per terra.»

Il dono di due giorni supplementari sembrò a tutti e due un breve periodo di grazia, concessoci dalla magnanimità del fato. Nel grande letto non perdemmo praticamente mai il contatto corporeo e alla passione alternammo momenti di grande tenerezza, in cui ci limitavamo ad accarezzarci e a guardarci negli occhi.

«Mi sembra incredibile che stiamo tornando a Helsinki. Ho la sensazione di abbondonare la mia casa, non di ritrovarla» osservò Anna.

Non trovai niente da dire in quel momento e la strinsi a me.

Forse fu la vibrazione dei motori a conciliare il sonno, ma fu proprio in quel momento che ci addormentammo abbracciati.

Il mattino dopo, la lasciai dormire e riattivai la mia connessione sicura, collegando tutti e due i portatili alla rete wireless della nave. Lavorai per alcune ore, lanciando ogni tanto una rapida occhiata ad Anna, ancora avvolta dalle coperte e beatamente addormentata.

«Daniel, cosa fai, mi hai già lasciata sola?»

Anna si era alzata e stava entrando in bagno.

«Scusami, non volevo svegliarti, ma rimedio subito. Mi troverai al ritorno.»

Mi scollegai e tornai a letto per aspettarla. Poco dopo uscì e si infilò al mio fianco, stringendosi al mio petto.

Parlammo di ogni argomento, confidandoci su tutto. Anna mi raccontò come aveva vissuto la morte di sua madre. Lei stessa volle approfondire il discorso e mi rivelò ogni suo più intimo pensiero, convinta di aiutarmi a capire cosa avesse provato Isabel nella stessa situazione. Stranamente non fu doloroso sentirla e ne rimasi meravigliato.

«Anna, non hai idea di quanto mi abbia riconfortato quello che mi hai raccontato. È stato un po' come se avessi sentito i pensieri di Isabel. Vorrei solo che lei avesse trovato la tua stessa via.»

«Isabel era più piccola, ma me la immagino molto più forte di me.»

«Sei un angelo.»

«Non dire niente. Qui l'angelo sei tu» sussurrò, avvicinando le sue labbra alle mie.

Continuammo a parlare e capii che la curiosità di Anna su diversi aspetti del mio passato non era affatto soddisfatta. La vita assurda che avevo condotto durante i primi momenti di sbandamento l'aveva particolarmente impressionata, e non riusciva ancora a comprendere del tutto l'esistenza solitaria che conducevo.

«Vorrei che questo momento non finisse mai» mi confidò. «Passerei giornate intere ad ascoltarti. Vorrei sapere tutto di te, sentirti raccontare, fare piani.»

«Allora domanda, ormai non ho più segreti.»

«Non è solo curiosità, stavo pensando all'incidente aereo e a quello che ti è successo a El Gouna. C'è qualcosa che mi lascia perplessa, ma non so bene cosa.»

Le raccontai di nuovo tutti gli eventi di quel periodo, senza omettere nessun dettaglio. Mi fece meno domande del solito e la vidi pensierosa.

«Non possono avere deciso di far precipitare addirittura un aereo e organizzare un incidente del genere solo perché l'Interpol voleva dare un appalto alla LastGate per analizzare i movimenti di mercato.»

La osservai perplesso, senza dire niente.

«Anche il lavoro di Michael non era segreto» continuò. «Per raccogliere un budget del genere, alla Banca Centrale servono presentazioni, richieste, direttori che non vogliono decidere e passano la palla a qualcun altro. Nel caso di Michael hanno dovuto anche presentare il progetto al consiglio di vigilanza.»

«Certo. Anche se è urgente e ci sono pochi milioni in ballo, non ricordo un solo caso che non sia andato per le lunghe» risposi improvvisamente attento.

«Vedi? Nei due casi, lo sapevano tutti, ma a Michael non è successo niente.»

«L'hanno ucciso, Anna.»

«Ma solo quando era a un passo dagli insider. Non l'hanno fatto fuori per paura che scoprisse una macchinazione vaga o una speculazione nell'ombra. Per carità, il resto è tutto vero e ne sono convinta, ma era ancora tutto da dimostrare.»

Non commentai. Aveva ragione e la guardai, per invitarla a continuare.

«Vedi? Non era certo un progetto vago e ancora agli inizi ad averli spaventati. Anche se l'avresti fatto tu, ci sarebbe voluto ancora del tempo e il risultato era comunque incerto.»

«Dove vuoi arrivare?»

«Dobbiamo collegare due cose, ma lo dovrai fare tu, perché io non posso aiutarti» affermò Anna.

«Che vuoi dire? Non parlare per enigmi.»

«Secondo me, prima di individuare le operazioni di più ampio respiro, sareste arrivati su qualcosa di più concreto. Esattamente come nel caso di Michael. Magari anche voi vi sareste imbattuti in operazioni simili. Che ne so, in una grande frode o in qualche forma di riciclaggio. Non si trattava di scoprire le grandi manipolazioni, per quelle ci sarebbe voluto troppo tempo.»

«Mmm… potrebbe essere così» osservai dubbioso.

«Sei stato proprio tu a spaventarli, ma per agire così dovevano conoscere il tuo passato, i casi che hai risolto, e sicuramente erano in grado di organizzare operazioni complesse in tutto il mondo.»

«Certo, ma non saprei da dove partire.»

«Prova a capire cosa c'era in corso di particolare in quel momento. Chiediti cosa avreste potuto scoprire rapidamente con l'Interpol. Forse potresti collegarlo a chi conosceva i tuoi trascorsi. Questa è la chiave per individuare i mandanti.»

«Hai ragione… Devo cercare di ricordare un evento importante che sarebbe successo di lì a poco.»

«Esatto, un'operazione che controllata a dovere avrebbe fruttato una barca di soldi» aggiunse. «Purtroppo, in quel periodo la scelta è ampia. Era successo il finimondo e senza dei programmi come quelli di Michael…»

«Certo. Come ho potuto non pensarci prima? Non so ancora come, ma seguirò il tuo suggerimento.»

L'ultima sera ci coricammo abbastanza presto, con l'idea di alzarci alle tre di notte per preparare tutto prima dello sbarco. Dormimmo quelle poche ore abbracciati e dopo ci fu tempo solo per i preparativi.

Approfittai della rete della nave per prenotare una settimana in un albergo in periferia di Helsinki e poi iniziai a truccare Anna. Saremmo stati i fratelli Görlitz per tutta la durata del soggiorno nella capitale finlandese. Il travestimento stava funzionando bene e il lunedì avrei potuto comprare altro materiale per il trucco.

Prima di scendere dalla nave affrontammo anche il discorso dell'incontro con suo padre.

Il piano aveva una grossa incognita, era basato sull'abitudine domenicale del padre di fare il brunch al caffè Eckberg dopo la messa. Anna era sicura che non sarebbe mancato, e io lo avrei visto lì.

Durante l'incontro avrei consegnato al padre di Anna una chiavetta con un programma che avevo preparato da installare sul suo computer.

«Funziona come Skype. Si apre una finestra da cui ti potrà vedere. La grafica è simile, perché l'ho preparato per qualcuno che non ha molta confidenza con i computer.»

«Perfetto, lui sa usare Skype. Avevamo già iniziato a sentirci in questo modo quando ero a Londra.»

«Con il mio programma saremo sicuri, ma dobbiamo essere certi che accetti la chiave e la usi.»

«Gli scrivo un biglietto, in modo che riconosca la mia calligrafia. Così potremo dargli anche delle istruzioni.»

«Bene, allora quando ci incontreremo gli consegnerò la chiavetta insieme ai tui appunti con le istruzioni.»

«Okay, chiaro» rispose Anna.

«Per prima cosa gli dovrai scrivere di non rivelare a nessuno che tu sei qui. Non deve lasciar sospettare niente a nessuno, nemmeno alle persone più fidate. Fagli capire che ne va della tua vita o qualsiasi cosa, purché ti prenda sul serio. Sono in giro con le antenne alzate e non possiamo lasciare trapelare niente. Quindi spiegagli cosa contiene la chiavetta. Una volta aperto il programma deve solo aspettare di ricevere la nostra chiamata.»

«Non può chiamare lui?»

«No, è più sicuro così.»

«E se gli hanno messo dei microfoni in casa?»

«Non penso, ma dobbiamo prevedere anche questo. Se fossimo d'estate gli direi di uscire in terrazza. Scrivigli di mettere della musica o di accendere la televisione, con il volume abbastanza alto.»

«Non farà fatica a sentirci dopo?»

«Può sempre andare in bagno. Scrivigli di tenersi pronto dalle quattro del pomeriggio in avanti, perché dobbiamo chiamarlo dall'albergo con la mia connessione sicura.»

«Posso anticipargli qualcosa dei nostri piani?»

«Assolutamente no. Gli dirai tutto a voce quando vi incontrerete. Alla fine, raccomandagli di bruciare il foglio. Insisti che lo bruci, non deve gettarlo nella spazzatura. E non dimenticare la cosa più importante: deve essere certo che l'hai scritto tu.»

«Non preoccuparti, riconoscerà la calligrafia.»

«Devi anche aiutarmi a convincerlo a seguirmi in bagno.»

«Troverò un modo.»

Anna mi spiegò la disposizione del caffè Eckberg, dove fossero i servizi e dove si sedeva abitualmente suo padre.

Quando gli altoparlanti annunciarono che potevamo raggiungere le auto, avevo appena terminato di truccarmi. Un'ora più tardi i due fratelli Görlitz sbarcavano a Helsinki dove una lunga distesa di neve ghiacciata ci accolse.

«Non scherza l'inverno da voi» commentai.

Ero stato previdente noleggiando un suv anche se ero stato a Helsinki d'estate e non mi sarei mai immaginato un simile spettacolo in inverno.

«Stai attento, si sbanda molto facilmente» mi avvertì Anna.

Erano le dieci e mezza quando parcheggiammo vicino al caffè Eckberg.

«Non farti vedere, potrebbe riconoscerti» scherzai.

«Pensa piuttosto a non impigliarti la pancia nel volante. Ti aspetto qui» Anna sorrideva. «Vedrai che andrà tutto bene.»

«Non so. Se non abbocca o va storto qualcosa?»

«Stai tranquillo, con questo disegno abbocca di sicuro.»

Mi passò una cartellina di cartone, su cui aveva disegnato un angelo dai capelli lunghi con una strana toga e una spada, che usava per minacciare una specie di mostro con dei tentacoli. Sotto l'angelo aveva scritto in stampatello: «CON LUI IN BAGNO TRA DUE MINUTI».

«Non devi prendere un tavolo. Ti fermi di fianco a lui, facendo finta di guardarti in giro o di telefonare e gli metti questa sotto il naso, in modo che la veda solo lui. Poi tu vai subito in bagno e lo aspetti. L'angelo era la mia arma segreta per uscire dal labirinto. Si potevano creare i personaggi da inserire nella propria armata» mi istruì infine.

«Ricevuto» dissi prima di uscire, protendendomi per darle un bacio.

«Così proprio no, te l'ho già detto,» si ritrasse «se tu ci riesci, inizio a preoccuparmi.»

Scoppiò in una risata argentina e fece spallucce, tappandosi la bocca con una mano. Mentre stavo cercando di scendere dalla macchina, prestando la massima attenzione per non spostare la pancetta, Anna mi richiamò di colpo.

«Daniel!»

«Cosa c'è?» replicai preoccupato, guardandomi in giro.

«Portami delle Eleonora.»

«Eleonora?»

«Sono dei dolci al cioccolato, una loro specialità. Così conciato non ti seguirebbe nessuna Eleonora» ironizzò.

Avevo un vago ricordo del caffè Eckberg, durante il mio soggiorno lo avevo frequentato. L'arredamento era simile, ma doveva essere stato rinnovato. Sulla destra si trovava il bancone della pasticceria, sulla sinistra la sala. Entrando, riconobbi immediatamente il padre di Anna. Doveva essere arrivato da poco, perché sul tavolo non aveva ancora niente.

Mi avviai verso di lui, continuando a guardarmi in giro, come per cercare qualcuno. Lo superai, poi tornai indietro. Mi fermai al suo fianco, quasi ostentatamente. Raddrizzai la cartellina che avevo in mano, in modo che gli fosse praticamente di fronte agli occhi.

Simulai un colpo di tosse e rimasi alcuni secondi a guardare intorno con aria spaesata, facendo finta di cercare qualcosa in tasca. Senza prestargli più attenzione, mi diressi verso il bagno, sperando che la scena avesse sortito l'effetto desiderato. Entrai. Non c'era nessuno. Mi chiusi in una toilette e aspettai.

Dopo un paio di minuti sentii aprirsi la porta. Non mi mossi per qualche secondo, poi uscii: era in piedi davanti a un lavabo. Avevamo avuto fortuna, eravamo ancora soli. Mi avvicinai e iniziai la conversazione senza voltarmi: «Sua figlia non piange».

«Cosa vuoi dire?» rispose burbero, sorpreso dalla mia presenza.

«Mi scusi signor Laine. Anna voleva che le dicessi questo. Non riconosce la frase?»

«Dannata ragazza!» esclamò. «Sta bene? E tu chi sei? Che cosa state combinando?»

«Non parliamo adesso, può arrivare qualcuno. Tenga questo» risposi porgendogli la chiavetta USB e gli appunti con le istruzioni.

«Cos'è questa roba? Anna è ricercata e se non si consegna la sua situazione potrebbe aggravarsi» ribatté, agitandomi il foglio davanti al naso.

«Serve per poter parlare con Anna dal suo computer. Le indicazioni le ha scritte sua figlia.»

«Quando potrò vederla? Lei è a Helsinki?»

«Sì. La chiamerà stasera con una sorta di skype. Potrà anche vederla. Con il programma che troverà nella chiavetta potrete parlare al sicuro.»

«Cosa sta succedendo? Lo devo sapere! Anna è in pericolo?»

«Adesso no, ma dipenderà da lei. La prego, aspetti la chiamata, Anna le spiegherà tutto. Ora devo andare» tagliai avviandomi verso la porta, ma il padre di Anna mi afferrò un braccio impedendomi di uscire.

«Non so chi sei e cosa state facendo, ma state attenti. Ho sentito voci contrastanti.»

In quel momento si aprì la porta e suo padre mi lasciò subito andare.

«Allora ha capito bene. Il museo è proprio all'inizio dell'Elisabetsgatan, ma dovete passare dalla Pohjoisranta» disse con disinvoltura.

«Grazie ancora!» risposi con un sorriso.

Uscii e mi diressi alla pasticceria, per comprare i dolci che mi aveva chiesto Anna.

«Avete dei dolci che si chiamano Eleonora?» domandai titubante alla commessa, pensando che Anna volesse prendersi gioco di me.

«Certo, quanti ne vuole?»

Con sollievo ne chiesi otto e uscii. Pagai il posteggio e raggiunsi l'auto, tenendo la scatola di dolci dietro la schiena. Anna mi aveva visto arrivare e mi aprì la portiera.

«Come è andata?»

«Benissimo. Ha capito subito» la rassicurai. «Alla fine voleva dirmi qualcosa, ma è entrato qualcun altro.»

«Che cosa?»

«Non so, ha sentito voci contrastanti.»

«Ha chiesto di me?»

«Scherzi? Ho dovuto fermarlo perché continuava a fare domande.»

«E i miei dolci?»

«La commessa si chiamava Eleonora e mi ha dato uno schiaffo.»

«E perché hai i baffi ancora dritti?» chiese ridendo. «Guarda che ho visto il pacchetto che cerchi di nascondere.»

43

Helsinki

Avevamo scelto l'Hilton Kalastajatorppa, nella zona nord-ovest della città. Era sembrato a tutti e due una buona idea, perché c'erano diverse vie di uscita dall'area urbana. Trasformati nei fratelli Görlitz, ci sentivamo al sicuro, ma era meglio non rimanere in centro, vicino a suo padre. Il centro del resto era raggiungibile molto facilmente: in pochi minuti fuori dagli orari di punta e, nel caso il traffico si fosse rivelato un problema, avremmo potuto sempre ripiegare sul tram.

La registrazione in albergo fu rapida, complice la prenotazione effettuata online e avemmo un'ulteriore prova di quanto due fratelli del genere risultassero poco interessanti.

«Non mi ha nemmeno guardata» mi sussurrò Anna all'orecchio in ascensore, mentre raggiungevamo il primo piano.

La camera non era grande, ma molto confortevole e dotata di due grandi letti francesi posti a poca distanza uno dall'altro.

«Immagino che non possiamo ancora toglierci il trucco» commentò, indicando i due letti.

«Mi piacerebbe, ma se lo facciamo non posso più rifarti il make-up... Abbiamo finito quasi tutte le nostre scorte. Quindi, per chiamare tuo padre non possiamo fare altrimenti, e gli devi spiegare perché sei ridotta così.»

«Chissà cosa dirà.»

«Se riusciamo a incontrarlo già stasera ti posso ripulire una volta tornati. Domani mattina vado a far rifornimento, ma tu devi rimanere chiusa in camera senza farti vedere da nessuno. Non possiamo permetterci di commettere errori.»

Attivai la mia connessione sicura e controllai che il padre fosse anche lui in linea.

«Mi dispiace, non è ancora collegato» dissi.

«Come fai a saperlo?»

«Il programma della sua chiavetta USB scrive un'indicazione su un server quando è attivo e pronto a ricevere.»

«Mangiamo qualcosa? È dalle sei che non tocco cibo. Vuoi un'Eleonora anche tu?»

«Mmm… Io preferirei un'Anna, ma in questo periodo sono troppo coriacee.»

«Se non ti comporti bene, dovrai aspettare la primavera.»

Mezz'ora dopo, il programma indicò che suo padre ci stava aspettando.

«Prima di chiamarlo dobbiamo mettere bene in chiaro una cosa» affermai.

«Non abbiamo già concordato la versione?»

«Intendo riguardo la mia identità.»

«Sai che non potrei mai rivelare qualcosa che possa nuocerti.»

«Lo so, ma temo due cose. La prima è la gaffe. Più sei vicina a qualcuno, più le tue difese si attenuano. Potresti perfino chiamarmi Daniel per sbaglio o rivelare qualcosa di importante.»

«Non penso sia così difficile.»

«Devi fare molta attenzione, in particolare quando sarai sola con lui.»

«Hai ragione, come ti devo chiamare?»

«Io non sono né Daniel, né Marc Raster né nessun altro. Adesso sono Heinrich Görlitz. Ma un tuo errore non è l'unica cosa di cui ho paura. Tu ami tuo padre?»

«Che domande sono?»

«Dovrai mentirgli in continuazione per mantenere la promessa che mi hai fatto.»

«Lo so, ma sarà solo all'inizio.»

«Pensi forse che uno come tuo padre non cercherà di capire cos'è successo?»

«Hai ragione, ma come farò a non tradirmi?»

«Dovrai nascondere tutto quello che mi riguarda e dovrai mentire per sempre su quanto è accaduto in queste settimane. Dubito che lui non continuerà a farti domande. Quanto più ti senti legata a una persona, tanto più ogni omissione ti fa soffrire. Perché credi ti abbia detto il mio vero nome, malgrado Isabel?»

Anna ammutolì improvvisamente e si strinse a me, guardando per terra. Prima di premere il bottone della chiamata, aspettai che si fosse ripresa.

«Hai capito ora?»

«Sì» ammise sussurrando.

Disattivai la funzione di distorsione della voce e premetti il bottone di chiamata, spostandomi di fianco per lasciare inquadrare solo Anna. Pochi istanti dopo apparve il padre di Anna. Sullo sfondo si vedevano degli asciugamani appesi.

«È in bagno!» esclamò Anna.

Le diedi un'occhiataccia e mi portai l'indice alla bocca, indicandole poi un piccolo riquadro a sinistra, in cui appariva lei con l'aspetto di Eberhard Görlitz.

«Cosa succede, perché non vedo mia figlia? Anna mi senti? Dove sei?»

«Papà sono io. Non ti devi preoccupare.»

«Sei davvero tu? Ma sei conciata come l'uomo del gabinetto.»

«Guarda papà» spiegò Anna, sollevando un angolo della parrucca. «Loro cercano una donna.»

«Anna tesoro, sei davvero tu! Come stai? Mi ha fatto quasi impazzire restare senza tue notizie. Solo una chiamata due settimane fa, poi quel messaggio sibillino.»

«L'hai capito?»

«Certo. Ti aspettavo, infatti. Sei veramente qui?»

«Sì. Ti dobbiamo spiegare tutto. Mi devi aiutare.»

«Farò qualsiasi cosa, ma devi costituirti. Possiamo sistemare tutto.»

«Ti voglio bene papà.»

«Anna, adesso devi essere sincera con me. C'è chi sostiene che tu sia coinvolta in una frode e che alla BCE stiano insabbiando tutto. Io sono sicuro che sei innocente, ma la tua fuga gioca contro di te.»

«Papà, ascoltami bene, ti dobbiamo incontrare, vedrai che capirai tutto. La frode c'è davvero stata ed è immensa.»

«Ma tu non puoi essere coinvolta!»

«Io sono una testimone. Conoscevo chi l'ha scoperta e mi hanno rapita perché pensavano custodissi del materiale contro di loro.»

«Conoscevi quello che si è suicidato?»

«Non si è suicidato. Ti spiegherò tutto quando ci incontreremo.»

«E adesso? Sei libera? Ti hanno fatto qualcosa? Dimmi cos'è successo!»

«Stai tranquillo papà, va tutto bene. Vogliono che mi consegni alla polizia, ma devo farlo con il tuo aiuto.»

«Con chi sei adesso? Perché parli al plurale. Chi era quello che mi ha dato il tuo messaggio?»

«Papà, non posso spiegarti, ma ho ricevuto l'aiuto di un'agenzia. Sono loro che mi hanno liberato e hanno trovato le prove che incastrano i miei rapitori.»

«Anna, stai attenta. Sai chi sono?»

«Sono i buoni. Non posso dirti altro, sappi solo che mi fido ciecamente di loro. Senza il loro aiuto, ora non avresti ricevuto nessuna telefonata. Mai più nessuna. Se sono travestita così c'è una ragione. Credimi, ti prego.»

«Ti credo, tesoro, ma stai attenta. Come facciamo a incontrarci?»

«Papà, mi devi giurare che non ci tradirai e non coinvolgerai la polizia in nessun modo. E non pensare a qualche assurdità come la sindrome di Stoccolma.»

«Anna, non farò niente che ti possa mettere in pericolo.»

«Papà, so come ragioni. L'avvocato Braunwald ti avrà detto che stavo per consegnarmi a Francoforte e che l'agenzia mi ha salvato la vita una seconda volta.»

«Perché, cosa è successo invece?»

«Te lo dirò, adesso però mi devi giurare che verrai da solo e non dirai niente a nessuno. Soprattutto alla polizia.»

«Te lo prometto.»

«Papà, lo devi giurare, anche sulla mamma.»

«Anna, cosa dici? Certo, te lo giuro. Avevo già capito che qualcosa non quadrava. Ne ho parlato con Heikki, non è mai esistito un vero mandato internazionale. Sei ricercata in tutti i Paesi dell'area euro, ma sono state fatte solo richieste locali, e arrivano tutte da Bruxelles.»

«Ne parliamo dopo, papà. Adesso devo spiegarti come faremo a incontrarci.»

«Okay, dimmi cosa devo fare.»

«Lascia a casa il cellulare e prendi prima il tram numero tre, fino alla stazione. Controlli che nessuno ti segua e attraversi la stazione. Quindi esci di nuovo e prendi il cinque fino alla fermata dell'Opera. Hai capito?»

«Certo, starò attento. E poi?»

«Attraversi la strada e vai nel parcheggio di fronte, quello dello stadio olimpico. Noi ti aspetteremo lì, in un suv blu scuro, con la targa tedesca. Ti prego, pensa sempre al peggio, come se avessi qualcuno che ti sta seguendo.»

«Anna, sai che farei qualsiasi cosa per te. A che ora ci vediamo?»

«Alle sei. Copriti bene, fa molto freddo.»

«Stai attenta anche tu Anna, ti prego.»

«Papà...»

«Dimmi tesoro.»

«Presumi sempre il peggio, per favore. Immagina di averli alle calcagna. Probabilmente non sarà così, ma è più sicuro che tu prenda tutte le precauzioni.»

«Non preoccuparti, Anna. Ti ricordi dove ho fatto il servizio militare?»

«Sì papà, ma questa non è un'esercitazione.»

Anna interruppe il collegamento con un sospiro di sollievo e mi guardò.

«Che ne dici?»

«Sei stata bravissima. Chi è Heikki?»

«Il sovrintendente Koskinen. È membro della direzione nazionale della polizia. Oltre al direttore centrale, sopra di lui c'è solo il ministro dell'interno. Si conoscono dalle elementari. Lui lavora ancora, mentre i giudici della Corte Suprema vanno in pensione prima.»

«E la storia del servizio militare?»

«Era in un corpo speciale. Erano addestrati a fare pedinamenti e azioni di questo tipo...»

«Potrei prendere lezioni da lui.»

«Smettila Daniel! Piuttosto, come ci comporteremo quando lo incontreremo?»

«Nel modo più naturale possibile. La storia è pronta, dobbiamo solo andare in scena. Ricordati che dovrai raccontare tutto anche a Legrand, ma sarà dura.»

«Sul serio?»

«Sarà molto insistente e non potrai commettere il minimo errore. Te lo dico sinceramente, questo mi preoccupa.»

«A meno che mio padre non negozi un accordo.»

«Cosa intendi?»

«Posso raccontare a mio padre che a Francoforte ho avuto un'esperienza drammatica. L'interrogatorio dell'agenzia mi ha distrutto e non voglio più ripetere un'esperienza del genere. Lui può chiedere che venga dispensata e che Legrand mi lasci in pace. In fondo le informazioni che contano sono nel dossier.»

«Ottima idea! Sei cittadina finlandese e Legrand rispetta le sfere di competenza. Se tuo padre convince la polizia finlandese a lasciarti stare, non ti chiederanno nemmeno come ti chiami.»

«Daniel, funzionerà, credimi.»

Per la prima volta non avevo cattivi presentimenti. Con le conoscenze di suo padre e il coinvolgimento di Legrand, sarebbe filato tutto liscio.

44

Il padre di Anna doveva già aver iniziato il suo periplo in tram e noi dovevamo arrivare prima di lui. Non ci rimase quindi che metterci in viaggio.

Mezz'ora più tardi, parcheggiai l'auto nel grande spiazzo gelato, in una fila laterale da cui si vedeva l'Opera. Anna si sedette dietro, perché suo padre potesse sedersi accanto a lei.

Quel giorno non c'erano né spettacoli né partite, lo avevamo verificato, e il parcheggio era praticamente vuoto. Rimanemmo in attesa con il motore acceso, ma con i fari spenti.

Venti minuti dopo, una figura imbacuccata emerse dall'ingresso. Per un attimo fu illuminata dalla luce di un lampione.

«È papà, lo riconosco da come cammina.»

L'uomo si avvicinò all'auto. Anna gli aprì la portiera, invitandolo a entrare, ma lui esitò.

«Papà, sono io. Sono ancora travestita.»

Il padre vinse l'incertezza e salì a bordo, chiudendo la porta.

«Anna, tesoro, quanto mi sei mancata» esclamò mentre la abbracciava.

«Papà, non hai idea di quanto sia contenta di vederti.»

Si strinsero per un attimo e io rimasi in silenzio, senza mai abbassare la guardia: all'esterno nessun movimento.

«Stai bene? Fammi vedere come ti sei conciata. E la mano? Perché hai il dito bendato?»

«Una sciocchezza, adesso ti racconto tutto. Allacciati la cintura, così l'agente può partire.»

Solo a quel punto, suo padre si sporse in avanti per osservarmi.

«E l'autista chi è?» chiese in tono ironico. «È lo stesso del caffè? Dove l'hai pescato?»

«Papà ti prego, anche lui è travestito. Poi non l'ho pescato io, caso mai è stato il contrario. Mi ha trovata e mi ha salvata. Se proprio lo vuoi sapere, mi avevano strappato anche un'unghia e non mi davano da bere. Mi tenevano incatenata. A Francoforte si è fatto anche sparare pur di proteggermi.»

«Anna, calmati» intervenni. «Tuo padre ha tutto il diritto di chiedersi chi siamo.»

A quel punto mi voltai verso di lui per rassicurarlo.

«Signor Laine, è più prudente discutere in viaggio. Lasci che sua figlia le racconti tutto, dall'inizio alla fine, poi potrà farci tutte le domande che vuole.»

«Oh mio Dio, cosa è successo?»

«Sua figlia ha vissuto dei brutti momenti, prima che la liberassimo. È stata testimone di fatti molto gravi e hanno cercato di metterla a tacere per sempre. Se l'abbiamo travestita così, c'è una ragione. La lasci parlare tranquillamente, senza agitarla. Vedrà che a tutto c'è una spiegazione.»

«D'accordo, ma mi dica almeno chi siete.»

«Non stiamo operando sul nostro territorio e non stiamo violando nessuna legge, salvo per quanto concerne l'identità di copertura che abbiamo creato per sua figlia. Ovviamente, io non posso rivelare il mio vero nome, nemmeno ad Anna.»

«Partiamo pure, ma chiaritemi meglio la situazione.»

Mi avviai all'uscita e programmai il navigatore per dirigermi verso Porvoo.

«Prenderò l'autostrada per andare fuori città, così potrete parlare con tranquillità. In realtà non andremo da nessuna parte.»

«Dimmi almeno chi sei e per chi lavori. Come mai parli il finlandese così bene?» domandò con un cipiglio che svelava il giudice inquisitore che era in lui.

Nello specchietto vedevo che mi guardava con una nuova luce.

«Papà, lui parla dodici lingue» ci interruppe Anna. «Ha preso l'accento a furia di parlare con me in questi giorni. Questi agenti hanno delle conoscenze incredibili.»

«Davvero?»

«Sua figlia esagera un po'. Ho una certa predisposizione a imparare rapidamente e anni fa ho trascorso tre mesi a Helsinki per lavoro.»

«Immagino di non poterle chiedere il motivo» concluse infine, tornando al lei. Non era abituato a non avere sotto controllo ogni dettaglio e si vedeva.

«Può farlo, ma non posso rispondere. Comunque era uno scopo legittimo e anche allora abbiamo rimesso tutto in mano alle vostre autorità.»

Ci vollero quasi due ore perché Anna esaurisse il suo racconto e prima di invertire la marcia, arrivai fino a Kotka. Non omise nessun dettaglio, a parte quanto concerneva la nostra relazione.

La reazione commossa del padre agli aspetti più drammatici fu toccante. Non ebbi quasi mai occasione di intervenire e Anna fugò ogni mio timore. Non si tradì mai e descrisse i giorni della nostra fuga, attenendosi perfettamente alla versione concordata.

Le dimensioni delle manipolazioni e le implicazioni politiche non erano sfuggite al giudice Laine.

«Ma vi rendete conto in che cosa vi siete imbattuti? Adesso capisco perché Heikki ha detto che al ministero sembravano tutti impazziti.»

«Perché?»

«Anna, in questi giorni non sono stato con le mani in mano.»

«Non avrà detto a qualcuno che saremmo venuti?» chiesi preoccupato.

«Ho parlato a Heikki e all'avvocato Braunwald della prima telefonata. Degli altri messaggi non ho raccontato niente. Nessuno sa del vostro arrivo.»

«Cos'hai scoperto, papà?»

«Dopo lo scandalo, il governo tedesco ha ricevuto una direttiva da Bruxelles per insabbiare le indagini su tutto quello che concerne la BCE.»

«Allora sono libera qui in Finlandia?»

«Non esattamente, hanno seguito un iter anormale, e la polizia ti dovrebbe ricercare anche qui.»

«Non capisco...»

«La BCE ha presentato denuncia già quindici giorni fa. Non contro di te esplicitamente, ma per un furto di dati, indicando te come testimone.»

«Allora mi cercano.»

«Ufficialmente no, perché la domanda non era conforme e Heikki ha fatto richiesta di elementi probatori per poter procedere.»

«E allora?»

«Allora niente. Dalla Banca Centrale non è arrivato più niente. Si è fermato tutto. Però in parallelo hanno fatto pressioni dal Ministero delle finanze.»

«A chi?»

«Alla direzione. Sostengono di voler evitare la diffusione di informazioni non controllate e di voler parlare con te, prima che ti rivolga alla stampa. Hanno paura per la crisi in corso. Con quello che mi avete raccontato, adesso capisco perché.»

«Cosa vuol dire?»

«L'ufficio investigativo e la sicurezza nazionale non ti stanno cercando, perché dipendono direttamente da Heikki. Lui ha potuto fermare le loro richieste di arresto, anche perché gli manca un anno alla pensione e non ha bisogno di cedere alle pressioni della politica. Solo la stradale ha eseguito gli ordini e ha diramato un avviso.»

«C'è dell'altro?» chiesi.

«Purtroppo sì. Heikki ha saputo da informatori che qualcuno ti sta facendo cercare, sfruttando il sottobosco della malavita.»

«Papà, stai scherzando, vero?»

«Purtroppo no. Pare abbiano promesso una specie di taglia a chi segnala la tua presenza in porti, aeroporti e così via.»

«Come ha fatto a scoprirlo?»

«Hanno messo in giro delle tue foto. Heikki ha già visto un paio di casi analoghi e quando ha saputo che c'era in ballo qualcosa, è riuscito a procurarsi le fotografie e ti ha riconosciuto. Non cercano solo te. Tre foto sono tue: una è quella bella, ancora con gli occhiali. Le altre due sembrano ritoccate. Una con dei capelli corti neri e l'altra con un taglio cortissimo. Poi c'è un uomo, sui trentacinque anni, che non hanno potuto identificare. Sai chi può essere?»

«No, ma forse era un agente che ci ha fatto da scorta a Francoforte.»

«Della vostra agenzia?» mi chiese.

«Non saprei, dovrei vedere la foto. Non hanno scoperto chi ha commissionato la ricerca?»

«Ci stanno provando» rispose. «Hanno un numero di cellulare, ma è all'estero.»

«Dove?»

«In Belgio. Hanno chiesto informazioni, ma non sono riusciti a ottenere niente. La cosa migliore è organizzare la consegna direttamente a Heikki. Con il suo aiuto, seguiremo l'iter più corretto.»

«Signor Laine, noi abbiamo una richiesta precisa.»

«Non siete certo nella posizione di formulare richieste.»

«È per la sicurezza di Anna, mi creda. Vogliamo che la consegna di sua figlia e delle prove avvenga sotto la supervisione dell'Interpol.»

«Questo è escluso. Siamo su territorio finlandese e un intervento esterno non è necessario.»

«Nessuna ingerenza, signor Laine. Solo coordinamento, aiuto costruttivo ed esperienza. I reati che abbiamo accertato sono avvenuti in diversi Paesi e sono di una complessità straordinaria. Se le inchieste non vengono portate avanti parallelamente i colpevoli potrebbero cominciare a pensare di eliminare i testimoni.»

«Cosa crede, che siamo incapaci di tutelare un testimone?»

«Lei non ha ancora ben chiaro quello che possono fare i rapitori di Anna. E sua figlia non deve diventare un testimone. Credete di poterla proteggere? Che budget annuale ha la vostra polizia?»

«Cosa c'entra questo?»

«Mi risponda. Un miliardo? Due miliardi? Tre miliardi?»

«Ovviamente no, ma non capisco dove volete arrivare.»

«Si ricorda la cifra di cui le ha appena parlato Anna?»

«Sei miliardi?»

«Esatto. Quella gente ha a disposizione un esercito. Non uccidono mai nessuno: i loro nemici spariscono senza che la polizia riesca a subodorare niente. Vuole far morire sua figlia in un incidente d'auto?»

«Non lo dica, nemmeno per scherzo.»

«Allora Anna deve restarne fuori. La sua testimonianza deve diventare irrilevante, di fronte ai precisi riscontri, che solo un'indagine internazionale potrà trovare. Anna non interesserà più a nessuno solo quando avrete così tante prove da rendere i fatti incontrovertibili.»

«Mi lasci pensare.»

«Le ricordo che i reati di cui stiamo parlando non sono avvenuti in Finlandia. Dovrete comunque trasmettere tutto ad altre polizie. Lo dovreste praticamente già fare passando tramite l'Interpol. Noi vi chiediamo solo di scegliere l'interlocutore più qualificato.»

«Papà, pensa anche a quello che è successo a Francoforte.»

«Anna ha ragione, e lo ha ammesso anche lei: la politica sta facendo delle pressioni. Ogni inchiesta locale subirà la stessa cosa. Senza una forza trainante, si arenerà tutto.»

«Qui non siamo in Germania. Posso garantire che Heikki è al di sopra di ogni sospetto.»

«Lungi da me anche solo pensarlo. Chieda ad Anna. Abbiamo mai sospettato che il procuratore Wiegend a Francoforte fosse colluso in qualche modo con i rapitori? No. Ma non possiamo correre il rischio di imbatterci in infiltrazioni, debiti di carriera o piaggeria verso un superiore. Qui ne va della vita di Anna e da soli non arrivereste a niente. Sarebbe troppo pericoloso per lei.»

«E voi, che interesse avete in tutto questo? Parlate di interessi e intanto l'avete drogata e interrogata. L'avete tenuta segregata per giorni. Come posso fare affidamento su di voi?»

«Papà per favore, non dire assurdità. Mi hanno aiutato a ricordare. Ero sotto choc e c'erano dei passaggi oscuri nella mia vicenda.»

Suo padre rimase in silenzio, poi si piegò in avanti, stringendomi di nuovo la spalla, come se avesse riconosciuto qualcosa in quello che gli avevo detto.

«Probabilmente è anche peggio di quel che mi state dicendo» ammise, sorprendendo sia me che Anna. «Cosa mi volete proporre?»

Ce l'avevamo fatta. Il giudice toccava con mano ciò che tante volte aveva dibattuto: sua figlia, rapita, torturata, in fuga, calunniata e in vita unicamente per caso.

«Deve prendere contatto con il commissario Charles Legrand. Gli deve spiegare bene il caso e che genere di prove abbiamo raccolto. Lui dirige il settore crimini finanziari internazionali e vi offrirà la sua assistenza. Deve esigere che sia presente anche lui quando Anna si consegnerà. Su questo siamo intransigenti.»

«Okay, ma non capisco perché debba esserci anche lui.»

«È una precauzione supplementare.»

«La sua presenza non mi sembra rilevante.»

«C'è anche una seconda ragione.»

«E quale sarebbe?»

«Non corra troppo. Come già detto, Anna non deve diventare un testimone. Le inchieste devono andare avanti, basandosi unicamente sui dati che forniremo. Riceverete molto di più di quello che lei conosce. Questo lei lo deve ribadire sempre con insistenza, in ogni circostanza. Deve negoziare in anticipo con Legrand e con Koskinen su questo punto.»

«Sono d'accordo con voi. Per Koskinen potrei già dirvi di sì. Per Legrand non saprei, non lo conosco.»

«Lei ha due argomenti importanti. Il primo: Anna è cittadina finlandese ed è estranea ai reati, un eventuale processo non ha ragione di tenersi qui e Anna non si sposterà mai dalla Finlandia per testimoniare.»

«E il secondo?»

«Quello è più drastico. Siamo noi. Niente accordo, niente dati. Sicurezza totale per Anna o niente. Se le inchieste stentano a partire, un programma convenzionale di protezione dei testimoni servirà a poco, perché in un modo o nell'altro arriveranno a metterla a tacere. Non possiamo imporre niente ad Anna, ma l'unico modo per salvare sua figlia sarà la sua scomparsa. Morte simulata, un altro nome, chirurgia plastica, un'altra vita insomma. Anna Laine non esisterà più per nessuno. Non abbiamo alternative sicure da proporre. In un modo o nell'altro, Anna non dovrà testimoniare.»

«Non ce ne sarà bisogno. Sono già con voi. Anna, tu sei d'accordo?»

«Ti ringrazio papà. Sono innocente...»

«Lo so piccola mia. Non l'ho mai dubitato, nemmeno per un istante. Lo sai che sono sempre con te.»

Non riuscivo a crederci. Quello che avevamo ottenuto mi sembrava troppo bello per essere vero e fu quasi una doccia fredda sentire il padre di Anna chiedermi per quale ragione non avessimo contatto direttamente Legrand. Anna cercò di rassicurarlo dicendogli che si fidava ciecamente della nostra agenzia, ma non fu sufficiente.

«Abbiamo diverse ragioni per non farlo,» aggiunsi «tutte perfettamente legittime. La prima è politica e se dicessi il contrario le mentirei. Il mio governo non vuole suscitare conflitti e non vuole intervenire in prima persona in un caso puramente europeo.»

«E allora perché vi siete immischiati?»

«Non ci siamo immischiati. Stavamo indagando sulla scomparsa di un nostro agente e abbiamo scoperto casualmente quanto era accaduto al collega di sua figlia. Un caso davvero singolare, me ne rendo conto, ma abbiamo avuto la fortuna di trovarla in tempo. Quando, poi, grazie a sua figlia, abbiamo capito cosa si celasse dietro, non ci siamo risparmiati. Con le prove che abbiamo raccolto, l'Interpol potrà condurre l'inchiesta con successo.»

Feci una pausa per dare enfasi alla parte successiva del discorso.

«Ora desideriamo solo che tutto venga risolto nel pieno rispetto delle leggi e delle sovranità nazionali. Consegneremo tutti i dati che abbiamo raccolto e ci tireremo fuori.»

«E perché non l'avete fatto prima?»

«Ci abbiamo provato a Francoforte, pensando che bastasse

coinvolgere la giustizia locale. Ma ci sbagliavamo. Per fortuna abbiamo preso delle precauzioni, perché la politica non sta giocando pulito.»

«E la seconda ragione?»

«La nostra agenzia non può accettare che vengano messe in pericolo vite innocenti. In questo caso dobbiamo essere sicuri che sua figlia possa consegnarsi in totale sicurezza. I miei ordini in merito sono molto chiari. Non posso e non voglio trasgredirli.»

«Parteciperete anche voi alla consegna?»

«La nostra responsabilità cessa quando Anna varcherà la soglia della sede che ci indicherete. Poi, per le ragioni che le ho già spiegato, non potremo più apparire.»

«Cosa vuol dire?»

«Vuol dire che spariranno, papà. Non possono farsi vedere, il loro governo non lo permette.»

«E tu che ne sai?»

«Sua figlia ha ragione. Ci è tassativamente proibito.»

Ritornando verso Helsinki, mi ero attenuto scrupolosamente a ogni limite e divieto. Dopo quanto avevo appreso sulla polizia stradale, non era il caso di commettere errori. Quando raggiunsi l'uscita per il centro, Anna iniziò ad accomiatarsi.

«Ciao papà, mi dispiace tanto per tutto questo.»

«Non dire così. Vedrai che fra pochi giorni tutto andrà a posto.»

«Papà…»

«Dimmi, piccola.»

«Non tornerò più a Francoforte, voglio rimanere qui.»

«Non farlo per me, Anna. Sai che non desidero altro che vederti vivere la tua vita.»

«Lo so papà, ma ora voglio davvero restare.»

Mi fermai di fianco al marciapiede della prima stazione di taxi che incontrammo. Anna scese con suo padre e si abbracciarono per un lungo momento. Mentre Anna risaliva davanti al mio fianco, suo padre si sporse all'interno.

«Grazie per tutto quello che avete fatto per lei. Continuate a proteggerla fino alla fine.»

«Non si preoccupi,» risposi «non ho alcuna intenzione di abbandonarla finché non sarà fugato ogni dubbio per la sua sicurezza.»

Mentre ci allontanavamo continuai a vederlo nello specchietto, fermo rivolto verso la nostra auto. Sapevo quello che stava provando: l'immagine di Isabel che mi salutava dalla porta agitando la mano, mentre il taxi mi portava via da lei per sempre, non mi avrebbe mai abbandonato.

«Ci sei andato giù duro con la mia sicurezza. Te l'avevo detto che sarebbe stato difficile riuscire a convincerlo» disse Anna con un sospiro.

«Be', abbiamo... come dire, un fortissimo interesse comune. E mi sarei meravigliato del contrario.»

«Non fare il gradasso, adesso. A un certo punto mi è parso perfino di cogliere del panico nella tua voce» obiettò Anna.

«Devo confessarlo?»

«Lascia perdere. La storia dell'agente scomparso e dei possenti mezzi dell'agenzia mi è piaciuta. La migliore era quella dei tuoi ordini. Con me non sei stato così prodigo di dettagli.»

«Visto l'interrogatorio a cui ci ha sottoposti, non potevo fare altrimenti» le risposi. «E tu invece? Non mi avevi mai parlato di voler restare a Helsinki. Dicevi sul serio?»

«Una cosa l'ho capita, Daniel. La mia casa non è né a Londra né tantomeno a Francoforte. Se non posso andare dove vorrebbe il mio cuore, non posso che starmene qui.»

Rimanemmo in silenzio per un po', procedendo verso l'albergo sotto un nevischio leggero che aveva iniziato di nuovo a cadere.

«Non ti credevo, ma avevi ragione…» ammise, scuotendo la testa.

«Su cosa?»

«Mentire fa male. Mi veniva da piangere. Gli ho raccontato solo bugie.»

«Non esagerare adesso. Lo hai fatto per me, per tenermi fuori. Non puoi sentirti in colpa per avermi aiutato.»

«Questo non lo rende più semplice» sospirò Anna.

«Lo so.»

«Povero Daniel, non me ne rendevo conto. Ora, però, devi farmi una promessa.»

«Quale?»

«Non devi soffrire più, se non puoi dirmi la verità. Se vale per me, deve valere anche per te: non lo stai facendo per te stesso, ma per tua figlia.»

«Sai bene che è la ragione per cui ti ho raccontato tutto.»

«Daniel, io sto pensando al dopo. Giurami che se mai mi dovrai mentire, se mai ti spingerò a rassicurarmi del tuo ritorno, non dovrai tormentarti. Promettimelo. Fallo per me.»

«Anna, non è il momento di pensare a questo.»

«Invece sì. Credi che non me ne renda conto? Stiamo per scatenare il finimondo e tu cosa puoi fare, se non sparire? E io cosa posso fare, se non tacere fino all'ultimo? Purtroppo le probabilità di rivederci in futuro sono quasi nulle.»

«Anna, ti prego. Non so ancora come, ma troveremo una soluzione.»

«Daniel, io mi accontento di una cosa sola.»

«Di cosa?»

«Di sapere che non starai male.»

«Vorrei tanto dirti che sarà così… Non sai quanto vorrei, ma non posso» ammisi.

«Perché?»

«Perché sarebbe una menzogna ancor più grande.» La guardai con la coda dell'occhio e vidi una lacrima solcarle il viso. «Mi dispiace, Anna. Mi dispiace.»

«Stai zitto, non voglio sentire più niente.»

La neve aveva iniziato a cadere più fitta e mi stupii di vedere come il termometro indicasse meno diciotto gradi. Avevo sempre creduto che durante una nevicata non potesse essere così freddo. Forse era una regola valida solo sull'arco alpino, dove le temperature più basse si raggiungono solo con le notti stellate. Anna mi confermò di non trovarlo strano e di non averne mai sentito parlare prima. Comunque, complice il maltempo e l'ora tarda, le strade erano quasi vuote e non fu difficile verificare che nessuno ci stesse seguendo.

Arrivammo in albergo restando in silenzio e raggiungemmo la camera senza scambiarci una sola parola.

«Daniel, non devi pensare che me la sia presa con te. Sono solo infinitamente triste per quello che succederà ora. Non posso farne a meno.»

«Anna, ti fidi di me?» le chiesi.

«Come puoi chiedermelo? Ho ancora davanti agli occhi l'uomo con la pistola. Mi fido di te più che di chiunque altro al mondo, ma questo non mi impedisce di soffrire. Soprattutto adesso...»

«Se ti fidi di me,» la interruppi «devi accettare questa situazione e credere che riuscirò a venirne a capo. Non so ancora come, ma ce la farò.»

Anna mi guardò negli occhi intensamente, per un momento che mi parve infinito. Poi prese la mia mano e se l'appoggiò sulla guancia umida.

«Daniel, tienimi stretta. Sento che sarà l'ultima notte e non ci rivedremo più.»

«Abbiamo appena avvertito tuo padre, non succederà niente prima di dopodomani. Figurati se si mettono in moto così in fretta.»

In camera ci spogliammo con calma e Anna cadde subito in un sonno profondo, come se fosse stata sedata. Era esausta per la lunga giornata, come mai l'avevo vista prima.

A malapena era riuscita a farsi togliere il trucco, si era spogliata per venire a letto e mi aveva abbracciato, quasi con disperazione, cedendo alla stanchezza dopo pochi secondi. Io rimasi sveglio a lungo, ascoltando il suo respiro regolare e tenendola stretta a me. Cercai di oppormi al sonno per non perdere quei momenti di contatto con lei, ma alla fine mi addormentai. Ero stremato e forse per la prima volta in vita mia anche confuso.

45

«Koskinen è d'accordo su tutto, in più conosceva già il vostro Legrand. Hanno lavorato insieme in diverse occasioni. Lo stima moltissimo e ha detto che è la persona più adatta» affermò il padre di Anna.

Lo avevamo chiamato nella tarda mattinata del giorno successivo, come concordato.

«E Legrand?» chiese Anna.

«L'abbiamo chiamato insieme dal suo ufficio stamattina.»

«No! Dovevate utilizzare un telefono pubblico» mi intromisi.

«Non preoccuparti. Hanno delle nuove procedure, perché due anni fa si è verificato un caso gravissimo di intercettazione. Hanno una rete di telefoni sicuri, gestita separatamente, senza computer.»

«L'ufficio di Koskinen è sicuro?» chiesi.

«Il sistema è stato installato da una ditta israeliana. Sono i migliori specialisti nel campo.»

Anna mi guardò interrogativa e io scossi le spalle.

«Papà, cosa vi ha detto Legrand?»

«Era interessatissimo. Deve essere già in volo. Arriverà oggi alle tre.»

«Così in fretta?»

«Quando Koskinen gli ha spiegato quali dati gli avreste consegnato, ha detto che non bisognava perdere neppure un istante.

Anzi, mi è sembrato perfino un po' agitato. Non mi state prendendo in giro con i documenti, vero?»

«Papà, non abbiamo esagerato, il caso è ancor più grave di quanto ti abbiamo confessato e Legrand lo sa.»

«Questo spiegherebbe la sua fretta. A dire il vero sono rimasto sorpreso. Non mi aspettavo che sarebbe partito, così su due piedi.»

«Li vedi oggi?»

«Koskinen vuole che lo accompagni all'aeroporto. Faccio male?»

Anna mi guardò e io feci un cenno d'assenso.

«Fai bene, papà. Anche l'agente è d'accordo.»

«Anna, perché non ti posso richiamare io?»

«Perché il programma funziona in una sola direzione. Ti chiamo io di nuovo alle sette, dopo cena.»

«Stai attenta, Anna. Non fate niente, finché non saremo pronti. Se siete nascosti, restateci. Posso parlare con l'agente?»

«Signor Laine?» dissi, sporgendomi di fianco ad Anna, verso la videocamera.

«Mi raccomando: cercate di non giocare sporco.»

«E perché dovremmo? Vogliamo solo consegnare tutti i dati e fare in modo che Anna sia al sicuro. Non deve andare a finire come a Francoforte.»

«Voi giocate sempre sporco, non so nemmeno chi siete.»

«Mi ascolti bene, signor Laine. Qui non si tratta di giocare sporco. La posta in gioco è molto più alta e noi dobbiamo lavorare insieme affinché Anna non sia più in pericolo. Lei sta facendo la sua parte, ma non è abbastanza.»

«Cosa intendi?»

«Che non deve fidarsi di nessuno. Stia all'erta e verifichi sempre che vengano prese tutte le misure di sicurezza necessarie.»

«E come faccio?»

«Pretenda che le venga spiegato quali strumenti di tutela vengono impiegati. Perfino da Koskinen, anche se è suo amico. Gli chieda se l'auto con cui andate all'aeroporto è stata controllata e chi altro è al corrente dell'arrivo di Legrand. Si accerti del modo in cui renderanno sicuro il luogo in cui si consegnerà Anna. Non abbia remore. Non abbia paura di fare la figura del paranoico, anzi lo diventi. Ne va della sicurezza di Anna. Ha capito?»

«Certo.»

«In questo momento la sicurezza di sua figlia è la massima priorità per noi, il resto è già a posto.»

«Grazie.»

«Ciao papà, fai come ti dice…» aggiunse Anna.

Non appena si interruppe la conversazione non riuscii a trattenermi: «Dannazione» esclamai. «Sapevo che non avrebbe obbedito.»

«Per la telefonata a Legrand?»

«Speriamo almeno che la SecTec non faccia ancora sul serio.»

«Ma hanno un nuovo sistema, non hai sentito?»

«Nel peggiore dei casi, l'ha installato proprio la SecTec. Nel migliore, non ci hanno ancora pensato. Dobbiamo solo sperare che non fossero già sotto controllo.»

Anna mi guardò mortificata.

«Vedrai che prima o poi tuo padre andrà nell'ufficio di Koskinen con il suo computer. Comunque, se non hanno messo microfoni ambientali, saremo al sicuro.»

«Ora non esagerare.»

«Scusami Anna, ma quelli come tuo padre e Koskinen fanno sempre così. Si credono sempre sicuri e sottovalutano i rischi.»

Anna sospirò, senza commentare.

«Non te la sarai presa? Ti vedo pallida.»

«Non è per quello» mormorò alzando lo sguardo per incontrare il mio.

«Sta andando tutto per il meglio. Tuo padre ha smosso le montagne per te e ha accelerato i tempi» cercai di incoraggiarla.

«Esatto» rispose. «Sta andando tutto troppo velocemente.»

«Se dipendesse solo da Legrand, le cose procederebbero ancora più in fretta, ma lui non è l'unica parte in gioco. Vedrai che avranno bisogno almeno di un paio di giorni per mettersi d'accordo.»

«Questo lo dici tu. Voi uomini non avete la minima percezione del futuro.»

Il pomeriggio, volevo dedicarmi agli ultimi acquisti. Avevo pensato di andarci da solo per non far correre rischi inutili ad Anna, ma vedendo lo stato di prostrazione in cui era caduta, non ebbi il cuore di lasciarla sola in albergo.

«Non ho quasi più niente, soprattutto per il tuo viso, ma se ti copri bene possiamo uscire insieme.»

«Dove vuoi andare?»

«In centro, ho bisogno del necessario per preparare l'ultimo atto.»

«Non potresti dire "per terminare il prologo"?» domandò ridendo, mentre indossavamo nuovamente i panni dei fratelli Görlitz.

«Allora, già che ci siamo, mangiamo in centro» proposi.

«Buona idea, mettiamo qualcosa in questi pancioni» rispose Anna toccandosi la pancia posticcia.

Dopo pranzo, andammo per prima cosa in un negozio di articoli per il teatro. Mentre Anna si guardava in giro meravigliata, ne approfittai per cercare tutto il necessario. Al momento di pagare, Anna mi raggiunse alla cassa.

«Cosa te ne fai di quella parrucca con i ricciolini? Sembrano i capelli corti di un nero, non vanno bene per te» osservò, una volta tornati sulla strada.

«*Pronto, qui SecTec, stiamo cercando una donna caucasica, l'avete vista?*»

«Per me? Stai scherzando, vero? Non ci cascherebbe nessuno. Potrei perfino dare più nell'occhio. Non è carnevale.» Anna mi fissava esterrefatta.

«Guarda che sono molto bravo! Sarà difficile da pulire, ma da un paio di metri di distanza non ti riconoscerà nemmeno tuo padre.»

«Sei sicuro?»

«Anna, non intendo trasformarti in un trafficante giamaicano color ebano, alto due metri. Sarai un ometto un po' scuro. Guarda, il fondotinta è questo» spiegai mostrandole il flacone che avevo appena comprato.

«È davvero scuro.»

«Saremo due fattorini, così diversi dall'immagine che si aspettano di trovare che non ci presteranno minimamente attenzione.»

«E l'uniforme?»

«Prenderemo anche quella. Sarà arancione, perché più è vistosa, meno ti guardano in viso.»

Dopo aver comprato le due tute arancioni, passai da una cartoleria a prendere una confezione con quattro grosse scatole di cartone ripiegate.

«Queste sono per i due fattorini? Non dovevano essere una a testa?»

«Le volevo più grosse, per dar l'idea di un trasporto faticoso. Così ne porteremo due, una sull'altra» spiegai.

Ci dirigemmo in una zona commerciale nelle vicinanze della stazione, frequentata soprattutto da giovani. Anna mi seguì senza fare commenti, visibilmente incuriosita.

«Guardati discretamente in giro, mentre contratto» le dissi. «Non vorrei ci fossero dei poliziotti. Potrebbero pensare a qualcos'altro, visto che siamo due uomini.»

«Cosa vuoi fare?»

«Ho bisogno di un cellulare funzionante. Se possibile, non vorrei sacrificare Görlitz con un contratto per una compagnia telefonica.»

«E allora?»

«Compro un vecchio rottame prepagato a un ragazzo, invece di sottoscrivere un abbonamento e mostrare il documento.»

I primi tre tentativi andarono male e ottenemmo due secchi dinieghi e un rifiuto più o meno cortese da parte di giovani poco interessati alla nostra offerta. Al quarto tentativo andò meglio.

«Ciao, hai un cellulare prepagato?» chiesi a un adolescente con i capelli a spazzola.

«E a te, che cazzo te ne frega?» rispose con astio misto a curiosità, fermandosi a guardarmi.

«Ho bisogno di chiamare qualcuno e posso pagarti bene.»

«Quanto?»

«Potrei offrirti una bella cifra anche per il cellulare.»

«Per questo rottame?» chiese, estraendo il telefono dalla tasca improvvisamente interessato. «Non ne hai uno?»

«Me l'hanno rubato dalla macchina e adesso ne ho urgentemente bisogno.»

«Quanto mi dai?»

«Duecento euro.»

«Me ne sbatto. Vai alla Nokia, che in un'ora te lo fanno. Cosa volete fare con il mio numero, come faccio a sapere che non mi mettete nei casini.»

«Devo chiamare per lavoro e basta. Penso che con cinquecento euro potrebbe fregartene forse un po' meno.»

«E il credito?»

«Ti pago anche quello» risposi.

«Intendevo dire che è scarico. Non sarete mica due froci?» chiese fissando Anna. «Cosa volete fare con i miei numeri?»

«Per me puoi cancellare tutta la rubrica, non mi interessano i tuoi contatti.»

«E se vi chiama un mio amico?»

«Non rispondo, chi se ne importa dei tuoi amici. Sono io che ho bisogno di parlare!»

«E i cinquecento, li hai? Fammeli vedere!»

Alla vista dei contanti il ragazzo accettò l'offerta e mentre ci allontanavamo Anna mi chiese per quale motivo ci servisse un cellulare. Le spiegai che avrei fatto una ricarica da dieci euro per poi lasciarlo spento senza batteria fino al giorno successivo. Lo avremmo utilizzato per comunicare all'ultimo istante il luogo in cui si sarebbe consegnata.

«Ma non lo decidono loro?» mi chiese.

«Certo. Lo scelgono loro, ma noi cambieremo le carte in tavola all'ultimo momento.»

«Non se la prenderanno?»

«Legrand capirà. Tuo padre e l'altro non lo so.»

«Mio padre si arrabbierà, eccome. Ci puoi scommettere.»

«Non so perché, ma lo supponevo...»

Ridemmo tutti e due e Anna fece per cingermi la vita con un braccio, interrompendosi bruscamente ricordandosi di colpo e con un certo imbarazzo di essere uno dei fratelli Görlitz.

«Scusami. Per un attimo ho dimenticato come siamo conciati.»

Risi, soprattutto perché un attimo prima stavo per farlo anch'io.

Ci fermammo in un chiosco per la ricarica, poi le indicai l'ultimo negozio che mi interessava: avevo bisogno di montature per occhiali.

Alle sei, eravamo di ritorno in albergo. Come prima cosa riattivai la connessione per vedere se il padre di Anna fosse di nuovo collegato, ma non lo era.

«Stasera ti puoi fare vedere senza trucco mentre io me ne sto fuori campo, così ci possiamo già ripulire.»

«Finalmente posso lavarmi i capelli.»

La ripulii accuratamente e la lasciai andare in bagno, riprendendo anch'io le mie sembianze naturali.

Anna uscì dalla doccia venti minuti dopo, avvolta nell'accappatoio dell'albergo.

«Non hai bisogno dei capelli, mi fai impazzire già così» dissi sorridendole.

«Lo dici solo perché temi ripercussioni legali per quello che hai fatto.»

«No, lo dico perché sei bellissima.»

«Non cominciare. Dobbiamo ancora chiamare mio padre.»

«Vado a fare la doccia anch'io, tutto solo, visto che nessuno mi invita.»

«Daniel, fila.»

Quando uscii vidi che Anna si era distesa sul letto e se ne stava tranquilla ad occhi chiusi.

«So a cosa stai pensando» mi disse aprendo gli occhi.

«Sono curioso di saperlo.»

«Che dovremmo toglierci gli accappatoi.»

«Come hai fatto?»

«Leggo in te come in un libro aperto» sentenziò solenne.

Gettai un'occhiata al computer e vidi che il padre era collegato.

Mancavano cinque minuti alle sette, avremmo dovuto rimandare. Spostai i due schermi per essere sicuro che la webcam non mi inquadrasse e controllai che niente potesse riflettere la mia immagine.

«Sono certo che ci sarà anche Legrand stasera, quindi doppia attenzione.»

«Lo so, la tua agenzia si sta ritirando. Spero che sia solo quello.»

Non ero sicuro di aver capito cosa intendesse, ma mi limitai a mostrarle il blocco di carta che avevo preparato.

«In caso di necessità, scriverò qui» le dissi.

«Bloccami subito se sto andando male. Ma tu non li vedi?»

«Non preoccuparti, li vedo anch'io, ho attivato una seconda finestra» dissi, indicando il mio schermo.

Anna attivò la chiamata, ma passò più di un minuto prima che rispondessero. La finestra mostrava i tre uomini seduti all'estremità di un tavolo rotondo di legno lucido. Si erano stretti quasi spalla contro spalla per rimanere nel campo della webcam.

Riconobbi subito Legrand. Rimasi stupito e addolorato nel vedere quanto fosse invecchiato dopo il nostro ultimo incontro. Aveva una brutta cera ed era dimagrito. Faticai a reprimere il bisogno di parlargli e chiedergli come stesse. Mi accorsi che Anna mi guardava perplessa e scarabocchiai rapidamente sul foglio perché capisse che il terzo uomo era Legrand. Anna mi guardò tranquillizzata, facendo spallucce.

L'unico che non riconobbi, ma che immaginai fosse Koskinen, era seduto al centro e prese subito le redini della conversazione. Salutò Anna in finlandese quindi passò all'inglese: «Vorremmo che la conversazione si tenesse in inglese, per riguardo al direttore Legrand dell'Interpol. Lui non parla finlandese» spiegò.

«Non ho nessun problema» rispose Anna.

«Anche i tuoi… custodi?» chiese Koskinen facendo una pausa.

Mi parve di vederli tutti e tre tendersi ad ascoltare.

«Mi dicono che va bene» rispose Anna, toccandomi il braccio fuori campo.

«Siamo qui tutti e tre per mostrarvi che quello che diremo è stato concordato senza intermediari. Nessun altro è al corrente di questa conversazione. Riporteremo quanto deciso ai nostri superiori diretti solo al termine dell'operazione.»

«Come avete ottenuto i dati?» chiese subito Legrand.

«Ho spiegato a mio padre come sono venuta a sapere delle transazioni da Michael Hofman. Vi ha riferito il mio racconto?»

«Sì, ne abbiamo parlato in maniera esaustiva, ma vorrei alcune precisazioni direttamente da lei proprio su questo aspetto.»

«Hofman si è occupato della parte più complessa del lavoro di analisi. I dieci casi insider li ha individuati e documentati con i suoi programmi. Riceverete un dossier con indicazioni dettagliate. Contiene le spiegazioni di come siano stati individuati, le regole di calcolo che ha usato e tutto il necessario per l'interpretazione finanziaria delle operazioni. Troverete anche i titolari delle transazioni sui mercati inglesi, le società coinvolte e i loro legami.»

«Come ha fatto a ottenere quelle informazioni?» esclamò Legrand.

«Non sono stata io. Anche Michael Hofman ne era all'oscuro» rispose subito Anna. «Sono stati i miei custodi ad approfondire la ricerca, ma non so come abbiano fatto.»

«I suoi custodi sono con lei?»

Legrand era visibilmente agitato. Com'era cambiato in pochi anni!

«Sì.»

«Mi faccia parlare con loro.»

«Mi dispiace, dopo l'incontro con mio padre, hanno ricevuto l'ordine di non apparire. Devono poter negare ogni contatto diretto con i canali ufficiali.»

«Se si rendesse necessaria una mutua collaborazione, sarebbe possibile immaginare un ulteriore contatto con i suoi ... custodi?»

Scrissi ad Anna di non cedere e di ribadire che dopo la consegna del dossier la missione della nostra agenzia sarebbe terminata senza possibilità di proroghe.

«La loro missione è chiusa. Devono solo garantire la mia sicurezza.»

«Dobbiamo tuttavia discutere di un aspetto delicato.»

Koskinen annuì a quanto detto da Legrand.

«Quello che è successo alla BCE è un fatto di estrema gravità. I vertici dell'Unione Europea sono al corrente di tutto e sono stati molto chiari: una fuga di notizie avrebbe conseguenze drammatiche sui mercati. Chiaramente l'inchiesta verrà portata avanti, ma potrà essere resa pubblica solo quando la giustizia avrà compiuto il suo corso.»

Anna mi guardò interrogativa, mentre scuotevo la testa deluso.

«La pubblicità intorno a questa vicenda non è nell'interesse di nessuno,» continuò Legrand «e visto che finora nulla è trapelato, possiamo presupporre che sia anche nell'interesse dei suoi custodi continuare a mantenere l'indagine strettamente confidenziale?»

Anna mi guardò perplessa e le feci cenno di attendere, mentre annotavo velocemente una risposta perché fosse chiaro che non intendevamo appoggiare nessun tentativo di insabbiamento, sebbene fossimo d'accordo sul non creare troppo clamore.

Anna lesse quanto avevo scritto e mi guardò titubante. Dovetti farle un segno d'assenso perché proseguisse.

«C'è qualche problema?» chiese Koskinen ansioso per il nostro improvviso silenzio.

«No,» rispose Anna di nuovo sicura di sé «nemmeno loro vogliono pubblicità. Però vogliono essere sicuri che le ricerche verranno portate avanti. Vogliono essere sicuri che i colpevoli saranno perseguiti, altrimenti dovranno, loro malgrado, riconsiderare la questione. Non so cosa intendano, ma sembrano seccati.»

«Ti stanno dando istruzioni?» chiese Koskinen. «Non potresti chiedere di ...»

«Se la loro posizione è questa, non si devono preoccupare» lo interruppe Legrand. «Mi impegno personalmente perché le indagini vengano avviate e portate avanti il più rapidamente possibile. I nostri superiori sono sulla stessa lunghezza d'onda e se i suoi custodi ce lo confermano non ci saranno problemi di sorta.»

«Nel modo più categorico. Niente insabbiamento e niente pubblicità. Se le inchieste invece non andassero avanti, rimarrebbero ben poche alternative, se non lasciar diffondere le informazioni» confermò Anna.

«Allora abbiamo un interesse comune» continuò Legrand soddisfatto. «Il rischio che le informazioni vengano diffuse senza controllo è molto alto, ma lasciando che la giustizia segua il suo corso, l'impatto pubblico sarà completamente diverso. Assicuri per favore ai suoi custodi che io sono totalmente in linea con loro e sosterrò la loro richiesta.»

Koskinen lo guardava perplesso, mentre il padre di Anna aveva iniziato a sorridere per la prima volta dall'inizio della conversazione.

Quei tre devono già aver avuto una bella discussione, pensai, guardando le diverse espressioni. Anna mi guardò e alla fine sorrisi anch'io, facendo un cenno d'assenso.

«Ora che abbiamo chiarito le posizioni di tutti,» concluse il padre di Anna «vorrei che definissimo nel dettaglio gli aspetti che concernono la sicurezza di mia figlia.»

Koskinen e Legrand si voltarono verso di lui.

«È cittadina finlandese e nessuno dei reati menzionati ha coinvolto il nostro Paese. I dati che riceveremo vanno ben oltre la sua conoscenza, quindi il suo ruolo nelle inchieste che verranno avviate è giuridicamente e contestualmente irrilevante. Mia figlia lascerà un'unica deposizione alla procura di Helsinki, in cui descriverà i fatti e dichiarerà di aver fornito tutte le informazioni che le abbiamo richiesto e che sono in suo possesso. Sarà una deposizione giurata. Ovviamente è nell'interesse di tutti che i suoi custodi non vengano in alcun modo citati. Nel trasmettere la sua deposizione all'Interpol, la Finlandia avrà esaurito i suoi doveri e mia figlia non verrà più coinvolta. Non esistono ragioni che la costringano a partecipare a procedimenti svolti da altri Paesi.»

Koskinen e Legrand erano d'accordo. Guardai Anna, mimando il gesto di lanciare un bacio verso lo schermo.

«Dobbiamo definire quando potremo entrare in possesso del dossier e come avverrà la consegna della signora Laine» riprese Legrand. «Siamo del parere che debba avvenire al più presto. Se non stasera stessa, al massimo domani mattina. Abbiamo avuto notizie di ricerche parallele sempre più insistenti.»

«Dove volete che mi presenti?»

«Alle nove in punto all'ingresso principale della sede della Pretura di Fabiansgatan. Ci saremo noi ad accoglierla.»

Scrissi rapidamente sul foglio di anticipare alle sette perché era più sicuro. Anna lesse e mi guardò triste.

«I miei custodi chiedono di farlo alle sette del mattino, lo ritengono più prudente.»

«Va bene, ci organizzeremo» rispose Legrand.

Prima che la connessione venisse interrotta indicai ad Anna di fare due ulteriori richieste.

«C'è un'ultima cosa» aggiunse.

I tre la guardarono preoccupati.

«I miei custodi vorrebbero essere sicuri di potervi raggiungere in caso di emergenza. Vi chiedono di tenere aperta questa connessione a partire dalle sei e trenta del mattino e vorrebbero anche un numero di cellulare per mettersi in contatto con voi.»

«Prevedono problemi?» chiese Legrand.

Io scossi la testa.

«No, è una procedura puramente cautelare» rispose Anna.

«Allora siamo d'accordo.» Koskinen concluse la conversazione e diede il proprio numero, così come fece Legrand. Anna conosceva già naturalmente quello di suo padre.

«I miei custodi vi ringraziano per la disponibilità. Spero vada tutto bene.»

«Stai attenta piccola» riuscì ad aggiungere suo padre e in un attimo la loro immagine venne sostituita da un riquadro nero.

Anna mi guardò e si lasciò andare a un pianto ininterrotto. Non ci fu bisogno di spiegazioni. La strinsi a me e lei si aggrappò disperatamente alle mie spalle, nascondendo il viso contro il mio petto. Singhiozzò a lungo, mentre la cullavo senza dire niente.

Doveva aver fatto uno sforzo disumano per controllarsi durante la telefonata. La sorpresa era stata doppiamente crudele, soprattutto perché scherzando avevamo pregustato un addio ben diverso. Ormai avevamo i minuti contati e non ci sarebbe stato concesso nient'altro, neanche un solo minuto in più per restare insieme per l'ultima volta.

46

«Le sette? Perché proprio le sette? Perché vuoi accelerare tutto?»

Eravamo rimasti abbracciati a lungo, senza riuscire a dirci più niente. La prima a riscuotersi era stata Anna.

«Anna, io rimarrei ancora un mese con te, ma sono stati loro a imporci domani. È meglio così, credimi. Hai sentito cosa ha detto Legrand in merito alle ricerche parallele.»

«Anche due ore in più erano importanti.»

«Lo so. Credi che non faccia male anche a me?»

Anna mi guardò rincuorata. Non aveva dubbi sul mio amore. Come avrebbe potuto del resto? A un tratto sorrise, come se le fosse venuto in mente un pensiero divertente.

«Hai sentito come parlavano dei miei "custodi"? Chissà chi credono tu sia?»

«Non lo so proprio e non mi interessa molto. Del resto è l'effetto che volevamo ottenere.»

«Non penseranno alla CIA o roba del genere?»

«Puoi chiederlo a tuo padre. Anch'io non mi aspettavo rimanessero così impressionati. Vedrai che un giorno potrai raccontarmelo tu.»

Anna mi guardò seria.

«Spero solo che la minaccia sia servita» aggiunsi.

«Perché dici così? Volevano insabbiare tutto secondo te?»

«Temo che abbiano già subito pressioni. Tu non conosci Legrand, ma si vedeva che stava male. Sono cose che gli fanno mangiare il fegato. All'inizio mi pareva perfino malato, forse anche perché mi sembra molto invecchiato, ma di sicuro non ha mai tollerato che non venga fatta chiarezza. Non hai visto dopo come si è illuminato, quando ha capito come poteva sfruttare la situazione?»

«Perché? Cosa pensa di fare?»

«Di mandare avanti le inchieste ed evitare le ingerenze della politica, sfruttando la minaccia di una potente agenzia esterna. Lui non chiedeva altro.»

«Cambieremo davvero destinazione all'ultimo minuto?»

«Certo. Questa volta, voglio essere pronto e voglio verificare tutto. Non farò un secondo errore, per poco non ti hanno uccisa.»

«Ma il proiettile te lo sei preso tu.»

«Me lo meritavo.»

«Non dire sciocchezze.»

«Dico sul serio, Anna. Ho sbagliato a mandarti così allo sbaraglio a Francoforte.»

«L'abbiamo fatto insieme, ricordatelo.»

«Okay, comunque stavo pensando al grande complesso del Kamppi, collegato al terminale degli autobus e al Forum. Lì c'è tutto, anche un parcheggio su più piani. Saprai di certo che è tutto collegato sotto terra» dissi.

«Per perdersi è senz'altro il posto giusto. È un labirinto. Io ci sono stata tre volte e sono sempre uscita dal lato sbagliato. Quale delirio di etilista ti ha portato a un'idea del genere?»

«Hai proprio usato le parole giuste» risposi.

«Quali? Delirio, etilista, labirinto?»

«Labirinto. Possiamo entrare da mille punti e uscire da altrettanti. Etilista diventerà caso mai chi della SecTec verrà inviato a braccarci.»

«Pensi davvero che verranno a saperlo?»

«Non lo so, ma dobbiamo comportarci come se ne avessimo la certezza.»

«Se riusciamo a non perderci, potresti avere avuto quasi una bella idea.»

«Fidati. Nella parte superiore dell'ala ovest c'è anche un piccolo ufficio di rappresentanza dell'Interpol che si affaccia sulla stazione degli autobus.»

«È una scelta obbligata, allora. Ma come fai a conoscerlo se è tutto nuovo? Fino a pochi anni fa lì c'erano solo vecchi magazzini.»

«Mi sono documentato prima di partire, ho anche trovato le piante. Se l'avessero progettato per questo, non avrebbero potuto farlo meglio» spiegai ad Anna.

«Ma sei certo di saperti muovere all'interno?»

«Mi eserciterò stasera. Mi dispiace, ma non posso farne a meno.»

«Vuoi andare da solo? Non possiamo andarci insieme?»

«Assolutamente no! Tu devi rimanere qui. Uscire è pericoloso per te. Qui sei più al sicuro che in ogni altro posto.»

«Non puoi rimanere e lasciar perdere? Domani finirà tutto...»

«No, Anna, quello che proviamo uno per l'altro non avrà mai fine. Dobbiamo solo aspettare che le cose si sistemino. Starò via poco. Non possiamo andare alla cieca senza aver prima fatto un sopralluogo al Kamppi.»

«Resta ancora un attimo, guardiamo prima almeno le piante che hai scaricato» mi implorò, abbracciandomi di nuovo.

Verificando insieme le planimetrie e confrontando, nel limite del possibile, l'aspetto delle uscite sulle strade adiacenti con Street View, ci facemmo un'idea più precisa del percorso che avremmo seguito.

Dal posteggio si accedeva agli uffici con due ascensori e un grande montacarichi. Sembrava l'ideale per i nostri scopi.

Avremmo lasciato l'auto lontano dagli accessi agli uffici percorrendo la strada che ci separava con le nostre scatole vuote. Due fattorini in tuta arancione c'entravano ben poco con il nostro suv con la targa tedesca. Se avessi avuto il tempo avrei affittato un furgone, ma era troppo tardi.

«Dobbiamo contare sulla sorpresa,» affermai «sarà il maggiore vantaggio del Kamppi. Dobbiamo concedergli al massimo venti minuti per reagire alla nostra richiesta.»

«E se sorvegliano l'ingresso? Oppure c'è una telecamera?»

«Saremo già lì prima di annunciare il cambiamento. E se ci fosse qualcuno appostato, ce ne accorgeremo, come a Francoforte.»

«E se non li vediamo?»

«Teniamo la giacca sopra la tuta arancione e tu stai china. In questo modo non riusciranno ad associare la macchina ai fattorini.»

«Potrebbero non metterci molto però a capire che siamo noi.»

«Giochiamo sul filo dei secondi. L'Interpol è al secondo piano e noi saliremo per le scale, non aspetteremo nemmeno l'ascensore.»

Dalla porta della rampa all'ingresso dell'ufficio dell'Interpol c'erano circa quindici metri. Le mostrai anche come dal pianterreno fosse immediato accedere al centro commerciale.

«Vedi? Se sentiamo il minimo rumore o percepiamo qualcosa di sospetto, possiamo sempre scappare in quella direzione.»

«Alle sette sarà già aperto e anche se non ci sarà molta gente, possiamo tornare direttamente in strada da lì.»

«E se Koskinen e Legrand vedranno i filmati delle telecamere?»

«Lo faranno di certo, ma a che pro? Comunque mi travestirò anch'io.»

«Sì, magari da uomo invisibile. Non vorrei che Koskinen e Legrand abbiano in mente qualcosa per beccare in flagrante un agente straniero in possesso di informazioni importanti.»

Anna insistette per controllare quali fossero le mie vie di

fuga. Forse sottovalutava i rischi della sua consegna, oppure la vicinanza a suo padre e la presenza di Koskinen, che conosceva bene fin da bambina, la rendevano più preoccupata per me che per sé stessa.

La accontentai di buon grado e lasciai che mi indicasse i passaggi principali verso le altre ali del complesso. Insieme riuscimmo anche a capire quanto fosse complicato il tracciato che portava fino al Forum.

«Sei sicuro che sia prudente allontanarti di nuovo in macchina?»

«Se tutto va bene potrò trasformarmi di nuovo in Heinrich Görlitz. Non lo conosce nessuno e non deve sempre viaggiare per forza con suo fratello.»

«E se non ci riesci?»

«Posso sempre fermare i proiettili, di solito sono un asso.»

«Ogni tanto esageri davvero.»

«Devo andare Anna, non voglio arrivare sul posto troppo tardi. C'è qualcuno che mi aspetta di ritorno, o sbaglio?»

«Non sbagli, non sbagli, ma la notte è breve.»

«Nessuno ha detto che dobbiamo dormire. Tu potrai recuperare nella cella in cui ti rinchiuderanno Koskinen e Legrand, per torchiarti con calma.»

«E se domani devi abbandonare l'auto?»

«Ho delle riserve,» dissi indicando il mio zaino «è la prima volta che lo abbandono. Cerca di tenere la porta chiusa e non fartelo rubare, altrimenti sono finito.»

«Quanto starai via?» domandò ansiosa.

«Non più di un paio d'ore. Controllo il Kamppi e passerò comunque in Fabiansgatan, non si sa mai.»

«E se Koskinen e Legrand stessero già cercando uno con il tuo aspetto?» mi chiese mentre terminavo di truccarmi di nuovo. «In fondo mio padre ti ha visto e può averti descritto.»

«Anna, stai cercando di trattenermi?»

«No, ma... Be', forse hai ragione. Non penso che mio padre ti darebbe mai la caccia prima della mia consegna. Mi sembravano ben convinti della storia dell'agenzia onnipotente.»

«Vedi?»

«Stai attento e non uscire con quelle scarpe leggere.»

«Perché? Starò solo in macchina e il Kamppi è tutto coperto.»

«Hai visto lo stato delle strade? Puoi sempre rimanere a piedi e allora avrai bisogno di scarpe solide. Anche solo per aspettare i soccorsi.»

La accontentai e prima di uscire ci scambiammo un rapido bacio sulla soglia.

«Non fare tardi Daniel, ti aspetto» mi sussurrò.

«Non ne ho nessuna intenzione.»

Arrivai al Kamppi in meno di un quarto d'ora. Nel complesso, oltre agli uffici e ai negozi, c'erano un cinema, diversi ristoranti e perfino una discoteca. Malgrado l'ora, nel parcheggio c'era ancora un discreto movimento.

Scesi due piani con la macchina, verificando anche la zona dove avevamo pensato di lasciare l'auto e mi fermai.

Raggiunsi gli ascensori che portavano agli uffici, diedi una rapida occhiata in giro e mi avviai verso la rampa vicina. Salii fino al piano terra accorgendomi che la posizione era veramente perfetta: tutte le uscite o gli accessi alle altre zone erano facili da raggiungere. Rimasi ancora un quarto d'ora percorrendo le diverse vie ipotizzate e tornai agli ascensori. Ne chiamai uno e la porta si aprì subito. Entrai e salii al primo piano. Mi affacciai nell'atrio illuminato e aprii la porta del vano delle scale.

Guardai in alto e non vidi telecamere. Salii ancora un piano e mi fermai. L'assurda possibilità di incontrare Legrand mi fece esitare. Toccai la maniglia, confortato dal non ricevere nessuna sensazione negativa.

Socchiusi la porta e controllai il corridoio, senza uscire. Immaginai Anna che lo percorreva per entrare, provando di colpo una tristezza infinita. Mi resi conto di non aver la minima idea di cosa ci avrebbe riservato il futuro e temevo di non poter mantenere la mia promessa. Il pensiero fu così doloroso che mi fece vacillare. Solo la convinzione che il mattino successivo sarebbe stata libera mi fece recuperare la forza necessaria per chiudere la porta.

Scesi di corsa i quattro piani di scale e mi ritrovai nel posteggio di fianco alla cassa, dove pagai. Controllai le tariffe e mi accertai di avere l'importo esatto anche per il giorno successivo, poi tornai verso la macchina. Sentivo il bisogno di correre, correre a perdifiato senza fermarmi, per non pensare più a niente.

La scelta del luogo non poteva essere migliore, a condizione di poter organizzare una vera e propria sorpresa. Avrei dovuto sentirmi soddisfatto della scelta, ma non riuscii a rallegrarmene.

Volevo comunque verificare anche l'alternativa della consegna in pretura e cinque minuti dopo stavo già svoltando in Fabiansgatan. La via era abbastanza stretta, ma percorribile nei due sensi. Guidai lentamente, incrociando una sola macchina, fino a superare la grande piazza sotto la quale era stato ricavato un altro parcheggio. Anche quella poteva essere un'opzione, nel caso le cose si metessero male al centro commerciale. La Pretura era solo a una cinquantina di metri ed era separata dalla piazza da un unico edificio.

Vi passai davanti e svoltai a destra nella prima traversa per tornare indietro. Individuai diverse vie pedonali in tutto l'isolato, adatte per raggiungerla senza passare dagli ingressi principali. La Pretura era un edificio molto grande con tre accessi frontali, ma doveva averne senz'altro qualcuno anche sul retro. Una volta entrata, Anna non avrebbe più corso rischi. Sembrava una posizione molto favorevole, decisamente migliore rispetto a Francoforte.

Controllai nello specchietto che non ci fossero movimenti sospetti. Non notai niente e mi diressi verso l'Esplanade. Quando la raggiunsi, svoltai a destra con l'idea di proseguire fino alla piazza davanti al municipio, ma i fari di un'auto alle mie spalle me lo impedirono. Svoltai a sinistra per invertire il senso di marcia e mi fermai. Le auto alle mie spalle erano due. La prima fece la stessa cosa, mentre l'altra si accostò al marciapiede.

Ripartii accelerando con moderazione. Guardai nello specchietto e vidi che entrambe erano ancora alle mie spalle. Si tenevano a una certa distanza ed ebbi l'impressione che accelerassero solo quando erano fuori visuale.

Volli sincerarmene e svoltai bruscamente a destra per immettermi su viale Mannerheim. La prima macchina svoltò senza perdere distanza e fu seguita a ruota dalla seconda. Ne ero certo: mi stavano seguendo.

Percorsi ancora più di cinquecento metri, riflettendo su cosa fare. Il semaforo che vedevo in lontananza era lampeggiante, e nel senso opposto non passavano che poche macchine. Frenai bruscamente e mi gettai a sinistra, attraversando la corsia per inserirmi in una traversa.

La strada era terribilmente sdrucciolevole e riuscivo a stento a controllare l'auto. Proseguii per un centinaio di metri quando nello specchietto vidi la prima macchina svoltare in controsterzo guadagnando terreno. Qualcuno al volante se la cavava meglio di me e non si prendeva nemmeno più la briga di nascondersi.

Capii di non avere più molte opzioni a quel punto. Provai ad accelerare, ma sbandai e fui costretto a rallentare. Guardai il navigatore per capire dov'ero, ansioso di trovare una possibile via di fuga.

Feci appena in tempo ad accorgermi che di lì a poco una via parallela si sarebbe unita a quella che stavo percorrendo, quando venni assalito dall'assoluta certezza che *la seconda auto mi avrebbe raggiunto da lì. Come a Francoforte, mi avrebbero sbarrato la strada.*

Guardai l'incrocio ancora vuoto davanti a me e strinsi i denti per la tensione. Potevo solo fidarmi di quello che avevo percepito: premetti a fondo l'acceleratore e lo attraversai colpendo con la fiancata il parafango anteriore di un'auto scura. Riuscii a intravedere il viso glabro di un uomo biondo che mi guardava sorpreso dal finestrino, poi rimbalzammo lontano come due palline impazzite.

Il mio suv fu scagliato contro le macchine parcheggiate lungo la carreggiata destra, prima di fermarsi con un'ultima sbandata. Non riuscii a vedere cosa fosse successo ai miei inseguitori e pensai per un attimo di fuggire a piedi.

Quando li vidi arrivare abbandonai quella possibilità e premetti l'acceleratore, ma l'auto partì lentamente, con il sistema di controllo della trazione che moderava la potenza sul fondo ghiacciato. Schivai di poco una macchina in arrivo, che filò dritto cercando invano di rallentare sulla strada ghiacciata, e mi gettai nella prima traversa.

Percorsi qualche centinaio di metri tentando di guadagnare velocità. Dietro di me non vidi nessuno e mi immisi in un viale diretto a nord della città.

Continuavo a controllare nello specchietto, sapevo che le due auto si sarebbero immesse nello stesso viale quasi in contemporanea. Frenai e svoltai nella prima traversa a sinistra, che era leggermente in discesa. Dal navigatore capii che mi stavo avvicinando al mare.

Preoccupato per la leggera pendenza iniziai a rallentare, temendo di perdere il controllo della macchina. Mancava ancora un centinaio di metri al punto in cui la strada svoltava bruscamente.

Sentii che di lì a poco mi avrebbero raggiunto e accelerai istintivamente. Fu un errore, perché mi ritrovai a girare su me stesso. Non riuscii a reagire e mi sentii brutalmente schiacciato contro il sedile, mentre andavo a sbattere contro un ostacolo. Mi riscossi dopo qualche secondo e cercai senza successo di avviare il motore. Aprii a fatica la portiera, vincendo la resistenza della neve e mi gettai fuori appena in tempo per scorgere poco distanti i fari dei miei inseguitori.

Di fianco al mucchio di neve contro cui mi ero schiantato partiva un viottolo che si dirigeva verso una serie di piccole costruzioni vicino alla riva. Lo imboccai correndo, mentre le macchine si facevano sempre più vicine.

Faticai ad abituarmi all'oscurità, sebbene gli alberi spogli lasciassero trapelare la luce dei lampioni sulla strada. Dopo pochi istanti riuscii a distinguere il sentiero, più scuro rispetto al leggero chiarore del suolo innevato, e raggiunsi gli edifici che si affacciavano sul buio.

Avevo il fiatone e mi fermai. Guardai indietro e dal bagliore dei fari dedussi che era arrivata anche la seconda auto. Poi sentii il rumore di portiere che sbattevano e delle voci.

Mi guardai in giro. Non riuscivo a distinguerne i particolari, ma dalla struttura e dalla posizione, capii che quella in cui mi trovavo doveva essere la terrazza di un ristorante o un centro sportivo aperto in estate. Riconobbi le luci sui fiordi. Talune erano vicine, altre più deboli e lontane. Purtroppo anche il cielo era coperto.

Mi voltai indietro e intravidi la luce di una torcia. Mi stavano cercando ed ero bloccato a un passo dall'acqua. Sentii di nuovo le voci e mi sembrarono più vicine, così ripresi il sentiero che sembrava seguire il bagnasciuga. Proseguii per una cinquantina di metri fino ad arrivare in una zona ancora più buia, all'ombra di un altro edificio. Avanzai ancora e quasi inciampai in un muro di neve. Il sentiero era finito.

A quel punto mi fermai e cercai di respirare più adagio per ascoltare i miei inseguitori. Le voci erano ancora più vicine e distinsi nettamente delle parole in finlandese, alternate a qualche grido in inglese. Per un assurdo istante, riuscii perfino a pensare a una battuta sulla succursale della SecTec da riferire ad Anna. Improvvisamente mi tornarono in mente le sue parole: *Cosa credevi, non è come d'estate, adesso tutto il mare è ghiacciato e la gente arriva a piedi fino alle isole.*

Guardai il sentiero e capii che non era quello che immaginavo. Era un piccolo pontile, accuratamente ripulito dalla neve. Lo seguii a tentoni fino in fondo, mi appoggiai sul bordo e mi lasciai scivolare lentamente. Pensando di trovare con i piedi la dura superficie del ghiaccio, fu con sorpresa che sentii il mio piede sprofondare in qualcosa di cedevole. Dal fruscio capii subito che era neve fresca e ne rimasi sconcertato: ero sprofondato nella neve fino alle cosce e avevo il molo all'altezza del petto.

Sarebbe stata più dura di quanto previsto. Il ghiaccio non era liscio e pulito come lo immaginavo ingenuamente. In realtà, la superficie del mare era coperta da una spessa coltre di neve che avrebbe reso visibili le mie orme. Capire da che parte ero andato sarebbe stato un gioco da ragazzi anche dalla costa, era sufficiente avere una torcia. Non avevo scampo.

Un grido proveniente dalla riva mi riscosse da quelle riflessioni. In lontananza, sulla riva opposta, le fievoli luci delle case mi ammiccavano invitanti. Di colpo superai ogni timore. Sprofondando nella neve, avanzai verso il largo camminando all'indietro nel tentativo di appianare alla bell'e meglio le mie orme. Procedetti per una trentina di metri senza perdere mai di vista la costa.

A quel punto la torcia illuminò il cumolo di neve di fianco

all'imboccatura del molo che mi aveva sbarrato la strada un attimo prima. Mi acquattai nella neve soffice, cercando di ricoprirmi con qualche rapida manata, e rimasi immobile.

L'uomo che sbucò dal sentiero illuminò il molo, ma non mi vide.

«Non è venuto da questa parte» gridò in inglese, voltandosi per tornare indietro. Nell'istante in cui aveva illuminato il pontile, immediatamente a destra della sua punta, da dove mi ero calato, riconobbi dei mucchi di neve più alta. Vi erano infissi dei paletti sormontati da piccole bandierine e legati con una corda, come a delimitare un perimetro. Per un attimo pensai a una bambina bionda che aiutava il padre a spalare la neve. Chiunque fosse venuto a pescare, aveva ripulito sentiero e pontile, rendendo impossibile riconoscere delle orme fresche.

Anna, forse mi stai salvando di nuovo.

Rimasi acquattato ancora un momento, finché non vidi il riflesso dei fari delle torce apparire una cinquantina di metri a destra, in direzione del parco pubblico.

Quando fui sicuro che si stessero allontanando, mi alzai e ripresi a camminare. Percorsi alcune centinaia di metri a ritmo forsennato, poi iniziai a procedere sempre più lentamente, non riuscendo più a sostenere lo sforzo. Procedere nella neve alta era molto più faticoso di quanto avessi immaginato. Dopo un po' non ce la feci più e dovetti fermarmi. Non era solo la fatica: nell'aria gelida, ogni inspirazione era diventata dolorosa e mi provocava una fitta alla gola e al petto.

Restando immobile, il respiro si calmò abbastanza rapidamente e con esso tornò anche la lucidità. Tutto era immerso nel silenzio. I pochi suoni che provenivano dal traffico lontano erano attutiti dalla neve che copriva tutto.

Ritrovando la calma, riuscii a riflettere sulla mia posizione.

Ricordai subito le immagini satellitari che avevo studiato la sera precedente, per individuare il Kamppi e Fabiansgatan.

Mi trovavo in un fiordo tra due isole. Quella alla mia destra doveva essere più piccola, mentre quella di sinistra doveva essere più grande e la presenza delle luci faceva presupporre vi fossero delle abitazioni.

Tutto corrispondeva e riuscii a orientarmi. Mi voltai a guardare la costa nel punto da cui provenivo e mi parve di vedere ancora il fascio delle torce.

Furono un'ottima motivazione e ripresi a camminare, questa volta con più calma. Nella zona più buia davanti a me doveva proprio esserci la profonda baia da cui passavamo per arrivare al nostro albergo. In linea d'aria non dovevano mancare più di tre o quattro chilometri. Non mi sentii per niente incoraggiato. Dovevo aver percorso appena un chilometro, ma la neve fresca e il gelo pungente mi avevano sfiancato. Come se non fosse stato abbastanza, la neve mi era penetrata nei pantaloni inzuppandomi calze e scarpe. Pensai per un momento al consiglio di Anna e proseguii con rinnovato vigore.

Per un po' la fatica mi fece perdere la nozione del tempo e mi concentrai unicamente sullo sforzo che stavo facendo. Muovevo un passo dopo l'altro, sforzandomi di non fermarmi, malgrado la fatica.

Mi accorsi che qualcosa era impercettibilmente cambiato. Non ansimavo più e procedevo senza più arrancare. All'inizio non mi resi subito conto di cos'era successo. Pensai fosse dovuto al ritmo regolare che mi ero imposto. Alla fine capii perché la differenza del suolo era diventata troppo marcata: lo strato di neve si era ridotto a una decina di centimetri e potevo proseguire di nuovo spedito. Imputai quella differenza al vento che doveva aver spazzato via lo strato più superficiale.

Camminare era diventato facile e pensai che, malgrado il freddo sempre più intenso, in una ventina di minuti avrei potuto percorrere il paio di chilometri che mi restavano.

Una premonizione mi aggredì tuttavia in modo netto, come non era mai accaduto in nessuna circostanza precedente.

Provai per un istante l'abbraccio di un gelo mortale e la terribile consapevolezza di sprofondare di colpo nell'acqua nera. Lo percepii con un'intensità tale che emisi un grido e per un attimo persi perfino il controllo della vescica. Mi immobilizzai all'istante e quella fu la mia salvezza.

Velocemente come era venuta, la sensazione passò, e mi resi subito conto di cosa significava. Sotto di me non c'era che una spolverata di fiocchi bianchi. Per qualche ragione il ghiaccio era più recente e la neve non aveva ancora avuto il tempo di accumularsi. *Ghiaccio recente, ghiaccio sottile*, pensai.

Impiegai almeno un minuto per ritrovare calma e lucidità. Mi inginocchiai lentamente e mi misi carponi, per poi appiattirmi completamente sul ghiaccio, aprendo gambe e braccia. Non successe niente e non sentii nemmeno lo scricchiolio che mi sarei aspettato. Pensai che forse il ghiaccio, quando si rompe, non emette scricchiolii premonitori.

Sempre sdraiato e immobile, calcolai quanti metri mi restavano fino al punto in cui avrebbe dovuto rompersi il ghiaccio. Tre secondi di anticipo meno uno per fermarmi a circa un metro e mezzo al secondo. Mancavano meno di tre metri procedendo nella direzione in cui stavo camminando. Alzai la testa e cercai di orientarmi: di fronte a me si trovava l'isola più grossa, che ricordavo essere collegata da un ponte alla terraferma. Osservai i dintorni e mi accorsi di non essere a più di trecento metri dalla lunga penisola che avevo cercato di evitare perché vicina al punto in cui mi avevano inseguito. Fatta eccezione per un unico debole lampione, era completamente buia.

Con precauzione iniziai a trascinarmi verso la terraferma poggiando su gomiti e ginocchia nel tentativo di restare il più piatto possibile. Dopo alcuni interminabili minuti non ero avanzato che poche decine di metri e non sentivo più le mani.

Parte dei pantaloni si era congelata, come se indossassi del cartone rigido. Mi sembrava anche più difficile procedere e pensai perfino di essermi incollato al ghiaccio. Appoggiai la testa scoraggiato e mi ritrovai con il viso immerso nella neve. Lo rialzai e cercai di ripulirmelo maldestramente, usando le maniche del giaccone, in cui tenevo nascoste le mani ormai insensibili. Mi resi conto che ritrovarmi di nuovo nella neve non era un cattivo segno e trovai nuova forza per spingermi avanti. Lo spessore aumentava rapidamente e mi feci coraggio: mi alzai e iniziai a camminare di nuovo arrancando nella neve spessa. Dovevo essere a un centinaio di metri dalla riva buia.

Il freddo era terribile e tremavo, preoccupato per le mani che non sentivo più. Riuscii a impormi un ritmo regolare e grazie a quello sforzo di volontà ritrovai un po' di calore. Quando raggiunsi la riva, mi sentivo meglio. Mi imbattei in diversi ostacoli e caddi varie volte, ma alla fine riconobbi un sentiero nel riverbero di un lampione lontano.

Iniziai a percorrerlo riacquistando le forze, e in pochi minuti mi ritrovai in un parco da cui partiva una strada ben illuminata. Da lì fu tutto più facile. Attraversai un ponte e finii sulla strada costiera che avevamo percorso varie volte nell'andare e venire dal centro. Non ebbi bisogno di leggere il cartello per riconoscere dove svoltare per tornare all'Hilton. La riva e l'albergo non distavano più di due chilometri, ma mi sembrò, nel vero senso della parola, un altro mondo.

Arrivato all'ingresso, mi sistemai e ripulii alla meno peggio, guardandomi riflesso in una vetrata buia. Avevo ancora i baffi, ma l'imbottitura della pancia si era spostata di lato e dovetti sistemarla prima di poter entrare nella hall dell'albergo. Lo feci con dei movimenti goffi, perché le mie mani erano completamente gelate e non avevano più forza, nemmeno per aprire una tasca.

Come entrai, il portiere di notte mi individuò subito. Guardandomi un po' storto mi chiese un documento.

«Avete della birra?» farfugliai in tedesco, fingendo di barcollare. «Dov'è il bagno?» domandai a ruota in inglese.

Me lo indicò e capii che, visto il tipo di domanda che gli avevo posto, mi aveva classificato di nuovo come un ospite, reduce da una serata alcolica e un po' malconcio, ma pur sempre un ospite.

Mentre le mie mani intorpidite armeggiavano a fatica con la maniglia del bagno, rimase a osservarmi, scambiando sicuramente le mie difficoltà con gli effetti della birra.

Una volta entrato mi diressi per prima cosa al lavandino, dove misi subito le mani sotto l'acqua tiepida. La circolazione che si riattivava mi fece male, ma ne fui rassicurato. Aumentai lentamente la temperatura e rimasi ancora un paio di minuti, finché il dolore fu sostituito da una piacevole sensazione di torpore. Uscendo, estrassi la carta magnetica della stanza dal portafoglio e la mostrai al portiere. Prima di salire in ascensore, vidi l'ora sull'orologio sospeso sopra il banco della reception: erano le due meno un quarto.

Non feci in tempo a entrare, che Anna mi corse incontro con il viso stravolto dalla preoccupazione. Era ancora in accappatoio e non aveva l'aria di aver dormito. Il mio aspetto non dovette rassicurarla per niente.

«Daniel, grazie a Dio» disse abbracciandomi e accarezzandomi il volto. «Sei tutto freddo! Cosa è successo? Come ti sei ridotto?»

«Non spaventarti, va tutto bene adesso.»

«Non sapevo più cosa fare, ancora un po' e avrei chiamato mio padre per la disperazione!»

«Non l'hai fatto, vero?»

«No, non preoccuparti. Ci ho pensato tante volte, perché non sapevo cos'altro fare. Ma che ti è successo?»

«Dobbiamo andarcene subito. Ho combinato un disastro.»

«Come un disastro?»

«Mi sono fatto beccare davanti a Fabiansgatan. Devi prepararti subito, non abbiamo tempo da perdere» dissi buttando il giaccone bagnato per terra.

«Ma come?» chiese lasciando cadere l'accappatoio e afferrando i suoi vestiti.

Vederla nuda mi lacerò il cuore e voltai lo sguardo. La mia reazione non le sfuggì e si coprì di nuovo, guardandomi con tristezza.

«Daniel, io ti aspetterò.»

Venne verso di me e ci abbracciammo di nuovo. Mentre iniziava a vestirsi, cominciai ad aggiornarla.

«Sono stato costretto ad abbandonare il suv dopo essere finito fuori strada sul lungomare durante l'inseguimento.»

«Stai bene? Chi erano?»

«Due macchine, penso che mi abbiano agganciato proprio a Fabiansgatan, ma non riesco a immaginare perché, salvo per le targhe tedesche.»

«E le impronte? Non l'avevamo ripulita…»

«Domani mattina non se ne faranno più niente. Dopo, potranno al massimo collegarci ai Görlitz.»

«Raccontami bene…»

«Più tardi, in taxi. Adesso facciamo in fretta, potrebbe essere una questione di minuti e potrebbero trovare l'albergo partendo dalla macchina.»

Mentre mi cambiavo pantaloni e scarpe, completamente inzuppati, Anna terminò di vestirsi e io, in mancanza d'altro, bevvi due bicchieri di acqua calda per riscaldarmi. Dovetti sistemare in fretta e furia il trucco ad Anna, poi raccogliemmo tutto e scendemmo, passando per la reception carichi di bagagli.

Il portiere mi guardò perplesso. Görlitz e i suoi conti erano bruciati, così gli dissi che avrei lasciato duecento euro di mancia con la carta di credito, spiegando che avevamo avuto un lutto in famiglia. Dimenticò subito ogni remora ed espletò il check-out in un istante. Non ci pose una sola domanda e si limitò unicamente a lanciare qualche occhiata ad Anna, che ci osservava silenziosa vicino all'uscita. La guardai un paio di volte con la coda dell'occhio, ma da quella distanza non mi parve di scorgere niente di anomalo nel suo travestimento.

L'uomo si offrì di aiutarmi con le due valigie, ma gli feci l'occhiolino, spiegando che il movimento mi avrebbe aiutato a smaltire i postumi della serata. Dall'occhiata comprensiva che mi lanciò capii di aver fatto centro chiudendo il cerchio in modo plausibile. Alla fine mi chiese se desiderassimo un taxi. Lo ringraziai e dissi di chiamarne uno per l'aeroporto, poi mi diressi verso l'ingresso.

«Hai fatto chiamare un taxi?» mi chiese Anna con un sussurro, non appena giunsi davanti a lei.

«Sì, per l'aeroporto, ma non andiamo di certo lì,» spiegai «a quest'ora possiamo scordarcelo di noleggiare un'auto.»

«Andiamo fuori ad aspettare, ci sta guardando» replicò, indicandomi il portiere in piedi dietro il bancone.

«Forse è per la mancia, il trucco è perfetto» la rassicurai, cercando di prolungare l'attesa al caldo.

«Attento, sta arrivando.»

«Cosa gli hai raccontato quando sei arrivato in quello stato?»

«Gli ho chiesto altra birra e ho fatto un po' di scena per farmi accompagnare in bagno, perché non riuscivo più a usare le mani. Non potevo chiedergli di tirarmi fuori la tessera di tasca. Era nel portafoglio, insieme ai documenti di Marc Raster...»

«Mi devi spiegare cos'hai combinato per ridurti così. Hai l'aria ancora infreddolita.»

«Lo sono infatti. Speravo almeno di avere il tempo di farmi una doccia calda.»

Anna mi guardò interrogativa. Stava per replicare qualcosa, ma arrivò il taxi.

Il tassista mi chiese conferma della destinazione e lo lasciai partire in direzione dell'aeroporto, per avere il tempo di spiegare ad Anna quello che era successo. Le raccontai tutto, tralasciando di dirle come ero scampato a morte certa sul ghiaccio sottile. Parlai sempre a bassa voce, in tedesco, per evitare di farci capire. Mi sembrò strano non poterle più parlare in finlandese e rischiai a più riprese di tradirmi. L'autista non sembrava interessato alla nostra conversazione, ascoltava solo i rari comunicati della centrale.

«Ti sei salvato unicamente perché la SecTec non ha usato risorse locali» commentò infine Anna. «Uno di qui avrebbe almeno controllato la presenza di orme vicino al pontile o se ti fossi nascosto sotto, vicino al foro dei pescatori.»

«Il pensiero mi ha solo sfiorato, perché ero troppo occupato a ringraziarti per avermi dato l'idea.»

Anna mi guardò sorridendo e mi baciò rapidamente la mano.

«Questo, per esserti ricordato» disse.

Lanciai un'occhiata al tassista, ma non doveva aver notato niente. Ne approfittai per spiegargli che avevamo cambiato idea e volevamo andare alla stazione centrale. Fece un cenno d'assenso, ma nessun commento.

«Devo ringraziarti anche per le scarpe, non so come avrei fatto con quelle leggere.»

«In realtà dovresti ringraziare Dio. Se sei passato dove penso io, hai rischiato grosso.»

«Perché?»

«Verso l'isola di Seurasaan c'è un passaggio per la navigazione. Quando non passano le navi si congela subito, ma il ghiaccio rimane sempre molto sottile. Lo si riconosce subito perché non c'è neve. Saresti sprofondato.»

«Si sarebbe rotto anche solo con il peso di una persona?»

«Altro che. A scuola ci hanno sempre detto di camminare solo sui sentieri coperti di neve. Fuori è molto più pericoloso di quanto si pensi.»

«Ne farò tesoro per la prossima volta.»

«Daniel, non ti sarai spinto fin lì?»

«Lascia perdere, ormai siamo arrivati.»

Girando intorno alla stazione, per raggiungere la fermata dei taxi dal lato opposto, le spiegai qual era il nostro problema più impellente.

«Fin qui ci è andata bene, ma adesso siamo senz'auto per domani mattina e senza un alloggio per truccarci come si deve. Inutile dirti che Fabiansgatan ce lo possiamo dimenticare.»

«Sei sicuro che ti abbiano scoperto lì?»

«Di certo non è stato al Kamppi. A questo punto non abbiamo più scelta. Il Kamppi è perfetto. Addirittura migliore di come pensavamo.»

«Mmm… vediamo. Tu vorrai prima la macchina, immagino?»

«Ovvio. Dobbiamo fare come a Colonia.»

«Prendiamo un taxi per Torkkelinmäki allora. Lì sarà più facile. È densamente abitato e tanti devono lasciare le auto in strada, anche d'inverno.»

«Dammi un indirizzo preciso, per il tassista.»

«Digli in Torkkelinkatu, al numero undici.»

«Lo dici per caso o sai già che va bene?»

«La mia compagna di banco al liceo abitava lì, magari ruberai proprio l'auto dei suoi genitori. L'hanno avuta molto tardi e adesso saranno due vecchietti. Gli spezzerai il cuore.»

«Non sei d'aiuto, lo sai che non lo faccio volentieri. Ti ricordi ancora com'era la strada?»

«Se è rimasta come allora, è perfetta. Vedrai.»

Arrivati sull'altro lato della stazione, trovammo tre taxi ad aspettare e bussammo al finestrino del primo.

«Ci può portare all'undici di Torkkelinkatu?» chiesi, simulando un pesante accento tedesco.

«Heinrich, il tuo finlandese fa veramente schifo» mi sussurrò Anna in tedesco, mentre mi chinavo per entrare.

Una volta pagata la corsa, il taxi ripartì e ci trovammo abbandonati nel silenzio, sul marciapiede ghiacciato. Anna mi guardò interrogativa.

«Che auto avevano i genitori della tua amica?» domandai.

«Non mi sembra il caso di fare dello spirito.»

«Lasciami riflettere. È tutto gelato.»

«Cambia qualcosa?»

«Con un po' di fortuna no, ma solo se la serratura non è ghiacciata, se la batteria non è morta e se il freddo non mi fa perdere la sensibilità delle mani. Ti basta?»

«Muoviti. Quella là è una Golf» ribatté Anna, spazientita.

«È sotto un lampione.»

«Sono tutte illuminate. Non vedi che non c'è in giro un cane e tutte le finestre sono buie? Ci facciamo notare più qui, come disperati, che in un'auto rubata» esclamò iniziando a saltellare sul posto.

«Hai freddo?» chiesi avvicinandomi all'auto.

«Io sì, tu forse no, visto che hai preso l'abitudine di passeggiare di notte, pieno fino all'orlo di birra.»

«Stai descrivendo un uomo che arriva a casa tardi, sbronzo e picchia la moglie...»

«Daniel, spicciati! Non era così che immaginavo il mio ritorno a Helsinki. Non di certo in giro, in gennaio, a rubare auto alle tre di notte.»

Alla fine trovai una Corolla abbastanza vecchia che faceva al caso nostro. Aprirla fu più facile di quanto credessi. Dopo i due viaggi in taxi, le mie mani si erano riprese completamente e l'auto partì al primo colpo. Era un modello a benzina e l'abitacolo iniziò a scaldarsi abbastanza rapidamente.

«Vedi che non abbiamo fatto male ad anticipare? Andare in giro con un'auto rubata alle nove non sarebbe stato facile» affermai. «Anche se il proprietario scopre il furto alle sei, prima che arrivi la segnalazione, sarai a casa.»

«Non esagerare. Sono stati tutti e tre un po' vaghi sul mio rientro a casa.»

«Lo so, ma non siamo a Francoforte. Se ti tratterranno sarà solo per la tua protezione. Magari dovrai andare in un albergo con tuo padre e una scorta. Non sai cosa stanno preparando e non penso che tuo padre voglia lasciarti in cella, vicino alle sue vecchie amicizie. Non sembra molto condiscendente...»

«Puoi ben dirlo, pare che lo temessero tutti.»

«Lo immaginavo. Dobbiamo trovare un alloggio per truccarci bene, non basta il gabinetto della stazione. Nel peggiore dei casi andiamo in un motel a ore o qualcosa del genere, basta che uno dei due possa uscire senza che lo veda nessuno.»

«Ho in mente un'altra cosa, ma adesso sarà un po' freddo. È un capanno estivo sul mare, vicino a Hanasaari. Appartiene ai miei cugini e so dove tengono le chiavi.»

«Quanto è lontano?»

«Dal Kamppi? Più o meno come l'albergo.»

«Aggiudicato. In che direzione devo andare?»

«Quando arrivi di nuovo su viale Mannerheim, prosegui fino

al Kamppi. Da lì saranno al massimo cinque chilometri, ma quasi tutti di superstrada.»

«E se ci fossero i tuoi cugini?»

«Allora troveremo la casa calda, ma non farti illusioni. Ci vanno solo d'estate per la vela.»

«Sarà molto freddo?»

«Un pochino, direi» rispose ironica.

«Non mi piace. La prossima volta mi guarderò bene dal mettermi con una finlandese.»

«Ti sei messo con una finlandese?»

«Non scherzare. Da quando mi sono appostato di fronte a casa tua a Francoforte, il gelo mi ha perseguitato e ho la sensazione che il peggio debba ancora arrivare.»

«E per la prossima volta a che tipo stai pensando?»

«Una qualsiasi, che non sia cresciuta a più di un parallelo dall'equatore. Forse dopo il soggiorno nel tuo capanno, preferirò addirittura una venusiana.»

«Non sarà così terribile, c'è una stufa a nafta. Però dovremo comprare delle bottiglie d'acqua. Tutte le tubazioni sono vuote d'inverno.»

«E dove le troviamo adesso?»

«Poco prima di prendere la superstrada, c'è una stazione Express aperta tutta la notte.»

Mezz'ora dopo imboccavamo la strada che conduceva al capanno. Dovemmo lasciare l'auto e proseguire a piedi per circa cinquanta metri nella neve fresca, perché in inverno nessuno si preoccupava di ripulire le vie di accesso. Arrancammo, trascinando con fatica le valigie e, per portare tutto davanti all'ingresso, furono necessari due viaggi. Ci vollero quasi dieci minuti e ne impiegammo altrettanti per scavare nella neve e trovare la chiave, nascosta tra le assi dell'impiantito, sotto la tettoia. Alla fine mi sentii quasi come quando ero rientrato in albergo, con la differenza che l'ambiente in cui ci trovavamo era più freddo di una quarantina di gradi. La luce si accese senza problemi, ma non contribuì a stemperare il gelo. Se all'esterno non ci fosse stata una leggera brezza, avrei giurato che l'interno dovesse essere perfino più freddo.

La porta si apriva direttamente su di un grande locale, con una piccola cucina a parete, un tavolo e due divani letto. Sulla destra c'era una nicchia con degli armadi, mentre un piccolo corridoio si affacciava con una porta sul lato.

«Quello è il bagno, ma non possiamo usarlo perché non c'è acqua» mi spiegò Anna. «La cucina è a gas, ma penso che d'inverno lascino qui la bombola.»

Contro la parete di fronte alla porta d'entrata si trovava la stufa a nafta in ghisa di cui mi aveva parlato. Anna si inginocchiò subito al suo fianco e iniziò ad armeggiare.

«Un po' di nafta rimane sempre. C'è un piccolo serbatoio sul retro, devo solo aprire il rubinetto e aspettare che inizi a scorrere.»

«Non può essersi congelata?»

«Figurati, è fatta per resistere fino a meno quaranta. Adesso saranno sì e no meno quindici.»

«Se fa così caldo, perché i fiammiferi quasi non si accendono?» obiettai dopo che ebbe gettato il quinto fiammifero nello sportello aperto, senza ottenere niente.

«Solo per l'umidità, siamo vicino al mare…»

Al settimo fiammifero si accese.

«Ha preso, non ci posso credere» esclamò Anna sorridendo.

«Ne dubitavi?»

«Se devo essere sincera, è rognosa da accendere anche in estate» confessò rialzandosi. Mi avvicinai anch'io e ci abbracciammo, tenendo addosso i giacconi. Restammo in piedi così vicino alla stufa per alcuni minuti, guardandoci negli occhi senza riuscire a parlare, finché non iniziammo a percepire un po' di calore. Sul muro un orologio indicava l'ora: erano le tre e mezza. Anna seguì il mio sguardo e si staccò da me.

«E adesso?» chiese. «Immagino che ci sia giusto il tempo per prepararci.»

Non risposi e mi limitai ad annuire. Spostai due sedie vicino alla stufa e cominciammo a ripassare insieme tutto quello che avremmo dovuto fare al Kamppi. Le descrissi in dettaglio la rampa di scale e il corridoio dove si trovava l'ufficio dell'Interpol.

Decidemmo di entrare nel parcheggio alle sei e un quarto e fare la telefonata da lì. Io avrei acceso il cellulare all'ultimo momento e l'avrei subito spento, rendendo più difficile e soprattutto più lenta l'individuazione della posizione.

Preparammo il materiale che avremmo portato con noi selezionando solo lo stretto necessario. Anna aveva suggerito di lasciare tutto quello che non ci interessava lì nel capanno. Poi l'avrebbe spiegato ai suoi cugini.

Io preparai il mio zaino con i due MacBook, l'astuccio con i documenti, il necessario per l'ultimo travestimento, e infine quello che mi sarebbe servito per lasciare la Finlandia. Anna sapeva cosa significava e rimase silenziosa a osservarmi con occhi tristi, finché non ebbi finito.

«Non ho bisogno di vestiti. Li compro sempre all'ultimo momento» dissi.

«E il completo nero da vecchietto che hai comprato ieri?» chiese, indicando le borse di plastica che avevo appoggiato sul divano letto.

«Quello è per il mio jolly.»

«Mi sembra assurdo quello che vuoi fare.»

«Ragazza di poca fede, vedrai che stenterai a riconoscerti anche tu.»

«Datti da fare, che per il momento sono ancora Eberhard Görlitz» rispose scherzando.

«Agli ordini» dissi.

Nel frattempo la temperatura vicino alla stufa era sensibilmente aumentata, così potemmo toglierci i giacconi. Anna si tolse la pancetta posticcia e io le rimossi con precauzione baffi e parrucca, ripulendole il viso.

«Da adesso in avanti non toccarti più il viso» dissi iniziando a stendere il fondotinta scuro.

Lavorai con estrema precisione, finché non fui soddisfatto del risultato. Una volta terminato le applicai delle sopracciglia adeguate e le sistemai con cura la parrucca, apportando gli ultimi ritocchi al colore.

Le inserii infine i tamponi sull'arco gengivale. Era la parte più spiacevole, anche se Anna ormai ne conosceva il funzionamento. Guardai il risultato complessivo e terminai scurendole ancora i bordi del naso e completando il profilo delle labbra.

«Sei pronta» esclamai soddisfatto. «Vai a vederti allo specchio.»

Anna si alzò e andò verso la porta del bagno.

«Non è possibile! È semplicemente incredibile» esultò meravigliata.

La raggiunsi in bagno e la osservai mentre guardava basita l'immagine di sé che le veniva restituita.

«Vedi che non esageravo?»

«Non ti credevo, pensavo che avresti fatto un pasticcio. E queste?» chiese agitando le mani candide.

«Ho preso dei guanti, dello stesso colore delle tute. Se vuoi riposarti è il momento giusto, adesso devo prepararmi io. Non toccarti il viso.»

«Starò attenta. Mi sdraio sulla schiena, così non posso rovinare niente.»

La accompagnai a uno dei divani e la coprii come potevo con i due giacconi, poi iniziai a prepararmi a mia volta.

Eliminai per prima cosa i resti di Heinrich Görlitz e mi rivestii con quello che avevo comprato, incluso il corto cappotto scuro e la sciarpa. Era scomodo, ma necessario per resistere nel bagno gelido, visto che non potevo fare a meno dello specchio.

Anna era sdraiata, immobile, con gli occhi chiusi ed ebbi l'impressione che si fosse addormentata.

In bagno applicai per prima cosa il parrucchino bianco, apportando con le forbici tutti i ritocchi necessari. Poi incollai le sopracciglia, facendo anche lì dei piccoli aggiustamenti e infine passai al viso.

Avevo appena visto il padre di Anna e mi sembrò di essere ancora lontano dall'obiettivo, finché non indossai la montatura che avevo comprato. Quella diede il tocco finale. Il bagno non era molto grande e non potei allontanarmi troppo dallo specchio, ma mi convinsi che non potevo fare di meglio. Mi sistemai cappotto e sciarpa bianca e tornai da Anna. Dormiva e dovetti scuoterla dolcemente per farla svegliare.

«Papà? Cosa fai qui?» chiese esterrefatta, accorgendosi solo dopo aver messo a fuoco che ero io. «Sei impazzito! È questo il tuo trucco?»

«Sembrare tuo padre sarà la mia uscita di sicurezza» risposi. «In caso di inseguimento potrei guadagnare secondi preziosi, confondendo qualcuno. Ho come la sensazione che Legrand sia curioso di sapere qualcosa in più sulla mia «agenzia» e vorrà dare un'occhiata a chi ti accompagnerà.»

«Non è male, ma funzionerà solo da lontano.»

«Be', preferirei che nessuno mi veda da vicino.»

«Ma ci sarà anche mio padre...»

«Conto sulla tua capacità di persuasione. Dopo aver contattato Legrand chiamerai tuo padre per avvertirlo di non andare al Kamppi, ma di aspettarti al Fabiansgatan senza dire niente a nessuno.»

Mancavano venti minuti alle sei.

«Dobbiamo andare,» dissi «ma c'è ancora un'ultima cosa.»

«Dimmi, Daniel» rispose Anna con un filo di voce.

«Se non l'hanno sequestrata, forse potrai usare la chiavetta che abbiamo lasciato a tuo padre per parlare con me. Non subito, ma quando si saranno calmate le acque forse potrei chiamarti.»

«E se non resistessi e cercassi di mettermi in contatto con te?»

«Io non risponderei, è troppo pericoloso. Non abbiamo ancora capito chi muova le fila della SecTec e finché non si avvieranno le inchieste non devi muovere un dito. Il programma potrebbe essere compromesso, oppure tuo padre potrebbe averlo addirittura consegnato a Koskinen.»

«Riuscirebbero a trovarti?»

«Impossibile. Non improbabile, puramente impossibile. Non devi preoccuparti per me. Sei tu che non dovrai mai rivelare di essere in contatto con qualcuno. Ti scriverò. Saranno messaggi inaspettati, ma farò in modo di farti capire che sono io. Non dovrai mai pensare che ti ho dimenticato, anche se potrebbe trattarsi di un periodo lungo.»

«Grazie Daniel. Sarò felice ogni volta che ti sentirò.»

«Non ho finito,» continuai «ascoltami bene e non dimenticarlo. Non posso lasciare aperta una sola direzione con te. Se avessi bisogno, mi devi sempre poter chiamare.»

«Solo se pensi che sia sicuro.»

«Certo. Ma non devi dimenticare come e soprattutto non lo devi annotare da nessuna parte.»

«Dimmi, Daniel.»

«Devi fare una prenotazione di otto giorni a partire dall'otto agosto al Residence Baie des Roches a Cassis, Costa Azzurra. Puoi scegliere gli appartamenti e devi selezionare il numero otto. Non conta l'anno né il sito che usi per prenotare, un qualsiasi portale va bene. Se non trovi posto, non fa niente, basta il tentativo di prenotazione. Io lo saprò subito e ti contatterò immediatamente. Ricordati bene quattro volte otto, Baie des Roches a Cassis. È un posto bellissimo e un giorno ci andremo insieme. Là il mare non ghiaccia mai.»

Anna mi guardò con gli occhi lucidi.

«Daniel, devi farmi una promessa anche tu.» Anna era immobile, ma lo sforzo che stava facendo per controllarsi era palpabile. «Non puoi batterti da solo. Se vuoi andare avanti, trova almeno qualcuno di cui ti fidi e che sia disposto a lottare al tuo fianco. Come me.»

«Non pensare a me, sei tu quella che sarà in pericolo adesso. Io non esisto per nessuno, tu invece sei sotto gli occhi di tutti. Ricordati sempre la nostra regola, comportati come se "loro sapessero" e non abbassare mai la guardia. Fallo per me, ti prego.»

«Te lo prometto, ma tu giurami che rifletterai obiettivamente su cosa voglia dire fare il cavaliere solitario contro dei nemici del genere. Pensa a chi ha bisogno di te, prima di correre dei rischi. Ora non hai più solo Isabel.»

«Per lei purtroppo ormai sono solo un ricordo.»

«Non dirlo. Lei ha sentito cosa è successo alla madre. Lei probabilmente sa e non ne parla. Ti protegge e ti aspetta. Non essere triste per lei, un giorno la rivedrai e lei non ne sarà stupita.»

Le sue parole mi folgorarono, ma stranamente non mi ferirono. Poi qualcosa cambiò e provai una strana pace e, per la prima volta, un sentimento di speranza. Anna guardò imperturbabile i cambiamenti che si riflettevano sul mio viso e alla fine emise un profondo sospiro.

«Adesso basta. È già troppo triste che non possa nemmeno darti un ultimo bacio,» proseguì indicando la faccia truccata «andiamo e non aggiungere una parola in più, perché non so quanto potrò trattenermi ancora. Non voglio rovinare tutto il tuo lavoro.»

Si voltò e si diresse alla stufa per spegnerla. A quel punto le consegnai la chiave USB con il nostro dossier e la copia di tutti i dati di Michael e delle transazioni.

«Tienila sempre addosso e non perderla. Consegnala subito a Legrand quando sarete al sicuro.»

«Starò attenta, ma ti sembra prudente consegnarla così e basta?» infilandosi la chiavetta nella tasca dei pantaloni.

«Ho già programmato una distribuzione in grande stile, in forma non cifrata.»

«Cosa intendi?»

«Non alla stampa, non preoccuparti. Voglio essere sicuro che sia chiaro a tutti che i dati sono arrivati.»

«Pensi ai nostri amici della SecTec?»

«Chiaro. Ieri ho programmato un invio a tempo. Se non lo fermo entro le dieci di mattina, le email partiranno automaticamente agli indirizzi ufficiali di Legrand, Koskinen e anche al povero procuratore Wiegend.»

«Anche a lui?»

«Per solleticare il grande orecchio che deve avere in ufficio.»

Anna rise, poi indossammo i giacconi sopra le tute arancioni e uscimmo, portando con noi unicamente il mio zaino e la confezione delle scatole vuote di cartone.

Uscire senza bagagli sulla neve già calpestata fu molto più facile. Arrivati in macchina, lasciammo le scatole sul sedile posteriore e io unii i fili del contatto per l'ultima volta.

Alle sei e venti giungemmo all'ingresso del Kamppi. Non notammo niente di sospetto e mi diressi nella zona che avevamo scelto. All'ingresso era già iniziato il movimento del traffico mattutino, ma il posteggio era ancora completamente vuoto.

«Mi raccomando. Con Legrand stai attenta per tutto quello che riguarda me.»

«Certo, non preoccuparti.»

«Mi preoccupo invece. Ti ho detto che ha un intuito sovrumano. Schiva tutte le domande insistenti, dicendo che non sai, non ricordi e non hai visto. Rimani sempre sul vago e non demordere. Sii pronta a ogni tipo di trappola. Non mi stupirei se all'improvviso ti chiedesse: "Come sta Daniel Martin?". Fai sempre finta di niente, solo così lascerà perdere. Non potrà insistere troppo, visto che sei a casa tua e tuo padre e Koskinen gli daranno una calmata.»

«Potrebbe davvero aver intuito qualcosa su di te?»

«No, ma devi seguire sempre la nostra regola di sicurezza.»

«Comportiamoci come se loro sapessero...» ripeté Anna sorridendo.

«Infatti. Adesso chiamalo.»

«Cosa gli dico?»

«Che i tuoi custodi hanno scoperto che Fabiansgatan è compromessa e che la consegna avviene qui. Digli di aspettarti nell'ufficio e che arriverai alle sette precise. Digli anche di non meravigliarsi per l'aspetto.»

«Se mi chiede come sarò?»

«Devi rispondere di non saperlo ancora e che i tuoi custodi decideranno all'ultimo momento. Accenna solo al fatto che potrebbe essere molto diverso da quello che si aspettano.»

Anna chiamò Legrand e gli spiegò quanto avevamo concordato, bloccando subito ogni sua obiezione. Dalle poche frasi che riuscii a sentire, capii che Legrand era seccato. Conoscendolo, sapevo che detestava i cambiamenti dell'ultimo minuto, ma sapeva adattarsi subito alle circostanze e non avrebbe perso tempo.

«Ora chiama tuo padre.»

Anna compose il numero e il padre rispose subito.

«Papà... non preoccuparti, sto bene. Tutto sta andando per il meglio... lasciami parlare, perché non abbiamo tempo. Devi fare una cosa importante per me: resta in Fabiansgatan e non ti muovere. C'è stato un cambio di programma: con Legrand sono già d'accordo che ci incontreremo al Kamppi, ma tu non ti devi muovere dalla pretura. E soprattutto non dirlo a Legrand. Me lo devi promettere. Non sono in pericolo, fidati.»

Dal silenzio prolungato di Anna capii che suo padre non era d'accordo e stava sollevando obiezioni.

«Ti prego papà, è di vitale importanza. Lo devi fare per chi mi ha salvato la vita. Non sarei qui, senza di lui.»

Anna rimase in ascolto per un attimo, senza aggiungere niente.

«Grazie papà, ti voglio bene. Ci vediamo dopo a Fabiansgatan» concluse mettendo giù.

«Ha accettato. Ha detto di stare tranquilli» spiegò Anna.

«Bene. A parte Legrand non ho molto da temere, anche se dovrò fuggire senza un'auto.»

Mi guardò sorridendo, porgendomi il cellulare. Prima di spegnerlo per togliere la batteria, mi accorsi che erano le sei e trentacinque. Verificammo per l'ultima volta la storia che avrebbe raccontato sul periodo passato in mano ai custodi, poi Anna si fece prendere di nuovo dallo scoramento.

«Cosa succederà adesso? E tu cosa farai? Perché non puoi portarmi con te?» mi chiese di colpo sforzandosi di non piangere.

«Ne abbiamo già parlato. Prima tu devi uscire da tutto questo, poi vedremo. Io ti aspetterò.»

«Ma come farò a incontrarti di nuovo?»

«E chi dice che vorrò incontrare una Anna Laine? Magari preferirò una Karen Taylor.»

Anna mi guardò per un attimo e iniziò a sorridere.

«Perché vuoi fare tutto di testa tua? Da solo è tutto più pericoloso. Insieme li troveremo più facilmente.»

«Sbagliato, insieme li rovineremo.»

«Cosa intendi?»

«Mi hai già fatto parlare troppo. Non te lo posso spiegare ancora, perché non abbiamo più tempo e non ho ancora capito se può funzionare. Tu mi hai dato un'idea straordinaria, ma devo ancora verificarla.»

«E dopo?»

«Ci rivedremo e ti rivelerò il mio ultimo segreto» conclusi prendendole la mano e baciandole delicatamente il palmo. Lei non rispose e si limitò a guardarmi negli occhi.

«Fatti forza, che adesso dobbiamo andare.»

Mancavano dieci minuti alle sette.

47

Ci togliemmo i giacconi e uscimmo dall'auto. Avevo indossato lo zaino sopra la giacca del giudice Laine e mi ero infilato la tuta arancione sopra, così da poterla togliere con facilità sulle scale. Le passai i guanti che avevo preso per lei e indossai i miei. Prendemmo ciascuno due scatole di cartone e ci avviammo verso l'atrio degli uffici, come se il loro peso ci impedisse di procedere spediti.

Guardai Anna davanti a me e pensai che il fardello che le gravava sul cuore potesse giustificare l'incedere stanco con cui fingeva di trasportare i pacchi vuoti. Prestai la massima attenzione lungo tutto il percorso, ma non successe niente.

Raggiungemmo le scale senza imprevisti. Io guardai indietro verso il posteggio per un'ultima volta. Solo una macchina si muoveva fra le corsie. Mi appoggiai alla porta e controllai all'interno, tendendo le orecchie: silenzio assoluto.

«Vieni, è tutto libero» le dissi.

Anna mi seguì e salimmo con prudenza i due piani di scale che ci separavano dall'ufficio. Ci fermammo davanti alla porta che dava sul corridoio e appoggiammo le scatole. Mi tolsi la tuta e, indugiando sugli ultimi gradini alla luce vivida delle scale, vidi il viso di Anna da pochi centimetri di distanza. Una lacrima le aveva rigato le guance lasciando una striscia più chiara sul fondotinta.

Socchiusi la porta per guardare all'interno. Era identico alla sera prima e non c'era nessuno. La porta dell'Interpol era chiusa ed era impossibile immaginare se ci fosse già qualcuno.

«Daniel, non essere triste per me. Ricorda il nostro patto» mormorò Anna. «Non sentirti costretto a far niente che ti possa sembrare una minaccia per qualcuno. Io ti amerò sempre.»

Ci scambiammo delicatamente un ultimo fuggevole bacio e di colpo la sua espressione diventò decisa. Mi voltò le spalle e si avviò verso l'ufficio.

«Pregherò per te, Daniel» riuscii a percepire.

La osservai procedere verso la porta dell'ufficio mentre mi liberavo della tuta arancione. Non si girò più, ma dai lievi sussulti delle spalle capii che stava piangendo. Non le importava più di rovinare il trucco.

Rimasi ancora a osservare con la porta socchiusa, pronto a intervenire, finché non la vidi bussare. Riconobbi subito Legrand, che si sporse all'esterno e le appoggiò una mano sulle spalle. Mi sembrò che le dicesse qualcosa, ma non riuscii a capire. Mi ritrassi subito, facendo in tempo solo a vedere un uomo uscire dall'ufficio, poi iniziai a scendere le scale il più velocemente possibile.

A metà strada fra il primo piano e il pianterreno, sentii il rumore della porta di sopra che si riapriva. Feci un ultimo balzo e aprii la porta del pianterreno, entrando nel pieno dell'area commerciale.

48

Di fronte a me c'era un caffè con dei banchi di vendita e diverse persone erano ferme con delle tazze in mano. Feci rapidamente i primi passi verso l'ingresso del centro commerciale alla mia destra, percorrendo a grandi falcate, ma senza correre, più di una decina di metri. Poi rallentai, per non dare troppo nell'occhio, sistemandomi il cappotto e i capelli.

A quel punto mi girai, come se fossi appena entrato, proprio in tempo per vedere spalancarsi la porta delle scale. Vidi due uomini sulla trentina proiettarsi fuori e guardarsi in giro, seguiti da Legrand trafelato.

Li guardai e alzai il braccio, puntando il dito in direzione dell'imboccatura delle scale mobili che portavano al terminale degli autobus. Dall'espressione di Legrand capii che mi credeva il padre di Anna e lo sentii chiaramente gridare in francese: «È andato di là».

Un istante dopo mi avevano dimenticato. Mi girai e percorsi ancora i pochi metri che mi separavano dal centro commerciale.

Era finita. Se riuscivo a seguire il percorso sotterraneo che mi aveva indicato Anna, sarei riemerso a quasi mezzo chilometro dall'ufficio dell'Interpol. Legrand si sarebbe ben presto reso conto che l'apparizione del giudice Laine era fuori posto, ma non sarebbe potuto andare oltre.

Non ero un obiettivo primario, piuttosto una sua curiosità

malsana. Voleva capire sempre tutto, ma non aveva nessun potere senza l'appoggio locale. Koskinen, grazie all'intervento del padre di Anna, non avrebbe mai organizzato una caccia all'uomo.

Avevo bene impressa in mente la mappa del percorso sotterraneo e riuscii a seguirlo facilmente. In un unico punto dovetti trovare un'alternativa rispetto alle indicazioni di Anna. La via più breve sarebbe stata passando attraverso un grande negozio di abbigliamento che occupava più piani. A quell'ora, però, era ancora chiuso e dovetti aggirarlo, percorrendo una grande corte interna adibita ad area di ristorazione.

Non fu difficile. Essendo l'ora della colazione, i bar erano già affollati. Entrai in una toilette e mi liberai di occhiali, parrucca e sopracciglia. Volevo anche lavarmi il viso, ma fui interrotto dall'ingresso di qualcuno. Me ne uscii quindi come un uomo anziano, ma con i capelli tinti di un bel castano naturale. Nessuno mi guardò o immaginò che fossero proprio i capelli l'unica parte originale.

Malgrado il freddo mi liberai anche del cappotto. Sapevo che poco distante c'era un grande magazzino dove avrei potuto rivestirmi completamente.

Alla fine riemersi di nuovo in viale Mannerheim e mi incamminai verso sud. Entrai in un fast food e come prima cosa andai alla toilette, per vedere se era libera. Davanti ai lavandini non c'era nessuno e mi diedi una prima ripulita alla faccia, eliminando gran parte del fondotinta e sputando i due tamponi che avevo infilato contro le gengive inferiori. Vedendo che ero sempre solo, mi lavai a fondo e verificai il risultato nello specchio. Soddisfatto, mi fermai a fare colazione, ordinando due grossi bicchieri di caffè. Non ero preoccupato, ma la giornata sarebbe stata ancora lunga. Mancava più di un'ora all'apertura del grande magazzino, così decisi di andare prima dal barbiere.

Mi incamminai in direzione di Bulevardi. Dopo un centinaio

di metri ebbi la fortuna di trovare un negozio di abbigliamento già aperto. Non sentivo solo il freddo, ma avevo anche notato lo sguardo perplesso di alcuni passanti, nel vedermi girare in abito. Quello che d'inverno non sarebbe stato fuori posto a Londra o Francoforte, lì risultava quantomeno singolare.

Comprai subito un giaccone chiaro completamente diverso dal cappotto scuro che avevo gettato. Tanto meglio, perché l'avrei usato per poche ore. Ebbi così il tempo di cercare con calma un parrucchiere per uomo.

Dopo cinque minuti ne trovai uno aperto. Guardai dalla vetrina e notai uno scaffale pieno di tinture per capelli.

Entrai e spiegai quello che volevo, raccontando che alla mia nuova ragazza piacevano gli uomini con i capelli neri. Diedi istruzioni su come desiderassi il taglio, di modo che fosse praticamente identico alla fotografia che avevo sul documento.

Dopo un'ora mi guardai soddisfatto allo specchio. Con il piccolo pizzetto nero che avevo nello zaino e qualche ritocco sarei stato perfetto.

Pagai in contanti lasciando una discreta mancia e mi diressi verso il grande magazzino. Per prima cosa comprai un'elegante valigetta portadocumenti in pelle nera, dove trasferii tutto il contenuto del mio zaino.

Salii al secondo piano e mi diressi nel reparto uomo, dove iniziai a recitare la mia parte. Sfoderando un inglese perfetto, ma dal marcato accento italiano, spiegai alla commessa che dovevo rivestirmi completamente perché la stupida compagnia americana con cui ero arrivato da New York mi aveva perso i bagagli e avevo un importante incontro d'affari a pranzo. La ragazza non perse l'occasione e mi aiutò a trovare tutto, gemelli per la camicia e scarpe inclusi.

Quando tutto fu completo, mi guardai per l'ultima volta allo specchio. Nell'elegante completo blu gessato, sembravo veramente perfetto per la nuova parte. La commessa non dimenticò l'ultimo dettaglio e arrivò anche con un cappotto blu scuro, ideale per coronare il personaggio. Rinunciai unicamente alla sciarpa bianca perché mi sembrava troppo simile a quella del padre di Anna e ne scelsi una scura.

Alla fine pagai con la carta di credito intonsa di Giordano Borghi Ferri, un elegantissimo uomo d'affari italiano, che con sorpresa della commessa di colpo assunse anche un'aria altera. La vidi illuminarsi di nuovo quando aggiunsi altezzoso che, se gli imbecilli non mi avessero subito trovato i bagagli, la sera sarei tornato a fare gli acquisti per il resto del mio soggiorno. Non mi sarebbe mai venuto in mente di presentarmi due giorni di fila con lo stesso vestito. Come ultima cosa, le chiesi la password della rete wireless per i clienti e fu felice di accontentarmi.

A quel punto salii di un piano per bere qualcosa al caffè Argos per comprare online un biglietto aereo. Presi un biglietto andata e ritorno in prima classe sul volo delle sedici. Era un volo diretto e sarei arrivato a Milano Malpensa verso le sei di sera. Poi pensai di colpo ad Anna e mi resi conto che non sapevo dove andare. Mi era chiaro cosa fare ed ero anche ansioso di iniziare, ma nessun luogo mi attraeva più. Bruxelles, Zurigo, Genova, Brighton, Ischgl, perfino Sylt, senza Anna erano unicamente dei luoghi di lavoro, poco più di uffici con alloggio. Chi torna con piacere in ufficio?

Riflettei un attimo su quell'amara considerazione e decisi di tornare a Bruxelles, più per quello che avevo in cantina che per altro. Due mesi prima, al momento di partire per Ischgl, avevo quasi lasciato l'appartamento a malincuore. Ora vi tornavo con indifferenza.

Feci una prenotazione per tre mesi di nuovo a nome di Jordan Halley, non sapendo ancora quanto mi sarebbe servito. Infine, prenotai un'auto con ritiro a Malpensa e consegna a Bruxelles. Con un po' di fortuna sarei arrivato per il mattino successivo. Volevo passare la notte concentrandomi alla guida, per non rimanere su un treno a tormentarmi con i ricordi. Chissà se avrei trovato proprio Marcel con il turno mattutino e come saranno andati i primi esami di sua figlia in dicembre.

Spensi il computer e lasciai il caffè. Attraversai la strada ed entrai in un'altra galleria commerciale, dove poco alla volta smaltii i vestiti vecchi che avevo portato con me.

Per concludere entrai nella toilette di un fast food e mi applicai il pizzetto nero. Dopo quest'ultimo dettaglio, non mancava più niente e uscii a prendere un taxi proprio di fronte alla stazione.

Presi il primo disponibile. Era mezzogiorno e mezzo e avrei avuto tutto il tempo per arrivare all'aeroporto, così non riuscii a resistere alla tentazione. Dopo essere entrato, spiegai all'autista il percorso che volevo fare.

«Devo andare all'aeroporto, ma prima vorrei passare da Armfeltsvägen.»

«A che numero?»

Lo sapevo benissimo, ma non volli dirglielo, per cui accampai una scusa.

«Era la casa di un mio amico d'università. Non mi ricordo il numero, ma lei la percorra tutta. Dovrei riuscire a riconoscerla.»

«Ci dobbiamo fermare?»

«No, voglio solo vederla per un ricordo. Vi ho passato un mese anni fa. I suoi genitori mi avevano invitato mentre preparavamo gli esami.»

«Gente fortunata, è una delle più belle zone di Helsinki, anche se le ambasciate hanno fatto man bassa.»

Sapevo che era una cosa assurda e quasi insensata. Con il nuovo travestimento e dopo quasi sei ore non temevo granché e, anche se mi sembrava poco professionale, non potei farne a meno: dovevo assolutamente vedere la casa del padre di Anna prima di partire. Volevo immaginarmela in un luogo preciso, sentirla al sicuro nelle solide mura di un'abitazione confortevole.

Quando passammo in Armfeltsvägen riconobbi l'edificio, ma rimasi impassibile.

«Ha visto la casa o devo passare una seconda volta?» chiese il tassista.

«No, ma non importa. Lasci pure perdere e andiamo diretti all'aeroporto.»

Mi imbarcai tre ore dopo. Oltre alla valigetta con i due portatili, non avevo altri bagagli. Per un uomo d'affari che effettua l'imbarco rapido in prima classe non era niente di strano.

49

Bruxelles, Place du Grand Sablon

Dopo il mio rientro da Helsinki, non ero riuscito ad aspettare più di qualche giorno. Avevo preparato tutto, inclusa una nuova identità per il titolare del conto di trading che avevo aperto. Nei giorni precedenti mi ero documentato a fondo. I termini e i prodotti che intendevo usare per la prima prova mi erano familiari.

Stavo fissando il grafico relativo al corso del dollaro e dell'euro. L'andamento della valuta europea sembrava animato di vita propria: continuava a oscillare, modificando di continuo il prezzo delle transazioni.

Non avevo dimenticato una sola parola di quanto mi aveva spiegato Anna, inconsapevole del mio interesse. Avevo configurato il programma di trading per applicare le sue indicazioni e fare il primo tentativo. Aumentando la risoluzione temporale del grafico, la finestra mi mostrava un intervallo massimo di quindici secondi. Questo ne rendeva particolarmente frenetico il movimento e le differenze sembravano enormi. In realtà concernevano solo poche decine di *pips points*, delle unità che, fino a pochi giorni prima, avrei definito prosaicamente come i quarti decimali dopo la virgola.

Sulla destra della schermata, due bottoni ben distinti indicavano ACQUISTO o VENDITA. Quando sarei stato sicuro della mia scelta, avrei dovuto semplicemente cliccarne uno. Avevo già inserito i parametri di chiusura automatica e sarebbe stato il programma a realizzare la transazione di chiusura.

Sapevo di avere un orizzonte di tempo ridotto a non più di tre secondi, così avevo configurato dei margini di utile minimi. Volevo essere sicuro di sfruttare le piccole oscillazioni che pensavo di poter percepire.

Avevo versato cinquantamila euro per aprire il conto, ma decisi di iniziare rischiandone solo diecimila. Inserii l'importo e vidi che il programma avrebbe comprato o venduto un milione di euro contro dollari, a seconda di quale bottone avessi premuto. La pubblicità non mentiva e il broker consentiva davvero di operare con un *leverage* di uno a cento.

Se mi fosse andata male, avrei perso i diecimila in un colpo solo. Dovevo solo concentrarmi e decisi di fare prima una prova a vuoto. Avrei annotato una X su un foglio quando pensavo che i prezzi sarebbero saliti.

Guardai il grafico con attenzione e percepii *l'arrivo di nuove barre rosse,* segnale di prezzi in discesa, così non annotai niente. Effettivamente, nei tre secondi successivi, apparvero le barrette di una quindicina di transazioni, quasi tutte in discesa. Il prezzo si era abbassato di sette punti. Rimasi a guardare l'andamento per quasi un minuto e fra gli alti e bassi il prezzo li recuperò quasi tutti.

Ripetei la prova e percepii *l'arrivo di nuove barrette verdi.* Puntualmente, nei tre secondi successivi, apparvero circa una dozzina di barrette tutte verdi e il prezzo salì di otto punti.

Rimasi a osservare l'oscillare frenetico del grafico per un paio di minuti. Dapprima il prezzo salì ancora un po', poi scese di nuovo fino a perdere tutto quanto aveva guadagnato precedentemente. In seguito scese sotto il valore iniziale e risalì infine più o meno allo stesso livello.

Mi preparai ad agire, tenendo il cursore a metà strada, pronto a premere ACQUISTO o VENDITA, e rimasi concentrato sul grafico.

Lo percepii chiaramente: *l'arrivo frenetico di nuove barre rosse segnalava dei prezzi in discesa,* così premetti il bottone VENDITA. Nei tre secondi successivi apparvero otto barrette rosse, una verde, sei rosse e un'ultima corta barretta verde. Il prezzo si era effettivamente abbassato di sei punti.

Guardai la lista delle transazioni nell'angolo in basso a destra e vidi che il programma ne elencava due. La prima era la mia vendita iniziale, generata quando avevo premuto il tasto VENDITA. La seconda era l'acquisto automatico, che avevo programmato perché avvenisse non appena il prezzo si fosse mosso di tre punti nella direzione giusta. Questa transazione automatica mi permetteva di chiudere l'operazione e incassare l'utile.

Avevo guadagnato trecento euro con un click.

A quel punto cambiai i parametri e ripetei l'esperimento, aumentando la posta.

Con la seconda transazione guadagnai ben duemilacinquecento euro in un colpo solo.

Rimasi ancora per quasi un'ora a giocare, meravigliandomi a ogni successo come se fosse stato il primo.

Un paio di transazioni andarono male e dovetti chiuderle a mano, perdendo qualcosa. Erano solo due su una cinquantina. Un'infima parte che avrei potuto eliminare del tutto, riducendo di nuovo il limite della chiusura automatica. Iniziai a pensare anche a come calcolare in modo appropriato quale sarebbe stato il limite più conveniente.

Ero curioso ed eccitato. Non vedevo l'ora di iniziare a pensare a come analizzare i risultati e ottimizzare le scelte. In poco più di un'ora, con i cinquantamila euro versati sul conto di trading, ne avevo guadagnati centosettantamila.

Dopo la seconda transazione non avevo più aumentato la posta, lasciandola sempre a cinquantamila. Adesso mi sentivo più sicuro e avrei perfino potuto scommettere duecentomila euro in un colpo solo, facendo transazioni da quasi venti milioni di euro e aumentando proporzionalmente i margini di guadagno.

Mi costrinsi a smettere, non solo perché temevo di poter essere individuato e dare nell'occhio per la mia "straordinaria fortuna", ma anche per profondo senso di colpa. Mi sembrò un gioco così assurdo che mi venne in mente un film che avevo visto con Mel anni prima. Era ambientato in un casinò a Las Vegas, in cui dei giocatori abusivi cercavano di vincere alla roulette usando un computer nascosto in un orologio.

L'uso della tecnologia era proibito nel gioco d'azzardo, ma in finanza evidentemente no. Per agire sui mercati finanziari, come mi aveva spiegato Anna, l'uso dei computer era la norma e non l'eccezione. Anche se i due ambiti mi sembravano del tutto simili. Perché la piattaforma di trading che stavo usando doveva essere considerata diversa dal tavolo di un casinò? Eppure era così, apparentemente in tutto il mondo.

Se avessi fatto di tutto per piegare le probabilità in mio favore, nessuno avrebbe potuto obiettare. Chi poteva sospettare che non fosse il frutto di un algoritmo più sofisticato di altri?

Mi ripromisi comunque di essere prudente e riprendere il gioco solo quando avrei trovato un modo per farlo discretamente, magari diluendolo su più conti e più piattaforme. Di una cosa ero certo: sapevo come avrei utilizzato i proventi.

Anni prima avevo letto l'esternazione di un re del Rinascimento di cui inspiegabilmente non riuscivo a ricordare il nome. Aveva affermato che le guerre si vincevano prima di iniziarle, negoziando il finanziamento al tavolo dei Fugger.

Il mio tavolo dei banchieri onnipotenti era proprio lì sul mio schermo e non me lo sarei lasciato sfuggire.

Pensai a Michael e ai suoi programmi, al professor McGregor e alle sue teorie. Se Michael fosse stato ancora vivo, avrebbe in qualche modo individuato anche le mie transazioni? Come le avrebbe etichettate? Cosa avrebbe detto McGregor? Danneggiavano qualcuno le mie vincite? Ero certo che le ripercussioni del mio operato non avrebbero avuto nessuna conseguenza negativa?

Mi alzai bruscamente dalla scrivania per sgranchirmi le gambe e riposare gli occhi. Avevo bisogno di una boccata d'aria. Andai ad aprire la finestra e l'aria di gennaio fu provvidenziale. Era freddo e umido. Gli alberi, ancora spogli, protendevano i loro rami verso il cielo grigio e il ritorno della primavera sembrava albergare in un'era remota.

Guardai la facciata di Notre-Dame du Sablon e pensai di colpo ad Anna. Se fosse stata lì con me, forse avrebbe voluto entrarvi per pregare. Quanto avrei resistito ancora lontano da lei?

Epilogo

Helsinki, due mesi dopo

Controllando l'effetto del fondotinta, penso a quanto accaduto. Nei mesi trascorsi ho identificato un solo tentativo di collegamento tramite il programma che avevamo dato al padre di Anna. Non poteva essere stata lei a chiamare, perché l'origine del collegamento non era casa sua. Ho restituito un segnale di cancellazione, chiudendo per sempre quel canale.

Sono riuscito a resistere senza avvicinarla, ma sono andato più volte a Helsinki per controllare che tutto andasse bene.

Anna non è più tornata alla BCE e vive con suo padre. Tiene dei seminari di finanza applicata all'Università di Helsinki, dove è stata nominata assistente e sta preparando una tesi di dottorato. Sembra avviata verso una brillante carriera accademica e la immagino spesso nella sua casa di Armfeltsvägen.

Non ne conosco l'interno, ma mi piace pensarla davanti al suo computer, seduta in uno studio all'ultimo piano da dove si vede il mare. La vedo alzare la testa, dopo aver letto i miei messaggi, e voltarsi a guardare la superficie argentea dell'acqua, illuminata dal sole basso. Non ha mai provato a prenotare l'appartamento di Cassis. Non si sentiva in pericolo.

Non sono riuscito a scoprire nessuna traccia di inchieste internazionali e non ho la minima idea di cosa stia combinando

Legrand. La SecTec e la Silverberg proseguono indisturbate con i loro affari. Forse è ancora troppo presto, o forse le indagini si sono già arenate.

La sicurezza di Anna resta al centro dei miei pensieri e ho controllato la rete della SecTec a Helsinki. In apparenza sembra occuparsi solo di affari legittimi: il personale supplementare, affluito nella penultima settimana di gennaio, è stato ritrasferito. Scavando più a fondo sono emerse tracce impalpabili di una seconda organizzazione, interna alla prima e con missioni apparentemente insensate. A cosa serve riassumere il contenuto dei seminari dell'Università di Helsinki per gestirne i sistemi di sicurezza? Perché i rapporti vengono cifrati e archiviati solo su un server che anch'io, per il momento, non sono riuscito a raggiungere?

Anna è sorvegliata: qualcuno segue i suoi seminari e redige un rapporto sui contenuti. Proprio per questo, il titolo del suo prossimo seminario mi ha tolto il sonno. La caccia a chi si è intromesso con brutalità nella mia vita cinque anni fa è diventata secondaria. Proteggere chi è in vita è più importante di una sete di vendetta che mi spaventa e che voglio soffocare. Anna però non si è arresa e anch'io sento che è più urgente fare qualcosa per impedire che le previsioni di McGregor si avverino.

Dedicando quasi quattordici ore al giorno al mio progetto finanziario, ora osservo i mercati molto da vicino. Sembrano sempre più isterici e non lasciano presagire niente di buono.

La situazione economica sta precipitando. Uno stato è in default e sta trattando un condono quasi totale del debito, mentre un altro sta preparando segretamente l'uscita dall'euro. Le economie mondiali crescono, ma il divario fra le classi continua ad aumentare.

Malgrado la mia resistenza iniziale, Anna aveva ragione: non posso battermi da solo. Il pericolo è troppo grande perché una sorta di assurdo Don Chisciotte lo affronti per conto suo. Lei non mi ha solo indicato la via per finanziare la lotta, mi ha anche mostrato quanto debole sia una risposta solitaria e triste il percorso. Ho trovato chi mi permetterà di proteggerla e sto intraprendendo il cammino per mantenere le promesse che le ho fatto.

La vedrò tra poche ore. Non riuscirò a farla desistere, ma devo avvertirla e spiegarle tutto. In ogni caso non riesco più ad attendere.

Nota sull'autore

L. K. Brass ci ha accolti per la prima volta su una terrazza affacciata sull'acqua, poi sempre in case e luoghi diversi. Ha evitato di approfondire il suo passato, preferendo affrontare il tema che più gli sta a cuore: la spada di Damocle che pende sui mercati finanziari.

Attivo per anni nella finanza e nella tecnologia informativa, sembra saperne più di quanto vuol far credere nelle poche interviste concesse e può aver colto collegamenti che sfuggono ai più.

«Tutto è pura finzione. Solo quanto succede sui mercati finanziari è reale» risponde, negando cortesemente ogni similitudine con i suoi personaggi.

Abbiamo la sensazione che la saga dei Mercanti dell'Apocalisse non sia terminata e ci porterà sorprese straordinarie.

L. K. Brass è convinto che solo i lettori abbiano l'ultima parola. Aspetta con piacere le vostre recensioni, i vostri commenti e suggerimenti. I suoi personaggi vivono e lottano per voi.

Contattatelo a: l.k.brass@lkbrass.com

Nella stessa collana

Lisa Unger

Segreti sepolti

Volume cartonato - pp. 368 - euro 8,00

Bella, giovane e ricca, Ridley ha una vita perfetta. Finché una mattina l'arrivo di un misterioso pacco sconvolgerà ogni certezza. E se tutta la sua vita, la sua famiglia, perfino il suo nome non fossero che un cumulo di menzogne?

Un capolavoro di tensione psicologica.
Bestseller del *New York Times*.

MISTO
Carta da fonti gestite
in maniera responsabile
FSC® C023532

Stampato presso Giunti Industrie Grafiche S.p.A.
Stabilimento di Prato